IVAN IVANJI

Stalins Säbel

Roman

Wieser Verlag

Die Herausgabe dieses Buches erfolgte
mit freundlcher Unterstützung durch die Stadt Wien.

wtb 23

Wieser Verlag GmbH

A-9020 Klagenfurt/Celovec, 8.-Mai-Straße 12
Tel. + 43(0)463 37036, Fax + 43(0)463 37635
office@wieser-verlag.com
www.wieser-verlag.com

Lektorat: Maria Sikora
ISBN 978-3-99029-178-8

in alter Rechtschreibung !

VORSPANN

Stalins Säbel ist keine Fiktion. Der sowjetische Generalissimus hat ihn als Auszeichnung für die Verdienste im Kampf gegen den Faschismus dem jugoslawischen Marschall im Herbst 1944 geschenkt. Sein Griff ist mit 260 Brillanten und anderen Edelsteinen geschmückt. Zu Titos Lebzeiten war er in einem besonderen, für diesen Zweck gebauten Museum mit anderen Gegenständen, die man ihm geschenkt hatte, ausgestellt, da habe ich ihn zum ersten Mal gesehen.

Nach dem Bombardement Jugoslawiens durch die NATO und der Verhaftung von Slobodan Milošević galt er als verschwunden. Das Museum der Geschichte Jugoslawiens, das diese Exponate verwahrt und ausstellt, bestätigte mir 2008, daß der Säbel auf der Liste seiner Artefakte stehe, daß man ihn jedoch nie gesehen habe, weil einen Teil des Nachlasses die Garde unter Verschluß halte. Ich dachte, er wäre gestohlen, wie bekannterweise eine Uhr Titos und andere Gegenstände aus seinem Nachlaß. Das war die Voraussetzung, einen Roman über dieses Thema zu schreiben.

Fünf Jahre nachdem die erste Auflage von »Stalins Säbel« in Belgrad erschienen war, erhielt ich einen Anruf.

»Wir haben ihn«, sagte der Kustos des Museums, Momo Cvijović.

»Wen habt ihr?« fragte ich überrascht.

»Stalins Säbel. Wollen Sie ihn sehen?«

Und ob ich das wollte. Er lag die ganze Zeit in einem Depot des »ovalen Hauses«, in dem Milošević gewohnt hatte und verhaftet wurde und aus dem ein Tunnel zum geheimen Ausgang in der Theodor-Dreiser-Straße führt, wo zwei Wachsoldaten ermordet wurden, deren Tod ich auch in meinem Roman beschrieben hatte. Die Garde hatte die Räume, in denen der Säbel und andere Artefakte ruhten, eifersüchtig gehütet und die zuständigen Museumsleute jahrelang nicht hineingelassen.

Ich mußte weiße Handschuhe anziehen und durfte ihn berühren, sogar mit ihm herumfuchteln. Auf Sonderausstellungen des Museums wird er seither mitunter in einer Vitrine aus Panzerglas öffentlich gezeigt, ansonsten befindet er sich im Tresor dieser Institution. Am Roman habe ich in dieser Hinsicht trotzdem nichts geändert.

1.

Im Kino zögern Mörder bevor sie töten. Das sympathische Opfer ist gefesselt, möglicherweise ist eine Höllenmaschine an seinem Körper befestigt, oder es wird mit Benzin übergossen, der Verbrecher erklärt langwierig warum er foltern, sich rächen und töten will und gibt damit dem Retter Zeit im letzten Augenblick zu erscheinen. Happy End! Im wahren Leben, insbesondere in Serbien im Laufe der letzten Jahrzehnte, ist es nicht so. Es wird sofort und ohne Warnung geschossen.

Belgrad im Herbst. Zwei Maschinenpistolensalven. Krähen steigen auf und kreisen nervös krächzend über den Baumkronen der Parkanlage Toptschider. Die wenigen Passanten schenken der Schießerei keine Aufmerksamkeit. In der unmittelbaren Nähe befinden sich die Kasernen und Schießplätze der Garde. Vielleicht ist eine Übung im Gange.

Die Monate September und Oktober sind für die serbische Hauptstadt die schönste Jahreszeit. Der Winter ist kalt und lang, noch im April peitschen nur zu oft eisige Winde über die Stadt, der schlimmste heißt Koschawa und weht, wie so vieles andere Unangenehme, aus Rußland. Die Fernheizung ist kalendergerecht bereits abgeschaltet, in manchen Wohnungen friert man erbärmlich. Plötzlich bricht im Mai der Sommer aus, überspringt den Frühling, und Hitze quält die Menschen bis Ende August. Erst im Herbst wird es mild, die Sonne scheint und bringt Weintrauben und viel Obst zur Reife. Der Altweibersommer verdient hier seinen Namen.

Auf dem herrschaftlichen, Dedinje genannten Hügel verbirgt sich hinter hohen Mauern die ehemalige Residenz von Marschall Tito. Außer der Villa, in der er gewohnt hat und die fast zwanzig Jahre nach seinem Tod von Bomben der NATO im Frühjahr 1999 zerstört wurde, stehen auf demselben Grundstück noch einige andere Gebäude. In dem einen, dem Treibhaus für Rosen, hat er unter einem Marmorblock seine letzte Ruhestätte gefunden. In anderen Bauwerken sind die Geschenke ausgestellt, die der langjährige Staatspräsident bekommen hat. Die wertvollsten befinden sich in einem Haus mit ovalem

Grundriß, das von den übrigen abgetrennt ist und einen besonderen Eingang hat.

Slobodan Milošević, Diktator Serbiens und als mutmaßlicher Kriegsverbrecher im holländischem Gefängnis verstorben, war auf dem Höhepunkt seiner Macht in diese Villa eingezogen und benützte dort alles: Möbel, Bettwäsche, Handtücher, Geschirr, Eßbesteck, Teppiche, Bilder, Vasen, als sei es sein Privateigentum. Hier wurde er im Herbst 2000 verhaftet.

Das berühmteste Exponat war ein Säbel, den 1944 Stalin persönlich Tito für seine Verdienste im Kampf gegen den Faschismus geschenkt hat.

Wenn man von dem Eingangsportal die Straße Užička-ulica westwärts geht, kommt man an der amerikanischen Botschafterresidenz und anderen Luxuspalais vorbei. So gelangt man zur Straßenkreuzung mit dem Boulevard des Friedens und von dort aus führt eine nach dem amerikanischen, kommunistischen Romancier, Theodor Dreiser benannte Gasse steil bergab. Auf der linken Seite befindet sich eine Anstalt für die Behandlung von Drogenabhängigen, danach Häuser mit Unterkünften für Offiziere und zuletzt der Eingang zum Gelände mit den Kasernen der Garde. Gegenüber stehen einige andere einfache Wohnblocks, nach ihnen folgt ein wild bewachsenes, anscheinend noch unbebautes Gelände, und am unteren Ende wartet die hübsche kleine, den heiligen Aposteln Petrus und Paulus geweihte Kirche auf fromme Besucher. Wenn man weiter spaziert, gelangt man in einen Park mit dem im alten serbischen Bauernstil erbauten Lustschloß des Fürsten Miloš Obrenović. Vor ihm steht der würdigste Baum der ganzen Stadt, eine riesige, Jahrhunderte alte Platane in deren Rinde unzählige Generationen verliebter Paare ihre Namen eingeritzt haben.

Anfang der Sechzigerjahre begannen Bohrarbeiten am Berg. Es sollte ein Geheimnis bleiben, aber in Belgrad bleibt nichts verborgen, man erfährt alles und noch mehr, was heißen soll, auch so manches, was gar nicht existiert. Es wurde ein großer Komplex gebaut der sechs Stockwerke tief in die Erde reichte. Der Aufzug führte direkt aus der Wohnung des Staatschefs in ein Labyrinth von Tunneln mit mehreren geheimen Ausgängen. Einer von ihnen befand sich in einem anscheinend verwahrlosten kleinen Haus ohne Nummer in der Theodor-Dreiser-Straße gleich oberhalb der Kirche der heiligen Apostel Petrus und Paulus, gegenüber vom Haupteingang zu den Gardekasernen.

Im Jargon der Gardesoldaten wird dieses geheimnisvolle Gebäude schlicht »Objekt« genannt. Es wird Tag und Nacht von Kameras und Bewegungssensoren überwacht, außerdem kreisen pausenlos Wachposten auf einem besonders angelegten Pfad um das Bauwerk herum, das wie eine Hütte ausschaut. Alles was außerhalb ihres vorgegebenen Weges liegt, nennen die Soldaten der Einfachheit halber, »Außen«, das Haus selbst, das sie nicht betreten, dem sie sich nicht einmal annähern dürfen, »Innen«.

Am frühen Morgen des fünften Oktober 2004 sitzen die beiden Soldaten Draschen und Dragan in ihrer Kaserne beim Frühstück. Sie sind bester Laune, freuen sich, weil sie gemeinsam der Wache zugeteilt worden sind, die heute das Objekt bewachen muß, sie sind Freunde und haben die Absicht, sich über den Urlaub zu verabreden, den sie gemeinsam verbringen wollen. Im Dienst soll zwar nicht geplaudert, sondern aufgepaßt werden, aber schon jahrzehntelang wird hier auf dieselbe Weise Wache geschoben, und es ist noch nie etwas Denkwürdiges passiert. Als Soldat fragt man sich nicht, warum man wo was zu tun hat, alles scheint ohnehin sinnlos und nichts anderes als Schikane, aber man hat zu gehorchen. Schließlich gibt es auch weitaus unangenehmere Aufgaben als vormittags unter schönen Bäumen die Waffen spazieren zu tragen. Gefürchtet in der Garde sind Paradeauftritte zum Empfang von Staatsgästen aus dem Ausland, wenn man lange stramm stehen muß, oder das Schlimmste: die Teilnahme an Manövern, wobei man beweisen soll, daß man die beste militärische Einheit im Lande ist.

Draschen und Dragan stammen aus benachbarten Dörfern der Region Schumadija, dem Herzen Serbiens. Beide sind einundzwanzig Jahre alt. In die Garde werden seit jeher vor allem Burschen vom serbischen Land einberufen; bärenstarke, hübsche Jungen. Sie gelten als verläßliche, verantwortungsvolle Soldaten, traditionell sind sie tapfer und nicht überflüssigerweise neugierig. Intellektuelle gelangen nur ausnahmsweise in diese Truppe.

Für die Eltern im serbischen Dorf ist es ein Festtag, wenn der Sohn einzurücken hat. Das wird gefeiert wie eine Hochzeit. Man ist stolz, daß der Junge zum Mann geworden ist. Es wird sogar ein Lied gesungen, »Gern rückt der Serbe ein zu den Soldaten...« Hunderte von Gästen werden bewirtet, Verwandte, Nachbarn und Freunde der Nachbarn, möglichst das ganze Dorf. Man tanzt bis zur frühen Morgenstunde, zuerst Kolo, da halten sich die Burschen und Mädchen noch züchtig an den Händen, erst später kommen diese modernen Tänze an die Reihe, bei denen man sich umarmen und abtatschen darf.

Das Soldatenfrühstück besteht aus dünnem Kaffee, Schwarzbrot mit Marmelade, aber sie tischen sich und ihren Kameraden auch einheimischen Schinken, getrocknetes Rindfleisch, Wurst und Speck auf. Das Fresspaket ist für einen von ihnen erst gestern angekommen. Jetzt haben sie den Geschmack der Heimat auf den Gaumen. Was immer einer hier von zu Hause bekommt, wird kameradschaftlich geteilt, so ist es Sitte, und jedermann freut sich. Das Gespräch dreht sich um Filme, die in den städtischen Kinos laufen, welchen von ihnen man am Samstag, wenn man Ausgang haben wird, besichtigen soll. Dann ist es Zeit für die beiden zum Spieß zu gehen, sich die Waffen und Munition ausgeben zu lassen. Sie ziehen die Windjacken ihrer Tarnuniform an und gürten sich. Der Feldwebel führt sie zur Wachablösung.

Ein angenehmer Herbsttag. Noch sind die Äste nicht ganz kahl, sondern mit buntem Laub geschmückt, aber der Pfad ist von abgefallenen Blättern wie von einem bunten Teppich bedeckt.

Zwei Stunden später sind Draschen und Dragan tot.

Die Posten am Kasernentor haben das Feuer aus den Maschinenpistolen gehört. Der Feldwebel vom Dienst rennt zum »Objekt« und findet seine beiden Soldaten blutend auf dem Pfad. Einer von ihnen lebt noch und hat die Kraft zu röcheln:

»Von Innen, von Innen...«

Der Feldwebel beugt sich in Panik über die Gardisten, zieht unbedacht ihre Körper beiseite, zertritt das rot-braune Laub auf dem das Blut unnatürlich grell rot wirkt. Er zerstört Spuren. Der Mann ist kein Kriminalbeamter, sondern ein erschrockener Unteroffizier, der sich vor allem fragt, ob er selbst einen Fehler gemacht, etwas unterlassen hat und deshalb zur Verantwortung gezogen wird. Er löst Alarm aus, versucht Erste Hilfe zu leisten – aber der verwundete Soldat stirbt – zerrt dabei die Leichen noch weiter vom Tatort, vom Pfad weg und damit auch außerhalb der Reichweite der Kameras, die Tag und Nacht aufzeichnen sollten was geschieht.

Als erster erscheinen drei Zivilisten. Sie sind bei der Garde angestellt und für die elektronische Überwachung zuständig. Einer von ihnen ist Sohn eines Obristen. Wie man später erfahren wird, hatte er an diesem Morgen keinen Dienst. Wieso war er trotzdem sofort zur Stelle? Mit einer kleinen Verspätung kommt die Militärpolizei an, die Rettung und am Ende der militärische Untersuchungsrichter, vom Rang her ein Hauptmann.

In aller Eile, noch bevor er seine Vorgesetzten konsultiert oder befragt hat, zählt der Hauptmann die Patronenhülsen und klaubt sie auf, ohne die Fundorte dauerhaft zu bezeichnen. Er glaubt zu wissen, was von höherer Stelle von ihm erwartet wird und stellt fest, die beiden Gardisten müssen sich zerstritten und aufeinander geschossen haben, der eine war sofort tot, der andere hat sich selbst umgebracht, nachdem er begriffen hat, was er gemacht hat. Das Motiv? Eile mit Weile, man wird es finden. Haben sich die beiden vorher in der Kaserne gestritten? Nein? Der Hauptmann möchte trotzdem so schnell wie möglich die sterblichen Überreste für die Familien freigeben. Derartige Unglücksfälle und Tragödien sind nun einmal leider Gottes nicht zu vermeiden, so etwas geschieht in allen Streitkräften der Welt. Er meldet den höheren Dienststellen, daß der Fall gelöst ist. Die Leichname der beiden Gardisten sollen in aller Stille in ihre Geburtsdörfer überführt und dort begraben werden.

Verbrechen in der Armee? Morde, Selbstmorde? Das ist gar nicht gut für das angeschlagene Ansehen der Streitkräfte in Serbien. Nach den Bürgerkriegen und den vielen Niederlagen ist der frühere Ruhm ohnehin verloren gegangen. Die Öffentlichkeit soll nicht allzu lange mit dem Tod der beiden Gardesoldaten belästigt werden. Die Serben haben nach ihrer Orthodoxen Kirche ihr Vertrauen vor allem dem Militär geschenkt, und dabei soll es bleiben.

2.

Der Blick vom obersten Stockwerk des Hochhauses im modernen Stadtviertel Neu Belgrad reicht weit über das Ufer des Flusses Sawe und eine Insel mit vielen Hausbooten und Sportplätzen. Micha Boch lässt sich jeden Morgen Zeit, den Anblick vom Frühstückstisch aus zu genießen. Das Fenster öffnet sich in nordwestlicher Richtung, die herbstlichen Sonnenstrahlen fallen so über das Haus, daß sie lange Schatten bis zum Ufer bilden, aber nicht mehr über das Wasser reichen, sodaß die Wellen lustig glitzern können.

Micha stammt aus einer Offiziersfamilie. Sein Vater war General bei Titos Partisanen, ist vor langer Zeit verstorben und mit allen militärischen Ehren beigesetzt worden. Er selbst hat Rechtswissenschaften mit einem Stipendium des Innenministeriums studiert, war kurz Polizeioffizier, wurde aber bald vom Geheimdienst UDBA übernommen und nahm vor fünf Jahren vorzeitig als Oberinspektor seinen Abschied. Regelmäßig wacht er immer noch Punkt sechs Uhr auf, obwohl er längst nicht mehr so früh aufstehen muß. Die kleine Detektei, die er sich aufgebaut hat um sein Zusatzbrot – er nennt es die Zusatzbutter auf sein Brot – zu verdienen, hat ihre Büros im selben Hochhaus, nur zwei Etagen tiefer. Meist spaziert er erst gegen neun hinunter.

Die Wohnung ist blitzsauber. Dreimal wöchentlich kommt eine Zugehfrau, aber sie hat nicht viel zu tun, weil Micha ein pedantischer Mensch ist, wie es sein Beruf erfordert und stets sofort hinter sich aufräumt. Er hat an gefährlichen und tödlichen Aktionen teilgenommen, nach denen es notwendig war Spuren zu beseitigen. So etwas geht ins Blut, auch wenn man es jetzt viel bequemer hat als früher. Brotkrümel aufzusammeln und Staub zu wischen ist einfacher, als Kadaver wegzuschaffen.

Die Wände schmücken Bücherregale und silberne Becher, die er als Gewichtheber gewonnen hat. Ein Foto zeigt ihn, die Hantel in die Höhe stemmend, als Meister seiner Klasse. Oft war er in Versuchung das blöde Bild abzunehmen, weil er es für eitel hält sich selbst so auszustellen, aber warum sollte er sich dafür schämen, daß er mit halbnacktem Oberkörper so gut ausgesehen hat? Von einem anderen

Bild lächelt ihn aus dem Silberrahmen ein schüchterner junger Mann mit langem Haar an, sein Neffe Sascha, der einzige Sohn seiner verwitweten Schwester, die auch mit einem Offizier verheiratet war. Micha Boch ist ein einsamer Mensch.

Wenn er nicht auf Reisen ist, hält er sich immer an dasselbe Ritual. Zuerst zwanzig Liegestütze, danach unter die Dusche und fünfzehn Minuten klimpern auf dem Pianino. Er spielt nicht besonders gut, hat nie richtig Zeit für Musik gehabt, aber es beruhigt ihn manchmal mit zwei Fingern eine Melodie zu suchen. Erst danach brüht er sich seinen Tee und nimmt Toast, etwas Schinken und Käse.

Der einsfünfundneunzig große Mann wiegt achtzig Kilo, sein Blutdruck ist unverwüstlich hundertzwanzig zu achtzig. Als er noch im aktiven Dienst war, mußte er sich halbjährlich gründlich untersuchen lassen, und der Amtsarzt sagte ihm einmal scherzhaft:

»Sie werden eines schweren Todes sterben, mein Lieber, Ihr Herz ist zu gut, es wird nie aufgeben wollen!«

»Bessere Witze haben Sie nicht auf Lager, Doktor?«

Sascha fragte ihn bei einer Gelegenheit:

»Wieso hast du nie geheiratet, Onkel Micha?«

»Bei meinem Beruf? Hast du keine amerikanischen Filme gesehen, um zu wissen wie die Ehen von Cops ausgehen?«

Das war vor zehn Jahren. Inzwischen ist Micha sechzig und lebt ziemlich ruhig. Sein Partner in der Detektei, Goran, früher auch beim Geheimdienst, ein braver Ehemann mit vier Kindern, sagt ihm fast jede Woche, es sei noch nicht zu spät.

»Ist es doch. Wen würde ich nehmen? Ein mindestens dreißig Jahre jüngeres, sehr hübsches Ding. Aber was würden wir in zehn Jahren machen? Dann hätte sie Appetit auf so manches, was mit mir nicht mehr ginge... Danach soll ich aus Eifersucht meinen Widersacher erschießen? Nein, nein... Weißt du, mit Frauen ist das so wie fettes Spanferkel essen. Manchmal ist das ja ganz nett, mag ich wirklich, aber immer das gleiche... Und mit derselben. Nee...«

Das Telefon klingelt. Micha wundert sich. Seine private Nummer besitzen nur wenige Freunde, das Handy ist bis neun ausgeschaltet, Dienstliches erwartete er im Büro.

»Marko am Apparat. Ich weiß nicht, ob du schon Zeitung gelesen hast? Nein? Gestern sind zwei Soldaten der Garde erschossen worden...« Oberstleutnant Marko ist noch immer aktiv im militärischen Geheimdienst und ein alter Kumpel.

»Nun, Gott sei ihrer Seelen gnädig«, sagt Micha, ein eingefleischter Agnostiker, »Und was habe ich damit zu tun?«

»Von dem, was man offiziell behaupten wird, brauchst du kein Wort zu glauben. Ich empfehle dir, verfolge die Entwicklung genau...«

»Warum erzählst du mir das, Marko? Du weißt doch, womit ich mich in der letzten Zeit beschäftige...«

»Weiß ich natürlich. Unter anderem mit Kunstraub. Für ausländische Versicherungsgesellschaften...«

»Richtig!«

»Na eben. Bleib am Ball und reim dir etwas zusammen. Grüß dich!«

Mord an Soldaten und Kunstraub? Was wollte der Offizier? Micha kannte ihn nicht als unseriös. So ein Gespräch am Telefon! Wenn man in seinem Beruf etwas Ernstes mitzuteilen hatte, tat man es bei Spaziergängen in Grünanlagen. Man war in Serbien jahrzehntelang gewohnt damit zu rechnen, daß man abgehört wurde. Marko und Micha wußten das nur zu genau, sie hatten es doch selber oft gemacht oder veranlaßt. Der Oberstleutnant mußte davon ausgehen, daß ihr kurzes Gespräch aufgezeichnet worden war, auch daß Micha auf diese Idee kommen müsse und davon ausgehen würde, daß eine dritte Seite zugehört hatte. Was wollte er erreichen? Die Stellen, die möglicherweise die Abhörprotokolle bekommen würden, warnen?

Im Augenblick, als er sich anschickt ins Büro hinunter zu gehen, kommt der zweite Anruf.

»Schalom. Ariel aus Tel Aviv. Wie geht es dir?«

»Welch eine Ehre!« sagt Micha überrascht. »Und dir?«

David Ariel ist jugoslawischer Herkunft. Sein Vater hatte noch Abraham Löwi geheißen. Er war klug genug sich nicht von der deutschen Besatzungsmacht als Jude verhaften zu lassen, sondern nahm am Partisanenkrieg gegen die Deutschen teil, wanderte nach 1948 aus und wurde Offizier der neugegründeten Armee Israels. Die Armee in Israel stellte im Prinzip Juden, die jugoslawische Partisanen waren und sich dazu bereit erklärten, zwei Ränge höher ein, als sie in ihren Heimatarmeen verdient hatten. Oberleutnant Abraham nahm den Namen Abram Ariel an, wurde sofort Major und diente sich zum Brigadegeneral hinauf. Übrigens waren zwei israelische Generalstabschefs, Chaim Bar Lew und David Elazar aus Jugoslawien, und das schadete seiner Karriere keineswegs.

Sohn David trat in den Geheimdienst Mossad ein. Anfangs war er der »Metsada« zugeteilt, der Abteilung für spezielle Operationen, dem Geheimdienst im Geheimdienst, wo Sabotageaktionen, Anschläge, vor allem auch die »Liquidierung feindlicher Elemente« geplant und durchgeführt wurde.

Micha und David hatten sich in Deutschland kennen gelernt. David jagte deutsche Raketenexperten, die von Ägypten angeheuert werden sollten, einige von ihnen verschwanden 1962 vom Erdboden. Micha suchte nach kroatischen Ustaschi, die in seiner Heimat Attentate vorbereiten könnten, um ihnen zuvorzukommen. Beide hatten die stillschweigende Erlaubnis für Zusammenarbeit, aber mit der strengen Weisung, die Zentralen dürften nicht erwähnt und nie in Aktionen eingemischt werden. Falls einer der »nützlichen Morde« auffliegen sollte, durften sie mit keiner Hilfe von zu Hause rechnen. Offiziell war Belgrad mit Kairo gut Freund und erfuhr einiges, was man unter gewissen Bedingungen Israel zuflüstern konnte, dafür recherchierten die Israelis im Milieu der Feinde Titos in Deutschland, wo man gegen Jugoslawen mißtrauisch gewesen wäre. Auch über Methoden tauschte man Erfahrungen aus. Da gab es eine Chemikalie, die man zum Betäuben verwenden, oder einem gefesselten Menschen in die Badewanne schütten konnte, und er löste sich mit Anzug und Unterwäsche, Haut und Haaren in eine stinkende Lauge auf, die in die Kanalisation abfloß. Meistens wollte man es allerdings gar nicht so geheim machen, sondern auf spektakuläre Weise töten, um andere »Feinde« zu warnen und zu erschrecken.

David arbeitete nicht lange in diese Richtung, er wurde nach Israel zurückbeordert, und dank seiner Sprachkenntnisse und Protektion von ganz oben gelang ihm bald die Versetzung in die Abteilung für politische Aktionen und Zusammenarbeit, von wo aus die Kontakte mit anderen Geheimdiensten koordiniert wurden. Etwas später wurde auch Micha in die entsprechende Hauptabteilung des Geheimdienstes UDBA befördert. Jetzt konnten sie offiziell Kontakt miteinander aufnehmen. Und wie es sich ergab, ließ sich David Ariel auch relativ früh pensionieren und im Badeort Netanya nieder.

Außer schönen Badestränden und guten, internationalen Hotels befindet sich dort an der Mittelmeerküste eine der größten Diamantenschleifereien der Welt. Auch schon deshalb ist die hübsche Kleinstadt ein guter Standort um zu beobachten, was manche sehr reiche, aber wenig durchsichtige Menschen tun. Solche Personen spekulieren ja manchmal in Kunst oder Edelsteinen. Wenn man Geld aus illegalen Quellen gescheit anlegen will, sind Diamanten oder Kunstgegenstände ideale Objekte. Außerdem leben im Nahen Osten Personen mit »sauberem« Vermögen, vor allem arabische Ölmagnaten, die als junge Menschen im Westen studiert haben, sich das eine oder andere aus Museen wünschen und sich den Erwerb viel kosten lassen. Auf dieser Grundlage gedieh die Kooperation zwischen dem Israeli und seinem serbischen Freund noch besser, nachdem Micha, verärgert wegen der Entwicklung in seinem Land, den Dienst quittiert und seine Detektei gegründet hatte.

»Wir müssten uns so bald wie möglich sehen. Willst du mich nicht besuchen? Darf ich dich einladen?«

»Das ist mir im Augenblick zu kompliziert, es gibt ja nur zwei Flüge wöchentlich nach Israel. Komm doch du nach Belgrad!«

»Keine gute Idee. Aber irgendwo in deiner Nähe ginge es. Budapest? Es könnte hier bei mir ein sehr großer Fisch an der Angel sein, den wir am besten gemeinsam aus dem Meer ziehen sollten. Ich komme für alle deine Kosten auf.«

»Ein so großer Fisch? Wieso brauchst du ausgerechnet mich?«

»Weil er möglicherweise aus deinem Land in unsere Richtung schwimmt...«

»In Wien hätte ich ohnehin zu tun«, sagt Micha, dem einfällt, daß er seinen Neffen Sascha besuchen könnte. Er hatte ihn schon ziemlich lange nicht gesehen. »Sag mir doch ein Wort mehr!«

»Tja, du kannst davon ausgehen, daß es irgendwie in die Sparte Kunstraub fällt. Dann also Wien. Wann?«

»Ich muß noch ins Büro und meinen Terminkalender anschauen...«

»Ich warte auf deinen Anruf. Möglichst bald, hörst du?«

Micha fällt auf, daß Marko auf dasselbe Thema angespielt hat. Kann da ein Zusammenhang bestehen? Gibt es Zufälle, wie zwei solche Anrufe unmittelbar nacheinander? Mit David hatte er schon einige Fälle gelöst, die nicht nur interessant, sondern für sein Büro auch sehr lukrativ waren. Außerdem könnte er selbst jetzt auf jeden Fall eine Adrenalinspritze brauchen.

Nervöser als sonst geht Micha zum großen Kleiderschrank und wählt eine Krawatte. Er legt Wert auf bürgerliche Manieren und konservative Kleidung, obwohl das in seinem Umfeld sonst fast niemand mehr tut. Es ist auch eine Art Trotzreaktion. Früher, als Schlipse für Beamte verpflichtend waren, wie eine Uniform, war er oft mit offenem Hemdkragen bei seinen Vorgesetzten erschienen.

3.

Das Motel »Zum Heiligen Nikolaus dem Seefahrer« liegt auf einem Weinberg zwanzig Kilometer östlich von Belgrad. Es ist ein zweistöckiges, neu erbautes Haus mit rotem Ziegeldach. Zu ihm gehört ein großer Obstgarten in dem zur Sommerzeit Tische so weit voneinander aufgestellt werden können, daß sich kein Gast von einem anderen belästigt und belauscht fühlen muß. Der heilige Nikolaus ist bei den Serben der Schutzherr der Reisenden.

Die Lage des neuen Etablissements an der Hauptstraße in Richtung der Industriestadt Smederevo ist vielversprechend. In der Nähe befindet sich ein großes Stahlwerk, das von der amerikanischen Firma US-Steel modernisiert worden ist. Das läßt auf internationale Kundschaft hoffen, denn zum Unterschied zur düsteren Stadt ist die Luft hier rein und der Blick von der Terrasse des Restaurants schweift über die Donau.

Zur Einweihungsfeier erschien der zuständige orthodoxe Bischof und segnete das Haus und seinen Eigner, Borislav Borisavljević. Der Bürgermeister des benachbarten Ortes Grocka, das in die Hauptstadt eingemeindet ist, gab in seiner Rede der Freude Ausdruck, daß in Serbien moderne Attraktionen für den Fremdenverkehr entstehen, sprach den Besitzer intim mit dessen Spitznamen, Boss Bole, als einen aufrechten Bürger an, der viel für den Aufstieg der Region beitragen werde.

Ein Ochse wurde auf dem Spieß gebraten, wie es die Serben lieben, über anderen kleinen Feuern Ferkel und Lämmer. Schnaps und der eigene leichte Weißwein, für den die Gegend berühmt ist, floß in Strömen. Herr Bole verkündete, er habe zwei Schecks ausgestellt, einen für das Rote Kreuz, den anderen für die Folkloretruppe von Grocka, die sich davon neue Kostüme besorgen und vielleicht manchmal bei ihm auftreten solle.

Man besichtigte die modern eingerichteten Zimmer mit breiten Betten und dunkelrot gekachelten Badezimmern. Leider konnte den ersten Gästen nicht alles gezeigt werden. Die tragenden Wände des Motels sind doppelt gebaut, das bedeutet, es wurden eigentlich immer je zwei Wände hochgezogen, zwischen ihnen blieb Raum für einen schmalen Gang in den man durch die Schränke der Schlafzimmer gelangen kann. Über eine Treppe geht es weiter in den Keller und von da aus durch einen unterirdischen Flur ans Ufer des Flusses. Dort ist eine hübsche Anlegestelle errichtet worden. Mit Booten kann man notfalls verschwinden ohne daß man es von der Straße aus bemerkt.

Das Haus reicht zwei Etagen tief unter die Erdoberfläche. Dort befinden sich nicht nur Vorrats- und Weinkeller, sondern einige nur je fünf Quadratmeter kleine Zellen ohne Fenster, aber mit künstlicher Belüftung über eine Klimaanlage. Man kann sie kühlen oder bis zur Unerträglichkeit aufheizen. In jedem stehen nur ein schmales Eisenbett, ein Waschtisch und ein Eimer für die Notdurft. In die Wände sind einige Eisenringe eingelassen. Auf den Betten liegen Handschellen, Ketten, Riemen und Peitschen. Die Zimmer wirken wie Folterkammern, und das sollen sie auch sein.

Das Motel ist eigentlich ein Bordell. Der auf die Fassade gemalte Heilige Nikola und seine Ikone im Restaurant haben damit nichts zu tun, aber Gott der Herr soll ja den leichten Mädchen seinerzeit auch verziehen haben. Der Nachschub, der im Keller notfalls gezähmt werden muß, soll, falls sich plötzlich polizeiliche Kontrolle ankündigt, die feinen Schlafzimmer zusammen mit den Kunden schnell verlassen können, denn Prostitution als Gewerbe ist in Serbien verboten.

Der Besitzer und gestrenge Chef ist ein magerer Mann, der sich am liebsten in nadelgestreiften Anzügen zeigt, wie er es in Gangsterfilmen gesehen hat. Er freut sich, wenn man ihn als Boss Bole anspricht, seinen vollen, richtigen Namen hält er für den Alltagsgebrauch für viel zu kompliziert.

Bole hat sein Geld als Zuhälter in der Provinz verdient. Schmuggler, Lastfahrer, aber auch reiche Bauern lassen sich Vergnügen mit jungen Damen etwas kosten. Seit den Neunzigerjahren ist fast in jedem größeren serbischen Dorf ein Puff entstanden. Bevorzugt werden Mädchen aus Moldawien, der Ukraine oder Rußland, die lernen schnell serbisch radebrechen. Die meisten von ihnen wußten schon bevor sie angekommen waren, auf was sie sich eingelassen hatten, andere allerdings glaubten, sie würden als Kellnerinnen oder Tänzerinnen engagiert oder einfach nur so, weil sie glaubten sie könnten über Serbien leichter nach Westeuropa gelangen. Die mußte man notfalls gefügig machen. Bole ist überzeugt davon, für dieses Geschäft einfach geboren zu sein. Er hat seine Foltermethoden verfeinert, er versteht es zu drohen, aber auch zu schmeicheln, und er vergnügt sich gerne beim Verkosten der frisch angelangten Ware. Mit den ganz Großen des Gewerbes will er sich gar nicht messen, er möchte bescheiden bleiben. Im Grunde genommen ist er mit sich und der ganzen Welt zufrieden. In Belgrad hat er Familie und führt einen gutbürgerlichen Lebenswandel.

Zutiefst erschrocken ist Bole, als er die Nachricht erhält, Herr Aki wolle ihn kennenlernen, er möge sich punkt acht Uhr am Abend im Hotel »Jugoslavija« in Neu Belgrad einfinden. Jedermann weiß, daß das Spielkasino in diesem Hotel Arkan gehört hat, dem berüchtigtberühmten Führer der Freischärler aus den Bürgerkriegen, die Jugoslawien zerrissen haben. Arkan wurde in einem anderen Hotel, im »Interkontinental«, erschossen. Seither führt dieser Aki einen wesentlichen Teil seiner Geschäfte weiter. Niemand weiß ob er tatsächlich der oberste Chef ist, oder, falls hinter ihm ein anderer steht, für wen er was betreibt. Es heißt, daß er mit der Polizei und dem Geheimdienst beste Beziehungen unterhält. So einer Einladung folgt man bedingungslos, allerdings hatte Bole bisher gehofft für einen Arkan oder Aki zu unbedeutend zu sein.

Aki, gekleidet in elegantem grauen Zweireiher, empfängt den kleinen Zuhälter in seinem Büro im Erdgeschoß des Hotels spöttisch, aber freundlich, läßt Whisky mit Eis und Soda kommen, fragt nach dem Befinden, der Familie, dem Geschäft. Ohne solche nichts bedeutende Gespräche fängt man in Serbien keine Unterredung an. Bole beteuert, er könne nicht klagen, das neue Motel mache sich, und dann sagt der gefürchtete Capo aller Capi:

»Ich höre, du hast aus Russland ein neues Mädchen bekommen, ein besonders hübsches...«

Bole weiß nicht ob er jetzt aufatmen soll. Eigentlich hat er gefürchtet, Aki würde eine Beteiligung am Motel fordern und schon darüber nachgedacht, ob er ihm von sich aus 30% anbieten solle. Dann hätte er einen mächtigen Beschützer.

»Ja. Woher wissen Sie das?...«

»Ich weiß alles«.

»Sie ist sehr schön. Eine Perle! Sportlerin, Gymnastik hat sie betrieben! Sie hat so einen für den serbischen Geschmack etwas zu dünnen, superschlanken Körper, lange kastanienbraune Haare und tellergroße, grünliche Augen, aber noch will sie nicht richtig, sie denkt, sie sei etwas besseres...«

»Du nennst sie Nana?«

»Ja, eigentlich heißt sie Natascha, aber Nana war in so einem Buch, hat mir jemand gesagt... Das klingt doch gut, nicht wahr?«

»Zola«, sagt Aki verächtlich. »Nein, das klingt nicht gut. Nenne sie Lara nach der Figur aus dem Film Doktor Schiwago, das kommt bei uns besser an. Du bewahrst sie für mich auf, verstanden!«

»Sie wollen sie...« Bole versteht nicht, was Aki meint.

»Du bist ein Idiot!« sagt Aki, der augenscheinlich Gedanken lesen kann. »So habe ich es nicht gemeint. Ich bin ein glücklich verheirateter Mann, du Rindvieh! Pläne habe ich mit ihr. Sag ihr, sie kriegt die Papiere, mit denen sie nach Deutschland reisen kann, von mir. Meinetwegen setze sie einige Tage lang nur bei wenigen, anständigen Kunden ein, damit sie sich gewöhnt. Aber wenn sie nicht will, dann eben nicht. Zwing sie nicht, hörst du, erkläre ihr nur den Sachverhalt«.

»Ich verstehe«.

»Ernähre sie richtig, sperr sie meinetwegen irgendwo ein, laß sie nicht aus dem Haus, bis du die nächste Weisung von mir bekommst. Paß auf, ich will keine Narben an ihr sehen, schon gar nicht im Gesicht! Vielleicht komme ich dieser Tage selber vorbei«.

»Ich habe sie nicht geschlagen... Es wäre für uns eine große Ehre, wenn Sie uns besuchen würden...«

Bole fährt nachdenklich zurück und kommt zum Schluß, daß er aufatmen darf. Es wäre wirklich ganz gut, dieses widerspenstige Mädchen loszuwerden und damit auch noch Aki einen Gefallen tun, aber er kann sich nicht damit abfinden, den Willen eines solchen Geschöpfes nicht zu brechen. Ehrensache! Er muß sich selbst beweisen, daß er in jedem Fall eine zum Erfolg führende Methode finden kann. Messerstiche, Verbrennungen mit Zigaretten und Prügel sind ja nicht die einzigen Möglichkeiten.

Natascha wurde in einem der Verliese im unteren Keller eingesperrt. Sie hatte sich auf ihren Vertrag berufen als Sportlehrerin nach Serbien gekommen zu sein, in Rußland hatte sie noch als halbes Kind große Erfolge im Turnen gehabt, nachher eine entsprechende Hochschule absolviert, aber bei den Wettbewerben der Seniorinnen war sie nicht mehr besonders erfolgreich gewesen, deshalb wollte sie weg. Einfach nur Trainerin in der russischen Provinz wäre zu wenig für ihren Stolz, ihr Selbstbewusstsein. In Serbien zu reüssieren, später in Europa, vielleicht in Deutschland, und sich dann zurückmelden, der Familie Mails über ihre Erfolge senden... Es schien alles logisch und einfach, aber dann hatte mit großer Geste dieser Verbindungsmann aus Serbien, dieser Herr Bole, den Vertrag vor ihren Augen zerrissen.

»Deine Reise hat uns viel Geld gekostet, dumme Gans. Mädchen für Sport haben wir selber genug...«

Wieder eine Niederlage?

»Dann lassen Sie mich nach Hause fahren, ich zahle alles zurück...«

»Das wirst du. Aber mit deiner Arbeit hier. Du solltest mir danke schön sagen, wenn ich dich nicht an die Wand fessle!«

Er hatte die schwere Tür ins Schloß fallen und heiße Luft in die Kammer blasen lassen. Nachdem er zurückgekommen war, beobachtete er sie dank der Geheimkamera, stellte fest, daß sie sich, wie erwartet, der meisten Kleidungsstücke entledigt hat. Nachdem er wieder eintrat, schrie sie:

»Rühren sie mich nicht an! Ich wehre mich! Ich bin eine Sportlerin, ich bin stark!«

»Wenn ich wollte und es notwendig wäre, würde ich doch nicht allein kommen und dich festbinden lassen, aber mit solchen Küken, wie du, werde ich auch ohne fremde Hilfe fertig. Mir ist etwas anderes eingefallen. Bei uns in Serbien gibt es eine Legende über die wunderschöne Prinzessin, die in eine Burg eingemauert wird um die Festung für Feinde uneroberbar zu machen. Du bildest dir auch ein, wunderschön zu sein, glaubst, du bist unwiderstehlich, eine Prinzessin. Schön, ich aber brauche Glück für diese, meine Burg. Los, Leute...«

Bole zieht sich zurück, zwei Männer beginnen mit Ziegelsteinen eine Mauer innerhalb der Zelle so hochzuziehen, daß man die Tür von außen trotzdem noch schließen kann.

»Was machen Sie da?«

»Das siehst du doch. Dieses Zimmer brauche ich nicht, ich habe genug andere... Ich mauere dich in das Fundament des Hauses ein. Genug für heute!«

Die Mauer ist erst brusthoch.

»Ich lösche das Licht, drehe die Luft ab und fertig. Du erstickst oder stirbst vor Hunger, Durst. Niemand wird sich mit dir die Hände schmutzig machen. Adieu!«

Wortlos schließt er die Tür und läßt die Temperatur auf zehn Grad drosseln. Wieder oben im Restaurant seines »Motels zum Heiligen Nikolaus dem Seefahrer«, vergewissert sich Bole, daß der Abendbetrieb reibungslos angefangen hat. Die Vorzüge des Hauses haben sich schnell in der Gegend herumgesprochen. Bischof und Kirche wissen von keinen Einzelheiten oder wollen lieber nichts Genaues wissen, der Bürgermeister war schon selbst zu Besuch. Auch oben.

Bole gibt noch die Weisung, Natascha in absoluter Finsternis zu lassen, nach zwei Stunden die Temperatur wieder auf 35 Grad zu erhöhen und zieht sich in seine kleine Wohnung im Dachgeschoß zurück, telefoniert mit seiner Frau in Belgrad, sagt den Kindern gutenacht, stellt die Weckuhr auf fünf Uhr früh und schläft sofort ruhig ein. Er hat keine Angst mehr vor Aki, das Wort und den Begriff Gewissensbisse kennt er nur von Hörensagen.

Natascha ist allein in der finsteren Zelle. Du musst jetzt ruhig bleiben, Mädchen, sagt sie sich. Totale Dunkelheit erlebt der Mensch fast nie. Sie muss sich daran gewöhnen. Es gibt blinde Menschen, sagt sie sich, und sie leben. Sie haben einen Tastsinn. Etwas muß sie tun. Sie versucht sich genau zu erinnern wie die Kammer, in der sie eingesperrt ist, aussah bevor die Tür zugeschlagen wurde. Links hinter ihr steht eine Pritsche. Mit kleinen Schritten geht sie in diese Richtung. Da ist sie tatsächlich, sie setzt sich, steht wieder auf, tastet sich die Mauern entlang. Etwas muss sie tun. Es wird immer kälter. Hat das damit zu tun, dass sie nichts sieht? Nichts, nichts, nichts. Wird man sie wirklich hier sterben lassen, oder ist es nur eine Drohung? Gewiss eine Drohung.

Vielleicht ist es ein Traum. Dann wird sie aufwachen und lange nicht verstehen, wie sie so dummes Zeug träumen konnte. Früher hatte sie oft geträumt, dass sie ihre beste Nummer an den Ringen absolviert, aber plötzlich rutschen die Ringe aus ihren verschwitzten Händen und sie stürzt, aber nicht auf die Matte, stürzt ins Bodenlose und wacht plötzlich auf, wird vom eigenen Aufschrei geweckt. Kann das jetzt ein Traum sein? Oder der Tod? Wenn sie sich nicht fügt? Was will man von ihr? Klar, was man will. Na und? Ein kleines unschuldiges Mädchen ist sie ja nicht mehr, aber…

Natascha friert, macht deshalb kleine Schritte von Wand zu Wand, tastet vor der von außen geschlossenen Tür über die schon über einen Meter hohe Mauer, die rauhen Ziegelsteine, aber sie friert immer stärker, fröstelt, versucht die Zähne zusammenzubeißen, um nicht mit ihnen zu klappern, setzt sich auf die Pritsche, springt wieder auf.

Wieviel Zeit ist vergangen? Ich bin doch immer ein mutiges Mädchen gewesen, sagt sich Natascha, aber gegen die Angst, die ihr das Herz zu zerdrücken droht, kann sie nichts machen. Grenzenlose Verzweiflung. Sie tastet sich zur Pritsche, kauert sich auf ihr zusammen. Und wartet.

Schon nach wenigen Stunden, gut ausgeschlafen, läßt sich Boss Bole vom Nachtportier über den Verlauf des Geschäftes berichten, prüft die Einnahmen. Nur ein amerikanischer Ingenieur ist über Nacht geblieben. Gesellschaft leistet ihm ein braves Mädchen mit pechschwarzen langen Haaren, das aus Rumänien mit dem freien Willen nach Serbien gekommen ist, sich als Prostituierte ihr Geld zu verdienen. Mit solchen Mitarbeiterinnen ist das Leben einfacher. Er bestellt sich einen starken Kaffee und befiehlt:

»Bringt mir die Russin herauf!«

Natascha zittert noch immer am ganzen Leibe. Minuten lang muss sie die Augen schließen, das Licht blendet nach den Stunden in absoluter Finsternis. Früher wäre es ihr als Turnerin leicht gefallen, jetzt aber war sie nur mit Mühe über die Mauer aus Ziegelsteinen hinübergeklettert, die in der Öffnung ihrer Zellentüre schon fast brusthoch errichtet war. Ist es so leicht, den Stolz eines Mädchens zu brechen, fragt sie sich, kann das Zittern nicht verhindern, ihre panische Angst nicht besiegen.

Sie sieht gar nicht mehr so schön aus, denkt Bole. Würde sie Aki enttäuschen?

»Nun? Bist du hungrig?« Das Mädchen nickt lebhaft. »Hast du es dir überlegt oder soll ich dich wieder hinunterbringen und die Maurer kommen lassen?«

»Geben sie mir etwas zu essen und trinken!«

Bole bestellt Limonade und kalten Schweinebraten. Er sieht geduldig zu, wie sie schnell ißt, mit einem Stück Brot den Teller aufwischt.

»Was muß ich tun?« fragt das Mädchen. »Wie lange?«

»Das wird sich ergeben. Aber vorerst brauchst du gar nichts zu machen, wenn du nicht willst. Wichtig ist nur, daß du brav und folgsam bist. Im Prinzip. Wir werden dich Lara nennen!«

Das Gespräch beruhigt sie. Sie freut sich, weil sie weiß, dass ihre Stimme jetzt wieder normal klingt.

»Ich heiße Natascha!«

»Ja, ja, aber jemand hat mir das empfohlen. Der Name ist bei uns sehr beliebt, weißt du«.

»Wegen Pasternak?«

»Nein, wegen dem Film Doktor Schiwago«.

»Der ist nach einem Roman des russischen Dichters Boris Pasternak gedreht worden«.

»Ach, gebildet bist du auch? Das macht dich ja noch begehrenswerter. Jetzt darfst du ausschlafen. Und versuche ja nicht zu fliehen, ich erwische dich und maure dich dann gnadenlos im Keller ein!«

Die Russin wird in ein normales Zimmer gebracht, die Tür abgesperrt.

Boss Bole meldet Aki telefonisch Vollzug, berichtet stolz, wie er die Zähmung vollbracht hat. Aki lobt ihn und sagt, er habe es sich überlegt, er würde noch am Nachmittag das Mädchen holen lassen.

»Wir sind jetzt Geschäftsfreunde, Bole, weißt du was das für dich bedeutet?«

»Ich weiß es zu schätzen, Herr Aki!«

»Schweigen!«

»Selbstverständlich. Wie ein Grab!«

Nachdem zwei gut angezogene schweigsame junge Männer mit Natascha, alias Lara, weggefahren sind, gibt Bole dem Personal noch einige Anweisungen, sagt, er würde noch vor Mitternacht zurückkommen, er fahre jetzt nach Belgrad zu seiner Familie. Frau Borisavljević und die beiden Töchter, elf und sieben Jahre alt, wohnen in einem guten Viertel im Zentrum der Hauptstadt.

Der Zuhälter steigt in seinen Mercedes. Das schwierige Mädchen ist er, Gott sei Dank, los, und in einem der mächtigsten Gangsterchefs glaubt er einen Schutzherrn gefunden zu haben. Jetzt heißt es nur noch Wege zu finden um das viele Geld, das er mit Schmuggel, Rauschgift und Menschenhandel zu verdienen gedenkt, zu legalisieren, aber dafür ist das Motel goldrichtig. Seine Töchter sollten es gut haben auf dieser Welt.

Nachdem er den Motor startet, fliegt sein schönes, neues Automobil mit einer gewaltigen Explosion in die Luft. Die beiden smarten Herren, die mit dem Mädchen weggefahren sind, haben Zeit gefunden schnell den Sprengstoff anzubringen.

4.

Micha erscheint eine Viertelstunde später als sonst in seinem Büro. »Ausgeschlafen?« fragte sein Partner, Goran, ironisch.

»Du weißt, daß ich Punkt sechs aufstehe«.

»Weiß ich. Man wird aber leider alle 24 Stunden einen Tag älter. Ich bin manchmal auch todmüde. Du, ich wollte schon anrufen und fragen was mit dir los ist? Refik hat sich für zehn angesagt und will dich sehen!«

»Müde bin ich überhaupt nicht, ich hatte noch einiges oben zu tun und habe zwei überraschende Anrufe bekommen. Was will Refik so plötzlich? Und warum kommt er her? Das ist nicht in Ordnung! Rede du mit ihm, ich muß gleich in die Stadt und wollte eigentlich nicht mehr ins Büro zurückkommen...«

Refik ist ein albanischer Goldschmied. Über zwanzig Jahre lang war er illegaler Mitarbeiter des jugoslawischen Geheimdienstes UDBA. Früher hatte er so manches, was sich unter seinen Landsleuten vorbereitete, rechtzeitig gemeldet, dafür hatte man ihn gewähren lassen verschiedene Schmuggelgeschäfte zu tätigen. Vom Standpunkt seiner Leute aus gesehen war er möglicherweise ein Verräter. Andererseits war er vielleicht ein Doppelagent. Micha würde für diesen etwas undurchsichtigen Mann die Hand nicht ins Feuer legen.

Als Anfang der Neunzigerjahre, ein gutes Jahrzehnt nach Titos Tod, der neue Machthaber, Slobodan Milošević, mit seinem serbischen Nationalismus den Vielvölkerstaat vernichtete, verließen den Geheimdienst nicht nur Gegner seiner nationalistischen Politik, wie Micha, es gingen mit ihnen auch viele Kontakte zu auswärtigen Mitarbeitern verloren. Refiks Bekanntheit in verschiedensten Kreisen und die Informationen, die er besonders in Hinsicht von dunklen Geschäften mit Gold und Edelsteinen beschaffen konnte, waren auch für eine Privatdetektei wertvoll. Für die politische Tätigkeit der Albaner vom Kosovo interessierten sich Micha und Goran zwar überhaupt nicht mehr, wohl aber für Feindschaften und Bündnisse zwischen verschiedenen Gangs der serbischen und albanischen Unterwelt.

Dank Refiks Hinweisen waren Micha und David aus Israel einmal gemeinsam einer internationalen Bande von Diamantendieben auf die Spur gekommen. An keinem einzigen Auftrag hatten sie je so gut verdient. Michas Büro kaufte von Refik ab und zu Siegelringe, Zigarettenspitzen, Bilderrahmen, Vasen und Dosen aus Kupfer oder Silber, relativ preiswerte, als Unikate schöne Geschenke für gute Kunden. Das war auch der Vorwand, ab und zu seine kleine Werkstatt zu besuchen.

Micha verbringt den ganzen Tag mit Geschäftsfreunden und Kontaktpersonen, vor allem, um mehr über einige serbische Firmen zu erfahren. Seine Detektei ist unter anderem engagiert, deren Bonität zu überprüfen. Er besucht auskunftsbereite Leute natürlich nicht in ihren Büros, man trifft sich in verschiedenen Restaurants und Kaffees, tut, als begegne man sich zufällig. Routinearbeit. Zeit zum Mittagessen findet sich nicht. Zu den unzähligen türkischen Kaffees, die er schlürft, und einigen Schnäpsen, hat er nur ein paar Kekse verzehrt. Mordshungrig trifft er sich erst um sieben am Abend mit Goran in einem schönen Restaurant auf dem Nobelhügel Belgrads, Dedinje. Die beiden berichten einander über den Tagesverlauf.

Refik hat Goran erzählt, ein unbekannter Herr, der sich auf gemeinsame albanische Bekannte berief, habe einen großen Siegelring aus Kupfer gekauft, in dem ein winziges Geheimfach eingebaut ist. Es war das letzte Stück aus einer kleinen Serie. Solche Schmuckstücke hatte der Schmied Jahre vorher für die Rebellen aus dem Kosovo angefertigt, die darin Geheimbotschaften für ihre Freunde nach Westeuropa mitnahmen. Alle Albaner in Deutschland, Österreich, der Schweiz und in skandinavischen Ländern waren angehalten 3% ihres Einkommens für den Freiheitskampf im Kosovo zu spenden. Ob sie das als patriotische Tat auffassten und freiwillig taten oder davon ausgingen, Schutzgeld zu bezahlen, war ihre Privatsache, aber wenn sie sich weigerten, gingen mitunter ihre Gastwirtschaften und Wohnungen in Flammen auf, oder sie wurden einfach erschossen. In Refiks Siegelringen brachten die wechselnden Boten auch ihre Ermächtigungen, den Zunder abzuholen.

»Es gibt aber noch etwas, aber das will er nur dir persönlich sagen. Sollen wir den Kollegen, die im Dienst geblieben sind, Mitteilung machen?« fragt Goran besorgt.

»Das ist eine gute Frage. Ich weiß nicht... Erst einmal lieber doch nicht. Jedenfalls war es sehr unvorsichtig von ihm, zu uns ins Büro zu kommen. Morgen ist auch ein Tag, darüber müssen wir nachdenken...«

Micha berichtet über den Anruf aus Israel. Auch Goran glaubt, daß die Einladung auf ein gutes Geschäft hindeuten könne. Übrigens hat er im Radio über den Tod der Gardisten gehört. Es war eine kurze Nachricht, gemeldet wurde nur, zwei Wachposten hätten einander im Streit erschossen.

»Marko hat gesagt, wir sollen kein Wort von dem glauben, was offiziell berichten wird«.

»Was ist aber wirklich geschehen? Und was hat das mit uns zu tun?«

Micha und Goran analysieren die Situation und stellen fest, daß sie der Tod der Soldaten nichts angeht. Was der Offizier mit seinem Telefongespräch wollte, bleibt ein Rätsel. Sie bestätigen einander die Überzeugung, daß ihre Büros ziemlich abhörsicher sind, weil sie die Räume regelmäßig auf Wanzen elektronisch kontrollieren und wesentliches nie am Telefon besprechen, aber hundert Prozent sicher ist nichts auf der Welt. Was Refik in ihrem Büro erzählt hat, konnte kaum jemand mitgehört haben, aber daß er da gewesen war, wurde vielleicht beobachtet. Von wem? In Betracht kamen sowohl der staatliche Geheimdienst, als auch albanische Freiheitskämpfer und die Organisation der Diamantendiebe, die vielleicht einen neuen Coup plant und sich vor Indiskretionen fürchtet.

Die beiden Telefonate, die Micha aus seiner Wohnung mit Marko und David geführt hat? Freilich müssen die beiden Detektive feststellen, daß sie ein wenig ungewöhnlich waren. Was würden sie selber denken, wenn sie in der Abhörstelle Dienst gehabt und davon Wind bekommen hätten? Sie zucken die Achseln. Kunstraub war jedenfalls von beiden erwähnt worden, aber um was könnte es sich konkret handeln?

Auf den Tisch kommt viel Fleisch vom Grill, zwei Flaschen Rotwein. Seinen Stammgästen spendiert der Wirt noch Birnengeist. Er setzt sich für einen Augenblick zu den beiden. Man plaudert über Fußball.

Obwohl sie im Stadtteil Neu Belgrad kaum dreihundert Meter entfernt voneinander wohnen, fahren die beiden Freunde und Partner relativ früh, schon kurz nach zehn Uhr, getrennt nach Hause. Goran als Familienmensch will Frau und Kinder noch wach antreffen. Micha hat es nicht so eilig. Bevor er sich in sein Automobil setzt, spaziert er noch eine halbe Stunde lang gemächlich durch die schwach beleuchteten Straßen der feinen Gegend. Das Laub raschelt unter seinen Füßen. Vor manchen Villen räkeln sich finstere Gestalten. Die Neureichen fürchten sich. Ohne Leibwächter wagen sie keinen Schritt, auch nachts lassen sie sich in ihren Domizilen bewachen, sie glauben ohne Schutz rund um die Uhr nicht leben zu können. Einen oder möglichst mehrere solcher Bodyguards zu haben und bezahlen zu können, ist ein wesentliches Statussymbol.

Langsam schlendert Micha auch die Theodor-Dreiser-Straße hinunter und dann wieder hinauf. Mit Hornsignal und Blaulicht rast ein Rettungswagen an ihm vorbei, in der Nähe befinden sich mehrere Krankenhäuser. Er weiß genau hinter welcher Hecke sich der Eingang zum unterirdischen Bunkerkomplex versteckt, wo die beiden Gardisten den Tod gefunden haben. Unweit davor steht ein Kombiwagen geparkt. Vielleicht fotografiert man Micha im Vorbeigehen. Sein Spaziergang zu dieser Uhrzeit muß auffallen. Er ärgert sich unwillkürlich so unvorsichtig gewesen zu sein, weil er genauso gut auch anderswohin hätte gehen können um Luft zu schnappen. Es war unnötig, sich hier möglicherweise registrieren zu lassen, aber jedermann macht Fehler und jetzt ist es zu spät darüber nachzudenken.

Inzwischen ist Goran vor seiner Wohnung in Neu Belgrad angekommen. Dort ist ein Vorteil, daß, anders als im Zentrum, stets genügend Parkplätze vorhanden sind. Von der Stelle, wo er seinen Ford abstellt, bis zur Eingangstür sind es knapp fünfzig Schritte. Er achtet auf das davor wartende Auto nicht. Es ist ein blauer Audi, wie ihn die belgrader Gangster am liebsten benützen. Schon der erste Schuß trifft tödlich, aber der Mörder steigt ruhig aus dem Wagen, setzt die Waffe direkt auf den Hinterkopf des ehemaligen Geheimdienstagenten und Detektiv an und schießt noch einmal. Im Jargon der Unterwelt nennt man das: *die Aktion bestätigen.*

Die Halbwüchsigen, die noch so spät in der Nacht in der Nähe Basketball spielen, achten auf den Knall nicht. In Belgrad wird viel herumgeballert, man ist es gewöhnt. Das Benzin ist schlecht, manchmal knattert ein Auspuff, als sei es eine Maschinenpistole. Die Leiche findet etwas später ein Nachbar, der noch seinen Hund spazieren führt.

5.

Wenn man mit dem Auto von Belgrad über Zagreb Richtung Adria fährt, kommt man an der Stadt Knin im Hinterland Dalmatiens vorbei. Urlaubsreisende rasen meist schnell weiter, achten kaum auf die schöne Landschaft und die kleine, aber sehr alte Gemeinde, sie sehnen sich hier meist schon nach dem Meer, nach Strand und Zypressen.

Knin liegt am Fluß Krka, reich an Forellen. Schon im X. Jahrhundert werden Stadt und Burg erwähnt, die Wälle sind allerdings noch viel älter, sie reichen weiter in die Vergangenheit zurück, als es die Geschichte verzeichnen kann. Unweit von hier befindet sich Plitvice, ein Naturwunder, mehr als ein Dutzend, dem Charakter und der Farbe des Wassers nach, verschiedene große und kleine Seen stürzen als Wasserfälle ineinander. Hier hat der Bürgerkrieg begonnen der Jugoslawien zerstören würde.

Das Kastell Knin, auf einem felsigen steilen Berg errichtet, ist ein wichtiger, weil fast unzugänglicher strategischer Punkt gewesen und war im Mittelalter zeitweilig Sitz der Königin Maria von Ungarn. Nach dem Fall Bosniens 1522 eroberten die Türken Stadt und Festung, sie gelangte 1688 wieder in christliche Hände, zuerst wurde sie von Venedig beherrscht, dann kamen Österreich, Frankreich, wieder Österreich an die Reihe, nach dem Erstem Weltkrieg wurde aufgrund des Vertrages von Rapallo die ganze Region Teil des Königreichs der Serben, Kroaten und Slowenen, das sich 1929 in Jugoslawien umbenannte.

Die Habsburger hatten am Ende des XVI. Jahrhunderts Serben aus dem Osten angesiedelt und ihnen viele Freiheiten gewährt. Als Wehrbauern waren sie von Feudalabgaben befreit, laut Vertrag nur dem Kaiser in Wien Militärdienst und sonst niemandem auf der Welt etwas schuldig. So entstand die Militärgrenze, die sowohl auf Kroatisch, als auch auf Serbisch *Krajina* genannt wird.

Noch im Zweiten Weltkrieg erwies sich Knin tatsächlich als feste Burg. Die Partisanen, obwohl schon ausgerüstet mit russischen Panzern und mit der Unterstützung der englischen Luftwaffe, mußten ab November 1944 zwei Monate lang um die Stadt kämpfen, weil sich die 264. Division der deutschen Wehrmacht mit Teilen der 373. Division und ihren Verbündeten, einer Bande von Tschetniks, angeführt vom orthodoxen Popen Djujić, eingenistet hatten und sie mit Zähnen und Klauen verteidigte.

Unweit von Knin befindet sich das kleine Dorf Smiljan in dem 1856 der Wissenschaftler, Erfinder und Zauberer der Elektrotechnik Nikola Tesla geboren wurde. Sein Vater war orthodoxer Pope. Tesla studierte in Graz und Wien und gelangte über Prag, Budapest und Paris mit dem Dampfschiff »Saturnia« nach New York, wo er anfangs als Assistent bei dem etwas älteren Thomas Alva Edison Arbeit und Brot fand. Der starrköpfige Serbe zerstritt sich jedoch bald mit seinem ebenfalls genialen Chef über die Zukunft der Elektrotechnik und gründete eine eigene Firma.

Als Erfinder war er ein Genie, Zeitungsreporter nannten ihn den Herrn des Lichts, den Dresseur der Blitze, die er künstlich herzustellen wußte, mit der Presse kam er fabelhaft aus, als Geschäftsmann erwies er sich jedoch als ungeschickt und naiv, seine ersten sieben Patente meldete er zwar schon 1887 an, verkaufte sie aber zu billig an den Konzern Westinghouse, der sie mit großem Erfolg auf der Weltausstellung 1893 vorstellte.

Die Elektrizitätswerke an den Niagarafällen wurden aufgrund eines Geniestreiches von Tesla errichtet, aber er bekam dafür keinen Cent. Er entdeckte das Prinzip des Drehstrommotors und erzeugte mit dem nach ihm benannten Tesla-Transformator die physiologisch ungefährlichen hochfrequenten Wechselströme hoher Spannung die ebenfalls noch immer Tesla-Ströme genannt wurden. Ein drahtloses System der Übertragung von Worten, Musik, Bildern, aber auch Energie, plante er bereits 1902, als er auf Long Island einen der ersten Radiosender errichtete.

Enttäuscht, mißtrauisch gegenüber jedermann, arbeitete Tesla in einem eigenen Laboratorium bei Colorado Springs weiter an seinen empfindlichen Detektoren, forschte im Rahmen industrieller Chemie, entwarf ein Raketenautomobil, ein Unterseeboot, medizinische Apparate. In der Zeitschrift »The Electrical Experimenter« beschrieb er schon 1917 ein komplettes System, das die später entdeckten Radarstrahlen vorwegnahm, über die Möglichkeit interplanetarer Telekommunikation per Ultraschall berichtete er 1923 in der Zeitschrift

»Electrical World« und war überzeugt davon, daß man mit Außerirdischen Kontakt nicht nur bald aufnehmen könnte, sondern müßte, die Existenz von Marsmenschen hielt er für »statistisch wahrscheinlich«. Ganze Städte wollte er vom Himmel aus mit seinen sich reflektierenden Strahlen beleuchten. Obwohl er bewies, daß er ein Boot ohne Besatzung per Fernlenkung steuern konnte, gelang es ihm nicht das Patent dafür anzumelden, weil es dem zuständigen Amt zu phantastisch erschien, oder weil er selbst zu ungeduldig war die Patentschrift ausführlich und präzise genug auszuführen.

Obwohl er zeitweise recht gut verdiente, ging ihm immer wieder das Geld aus. Wenn er genug davon hatte, zerriß er großzügig Schecks oder lud Dutzende von Freunden zu Galadiners in teure Hotels ein, wenn er keines für seine Experimente hatte, schrieb er Bittbriefe und jammerte. Man hielt ihn später für einen greisen Phantasten. Alt und arm zog er sich in immer billigere Zimmer im Hotel The »Newyorker« zurück und kritzelte fast unleserlich neue Ideen in seine Notizbücher ohne die Möglichkeit zu haben sie experimentell zu überprüfen und nachzuweisen. Übrigens fand er auch noch Zeit, sich von Albert Einstein zu distanzieren und ihm zu raten, er solle lieber Violine spielen, als sich mit Physik zu beschäftigen, von der er nichts verstünde. Er mißtraute ihm auch schon deshalb, weil er in einem Patentbüro gearbeitet hatte. Mit solchen Federfuchsern hatte er schlechte Erfahrungen gemacht.

Nachdem Tesla 1943 im Hotel »The Newyorker« im Elend starb, wurde seine Leiche auf Grund seines Testaments eingeäschert und die Urne, Aufzeichnungen, Instrumente, Tagebuch, Notizen und was sonst noch da war, nach dem Krieg nach Belgrad geschickt. Es erwies sich als Glücksfall für seine Heimat, daß einer seiner Neffen, Sava Kosanović, gerade jugoslawischer Botschafter in den USA war und glaubwürdig als Erbe auftreten konnte. Ein Teil von Teslas Nachlaß, der aus dem Keller seines letzten Hotels in zwei großen Lastkraftwagen abtransportiert wurde, gilt jedoch als für immer verschollen, von ihm fehlt zumindest offiziell jede Spur. Das auf den ersten Blick Interessanteste und Wertvollste, sowie die Urne mit seiner Asche, wurden nach dem Zweiten Weltkrieg in einem besonderen Museum in Belgrad ausgestellt, weniger bedeutende Gegenstände wurden nach Smiljan gebracht, wo sein Geburtshaus als kleines Museum weiter besteht.

Hierher gelangten auch einige Notizbücher, deren Inhalt man nicht entziffern konnte und die deshalb für die Sammlung in der Hauptstadt nicht würdig genug waren, ausgestellt zu werden.

Der Physiker Pavle Savić wurde 1909 in Thessaloniki in Griechenland geboren, verlebte in Belgrad seine Kindheit und studierte dort. Er arbeitete von 1934 bis 1939 im »Institut de Radium« in Paris, das von Frédéric Joliot und Iréne Joliot- Curie geleitet wurde, und assistierte ihnen bei der Beschießung von Uranatomen mit Neutronen, die zur ersten Kernspaltung führte und damit den Nachweis des Auftretens von Kettenreaktionen innerhalb der Uranmasse erbrachte.

In der französischen Hauptstadt lernte Savić nicht nur die Möglichkeit Atombomben zu erzeugen und Bistros mit preiswertem, guten Wein kennen, sondern auch den Generalsekretär der Kommunistischen Partei Jugoslawiens, Josip Broz, der sich noch nicht Tito nannte, sondern unter dem Namen Walter auftrat. Für ihn fälschte Savić Dokumente für jugoslawische Freiwillige, die am spanischen Bürgerkrieg teilnehmen wollten. Gleich nach dem Angriff der Achsenmächte auf sein Heimatland schloß er sich der Widerstandsbewegung an, bastelte für den Partisanenstab Radiosender und entwickelte Chiffriermaschinen. Nach der Befreiung wurde er Mitglied des Zentralkomitees der Kommunistischen Partei, wollte aber verständlicherweise trotzdem auch weiterhin seinen alten Beruf ausüben.

Vierzehn Kilometer südöstlich von Belgrad, auf einem Berg oberhalb der Donau, befindet sich ein Ort namens Vinča. Am rechten Steilufer des großen Flußes existierte hier eine der ältesten Menschensiedlungen, sie wurde im fünften Jahrtausend vor Christus gegründet und zeugt vom Leben im Neolithikum. Ausgerechnet hier errichtete Savić das serbische Institut für Nuklearwissenschaften. In Slowenien und Serbien wurde genug Uranpecherz gefunden um über die Möglichkeit des Baues einer eigenen Atombombe zu spekulieren. Savić hatte die Grundlagenkenntnisse, um in diese Richtung zu forschen. Aus Rußland bestellte er einen Graphitreaktor, weil ihm der Weg über Schwerwasserreaktoren zu umständlich schien. Wie weit man fortgeschritten war, blieb ein bestens gehütetes Geheimnis, jedenfalls war eine »jugoslawische Atombombe« Anfang der Fünfzigerjahre Thema – auch in höchsten politischen Kreisen um Tito, und der Atomprofessor scherzte in Vinča:

»Mit dem Spielzeug, das wir hier zusammenbasteln wollen, kann sich die Menschheit zurück in die Steinzeit bomben, auch schon deshalb ist Vinča der richtige Ort!«

Ivan Perin wurde 1960 im Dorf Opovo im Banat geboren. Schon in der Volksschule und im Gymnasium, später auch in Belgrad als Student, trug er den Spitznamen Lala. Lala werden in Serbien die Bauern aus dem Banat genannt, die gutmütig sind, sich dumm stellen, aber für besonders schlau gelten. Es ist schwer, sie auf den Arm zu nehmen. So sagt man etwa: »Weißt du, Lala, daß in Frankreich alle Kinder schon Französisch sprechen?« »Mag ja sein«, antwortet er, »bei uns aber können schon die kleinsten Kinder Serbisch, Ungarisch, Deutsch, Slowakisch und Rumänisch...« Man fragt Lala: »Möchtest du lieber eine Frau oder eine Geliebte haben?« »Beide«, sagte er bedeutsam. »Die Frau glaubt, ich schlafe bei der Geliebten, die Geliebte glaubt, ich schlafe bei meiner Ehegattin, ich aber kann mich hinauf auf den Dachboden schleichen und richtig ausschlafen...«

Perin war ein äußerst schüchterner Bursche. Vielleicht wäre er es selbst dann geblieben, wenn er nicht schon als kleiner Junge an Phimose erkrankt und operiert, wie es allgemein heißt: beschnitten worden wäre. In seiner Heimat im Banat gibt es viel Staub, Bauernkinder spielen in ihm, und das empfindliche Röhrchen entzündet sich schmerzlich. Der Herr Doktor sagte, da helfe alles nichts, er müsse die Vorhaut wegschneiden. Als nachher seine Mitschüler entdeckten, was mit ihm los war, begannen sie ihn zu hänseln: »Perin ist ein Jude, Perin ist ein Jude!« Im Dorf gab es keinen einzigen Juden, man wußte nicht so recht, was das überhaupt war, jedenfalls ein gängiges Schimpfwort, aber daß das Ding bei denen so aussah, hatte man irgendwie mitbekommen. Papa Perin beklagte sich beim Arzt, der seinem Sohn das angetan hatte, der beruhigte jedoch: »Keine Sorge, so wird er eher besser ficken, schlechter sicher nicht!« Ivan Perin ging jedenfalls seither allem aus dem Wege, was ihn eventuell dazu führen könnte, sich vor anderen Leuten auszuziehen, mied Sport, lernte nicht einmal schwimmen.

Mit reichen Bauern als Eltern konnte Lala gemütlich studieren. Anders als viele seiner Kommilitonen war er materiell bestens versorgt. Tanzabende und andere Vergnügungen interessierten ihn nicht. Er behauptete, er wolle keine Zeit verlieren, eigentlich hatte er jedoch nur Angst vorm anderen Geschlecht. Da er aber ein gut ernährter, junger Mann mit bestimmten Bedürfnissen war, befriedigte er sie mit Prostituierten. Vor denen schämte er sich nicht, die fragten nichts, und leisten konnte er sich diese Ausgaben jederzeit. Ein Problem war das nicht, Belgrad war in jeder Hinsicht eine Großstadt.

Lala wurde ein brillanter Student, der beste seiner Generation, einer seiner Lieblingsprofessoren mußte ihn allerdings warnen:

»Phantasie ist wichtig, lieber junger Kollege, aber nur falls Sie eines Tages den Nobelpreis für Physik anstreben sollten. Vorerst aber empfehle ich Ihnen, sich an das zu halten, was wir hier versuchen Ihnen beizubringen...«

Nach dem Abschluß des Studiums wurde Lala sofort im Institut für nukleare Physik in Vinča angestellt und erhielt Freizeit genug um zu promovieren. Mit der Ausrede, er brauche es für seine Doktorarbeit, ließ er sich alle Berichte aus dem Safe geben, die Professor Savić über seine Experimente verfaßt hatte. Noch wußte der junge Wissenschaftler nicht, was er eigentlich wollte, nur daß es etwas einmalig Großes sein mußte. Eines Tages sollte der Name Perin genau so berühmt sein wie Tesla oder Savić!

Vorerst war er frustriert. Obwohl im Institut fast 400 Wissenschaftler für Forschung angestellt waren, gab es für Experimente kaum Geld. Die begabtesten jungen Kollegen suchten sich entsprechende Stellungen im Ausland. Sollte er auch auswandern? Hier gab es zur Zeit nicht einmal Mittel, um den atomaren Abfall richtig zu entsorgen, die gefährlichen Container, die als unsicher galten, stapelten sich auf dem Gelände und warteten auf ein Wunder. Wie sollte er hier seine Ambitionen befriedigen?

Als Lala beschloß den Sommerurlaub an der Adria zu verbringen, konnte er nicht wissen, daß es das letzte Jahr für freie Fahrt durch Jugoslawien war, das er für sein Vaterland hielt, daß er einer der letzten sein würde, der noch im Frieden über Knin nach Zadar reisen konnte. Er hatte ein gutes Automobil, einen Opel, den ihm der Vater zur Promotion zum Doktor der Physik geschenkt hatte. Seinen Wünschen entsprechende Damengesellschaft würde er am Meer ohne weiteres finden, da machte er sich keine Sorgen, also fuhr er allein drauflos. Erst unterwegs fiel ihm ein, daß er ja die Seen von Plitvice, über die er so viel gelesen, aber die er nie gesehen hatte, besichtigen könnte. Einen ganzen Tag spazierte er über bemooste Pfade, pflückte wild wachsende Walderdbeeren und nahm, obwohl er sonst gar nicht sentimental war, sogar einige Alpenveilchen mit auf sein Hotelzimmer.

Es war ein guter Tag um nachzudenken. Jetzt war er Doktor, hatte seine hochangesehene Stellung, Laboratorien zur Verfügung, ein Team, trotz des relativ kleinen Gehalts privat keine Geldprobleme, weil er auch weiterhin auf Unterstützung von seinem Vater rechnen konnte, aber Finanzierungsmöglichkeiten für seine Ideen und aufwendige Forschung waren hierzulande nicht in Sicht. Was nun? Da er nun einmal da war, beschloß er, das Dorf Smiljan aufzusuchen.

An diesem Tag war er der einzige Besucher des kleinen Tesla-Museums. Es war zu. Im Wirtshaus fragte er nach dem Kustos, das war der Dorfschullehrer, der freute sich, als Doktor Perin sich vorstellte, sperrte extra für ihn auf, entschuldigte sich aber gleich, er würde in einer halben Stunde zurückkommen, der verehrte Gast könne in Ruhe alles besichtigen, leider sei ja nicht viel interessantes da, alles wesentliche hätte man in Belgrad behalten. Allein gelassen stahl Lala aufs Geratewohl einige alte Notizbücher. Er sagte sich, hier verblaßten sie nutzlos, er aber könne mit ihnen vielleicht etwas anfangen. Etwas Handschriftliches von Tesla persönlich zu besitzen, war für ihn unendlich viel wert. Für ihn waren diese kleinen Aufzeichnungen so etwas wie hingekritzelte Notenzeilen eines musikalischen Genies für eine Fuge oder ein Lied, die vielleicht kongenial weiterentwickelt werden konnten.

An der Adria wählte er ein Hotel mit seichtem Kiesstrand, wo er sich im Meer erfrischen konnte ohne schwimmen zu müssen, es genügte ja, wenn das Wasser bis zur Mitte der Brust reichte. Meist saß er auf der Terrasse des Restaurants, trank Kaffee und den hier hergestellten, ausgezeichneten Maraschino, einen aus Sauerkirschen hergestellten Likör, und studierte Teslas Notizen. Das war schwierig und aufregend. Sie bestanden aus langen Reihen von Formeln, dabei konnte jedes kleine Zeichen, jede Ziffer oder jeder griechischer Buchstabe extrem wichtig sein, aber die mit Bleistift geschriebenen

Zeilen waren teils schon unleserlich, er mußte in Gedanken ersetzen, was sich als undefinierbarer Fleck oder Kringel darstellte, am Ende aber glaubte er, die Kritzeleien verstanden zu haben. Er hielt das Projekt Teslas für Todesstrahlen in der Hand.

Das war es! Ivan Perin, genannt Lala, war jetzt überzeugt davon, daß er eines Tages berühmt, sehr berühmt sein würde. Er würde Savićs Atombombe und Teslas Übermittlung von Energie auf Grund der nach ihrem Tod erforschten neuen Erkenntnisse mittels besonderen Strahlen zu einer alles vernichtenden Waffe vereinigen. Mit dieser Waffe könnte ihr Besitzer jeder anderen Macht auf der Welt den Frieden aufzwingen. Der Funke hatte gezündet, die Idee war geboren. Jetzt hieß es, an die theoretische Arbeit zu gehen, Experimente vorzubereiten. Er würde neue Instrumente und Apparate brauchen, bald ein eigenes Laboratorium, der Zutritt zum veralteten Reaktor in Vinča würde nicht genügen, er mußte alle ausländischen Zeitschriften und Texte zu verwandten Themen studieren, früher oder später ein Probegelände finden. Tesla, der Hochverehrte, hatte ja von den Ergebnissen der Kernspaltung, von der Atombombe, von der Wasserstoffbombe und den weiteren Entwicklungen noch nichts gewußt, und ihn hatten die modernen Wissenschaftler vergessen oder als längst überholt abgeschrieben.

Wem konnte er sich anvertrauen? Für die Forschung, die jetzt notwendig war, brauchte er viel Geld. Lala war ein in geschäftlichen und sonstigen praktischen Dingen genauso naiver Mensch, wie sein großes Vorbild, Tesla, aber daß sein Vorhaben nicht ungefährlich war, wußte sogar er. Er brauchte einen mächtigen Sponsor, der ihn nicht nur finanzieren, sondern auch beschützen würde.

Als er von seinem Urlaubsort am Meer wieder Richtung Zagreb fuhr, von wo er weiter zurück nach Belgrad wollte, versperrten ihm plötzlich Balken den Weg. Grobe Männer befahlen ihm umzukehren. Es waren serbische Aufständische die gegen das neue Regime in Kroatien rebellierten. Lala wollte nicht gehorchen, ermutigt von seiner genialen Idee erklärte er, er führe Pläne mit sich, die für Belgrad und das Serbentum lebenswichtig seien.

Man führte ihn zum Kommandeur der Gruppe, der am Waldrand an eine große Tanne gelehnt stand und rauchte. Er erwies sich als zugänglich und freundlich, fragte gleich:

»Eine Zigarette?«

»Nein danke, ich rauche nicht«.

»Lobenswert, sehr lobenswert. Und was ist das, was Sie da haben?«

»Ich habe in Smiljan etwas gefunden, etwas von Tesla«.

Zur Überraschung des jungen Wissenschaftlers, wußte der Uniformierte sogar, wer Nikola Tesla war. Das erfreute ihn dermaßen, daß er aufgeregt, wenn auch flüsternd, von der Möglichkeit berichtete Todesstrahlen herzustellen.

So haben sich Lala und Aki kennen gelernt.

6.

Micha war gerade eingeschlafen. Das Telefon weckt ihn unbarmherzig. Er braucht etwas Zeit, um sich zu fassen.

»Herr Boch? Polizei, Inspektor Petrović. Tut mir leid, ich muß Ihnen mitteilen, daß Ihr Partner heute Nacht vor seiner Haustür ermordet worden ist. Können Sie bitte sofort vor seine Wohnung kommen?«

Der Inspektor kannte sowohl Micha als auch Goran persönlich und wußte, daß sie eine Detektei unterhielten.

Der Leichnam liegt bedeckt vor der Eingangstür. Obwohl Mitternacht längst vorbei ist, stehen Dutzende neugierige Nachbarn herum. Man hindert Micha nicht niederzuknien und die grobe Decke zurückzuziehen, aber Goran liegt auf dem Bauch, ihn umdrehen, darf er nicht.

»Ich hätte gerne noch einmal sein Gesicht gesehen…«

»Davon ist, fürchte ich, nicht viel übrig geblieben…« sagt der Inspektor.

Micha hat schon viele tote Menschen gesehen, aber das hier war sein Freund und Partner mit dem er noch vor zwei Stunden gegessen, getrunken und gescherzt hat. Er gehört zu den Männern, die glauben, keine Gefühle zeigen zu dürfen, aber er fühlt den eigenen Herzschlag bis zum Hals hinauf. Er fragt:

»Seine Frau?«

»Wir haben sie natürlich benachrichtigt, aber empfohlen, daß sie noch nicht herunterkommt. Schrecklich!«

»Ja, schrecklich!«

»Was kann man sonst sagen?«

Im Revier sagt Micha aus, er habe mit seinem Partner in einem Restaurant auf dem Berg Dedinje zu abend gegessen, gegen zehn hätten sie sich getrennt. Goran wollte früh zu Hause sein. Er bestätigt, daß die älteste Tochter seines Partners als Ärztin in den Emiraten arbeitet, prächtig verdient. Der älteste Sohn steht vor dem Abschluß der Elektrotechnik an der Universität Belgrad, die Zwillinge sind vor der Matura. Eine glückliche Familie, der es für serbische Verhältnisse materiell gut geht. Die Vierzimmerwohnung war zwar schon ziemlich eng geworden, man fühlte sich aber wohl in der Umgebung, dachte daran, dem Sohn jetzt bald zu einem eigenen Appartement zu verhelfen, dann würden sie es bequemer haben. Goran lebte wie ein Spießbürger, keineswegs wie ein ehemaliger Geheimagent und Detektiv. Vielleicht war er gerade deshalb in seinem Beruf so gut gewesen.

»Sie waren der letzte Gesprächspartner des Ermordeten?«

»So sieht es aus, falls er nicht unterwegs irgendwo gehalten hat, was ich nicht vermute. Wieso wußten Sie das so schnell und nehmen an, daß ich für die Ermittlung wichtig sein könnte? Bei Ihnen darf man sicher nicht rauchen?«

»Leider nein«.

Die beiden schläfrigen Männer betrachten sich gegenseitig mißtrauisch. Der Polizeiinspektor wiederholt:

»Sie waren augenscheinlich der letzte Mensch, der ihn lebend gesehen hat. Und theoretisch hätten Sie ihm ja nachfahren können...«

»Theoretisch schon, aber praktisch hatte ich keinen Grund dafür. Ich habe noch gezahlt, bin ein wenig spazieren gegangen, erst dann nach Hause gefahren. Das liegt allerdings in derselben Richtung, wie Sie inzwischen wissen.«

»Wir wissen sogar, wo sie spazieren gegangen sind. Sie haben doch sicher Waffe und Waffenschein?«

»Selbstverständlich«.

»Kann ich sie sehen?«

»Die sind in meiner Wohnung. Da Sie so gerne von Theorie sprechen, theoretisch brauchten Sie einen Durchsuchungsbefehl, wenn Sie sie inspizieren wollten, aber praktisch zeige ich Ihnen die Waffen gerne, obwohl ich nicht verstehe, warum das wichtig sein soll. Wollen wir gleich zu mir fahren?«

»Wenn Sie so freundlich sind und mich dazu einladen, Herr Kollege, sehr gerne. Dort können wir auch anders miteinander reden, als hier. Haben Sie einen Verdacht? Hat ihm jemand gedroht, ihn gehaßt?«

»Von konkreten Drohungen weiß ich nichts. Ob ihn jemand gehaßt hat? Sie wissen ja was er war... Vielleicht haben ihn viele Menschen gehaßt. Wie mich auch. Wie wahrscheinlich auch Sie...«

In der engen Kabine des Fahrstuhls fühlt sich Micha mit dem Inspektor wie in einer Gefängniszelle, obwohl er sonst nicht an Platzangst leidet. Auf seiner vierundzwanzigsten Etage angekommen, atmet er auf. In seiner Wohnung zündet er sich erst einmal schnell eine Zigarette an, und erst danach fällt ihm ein, auch dem Kollegen von der Polizei eine anzubieten, der lächelnd annimmt, dann sperrt er einen kleinen, in die Wand eingebauten Safe auf und holt zwei Pistolentaschen mit den Waffen, Munition, die Papiere heraus.

»Diesen Colt hat mir der Minister zur Pensionierung geschenkt...«

Der Beamte riecht flüchtig an den beiden Schießeisen.

»Rein theoretisch könnten Sie auch andere Waffen haben!«

»Sie und Ihre Theorien. Theoretisch schon, aber praktisch habe ich keine. Wozu auch? Wir beschäftigen uns mit Versicherungen, Kunstgegenständen, der Bonität von Firmen, dafür brauchen wir keine Handfeuerwaffen... Was wissen Sie bisher?«

»Zwei Schüsse aus verschiedenen Waffen. Schon der erste aus einem langen Lauf war tödlich, wahrscheinlich Scharfschützengewehr. Perfekt gezielt. Der zweite, ein Kopfschuß aus nächster Nähe, war nicht mehr notwendig. Was diese Leute Beglaubigung nennen. Eher eine Visitenkarte...«

»Berufskiller?«

»Kann man mit Sicherheit annehmen«.

»Reifenspuren? Zigarettenkippen am Ort, wo sie ihm aufgelauert haben? Zeugenaussagen?«

»Mein lieber Herr Kollege! Wird natürlich alles genau geprüft, aber erwarten Sie etwas davon? Wenn wir schon so schön zusammensitzen und fachsimpeln, darf ich Sie noch etwas fragen?«

»Sicher! Aber da es schon außerdienstlich ist, darf ich Ihnen etwas anbieten? Einen Weißwein vor dem Gutenachtkuß?«

Jetzt lacht der Inspektor, der bisher auffallend dienstlich getan, weil er vor dem älteren ehemaligen Geheimdienstinspektor Respekt hat.

»Was haben Sie denn?«

»Im Kühlschrank einen Pinot gris aus dem Norden der Woiwodina. Ist wie ein Pinot grigio aus der Provinz Venetia. Ich habe die beiden Weine verglichen, unserer steht dem italienischen um nichts nach und kostet halb so viel...«

Die Flasche wird fachgemäß entkorkt, das Glas geschwenkt und am Wein gerochen, wie es sich gehört, man prostet sich zu, und dann läßt der aktive Polizist die nächste Katze aus dem Sack:

»Haben Sie den Goldschmied Hassan Refik gekannt?«

Micha wendet den besten Trick an, der ihm einfällt um seine Bestürzung zu verbergen und starrt seinem Gast in die Augen. Der hält dem Blick stand.

»Da Sie fragen, wissen Sie, daß die Antwort ja ist. Und da Sie von ihm in Vergangenheitsform sprechen, wollen sie mich überraschen. Was also ist los?«

»Wollen wir nicht offen miteinander reden, Herr Kollege? Ich bin ein kleiner Polizist und Sie haben so viel Erfahrung...«

»Na dann beginnen Sie doch mit der Offenheit!«

»Wir wissen, daß Refik heute vormittag in Ihrem Büro war und mit Goran gesprochen hat. Er ist heute Abend ebenfalls ermordet worden. In seiner Werkstatt. Man hat ihn zuerst gefoltert und ihm dann die Kehle durchgeschnitten, fast den Kopf abgetrennt. Es sollte nach Raubmord aussehen, war es aber nicht, denn man war ziemlich oberflächlich und hat nicht einmal versucht den Schrank aufzubrechen, in dem er Silber und etwas Gold aufbewahrt hat...«

»Vielleicht ist etwas dazwischengekommen!«

»Vielleicht, vielleicht... Sehr wahrscheinlich ist das nicht. Er hat verdächtige Kontakte gehabt, wurde auch mit Diamantenraub im Ausland in Zusammenhang gebracht, bewiesen wurde nie etwas. Ich nehme an, daß Sie das wissen. Wir gehen vorerst davon aus, daß seine albanischen Landsleute von den Kontakten erfahren haben, die er früher mit Ihrem Dienst, konkret mit Ihnen persönlich und Goran, gepflegt hat. Vielleicht sogar, daß er heute vormittag bei Ihnen war. Wir haben es ja auch erfahren. Kann es Ihrer Meinung nach da einen Zusammenhang geben?«

Micha schenkt nach, trinkt, findet den Wein zu leicht, er kühlt angenehm, aber eher wie eine Limonade.

»Wenn Sie Zusammenhänge sehen, hätten Sie mich amtlich in Ihrem Revier danach befragen sollen!«

»Ich würde Sie lieber bitten, daß Sie mir privat helfen. Es ist alles ziemlich kompliziert. Sie kennen das doch! Wir von der Kriminalpolizei und Ihr ehemaliger Dienst... Dem kommen wir nicht gerne ins Gehege. Wenn ich versuche Sie in etwas Blödes hineinzuziehen, entwinden Sie sich uns ohnehin, persönlich sind Sie uns weit überlegen, aber wenn Sie mir privat zu etwas Erfolg verhelfen, kann ich Ihnen möglicherweise einmal nützlich sein!«

»OK«, sagt Micha. »Offiziell – zumindest was meinen ehemaligen Dienst angeht – habe ich schon lange keine Verbindung mit Refik gehabt. Wie Sie wissen, bin ich im Ruhestand. Vor etwa zehn Tagen war ich freilich wieder einmal bei ihm und habe fünf mit Silberdraht geschmückte Zigarettendosen gekauft. Die schenken wir ausländischen Partnern. Vor mehreren Jahren war allerdings verschiedenes los. Da waren Goran und ich involviert, und ein Punkt könnte interessant für Sie sein. Das Dossier darüber muß irgendwo im Archiv des Geheimdienstes liegen, aber es ist nicht leicht zu finden, denn wir haben nirgendwo die Namen unserer Informanten genannt, sondern sie stets unter Pseudonymen geführt, und die kannte nur der Agentenführer und der jeweilige Abteilungsleiter. Goran war Refiks Agentenführer, ich der Abteilungsleiter. Ich verrate Ihnen Refiks Pseudonym, er lautet Muck, wie in Hauffs Märchen: der kleine Muck. So. Jetzt hängt alles davon ab, wie Sie von der Kriminalpolizei mit dem heutigen Geheimdienst zusammenarbeiten. Suchen Sie nach Muck. Ich habe Ihnen mehr verraten, als ich dürfte, denn ich bin auch weiterhin streng verpflichtet über nichts, was mit meinem ehemaligen Dienst zusammenhängt, auszusagen, nicht einmal Ihnen gegenüber, von der Schweigepflicht kann mich nur die Staatsspitze befreien. Muck hatte uns gemeldet, daß er auf Bestellung eine Art besonderen Kupferring mit einem winzigen Geheimfach entworfen und geschmiedet hat. In solchen unverdächtigen Schmuckstücken haben Kuriere der albanischen Rebellenorganisation UCK Beglaubigungsschreiben und Dokumente für die Übernahme von Geld aus dem Kosovo nach Deutschland, Österreich und in die Schweiz geschmuggelt«.

Nach einer kleinen Pause sagt der Inspektor leise:

»Vielen Dank. Ich werde Sie natürlich nicht als Quelle angeben. Aber was war gestern? Haben Sie Refik eingeladen oder ist er von selbst gekommen?«

»Er hat angerufen, daß er kommen will«.

»Was hat er mit Goran besprochen?«

»Das weiß ich nicht. Wenn wir uns nach dem Feierabend zusammensetzen, sprechen wir prinzipiell nie vom Geschäft. Wir müssen nachsehen, ob sich Goran eine Aufzeichnung über das Gespräch gemacht hat, was ich allerdings bezweifele, gestern hatte er kaum Zeit dafür...«

Der Inspektor schweigt. Er glaubt Micha nicht, weiß aber, daß er nicht mehr aus ihm herauslocken kann.

»Also, dann noch einmal vielen Dank. Aber lassen Sie mich doch, bitte, die Frage wiederholen: Halten Sie es für möglich, daß es einen Zusammenhang zwischen dem Mord an Refik und dem an seinem ehemaligen Agentenführer Goran gibt?«

Micha denkt nach, obwohl er sich diese Frage unwillkürlich auch schon selbst gestellt hat.

»Eigentlich schon. Möglich ist es, aber wird man es beweisen können? Sie haben nichts zu danken, wahrscheinlich habe ich Sie auf eine Spur gesetzt, die nirgendwo hinführt...«

Nachdem die Flasche geleert ist, verabschiedet sich der Inspektor höflich.

Micha ist jetzt hellwach, obwohl er keine halbe Stunde lang geschlafen hat. Er geht davon aus, daß die Ermittlung der Polizei nichts bringen wird. In Serbien sind der Ministerpräsident, der Verteidigungsminister, viele steinreiche Geschäftsleute, unter ihnen der Generaldirektor der Luftfahrtgesellschaft, der Chef der Landespolizei und Dutzende anderer Polizisten ermordet worden, gelöst wurde kein einziger Fall. Im Vergleich dazu sind die Morde an einem Privatdetektiv und einem kleinen albanischen Goldschmied uninteressant. Die Verbindung zwischen Refik, Diamantendiebstahl und David in Netanya hat er der Polizei verschwiegen.

Vielleicht ist der Mörder Gorans tatsächlich jemand, der vor langer Zeit Rache geschworen und rein zufällig gerade jetzt zugeschlagen hat. Das scheint kaum glaubhaft, muß aber trotzdem sorgfältig geprüft und erst danach womöglich ausgeschlossen werden. Oder die Albaner haben irgendwie von der Verbindung Refiks zum Geheimdienst erfahren. Wieso erst jetzt? Und wenn sie es längst wußten, warum haben sie ihn nicht früher umgebracht? Oder ist es doch jemand aus dem Milieu der Unterwelt, Mitglied der hiesigen Gangsterbanden?

Es ist sinnlos heute nacht darüber weiter nachzudenken, er ist zu müde und aufgeregt um zu einem brauchbaren logischen Schluß zu kommen. Seine Gedanken schweifen ab; Goran und er hatten sich vorgenommen vielleicht schon im nächsten Frühjahr gemeinsam dessen große Tochter zu besuchen, in Dubai Urlaub zu machen.

Morgen muß er die Frau seines toten Kollegen aufsuchen. Morgen? Heute, der Tag bricht schon an. Mit welchen Worten spricht man nach so einem Fall sein Beileid aus? Mit mir wird es einfacher sein, denkt Micha, mir trauert keiner nach. Außer Sascha. Zumindest ein klein wenig. Aber irgendjemand wird mich schon begraben müssen, stinken und die Luft verpesten lassen, können sie mich ja nicht.

Er mag keinen Wein mehr, davon hat er zu viel gehabt, also trinkt er noch ein Gläschen Cognac, braucht dann noch ein zweites, schaut zum Fenster hinaus; wie immer, wenn er nachdenken will, läuft er zwischen Pianino und Fenster hin und her, aber es nützt nichts. Das erste zarte Grau der Morgendämmerung hilft die Nacht zu überwinden.

Bin ich ein Alkoholiker geworden, fragt sich der Detektiv und leert den inzwischen vollen Aschenbecher ins Klosett. Eine Flasche Wein täglich genügt ihm längst nicht mehr, oft trinkt er zwei Flaschen, gestern Abend und diesen Morgen waren es drei, und er braucht trotzdem noch einige Schnäpse. Alkoholika kauft er kistenweise ein, er kennt sich aus, er weiß einen guten teuren Tropfen durchaus zu schätzen, aber für den Alltag muß es nichts besonderes sein, einheimische Getränke sind für ihn gut genug. Betrunken ist er nie. Er verdaut alles, fettes Fleisch genauso wie jede Menge Alkohol. Und nimmt nicht zu. Nicht zu sehr. Ihm passen noch die Hosen, die zwanzig Jahre alt sind.

Der Himmel über dem Fluß und der Stadt ist inzwischen hellblau geworden. Also ruft er sein Büro an und läßt die Sekretärin über den Anrufbeantworter wissen, er würde erst gegen Mittag kommen. Goran würde ebenfalls nicht kommen. Nie mehr! Sie solle Zeitungen lesen!

Viel Arbeit auf einmal, dazu der tägliche Kram und das jetzt ohne Partner! Ariel muß er auch anrufen und das Treffen mit ihm in Wien fixieren.

Also doch noch einmal! Kann es einen Zusammenhang, nicht nur zwischen der Ermordung seines Partners und dem furchtbaren plötzlichen Ende ihres albanischen geheimen Mitarbeiters, sondern auch mit dem Tod der beiden Gardisten geben? Diese blöden Anrufe des Oberstleutnants und des Israelis so kurz nacheinander! Was konnte ein Kriminalist, ein Polizeiinspektor, wie dieser Petrović, darüber erfahren haben und was soll ihm noch gesagt werden? Micha war Agentenführer und Analytiker eines Geheimdienstes, in der Praxis hatte er nie als Kriminalbeamter gearbeitet. Vielleicht hat er zu viel Phantasie. Andererseits ist es möglicherweise mitunter ganz gut ein wenig zu phantasieren. Man darf sich nicht nur auf seinen Verstand, man soll sich auch ein wenig auf seinen Instinkt verlassen.

7.

Vor mehr als einem Jahr hatte Refik Micha gemeldet, daß ihn einige serbische Roma in Gesellschaft eines Italieners besucht hätten. Sie fragten, ob er ihnen eine Verbindung mit Prishtina im Kosovo verschaffen könnte und behaupteten, bald würden sie einen sehr großen Diamanten im Besitz haben, der legal unverkäuflich sei. Der nominale Schätzwert des Steines betrage etwa sieben Millionen Euro, deshalb glaubten sie, daß er für den Weiterverkauf wahrscheinlich zerkleinert, zumindest aber anders geschliffen werden müßte. Refik sei doch selbst Juwelier... Die albanischen Gruppen, die sich mit Rauschgift und Menschenhandel beschäftigten, hätten da vielleicht Möglichkeiten und Interessen, mag sein, das sei auch eine ideale Gelegenheit für Geldwäsche...

Refik bedankte sich sehr herzlich für das Vertrauen, erklärte, auf den ersten Blick scheine das für ihn und seinen Bekanntenkreis doch eine viel zu große Nummer zu sein, er selbst habe noch nie mit Diamanten gearbeitet, aber ein wenig herumhorchen wolle er gerne.

»Gut. Aber nicht so direkt, wie wir es dir gesagt haben! Und ohne uns näher zu erwähnen, hörst du! Diskret, sonst könnte es für dich und deine Familie sehr gefährlich werden...«

»Habt keine Sorge. Ich kenne die Usancen«.

Sie schrieben ihm auf einen Zettel eine Handynummer und weitere komische Zahlen auf: 12070730, 03080945, 17081200, 29081015. Das waren die Tage und Uhrzeiten, wann er anrufen sollte, die ersten zwei Ziffern waren der Tag, die nächsten der Monat, die letzten vier die Uhrzeit. Das bedeutete im ersten Fall, er solle am zwölftem Juli um halb acht anrufen. Nur zu den genannten Zeiten würde diese Nummer erreichbar sein. Wo sie sich gerade befinden würden, gehe ihn nichts an, vielleicht im Nachbarhaus, in Sichtweite, um ihn zu beobachten, vielleicht in Portugal oder Afrika oder sonst irgendwo am anderem Ende der Welt, aber melden solle er sich stets um die genannte Zeit, und dann würden sie sich kurz über das Wetter und die Familie unterhalten, erst danach förmlich auf Berufliches kommen, das heißt, entweder solle sich Refik über die Geschäftslage im Allgemeinen beklagen, das würde bedeuten, daß er keinen entsprechenden Kontakt gefunden habe, oder freudig berichten, daß es prächtig aufwärts gehe, das wäre das Zeichen, daß er Interessenten gefunden habe, und dann würden sie wieder direkt mit ihm Kontakt aufnehmen.

»Wenn alles geplant verläuft, wirst du dich über deinen Anteil nicht beklagen können!«

Danach ging es Schlag auf Schlag. Refik berichtete Micha. Micha und David trafen sich kurz in Athen. Sie gingen beide davon aus, daß ein sehr großer Stein wahrscheinlich durch die Diamantenschleiferei in Netanya gehen müßte, daß man zumindest dort etwas über ihn wissen würde. David konnte mit seinen Freunden schon zum ersten Termin, den man Refik für die Kontaktaufnahme angegeben hatte, den Standort der Bande feststellen, er befand sich in Siena in Italien.

Für Experten wie Micha und David war das alles keine besondere Überraschung. Räuber aus Serbien, die sich auf besonders wertvollen Schmuck, Edelsteine, aber auch Kunst aus bekannten Museen spezialisiert hatten, waren schon in Spanien, Südamerika, Dänemark, Österreich und Japan aufgefallen. Da solche Objekte schwer verkäuflich sind, wenden sich die Banden mitunter gleich an die Versicherungen und geben die Beute relativ billig wieder zurück. Diese seltsame Art von Zusammenarbeit zwischen Besitzern, Versicherungsgesellschaften, Großbanken und Verbrechern kann natürlich nicht direkt über die Polizei gehen, deshalb werden mitunter Privatdetekteien eingeschaltet. Am Ende erhalten die Täter zwar nur einen Bruchteil vom Wert des geraubten Gegenstandes, am Verbrechen verdienen alle anderen mehr: Detektive, Versicherungsagenten, Museen und Experten, die den Wert der Beute schätzen. Sie alle profitieren ohne Gefahr, und die Polizei hat zwar offiziell das Nachsehen, atmet aber auf, wenn sich ein schwieriger Fall von selbst löst.

Der 12 Karat schwere, in Brasilien gefundene Stein, um den es ging, hieß »Rosa Gewitter«. Sehr schöne Diamanten erhalten immer einen eigenen Namen. Er befand sich im legalen Besitz eines Japaners, der ihn verkaufen wollte. Als Interessent hatte sich ein Erdölprinz aus Saudi Arabien gemeldet, der sich Mehmed nannte. Er wurde von einem serbischen Rom gespielt. Über das Internet wurde der Preis auf 6 Millionen hinuntergehandelt, aber unter der Bedingung, daß die Auszahlung in einer Rate und zwar in bar erfolgen sollte.

Der Coup spielte sich in Italien ab. Der Japaner erschien mit dem Stein, der »Prinz« mit seinem Sachverständigen und einem Koffer, in dem angeblich das Geld war. Der Experte wollte den Stein noch einmal genau prüfen und floh dann mit ihm einfach aus dem Raum, ihm nach der falsche Prinz und seine Leibwächter, der Japaner mit seinem Team blieb überrascht zurück, konnte nur noch die Polizei und seine Versicherung einschalten.

Die beiden Detektive hatten jedoch im voraus von dem geplanten Raub gewußt. Draußen wartete bereits Micha mit seiner Kamera. Er fühlte sich dabei jung, fröhlich, wie in seinen besten Zeiten. In einem Hotel in der Nähe schlürfte David einen Espresso nach dem anderen. Die Bande war unvorsichtig, ließ sich leicht verfolgen, sogar ihr Auto war unter dem richtigen Namen angemeldet. Die Detektive nahmen sofort die Verbindung zur Versicherung auf und ließen sich die übliche Provision garantieren. Als der Rom mit dem Diamanten bei einem Juwelier in Neapel erschien, der nur anderthalb Million Euro angeboten, aber schon die Verbindung mit russischen Juden in Netanya hergestellt hatte, setzten die Privatdetektive die italienischen Carabinieri in Kenntnis, und die schlugen zu. Auch nach Abzug aller Kosten und Spesen erwies sich die Diamantengeschichte als der lukrativste Auftrag, den Micha und David je gemeinsam erledigt hatten, außerdem befestigte sie ihren guten Ruf in der Branche. Den Erfolg feierten sie in Israel.

»Deine Zigeuner sind zum Küssen!« meinte David zu Micha. »Die begeistern mich einfach. Zuerst so clever und dann so blöd!«

»Du sagst Zigeuner? Ist das nicht abwertend?« wunderte sich Micha.

»Wieso? Ich habe einem ihrer politischen Führer in Deutschland klipp und klar erklärt, wenn er mir gegenüber auf Sinti und Roma besteht, werde ich ihn auffordern nicht mehr von Juden, sondern von Aschkenasim und Sephardim zu sprechen. Das sind zwei verschiedene jüdische Stämme, so wie die Sinti und Roma zwei verschiedene Zigeunerstämme sind. Nicht schämen solltet ihr euch, Zigeuner zu sein, sagte ich, sondern stolz darauf!«

»Wie das?«

»Die Juden haben sich vor allem dank ihres Glaubens erhalten. Das ist relativ einfach. Die Zigeuner waren und sind überall stets in einer gewissen Hinsicht Assimilanten. Sie nehmen nicht nur die Religion, sondern auch die Form der Familiennamen des gastgebenden Volkes an. Trotzdem sind sie geblieben, was sie waren. Das ist doch allerhand! Zumindest aus meiner Sicht!«

Die beiden saßen in Netanya in einem Kaffee gut zwanzig Meter oberhalb der See. Eine angenehme Brise trieb wenige weiße Wolken über den blankgeputzten, mediterranen Himmel. Unten am Strand wehten rote Fähnchen als Hinweis auf die gefährlichen Wellen, trotzdem tummelten sich Badende im kühlenden Wasser. Die Rettungsschwimmer beobachteten, ob jemand in Gefahr sei, sie saßen auf hölzernen Beobachtungsposten, die ein wenig an die Wachtürme der SS in den Konzentrationslagern der Nazis erinnerten.

Micha sagte ein wenig zerstreut, in der Adria könne man viel bequemer schwimmen, überlegte gerade, wie er auf umgängliche Art etwas mehr über Davids familiäre Verhältnisse erfahren könnte, als ein schönes Mädchen mit langem schwarzen Haar, bekleidet in eine Uniformjacke, aber kurzen, sehr kurzen Shorts auftauchte und braungebrannte Beine für Männerblicke freigab. Eine Uzi baumelt von der einen, eine bunte, große Damenhandtasche von der anderen Schulter. Mit breitem Lächeln, das blitzende Zähne freigab, ging sie direkt auf David zu. Wie eine Filmszene, dachte Micha, und: Aha, jetzt habe ich dich! Und auch: Alle Achtung, du, Kerl, so ein Prachtweib hätte ich dir nicht zugetraut!

David stand nicht auf, lächelte aber ebenfalls und stellte vor:

»Meine Tochter Noemi – Herr Boch, ein Kollege aus Jugoslawien. Willst du dich für einen Augenblick zu uns setzen?«

Das wollte sie gerne. Der Wehrdienst ist in Israel für Mädchen genauso obligatorisch, wie für Männer.

»Ist deine Frau auch so attraktiv, wie deine Tochter?«

»Noch attraktiver«, sagte Noemi. »Danke für das Kompliment. Sie finde ich aber auch ziemlich nett«.

Micha wurde zum Abendessen eingeladen. Auch von der Wohnung aus hatten die Ariels einen Blick aufs Meer. Was auf den Tisch kam, erinnerte Micha an die eigene Heimat. Frau Ariel kochte, wie sie es von ihrer Mutter und Großmutter, die auch aus Serbien nach Israel gekommen waren, gelernt hatte, nicht so fad, wie vieles hier im Lande.

»Es schmeckt so gut!« sagte Micha ehrlich.

»Ach, wissen Sie«, antwortete die Dame des Hauses, »man kocht mehr mit Liebe, als mit Gewürzen. Von anderen Frauen höre ich immer wieder, das Fleisch schmecke hier deshalb nicht, weil das liebe Rindvieh koscher geschlachtet wird, aber das ist Quatsch! Die können nur nicht kochen...«

Sie sprach gut serbisch, jedenfalls besser, als David, der das meiste verstand, aber sich nicht mehr richtig ausdrücken konnte. Die Unterhaltung wurde aber aus Rücksicht auf die Tochter vor allem in der letzten verbliebenen Weltsprache geführt, in Englisch.

»Meine Generation hat meist noch Partner lieben gelernt und geheiratet, die aus derselben Gegend kamen, obwohl wir schon als Sabre hier im Lande geboren sind, aber Noemis Generation hat, dem Herrn sei Dank, keine Erinnerungen an Europa und alles, was dazu gehört, aufbewahrt. Ihre Wurzeln sind endgültig tief in diesem Sand hier...«

»Darf man bei Euch nach so einem guten Abendessen eigentlich rauchen?«

»Wenn du unbedingt mußt, bitte auf dem Balkon«.

»Wie ist das«, fragte Micha zögernd, »wenn man sich jeden Tag mit der Angst verabschiedet, daß man sich vielleicht nie wieder sehen wird, weil in einem Bus oder Laden ein Selbstmordattentäter...«

»Man gewöhnt sich. Man denkt nicht daran«, sagte Frau Ariel. »Wenn man in einem fort daran denken würde...«

Micha und David trafen sich ein – oder zweimal jährlich irgendwo in Europa. Sie wirkten wie David und Goliath, Ariel war nur eins vierundsechzig groß. So großartige Fälle wie mit dem Diamanten, von dessen geplantem Raub sie im voraus erfahren hatten, fielen ihnen freilich seither nicht wieder in den Schoß. Dieses rosa schimmernde brasilianische Gewitter war ein seltener Glücksfall, aber langweilig war ihre Tätigkeit nie. Micha entschädigte Refik, den »kleinen Muck«, aus seinem eigenen Anteil und forderte ihn auf, den Diamantenmarkt zu beobachten, vielleicht auch sich selbst für Edelsteine zu interessieren. Auch in Serbien gab es Neureiche, die Kapital sicher anlegen, Kriminelle, die Geld waschen wollten. Manche Firmen aus Israel interessierten sich für die Bonität ihrer Partner in Serbien, der Weg manch eines Kunstraubes und geraubter Pretiosen war von Netanya aus gut zu beobachten.

Micha ging natürlich davon aus, daß David seiner alten Firma einiges über ihn weitergab und hatte im Prinzip nichts dagegen. Falls aber umgekehrt David glaubte, Micha sei noch mit dem von den neuen Herren geführten serbischen Dienst in Verbindung, irrte er, und da konnte ihm nicht geholfen werden. Offen sprachen sie darüber nicht miteinander, weil sie einander ohnehin nicht geglaubt hätten, daß sie in dieser Hinsicht die Wahrheit sagen dürften.

Micha hat am Morgen nach dem Mord an seinem Partner noch zweieinhalb Stunden geschlafen, unter der Dusche gesungen und ist nach seinem Tee und verkürzten Geklimper am Piano frisch und neugierig, was ihm der Israeli jetzt genau vorschlagen würde. In jedem Handwerk, in jedem Geschäft, muß man auch ein wenig Glück haben. Das Glück hat Goran verlassen. Eine Zusammenarbeit mit den Israelis konnte nur vorteilhaft werden, eine positive Wende nach der Pechsträhne.

Jetzt aber muß er endgültig los, der Witwe in die Augen schauen, den drei Jungen, die ihren Vater verloren haben, die Hand geben. Er wird erzählen müssen, daß sie gestern zu abend gegessen und Wein getrunken haben und worüber er sich mit Goran kurz von dessen Tod unterhalten hat. Micha kann sich nicht einmal mehr genau an alles erinnern. Richtig, von den vielen Morden hier in Belgrad war auch die Rede, Goran hatte abgewunken, das sei doch nichts besonderes, in Neapel habe die Camorra im vergangenem Jahr 142 Menschen umgebracht, in Serbien seien es nur einige Dutzend gewesen sein. Nur?

Wenn man wüßte, wann etwas zum letzten, zum allerletzten Mal geschieht, wann man mit jemand zum letzten Mal spricht, würde man besser aufpassen was man sagt, was man hört.

8.

Die beiden Männer haben dem russischen Mädchen kein einziges Wort gesagt. Der eine hat sie mit einer Handbewegung eingeladen hinten im Audi Platz zu nehmen und sich neben sie gesetzt, der andere hat hinter ihnen die Wagentür ins Schloß fallen lassen, ist nach vorne gegangen und losgefahren. Beide sind schmal, haben einen kurzen Haarschnitt, wirken, als seien sie Brüder. Seltsam. Sie haben sie nicht berührt, nicht einmal richtig angeschaut. Natascha war es gewohnt von Männern zumindest neugierig, wenn nicht besitzergreifend bewundert zu werden.

»Wohin?« fragt die Russin zaghaft auf Englisch, dann wiederholt sie die Frage auf Russisch, Russisch und Serbisch sind so ähnlich, dass man sich verständigen kann, sie bekommt jedoch keine Antwort.

Hügelige Landschaft, Obst und Weingärten. Rechts manchmal kurz ein Blick auf einen grauen, leicht schimmernden Streifen, die Donau. Belgrad. Das erkennt sie an der Ortstafel. Eine lange Fahrt durch die ihr unbekannte Großstadt, eine Brücke über einen Fluß. Wenn sie an einer Ampel halten, hat sie Zeit die Gesichter der Passanten zu beobachten. Jedermann scheint es eilig zu haben. Endlich halten sie vor einem großen, hell beleuchteten Gebäude. Sie bemerkt die Inschrift »Hotel Jugoslavija«.

Der Mann, der neben ihr gesessen hat, lädt sie mit einer halb höflichen, halb herrischen Geste ein ihm zu folgen, der andere geht hinterher. Links von der Halle mit riesigem Kristallüster ein Gang. Das übliche Menschengewirr in einem Grandhotel. Sollte sie versuchen um Hilfe zu rufen? Sie gehen schnell weiter. Nachdem er kurz an der Tür geklopft hat, läßt ihr Bewacher sie eintreten. Hinter dem Schreibtisch kommt ihr ein gut aussehender, junger Herr entgegen, streckt die Hand aus und spricht sie auf Russisch an:

»Willkommen, Lara. Nehmen Sie Platz«.

Seit sie in Serbien ist, wurde sie noch von niemandem gesiezt.

»Ich heiße Natascha«.

»Darüber werden wir uns sicher gütlich einigen. Setzen Sie sich trotzdem«.

Er setzt sich ihr gegenüber, betrachtete sie aufmerksam und scheint sie abzuschätzen. Ihre Wächter waren wie Roboter, ihr Gegenüber jetzt ist ein Mensch aus Fleisch und Blut. Minuten vergehen. Die Russin hält dem Blick nicht stand und schlägt die Augen nieder. Als ob er nur darauf gewartet hätte, sagt er:

»Wir werden uns verabreden müssen auf welchen Namen wir für Sie Papiere ausstellen lassen. Vielleicht sehen Sie ja ein, daß es gar nicht schlecht ist, den richtigen für eine gewisse Zeit zu verändern. Mich, zum Beispiel, haben meine Eltern Achilles getauft. Die waren verrückt nach allem, was mit Griechenland zu tun hat, aber wer will in Serbien heute so heißen? Man nennt mich Aki. Tun Sie das auch...«

Das ist nicht die Art, wie sie von Boss Bole behandelt wurde. Der Mann sieht sie zwar konzentriert an, wie sie es von Männern nun einmal gewohnt ist, sie glaubt sofort, daß sie ihm gefällt, dieser Blick ist aber nicht beleidigend. Zumindest empfindet sie es nicht so.

»Sie müssen sich erst einmal ausruhen, aber vorher wollen wir Sie ein wenig einkleiden. So kann man in diesem Hotel nicht aussehen. Folgen Sie mir bitte...«

Das Mädchen ist so überrascht, daß es gehorsam nachgeht. Hundert Fragen hätte sie nur zu gerne gleich gestellt, aber keine einzige kommt ihr über die Lippen. Noch vor wenigen Stunden war sie in Panik, weil sie fürchtete, sie würde sterben, in totaler Finsternis ersticken, alles sei aus, und jetzt... Auf demselben Gang, in dem das kleine Büro liegt, befinden sich auch einige Bekleidungsgeschäfte.

»Nehmen sie einen Schlafanzug oder Pyjama, was sie gerne möchten... Vielleicht einen Hosenanzug und ein Kleid... Helfen sie der Dame!« befiehlt Aki einer blonden Verkäuferin. »Es geht auf meine Rechnung. Und dann, Lara, kommen Sie bitte zu mir zurück!«

Nachdem sie mit der Kleinen aus dem Geschäft allein geblieben ist, denkt Natascha, die sich noch nicht an ihren neuen Namen gewöhnen kann, einen Augenblick lang wieder an Flucht. Die Verkäuferin könnte sie nicht aufhalten. Was wäre, wenn sie schreiend in die Hotelhalle laufen würde? Sie wagt es nicht. Alles ist zu unbekannt. Im Augenblick ist sie von der unmittelbaren Angst im Bordell erlöst, aber wenn sie jetzt ungehorsam sein würde, könnte man sie möglicherweise trotzdem überwältigen, wieder fesseln und wegbringen.

Wohin? Die Bedrohung mit dem Einmauern in dem Keller kann man nicht so leicht vergessen. Und sie darf in dieser kleinen Prachtstraße im Nobelhotel einkaufen, anproben, sich vor einem Spiegel drehen.

»Brauchst du nicht noch etwas, vielleicht Kosmetika?« fragt die Verkäuferin. »Du solltest dich schminken. Warum bist du so blaß?«

Natascha alias Lara läßt sich beraten, zieht sich in einer Kabine um. Stolz, wie von einem Zauberstab verwandelt, kommt sie zu Aki zurück.

»Gut!« sagt er. »Ich zeige Ihnen jetzt ihr Zimmer!«

Ist es das? fragt sich das schöne Mädchen. Na und? Wenn es nun einmal so ist in diesem verfluchtem Leben. Aber dieser junge Herr wirkt sogar anziehend. Auf seine Art. Nicht übler, als manch ein Gymnastikkollege in Rußland. Er muß nicht einmal zur Rezeption gehen, hat augenscheinlich den Zimmerschlüssel schon bei sich, sie folgt ihm in den Aufzug. Er dreht sich nicht einmal nach ihr um, so sicher ist er, daß sie ihm nachkommen wird. Bis zur fünften Etage hinauf hat sie Zeit sich im Spiegel zu betrachten. Sie ist mit sich nicht zufrieden. Sicher hat sie abgenommen. Ihr Gesicht wirkt verhärmt.

Das Zimmer ist schön, ein großes Fenster und eine Tür führen auf den Balkon. Sie nimmt sich die Freiheit die Tür zu öffnen und wird nicht daran gehindert. Der Blick geht auf die Donau. Einige Boote haben am Kai vor dem Hotel angelegt, ein Vergnügungsdampfer mit Musik fährt vorbei, Spaziergänger nützen den angenehmen Herbstabend, lustige Hunde werden ausgeführt. Lange wird es bestimmt nicht mehr so warm bleiben.

»Ich werde Sie jetzt allein lassen«, sagt Aki, »aber setzen wir uns doch noch für einen Augenblick, Lara, ich will Ihnen einiges erklären...«

Sie setzt sich gehorsam. Wenn er sie so nennen will, soll es dabei bleiben. Erst jetzt hat sie bemerkt, wie gut er Russisch spricht. Bisher hat sie auf nichts geachtet.

»Sie können so gut Russisch, Herr...«

»Aki! Ich habe es in der Schule gelernt, ich war aber auch ein wenig in Moskau. Sie werden bemerkt haben, wie ähnlich unsere Sprachen sind. Umso mehr muß man auf die kleinen Unterschiede aufpassen. Auf Serbisch bedeutet *krassnij Schiwot* ein schönes Leben, auf Russisch roter Bauch. Manchmal kommt es noch schlimmer. Ihr Wort für Streichhölzer heißt *Spitschki,* aber bei uns heißt so die Vagina...« Aki gebraucht die lateinische, nicht die russische Bezeichnung des weiblichen Geschlechtsorgans. Lara erschrickt trotzdem.

Aki legt eine Pause ein und sagt dann gespielt nachdenklich. »Sie sollten sich ausschlafen. Ich werde Sie jetzt allein lassen. Wenn Sie hungrig sind, können Sie hinunter ins Restaurant gehen und auf Rechnung des Zimmers etwas essen, im Restaurant und an der Rezeption spricht man natürlich auch russisch. Ich empfehle jedoch, daß Sie sich lieber etwas hier herauf bestellen und richtig ausruhen. Wenn Sie im Speisesaal allein an einem Tisch sitzen, könnte jemand versuchen sich einer allein stehenden, schönen jungen Frau aufzudrängen, weil er denken würde... Das wollen wir beide nicht, nicht wahr?«

»Bin ich denn frei?«

»Wieso nicht? Das Problem ist nur, daß ich noch keine Papiere für Sie habe. Die muß ich Ihnen besorgen und das braucht Zeit. Sie können jederzeit ihre Botschaft anrufen, die Rezeption gibt ihnen gerne die Nummer, das würde ich aber nicht empfehlen. Überlegen Sie in aller Ruhe, was Sie sagen würden. Sie sind illegal in dieses Land gekommen. Bole hat ihnen den Reisepaß abgenommen, ich weiß nicht, wo er ihn abgelegt hat. Sie können ihren Diplomaten erzählen, was Sie wollen, aber man würde Sie mit einem entsprechenden Begleitschreiben nach Hause transportieren, und dort würde man Sie als mißglückte Prostituierte behandeln. Das werden Sie ihrer Familie und ihrem eigenen Ruf als ehemaliger Spitzensportlerin doch nicht antun wollen, oder?«

Lara begreift, dass es wirklich so ist.

»Und was muß ich für Sie tun?«

»Lassen wir das erst einmal eine offene Frage sein, denn meine Antwort müßte lauten, das weiß ich selber noch nicht genau. Sie sind für mich eine Investition. Nicht jede Investition ist gewinnbringend, das verstehen Sie doch?«

»Sie haben mich von diesem Bole gekauft?«

»So würde ich es nicht nennen, aber... Was ich verspreche ist nur, wir beide werden über alles in Ruhe reden, uns verabreden und einigen. Daß es mit dem Job als Trainerin für Gymnastik oder Sportlehrerin geht, kann ich nicht versprechen. In dieser Hinsicht hat man Sie hineingelegt. Aber etwas wird sich schon finden...« Der Mann steht auf, das Mädchen ebenfalls. »Ich werde Sie morgen früh anrufen oder besuchen...«

Aki macht Anstalt zu gehen. Der Zimmerschlüssel liegt auf dem Tisch. Sie kommt auf ihn zu.

»Sie sperren mich nicht ein?«

»Nein. Warum sollte ich?«

Lara kann es immer noch nicht fassen.

»Danke!«

»Gerne geschehen«.

Soll sie ihn küssen? Es scheint nicht, als würde er Wert darauf legen. Lara denkt wieder, daß dieser Aki gut aussieht. Ziemlich gut. Obwohl er nur wenige Zentimeter größer ist, als sie. Das Hemd weiß, gut gebügelt, schöner Schlips. Der graue Anzug verbirgt nicht, wie athletisch er gebaut ist. Sie tritt näher an ihn heran. Er riecht gut. Die Russin kennt sich mit teuren Männerdüften nicht aus. Er ist höflich und sieht trotzdem ein wenig gefährlich aus. Das reizt sie noch mehr.

»Noch eine Frage... Dieser...«

»Wer?«

»Der mich... von dem sie mich gekauft... weggenommen haben, nun, abholen ließen?«

»Bole? Vergessen Sie ihn. Der lebt nicht mehr!«

Aki sagt das so, daß sie es sofort glaubt. Bisher war sie nur verwundert; alles, was sie im Laufe der letzten Tage erlebt hat, war ihr erschienen wie ein Traum. Wie ein Albtraum. Sie bleibt allein im prächtigen Hotelzimmer. Obwohl es so scheint, als sei sie frei, ergreift sie panische Angst. Fast wie in der schon halbzugemauerten, lichtlosen Zelle im Keller des Bordells.

9.

Detektiv Micha Boch hat nie geheiratet und hat keine Kinder. Obwohl er gerne Klavier spielt, hält er sich überhaupt nicht für sentimental. Was an potentiellen väterlichen Gefühlen in seiner Seele ruht, hat er auf den Sohn seiner einzigen Schwester, auf Sascha übertragen, aber viel davon zeigen will oder kann er nicht. Gesehen hat er ihn schon lange nicht mehr. Außer auf dem Foto, das im Silberrahmen zwischen Büchern steht.

Seine Schwester war Pianistin, allerdings mit mäßigem Talent gesegnet, so dass es nur zur Korrepetitorin in einer Gesangschule reichte. Als Kinder hatten sie vierhändig gespielt. Geheiratet hatte sie einen Offizier, der als Major an Krebs starb.

Saschas Großeltern väterlicherseits waren serbische Bauern und auf dem Lande geblieben. In den Ferien mußte der Enkelsohn sie besuchen, lernen auf ungesattelten Pferden zu reiten, was er nie mochte, weil er vor den großen gutmütigen, aber zu oft die Zähne bleckenden Tieren eine nicht zu bewältigende Angst hatte. Er war zimperlich, scheu, eben ein schwieriges Stadtkind.

Onkel Micha kam selten zu Besuch, war aber für Sascha Vorbild, der Mann, den man bewundern konnte. Daß er für den jugoslawischen Sicherheitsdienst arbeitete, war kein Geheimnis, was er genau tat, sagte er natürlich nicht. Er war stark und groß, fuhr teure Autos, konnte zum Klavierspiel seiner Schwester singen, brachte immer die richtigen Geschenke mit. Ob man auf diese Weise ein Ersatz für den Vater sein kann?

Nach der Matura absolvierte Sascha auf den Rat des Onkels gleich seinen Militärdienst, um später nach dem Studium nicht auch noch diese Tortur überstehen zu müssen. Dank seiner Beziehungen gelang es Micha den Neffen in die Garde zu stecken, weil er so in Belgrad bleiben und jedes Wochenende bei der Mutter sein konnte. Der zivile Geheimdienst hatte natürlich Kontakte zum militärischen, in manchen Angelegenheiten war man einander Konkurrenz, aber die Beziehungen zwischen Beamten und Offizieren waren meist kameradschaftlich.

Sascha war kein guter Soldat. Sein Kommandeur machte ihm Vorwürfe: »Du stammst doch aus einer Offiziersfamilie!« Das nützte nichts. Der junge Mann wirkte komisch wenn er Habtacht stehen sollte, die Paradeuniform stand ihm nicht gut, und er war ein miserabler Schütze. Deshalb mußte er oft Wache schieben und zwar möglichst an Orten, wo er keinem kritischen, zivilen Publikum oder hohen Vorgesetzten unangenehm unsoldatisch auffallen konnte. So wurde er zum Zug eingeteilt, der ein geheimnisvolles Grundstück zu sichern hatte. Mit seinen Kameraden marschierte er asphaltierte Pfade entlang, die hinter Hecken und Zäunen versteckt waren, wußte jedoch, daß er sich trotzdem stets dienstgerecht benehmen mußte, weil die Wege auch von versteckten Kameras und Geräuschsensoren abgedeckt waren. Sascha schulterte brav die geladene Maschinenpistole und ging bei jedem Wetter meist schweigend den vorgeschriebenen Fußsteig ab, tröstete sich mit der Schönheit der Natur zu jeder Jahreszeit, dem Vogelgezwitscher, manchmal dem Anblick eines Eichhörnchens, das sich vor den bestiefelten Schritten hinauf in die Gipfel der Bäume rettete.

Endlich war der mehr langweilige als anstrengende Militärdienst absolviert. Eigentlich wußte Sascha nicht so recht, was er werden, was er mit seinem Leben anfangen sollte, für Musik hatte er weder Talent noch besonderes Interesse, seiner Mutter war nicht gelungen, ihm das Klavierspiel beizubringen, deshalb beschloß er, ohne Begeisterung und Überzeugung Kunstgeschichte zu studieren, konnte aber nicht einmal das erste Studienjahr beenden, weil der Bürgerkrieg ausbrach und er unter den ersten einberufen wurde. Eines Nachts klingelte es an der Tür. Der Mann, der den Stellungsbefehl brachte, war ein älterer Nachbar und entschuldigte sich. Onkel Micha war am nächsten Morgen nicht zu erreichen, eine Sekretärin im Innenministerium sagte, Herr Boch sei auf Dienstreise. Nein, es täte ihr leid, die Verhältnisse seien so, daß sie selbst im Augenblick keine Verbindung mit ihm aufnehmen könne.

Sascha zog wohl oder übel die Uniform an und wurde schon am nächsten Tag in einen gepanzerten Truppentransporter gesetzt. Obwohl es natürlich streng verboten war, kreiste im engen Gehäuse des Kampfwagens, in dem man wegen der stickigen Luft kaum atmen konnte, eine Schnapsflasche. Der Feldwebel hatte nichts dagegen, trank selber eifrig mit. Sascha war gewitzt genug nicht abzulehnen, setzte den Flaschenhals an den Mund, nahm aber keinen Schluck, was im Halbdunkel des Gefährtes niemand bemerkte. Er war noch nie im Leben betrunken gewesen.

Der Kampf tobte um die barocke Stadt Vukovar an der Mündung des kleinen Flusses Vuka in die Donau. Die kroatischen Einwohner verteidigten sich so energisch, daß schwere Panzer, Artillerie und seltsame Freiwilligentruppen zu Hilfe kommen mußten. Sascha geriet mitten in den Häuserkampf, schoß aus Angst um sich, meist ins Leere, war sich kaum seiner Handlungen bewußt.

Ein Kamerad neben ihn fiel um, begann zu wimmern: Sascha versuchte sein ausgequollenes Gedärm zurück in die Bauchhöhle zu drängen, wußte nicht, was er mit dem Verbandszeug anfangen sollte, erinnerte sich an Filme über Vietnam und wie man in solchen Fällen eine Morphiumspritze verabreichte, hatte jedoch keine oder konnte sie nicht finden. Er schrie um Hilfe, aber niemand beachtete die beiden. Der schwer Verwundete starb leise röchelnd nach einigen Minuten. Trotzdem schien Sascha am Abend, als habe er vorm Kugelhagel weniger Angst gehabt, als vor den Pferden seiner Großeltern. Geschosse der eigenen Artillerie schlugen neben ihm ein oder vernichteten vor seinen Augen die schönen Fassaden der altehrwürdigen Häuser.

In der Nacht nach dem ersten Kampf trank er alles, was man ihm anbot und besoff sich zum ersten Mal im Leben, lallte Lieder mit, die er kaum gekannt und bisher gräßlich gefunden hatte. Diese groben Menschen in Uniform waren mit ihm in Gefahr gewesen, seine Kampfgenossen auf Leben und Tod. Als er jedoch am nächsten Morgen geweckt wurde, waren da keine Soldaten der Garde mehr, sondern fremde, bärtige Männer in Tarnuniformen, manche mit zotteligen, langen Haaren, einige von ihnen hatten schwarze Pelzmützen verziert mit silbernen Totenköpfen auf dem Kopf. Noch bevor er begriff, was sie ihm sagten, bemerkte er den üblen Geruch der schon verwesenden Leichen, der Brandstätten.

»Du hast den Abmarsch deiner Truppe verschlafen, du Trottel! Jetzt kommst du mit uns, sonst bist du ein Deserteur!«

Sie trieben Zivilisten aus ihren Häusern, erschrockene, meist alte Männer, weinende Frauen und Kinder. Waren es Dutzende oder Hunderte? Sascha war Teil einer Massenhandlung, wurde mitgerissen, hielt seine Maschinenpistole auf die erschrockenen Menschen im Anschlag. Nur mit einem Teil seines Bewußtseins begriff er, was er tat, bekam die zu Tode erschrockenen Gesichter seiner Opfer kaum mit. Am Stadtrand schickte man sie auf ein vermintes Feld, als die ersten zögerten, weiter zu gehen, wurden sie erschossen. Von den übrigen, die auf das Feld rannten, wurden viele von den Minen in Stücke gerissen.

»Du mußt auch feuern!« wurde Sascha angeschrien. Er schoß in die Luft. Jemand setzte eine Pistole an seine Schläfe.

»Auf die Kroatenhunde, nicht auf Krähen, sonst erschieße ich dich!«

Sascha schloß die Augen und gehorchte. Vor ihm donnerte es, Sprengkörper gingen hoch. Ob er selbst Menschen umgebracht hatte, würde er nie erfahren, wurde aber ironisch gelobt.

»So, mein Junge, aus dir wird noch etwas!«

Am Abend soff er, Erlösung suchend, freiwillig mit. Er hatte am späten Nachmittag noch einen Blick auf das Feld vor sich geworfen und Leichen gesehen, abgerissene Gliedmaßen von Menschen, die er in den Tod getrieben hatte. Als man ihm anbot zu rauchen, versuchte er es, bekam jedoch einen Hustenanfall.

»Sieht euch das Baby an. Der kann ja nicht einmal rauchen!«

Am Tag darauf half er beim Plündern der Häuser, hörte nur halb bewußt zu, wie man sich über die »Organisation« von Benzin und Zigarettentransporten unterhielt. Fluchende, schwitzende, stinkende, besoffene Männer hänselten ihn, nannten ihn ein Muttersöhnchen, das sie schon noch erziehen würden.

Als er am nächsten Morgen noch schlaftrunken Onkel Michas Stimme hörte, glaubte er zuerst endlich etwas Schönes zu träumen, oder, im Gegenteil, endlich aufzuwachen und die zwei schrecklichen Tage des Mordens und Plünderns geträumt zu haben.

»Wie siehst du aus?« fragte der Onkel bestürzt.

Micha war sportlich, aber elegant gekleidet, trotz des kalten Wetters ohne Mantel, hatte eine karierte Schirmmütze auf dem Kopf, strahlte aber so viel Autorität aus, daß der Anführer der Bande, mit der Sascha hatte mitziehen müssen, mit ihm höflich, fast unterwürfig sprach:

»Tut mir leid, aber ich allein darf das nicht entscheiden. Wir müssen den Kommandanten fragen.«

»Na dann los!«

Einige hundert Meter entfernt von ihnen standen vor ihren Zelten ganz anders wirkende junge Burschen in schwarzen Uniformen und mit roten Baskenmützen als Kopfbedeckung. Hier herrschte Ordnung, Unterordnung, Disziplin. Einige rasierten sich noch, andere säuberten ihre Waffen. Sascha und sein Onkel gingen zu einem gut aussehenden Mann. Der Onkel fragte:

»Ist hier nicht Arkan der Kommandant?«

»Das ist er, aber jetzt sprichst du mit mir!«

»Weißt du noch wer ich bin, oder soll ich dir meinen Dienstausweis zeigen?«

»Ich weiß natürlich sehr gut wer du bist!« antwortete der Mann keineswegs freundlich. »Aber hier hast du nichts zu befehlen!«

»Will ich auch gar nicht. Ich will nur diesen Jungen mitnehmen, er ist mein Neffe, und ich brauche ihn«.

»Das hat man mir schon gemeldet. Auch daß er ein Waschlappen ist. Eine Schande für deine Familie, aber das geht mich nichts an. Von mir aus kannst du ihn haben!«

Onkel Micha verabschiedete sich ohne Handschlag. Sie gingen zu einem Jeep, Micha ließ Sascha wortlos hinten einsteigen und setzte sich zum Lenker. Während der langen Fahrt wechselten sie kein Wort, hielten nirgendwo, obwohl Sascha gerne mindestens einen Kaffe oder heißen Tee genommen hätte, der Onkel wandte sich kein einziges Mal an den fröstelnd auf dem harten Sitz hockenden Neffen nach hinten, und der wagte es nicht etwas zu sagen oder zu fragen. Erst als sie endlich vor dem Haus, in dem er wohnte, ausgestiegen waren, sagte der Onkel leise:

»Der Chauffeur sollte nicht mitbekommen was wir einander sind. Niemand braucht mehr zu wissen, als unbedingt notwendig«.

Saschas Mutter empfing sie weinend. Der Junge lief ins Badezimmer duschen, zog sich dann in seinem Zimmer um. Man aß Krainer

Wurst und Sauerkraut zu abend, als Regina ihrem Bruder Rotwein einschenkte, bat Sascha: »Mir auch!« Sie wunderte sich, holte aber wortlos noch ein Weinglas.

»War es schwer?« fragte Mutter ihren Bruder. »Hast du selber etwas riskiert? Wie sollen wir dir danken?«

Micha winkte ab:

»Morgen bringe ich ihn über die Grenze so lange ich noch die Macht dazu habe. Ich bin ja im Bundesinnenministerium und die aus dem Serbischen mögen uns nicht besonders…«

»Muß er?«

»Er muß unbedingt, sonst kommt man ihn wieder holen, und er hält den Krieg psychisch nicht durch, er geht zugrunde, selbst wenn er nicht im Kampf fällt. Hast du Valuta im Haus, Deutsche Mark, Dollar?«

»Einige hundert Dollar von unserem letzten Auslandsurlaub, glaube ich…«

»Gib ihm alles. Ich gebe ihm noch zweitausend D-Mark…«

Mutter begleitete sie zum Bahnhof.

»Bitte nicht weinen, mach keinen Zirkus, wir wollen nicht auffallen!« sagte Micha streng.

Sie stiegen in den Zug nach Wien über Budapest ein. Im Coupé erster Klasse blieben sie allein. Als sich ein älteres Ehepaar zu ihnen setzen wollte, zeigte ihnen Micha seinen Ausweis und forderte sie auf, anderswo Plätze zu suchen. Eilig zogen sie ab. Er gab seinem Neffen den visierten Reisepaß, die Erlaubnis der Militärbehörde ins Ausland zu fahren und Geld.

Im Laufe der Fahrt erwies sich der Onkel noch wortkarger als sonst, las nur seine Zeitungen obwohl kein Fremder dabei war, der mithören konnte. Sascha sah zum Fenster hinaus auf die endlosen Felder, beobachtete die Menschen auf den Bahnhöfen, wußte, heutzutage hat jedermann seine Sorgen. Heute? Immer! Nicht nur er. Er sagte sich: Das ist ein Abschied. Von was, von wem? Vom Vaterland, Heimat? Von der Mutter? Wieso fühlte er dann nichts dabei, gar nichts? Er hatte mitgeschossen, mitgemordet. Nur zwei Tage lang. Nur?

Vor der Grenze kam die Militärpolizei. Micha zeigte als erster seinen Ausweis und Reisepaß, danach wurden die Soldaten mit den weißen Riemen höflich und fragten nicht viel. Der Zoll wollte gar nichts wissen. Erst als sie die Grenze passiert hatten, schien Onkel Micha aufzuatmen:

»Ich habe doch ein wenig gefürchtet, daß jemand Wind von deiner Flucht bekommen könnte... Die Erlaubnis ins Ausland zu fahren habe ich für dich gefälscht. Die müssen wir jetzt vernichten...«

Er zündete sie an und stopfte die Asche in den Abfallbecher, begann dann nach einer kurzen Pause:

»Du mußt wissen, formal bist du vom jugoslawischen Standpunkt her von nun an fahnenflüchtig und ich Urkundenfälscher. Ich begleite dich bis Budapest und fahre mit dem nächsten Zug zurück. Weiterhelfen kann ich dir nicht. Halte dich in Wien einige Zeit lang von Landsleuten fern, sag niemandem etwas darüber, wie du über die Grenze gekommen bist. Deine Mutter kannst du anrufen, aber mich erwähne dabei nicht. Falls man mich in Belgrad nach dir fragt, werde ich behaupten, dir nur befohlen zu haben, dich wieder bei der Garde zu melden, aber wahrscheinlich wird man sich nicht mehr um dich kümmern. Es desertiert ohnehin wer kann. Ich glaube nicht, daß Arkan und seinesgleichen sich den Kopf über dich zerbrechen und irgendwem melden werden, daß ich dich mitgenommen habe. Die haben nur ihre Schmuggelgeschäfte im Sinn...«

»Wer ist Arkan?« fragte Sascha.

»Der Chef des Burschen, der dich an der Front freigegeben hat. Von dem wirst du noch viel hören. Zuerst war er ein kleiner Krimineller, obwohl sein Vater Offizier war. Dann haben wir ihn übernommen und für uns im Ausland eingesetzt. Er hat damals für meinen Dienst verschiedenes erledigt...«

»Auch getötet?« fragt Sascha leise.

»Ich habe dir doch schon erklärt, niemand soll mehr wissen, als unbedingt notwendig ist. Du erst recht nicht. Jetzt ist Arkan der große Bandenführer, erledigt die schmutzigsten Dinge für die serbische Regierung. Laß das jetzt! Lange wird er auch nicht mehr leben, die Kugel, die ihn treffen wird, ist längst gegossen. Sei sparsam, dann hast du für zwei oder drei Monate Geld genug. Wenn in einem Jahr dein österreichisches Visum abgelaufen ist, melde dich bei den Behörden als Deserteur und Flüchtling. Du bist erwachsen, du mußt dich alleine in der Welt herumschlagen...«

»Ist das Landesverrat?«

»Quatsch!«

»Warum fährst du zurück, Onkel Micha? Auf wessen Seite stehst du eigentlich?«

»Mit mir ist das etwas anderes...« sagte der große, starke Mann unbestimmt und erklärte es nicht näher.

Auf dem Bahnhof in Budapest kaufte Micha für seinen Neffen einige Sandwiches und eine Flasche Mineralwasser. Er umarmte ihn unbeholfen und Sascha begann zu weinen.

»Nicht so!« sagte der Onkel vorwurfsvoll. »Laß die Banditen nicht recht haben, daß du ein Waschlappen bist!«

Dann ging er. Sascha blickte ihm nach, aber Onkel Micha drehte sich nicht mehr um.

10.

In der serbischen Öffentlichkeit war Unruhe entstanden. Die Eltern der beiden erschossenen Soldaten der Garde wollten sich nicht damit abfinden, daß ihre Söhne einander ermordet haben sollten. Trauer und erster Schock hatten sie zunächst davon abgehalten, gegen die Eile des Militärs, die jungen Männer so schnell wie möglich zu begraben, etwas zu unternehmen. Immerhin hatte man sie mit allen Ehren und einem Salut über dem Grab beigesetzt, Reden wurden gehalten, das Dorf erwies den Familien der jungen Männer alle Ehren.

Inzwischen hat jedoch ein Rechtsanwalt die Eltern davon überzeugt, daß die Untersuchung des Vorfalls nicht richtig geführt worden sei. Er will sich selbst mit diesem Fall ins Rampenlicht bringen. Geschickt nützt er die Medien und streut aus, die Untersuchung nach dem Tod sei absichtlich leichtfertig geführt, Spuren vernichtet, die Angehörigen getäuscht worden. Der Armee gelingt es nicht, die Affäre unter den Teppich zu kehren, sie setzt deshalb eine zweite Kommission ein, nach erneuter, allerdings ebenfalls oberflächlicher Ermittlung, kommt auch diese zum Schluß, die beiden Soldaten hätten sich gegenseitig getötet.

Das glaubt niemand im Lande. Was ist wichtiger, die öffentliche Meinung oder der Schein der Formalitäten?

Zu jener Zeit wird der Oberste Verteidigungsrat vom Präsidenten Serbiens, Montenegros und der Staatengemeinschaft beider Länder gebildet. Diese höchste Autorität beugt sich dem öffentlichen Druck und ernennt eine dritte, besondere Untersuchungskommission, bestehend aus sachverständigen Zivilisten und den besten Experten im Lande, womit sie allerdings den Militärbehörden ihr Mißtrauen ausdrückt.

Der zuständige Militärstaatsanwalt, ein einfacher Hauptmann, untersteht sich der Presse zu erklären: »Die Bildung dieser Kommission ist unbegreiflich und ein schädlicher Präzedenzfall!« Anstatt ihn deswegen sofort aus dem aktiven Dienst zu entlassen, duckt sich der Oberste Verteidigungsrat vor den geheimnisvollen Kräften, die hinter dem kleinen Offizier stehen.

Die neue Kommission möchte im »Objekt« nach Identifikationsspuren forschen, um festzustellen, wer sich dort in der letzten Zeit aufgehalten hat, aber die Garde verweigert den Vertretern der obersten Kommandostelle des Landes den Zutritt. Militärgeheimnis!

Im Bunkerkomplex existiert auch eine Prachtwohnung, in der Tito einen möglichen Atomkrieg hätte überleben sollen. Hitlers letzter Aufenthaltsort unter der Berliner Reichskanzlei war im Vergleich zu ihrem Pomp angeblich ein einfaches Rattenloch. In der serbischen Sensationspresse heißt es, möglicherweise habe sich hier der als Kriegsverbrecher angeklagte Kommandeur der bosnischen Serben, General Ratko Mladić, versteckt gehalten. Man will ihn manchmal in einem Restaurant im nahegelegenen Park beobachtet haben. Vielleicht haben die beiden Gardesoldaten ihn gesehen und mußten deshalb sterben.

Um das auszuschließen oder zu bestätigen, fordert die neue Kommission die DNA-Merkmale Mladićs von der Militärmedizinischen Akademie an. Zuerst verweigert man sie ohne Begründung, nach starkem Druck erklärt man, man besitze sie nicht, obwohl der General vor nicht zu langer Zeit dort einen Nierenstein entfernen ließ.

Die Eltern der Gardesoldaten geben die Exhumierung der sterblichen Überreste ihrer Söhne frei, denn das Militär hat in seinem Bericht nur die Eintrittsverletzungen der tödlichen Geschosse registriert, nicht die Schußbahnen durch die Körper.

Am Ende stellen die Sachverständigen zweierlei fest: Erstens, der Tathergang ist nicht mehr genau zu rekonstruieren, weil das Militär die Spuren tollpatschig oder absichtlich vernichtet hat, und zweitens, es ist mit Sicherheit erwiesen, daß aus den Waffen der Wachposten zwar geschossen worden ist, aber unmöglich haben sie auf einander gefeuert, getötet wurden sie von einer oder mehreren Drittpersonen. Der Standort des Todesschützen ist nicht mehr mit Sicherheit festzustellen, weil die Spuren nicht fotografiert oder genau protokolliert, die Hülsen wahllos aufgeklaubt worden sind. Die auf den Tatort gerichtete Kamera hat nichts aufgezeichnet. Dafür gibt es drei Möglichkeiten: Entweder geschah alles außer ihrer Reichweite, oder die Kameras waren ausgeschaltet, oder aber jemand hat die Filme gelöscht.

Journalisten werden zwar zu den Nachuntersuchungen am Tatort nicht zugelassen, sie fotografieren die Kommission jedoch während der Arbeit durch die Hecke aus einer Entfernung von zwanzig Metern und stellen fest, von diesem Standort hätte man bequem schießen können.

Micha fragt sich: Hat man möglicherweise durch die Hecke geschossen? Einer der sterbenden Gardisten soll sterbend noch »Von Innen!...« geflüstert haben. Wie reimt sich das mit der Version zusammen, daß jemand von »Außen« geschossen hat? Möglich wäre das schon. Vielleicht wollte er jedoch sagen, »von Innen« sei etwas gekommen, er muß damit nicht den Angreifer gemeint haben, der von außen schießt. Aber was oder wer, zum Teufel, konnte es gewesen sein, warum wurden die beiden jungen Männer ermordet, und warum hat ihn Oberstleutnant Marko extra auf die Geschichte aufmerksam gemacht?

Der Kommandant der Garde, ein Oberst, wird vom Obersten Verteidigungsrat abgelöst und pensioniert. Das ist ungewöhnlich, denn meist beschäftigt sich dieses Gremium nur mit Generälen, aber mit dem Kommandanten der Garde kann man eine Ausnahme machen. Der Oberste Verteidigungsrat beschließt jedoch, auch den Feldwebel, der Wachkommandeur war und die Leichen als erster gesehen und angerührt hat, in die Provinz zu versetzen. Das ist unerhört. Wieso kümmert sich diese höchste Instanz um einen Unteroffizier? Wo steckt der Mann jetzt überhaupt? Wer hat den Vorschlag für diese Dispositionen unterbreitet? Für Micha steht fest, daß eine undifferenzierbare Gruppe in der Armee dem obersten Vorgesetzten bei dieser Untersuchung den Gehorsam verweigert hat und daß das einfach hingenommen worden ist.

Der Detektiv kennt die Direktrice des Historischen Museums gut, er hat schon oft mit ihr zu tun gehabt, sie als Expertin in Fällen von Kunstraub befragt. Sie ist, unter anderem, für die vielen Geschenke, darunter manche richtigen Prachtstücke, verantwortlich, die Marschall Tito aus aller Welt bekommen hat. Die Frau bestätigt, was Micha ahnte: Dieser Gardeoberst war auch die zuständige Instanz für alles, was sich auf dem ehemaligen Grundstück von Titos Residenz befindet. Er hatte noch vor kurzem dem Museum einige Exponate aus der sogenannten ovalen Villa, aus der es übrigens auch einen Zugang zum Objekt unter der Erde gibt, für eine öffentliche Ausstellung verweigert. Demzufolge hat er Zugriff auf alle Kunstgegenstände und Wertobjekte, die sich dort befinden.

Natürlich denkt Micha im Zusammenhang damit an die Andeutungen, es könne sich um Kunstraub gehandelt haben. Immerhin werden jährlich aus wohlbehüteten, weltbekannten Museen an die 10.000 Exponate entwendet, offiziell wird der Umsatz mit ihnen auf acht Milliarden Dollar geschätzt. In den Gebäuden, die mit dem Ausgang, den die ermordeten Soldaten bewacht haben, verbunden sind, liegt ein Schatz. Komisch, daß kein einziger einheimischer Journalist auf die Idee gekommen ist, Forschungen in diese Richtung anzustellen. Man hat sich für manches andere interessiert, dafür überhaupt nicht.

Auf die Frage eines Reporters, wieso sein Sohn als Zivilist für die Bedienung und Instandhaltung der Überwachungskameras angestellt gewesen sei, ob man das nicht Vetternwirtschaft nennen müsse, antwortet der Oberst blauäugig: »Anderswo wollte ihn niemand haben!« Übrigens ist das Söhnchen nach seiner ersten Aussage mit seiner Freundin nach Ägypten auf Urlaub gefahren. Es wurde nicht einmal mit dem sogenannten Paraffinhandschuh nach Schmauchspuren überprüft, ob er vor kurzem aus einer Feuerwaffen geschossen hat. Und es stellt sich heraus, er hatte schon vorher ein kriminelles Dossier, trotzdem jedoch ausgerechnet in der Garde einen so verantwortungsvollen Job bekommen.

Ägypten. Im Nahen Osten lassen sich Kunstgegenstände von besonderem Wert, die das Licht der großen Auktionshäuser scheuen müssen, recht gut verhökern.

Etwas stimmte da nicht. Wer womit auch immer aus dem Bunkerkomplex gekommen war, mußte in Begleitung eines hohen Offiziers gewesen sein. Der hätte die Posten einfach anbrüllen können. So hätte es Micha an dessen Stelle gemacht. Jemanden anschreien ist immer gut. Die beiden Soldaten hätten dann militärisch gegrüßt und wären ehrfurchtsvoll in Habachtstellung erstarrt. Zwei Bauernjungen in Uniform werden sich nicht aufregen, wenn jemand anderer mit einigen goldenen Sternchen auf der Schulter etwas tut, was sie nicht verstehen.

Immer mit der Ruhe, sagt sich Micha. Nichts übereilen! Goran ist erschossen worden. Refik, dem kleinen Muck, hat man die Kehle durchgeschnitten. Ariel will eine geheimnisvolle Angelegenheit in Wien besprechen. Was haben diese armen Gardisten damit zu tun? Man hat ihn auf sie aufmerksam gemacht? Wer? In wessen Namen hat ihn Marko angerufen? Nur so als Freund? Wäre auch möglich, aber doch ein wenig seltsam. Was wollte der Oberstleutnant mit der Warnung erreichen?

11.

»Sie ist wirklich schön!« sagt Professor Perin zu Aki, nachdem man sich gesetzt hat. Erst danach wendet er sich der Russin zu und schaut ihr offen in die grünen Augen »Sie sind wunderschön, Lara!«

Natascha, die sich an ihren neuen »Künstlernamen« Lara gewöhnt hat, findet diesen Blick ein wenig kindisch, naiv, es fehlt die wilde, männliche Ausstrahlung, die sie sonst reizt, aber das Kompliment war ehrlich.

Selten sind drei verschiedene Menschen, die nebeneinander sitzen, so restlos mit sich und der Welt zufrieden wie die beiden Serben und die Russin. Natascha, die sich damit abgefunden hat, Lara genannt zu werden, weil sie sich frei fühlt, normal, Aki weil alles so läuft, wie er geplant hat, und Lala weil er neben einer jungen Frau sitzt, die ihm so sehr gefällt. Die Donau fließt vor dem Fenster der Barke und unter ihren Füßen vorbei. Die Russin denkt, sie fließt dem Schwarzen Meer entgegen, sie fließt in Richtung ihrer Heimat.

Das Boot-Restaurant ist unweit des Hotels »Jugoslavija« verankert, es heißt »Zum Froschmann«, und Froschschenkel gehören zu seinen Spezialitäten. Nein, also das bitte doch nicht, lacht Lara. Man bestellt also als Vorspeise lieber eine kalte Fischplatte, danach hat Aki Truthahn mit Mlinci empfohlen, einst Titos Leibspeise. Mlinci ist eine fette Mehlspeise die durch heißes Schmalz geschwenkt wird, nachdem sie vorher mit saurer Sahne und etwas Olivenöl behandelt wurde.

Lara versucht sich einzureden, dass die Nacht im Kellerverlies, das ihre Gruft werden sollte, ein Traum war. Ein Albtraum. Dann ist sie aufgewacht. Nein, sie hat es erlebt, überlebt, und jetzt ist sie wach, hellwach. Noch ist nicht alles gut. Die Möglichkeit solcher Drohungen ist nicht verschwunden. Lara – Natascha – will glücklich sein, oder zumindest mit sich und der Welt zufrieden, und das scheint nicht mehr unmöglich trotz des schrecklichen Fehlers auf so eine Weise in ein fremdes Land zu kommen, sich praktisch verkauft zu haben. Mit Leib und Seele. So sagt man. Den Leib anscheinend buchstäblich, aber was ist des Menschen Seele?

Aki hat zwei Tage lang nichts von ihr gewollt, sie hat sich tatsächlich frei bewegen können, ist sogar am Donauufer ein wenig spazieren gegangen. Ihrer Mutter hat sie eine schöne Ansichtskarte mit der Ansicht des Hotels geschickt: »Ich bin gut am Fluß Donau untergebracht, mein Fenster habe ich angekreuzt, man ist freundlich zu mir... Noch weiß ich nicht, ob ich die Nationalmannschaft oder nur einen Klub trainieren werde, bald schreibe ich mehr, grüße Papa und einen jeden, der nach mir fragt...« Eine kleine Lüge kann die Eltern beruhigen und schadet niemandem. Danach hat sie sich erleichtert gefühlt. Sie hatte sich zwei Wochen lang nicht zu Hause gemeldet, zum letzten Mal vor zwei Wochen vom Moskauer Bahnhof ein Kärtchen geschickt, obwohl sie vor der Abfahrt versprechen mußte sofort nach ihrer Ankunft in Jugoslawien ausführlich zu berichten.

Als Turnerin in der Provinz hatte die kleine, hübsche Natascha als Wunderkind gegolten, in Moskau jedoch hatte sie es nicht bis in die Spitzenklasse gebracht, war an der Hochschule für Sport eben nur Mittelmaß. Nach einer heftigen, aber unglücklichen Liebe wollte sie weg, nichts als weg, auf gar keinen Fall zurück nach Perm als Turnlehrerin ins Gymnasium, weil es das Eingeständnis einer Niederlage gewesen wäre. Eine Kollegin, mit der sie gemeinsam die Annonce gelesen hatte, in Serbien würden Trainerinnen für Gymnastik und Bodenturnen gesucht, hatte sie gewarnt, man höre in der letzten Zeit so viel über junge Russinnen, die im Westen verschwunden, dort wahrscheinlich zur Prostitution gezwungen worden seien. Natascha jedoch antwortete trotzig und selbstsicher:

»Alles Quatsch und hiesige Propaganda. Niemand wird mich zu etwas zwingen können, was ich nicht mag. Ich habe Nägel wie Krallen. Und wozu haben wir Kampfsport gelernt?«

Perin hat ausnahmsweise einen guten Tag gehabt, heute spürt er nichts von der an Depression grenzenden Unsicherheit, den seltsamen Schwindelgefühlen, die ihn in der letzten Zeit immer öfter bedrücken und die Euphorie ablösen, die ihn an anderen Tagen manchmal scheinbar grundlos erfaßt. Bei ihm hängt immer viel von den klimatischen Umständen ab und jetzt ist das Herbstwetter stabil, was ihm behagt. Die neue Damenbekanntschaft regt ihn an, dieses Mädchen scheint ja etwas ganz anderes zu sein, als sein bisheriger Umgang. Die Russin ist nicht nur schön, sondern sogar gebildet. Perin spricht genauso gut russisch, wie englisch, schon am Anfang seines Universitätsstudiums hat er begriffen, daß er ohne Fachliteratur in diesen beiden Sprachen unmöglich etwas Großes in der theoretischen Physik, leisten kann.

Aki kann dem angeregten Gespräch des Paares, das er zusammengebracht hat, kaum folgen. Er muß einsehen, daß sein Russisch nicht für eine Konversation unter gebildeten Menschen reicht, aber das stört ihn in diesem Fall überhaupt nicht, weil er sich ansonsten in jeder Hinsicht überlegen fühlt. Er versteht, was er für wichtig hält und ist überzeugt davon, daß er sich immer und überall verständlich machen kann wo es für ihn wichtig ist, glaubt in diesem Fall, daß die beiden ohnehin wie Puppen an Fäden hängen, die er bewegt, wie er will.

Bevor sie über den schwankenden Steg in den Speisesaal gegangen waren, hatte er erzählt, daß vor nicht so langer Zeit genau hier der Chef der Belgrader Polizei, General Boško Buha, erschossen und die Täter nie erwischt worden seien, aber da seine Gäste gar nicht richtig hingehört haben und durch diese Mitteilung nicht so erschraken, wie er sich das vorgestellt hatte, hebt er sich das Thema für eine andere Gelegenheit auf.

Man trinkt viel. Erst Weißwein aus der Umgebung, zum Truthahn einen französischen Bordeaux, aber Perin und Natascha wissen nicht, daß er eigentlich zu schwer für den Genuß von Federvieh ist und ihr Gastgeber mit dem Getränk nur prahlen will, zur Torte aus Edelkastanien wird sogar Champagner entkorkt.

Die beiden Männer begleiten Lara durch den lauen Abend zurück zum Hotel. Aki sagt:

»Ich besitze ein schönes Boot. Wir könnten einmal einen kleinen Ausflug machen. Unweit von hier liegt die Mündung der Sawe in die Donau, aber wir könnten auch flußaufwärts an schönen Inseln vorbeifahren…«

»Das wäre wunderbar!« sagt die Russin.

»Für mich wäre es auch etwas neues, ich bin so eine dumme, alte Landratte«, erklärt Lala.

Vor dem Aufzug im Hotel fragt der Professor mit rührend unsicherem Blick ganz leise:

»Darf ich noch einen Augenblick hinaufkommen?«

Natascha-Lara schaut ihn belustigt an. Einen Schwips hat sie schon, aber sie fühlt sich ihrer Bewegungen und Sinne mächtig. Perin ist etwas kleiner als sie, hat schütteres, rotblondes Haar, mit seinem Kindergesicht scheint er sehr jung zu sein, obwohl er unter dem schlecht sitzenden Sakko einen Bauchansatz hat und eine schmale Brille trägt. Er wirkt harmlos. Aki hingegen, der sich im Hintergrund hält, wirkt im Vergleich zum Atomphysiker umso attraktiver. Auch er ist höflich, aber sein Lächeln ist nicht aufrichtig, sondern lauernd. Sie zögert. Am liebsten hätte sie gesagt, daß ihr lieber wäre, wenn Herr Aki hinaufkommen würde, aber das geht wirklich nicht. Also zuckt sie anmutig die Achseln:

»Warum nicht? Wir können ja oben weiterplaudern...«

Im Zimmer streift die junge Frau sofort die Stöckelschuhe ab und bewegt erleichtert ihre Zehen. Sie hätte eine Nummer größer kaufen sollen. Der Alkohol hat sie aufgemuntert. Am liebsten würde sie vor diesem verwunderten Burschen, der sich schüchtern gesetzt hat, Rad schlagen oder einen Kopfstand machen.

»Wollen sie... Ach was, lassen wir das Siezen, willst du noch etwas trinken? Wie heißt du überhaupt mit Vornamen, Herr Professor?«

»Nur ein Mineralwasser, bitte, ich muß ein Aspirin nehmen. Eigentlich heiße ich Ivan, aber meine Freunde nennen mich Lala...«

»Klingt hübsch, Lala, trallala...«

Das gefällt Perin gar nicht, ein wenig beleidigt sagt er:

»Lala nennt man in meiner Heimat die dortigen Bauern... Aber so heißt auf Serbisch auch eine Blume, die Tulpe...«

»Lala passt doch gut zu Lara«, tröstet sie ihn. Allmählich beginnt sie sich an Lara als ihren Namen zu gewöhnen. Als Namen für dieses seltsame Leben hier. Hier ist sie Lara. Was sie hier macht – oder was mit ihr hier gemacht wird – soll die wahre Natascha nicht berühren.

Mit einem Mann schlafen ist für sie nichts Neues. In den Hotels nach Wettbewerben in so vielen Städten des weiten russischen Landes, hat man sich öfter »ausgetauscht«. Zwei Männer in einem Zimmer, zwei Mädchen in einem anderen, das wäre langweilig gewesen, und die Lösung des Problems war einfach. Es musste keine Liebe sein. Dieser komische Wissenschaftler ist verliebt, bewundert sie. Schön ist er nicht, anziehend findet sie ihn nicht, aber warum sollte sie nicht? Im Westen ist es nicht ungewöhnlich mit irgendjemand zu schlafen. Man nennt es *Quicky*. Ist das so, oder wird es nur in Russland erzählt?

Lala macht jedoch keine Anstalten mit ihr schnell ins Bett zu gehen. Umso besser. Vielleicht ist er zu betrunken, obwohl er noch aufrecht gehen kann und nicht lallt, sondern ordentlich spricht. Möglicherweise ist er einfach so ein beklommener Mensch, der sich nicht traut anzufangen. Mit solchen Typen hat sie nie zu tun gehabt, stets mußte sie sich energisch vor Zudringlichkeit wehren bevor sie nachgab. Irgendwie gefällt Lara sogar, daß ihr Gast so hilflos ist. Sie schenkt ihm ein Glas Perrier aus der Zimmerbar ein, setzt sich ihm gegenüber und sagt:

»Erzähl mir doch etwas über dich«.

Ivan Perin berichtet, daß er 1960 im Dorf Opovo im Banat geboren wurde. Das liegt etwa zwanzig Kilometer nördlich von Belgrad. Es ist eine Ebene, den Misthaufen haben sie den höchsten Gipfel der Landschaft genannt. Schon in der Schule hat man ihn Lala geheißen. Er erklärt ihr, was die Lalas sind, Bauern aus dem Banat, und erzählt Witze. Er ist richtig glücklich, über sich berichten zu können, eine intellektuelle Entblößung, und die schöne Frau kann gut zuhören. Als er den Witz erzählt, daß sich ein Lala Frau und Geliebte hält, um mit keiner ins Bett gehen zu müssen, sondern, wenn sie glauben, er sei bei der jeweils anderen, auf dem Dachboden ausschlafen kann, fragt sie:

»Glaubst du, du bist hier jetzt auf so einem Dachboden?« Er geht aber nicht einmal auf diese Anzüglichkeit ein, sondern spricht weiter:

»Ich war schon immer ein ziemlich schüchterner Bursche. Vielleicht wäre ich es selbst dann geworden, wenn ich nicht schon als kleiner Junge an Phimose erkrankt und operiert worden wäre. Weißt du überhaupt was das ist?«

Perin ist richtig rot geworden. Er hat sich nicht getraut Lara ins Gesicht zu schauen, wirft jedoch jetzt einen besorgten Blick auf sie, aber sie ist weder bestürzt noch beleidigt, eher belustigt. Was er nicht wissen kann, er wird ihr immer sympathischer:

»Erzähl doch weiter…«

»Ich habe mich in die theoretische Physik verliebt. Nie in ein Mädchen... Bis ich dich kennen gelernt habe!«

»An deiner fehlenden Vorhaut wird es nicht gelegen haben«, sagt Lara. »Ich habe einen Freund aus Usbekistan gehabt, einen sehr guten Turner. Er war Moslem und auch beschnitten. Und ein ganz hervorragender Liebhaber!«

Lala horcht auf, fragt sich, ob er aufstehen und sich neben sie setzen, sie umarmen soll, fürchtet, er könnte das gar nicht fertigbringen und erzählt weiter.

»Da ich ein normaler junger Mann mit bestimmten Bedürfnissen bin, verstehst du, habe ich... Unschuldig bin ich nicht, ich kenne mich aus! Weißt du, mit Prostituierten ist das so einfach...«

Will er endlich zur Sache kommen, fragt sich die Russin. Sie macht keine Anstalt auf die mögliche Anspielung einzugehen, stellt nur für sich vergnügt fest, der schämt sich also vor mir, hält mich nicht für eine gewöhnliche Hure. Das ist auch etwas! Lala fährt fort, erzählt, welch brillanter Student er gewesen sei, der beste seiner Generation und wie ihn einer seiner Lieblingsprofessoren gewarnt habe, Phantasie sei wichtig, aber nur falls man eines Tages den Nobelpreis für Physik anstreben sollte.

»Du willst den Nobelpreis gewinnen?« fragt nun die Russin doch etwas verwundert.

»Warum nicht? Ich weiß auch schon mit welcher Erfindung! Es muß der für Physik sein, denn den Nobelpreis für Frieden werde ich mit Todesstrahlen bestimmt nicht gewinnen!«

»Was für Todesstrahlen?«

Lara wundert sich immer mehr. Ist der junge Mann doch so betrunken? Phantasiert er, oder will er ihr einen Bären aufbinden? Ihr Gegenüber spricht immer leiser, redet aber fast automatisch weiter, hält einen Vortrag über Tesla und Savić, der für Tito die Atombombe fabrizieren sollte. Er redet, als befinde er sich in einem Hörsaal vor Studenten, das ist sein Thema. Ihr fallen schon fast die Augen zu. Der gute Wein macht sich bei beiden bemerkbar.

»Du bist doch Russin, weißt du wo Tunguska ist?«

»Keine Ahnung«.

»Irgendwo in deinem Sibirien...«

»Na und?«

»Nein, aber...«

Endlich schweigt er.

»Und?« fragt Lara schläfrig. »Hat dieser Herr Savić die serbische Atombombe gebaut?«

Als Antwort ertönt aus dem Sessel nur noch schnarchen. Das dünne Haar klebt auf der verschwitzten Halbglatze. Am Abend, als sie sich kennen gelernt hatten, war sein blau gestreiftes Hemd tadellos gebügelt gewesen, jetzt ist es zerknittert, der ohnehin kleine Mann scheint ganz in sich zusammengefallen.

Lara lacht leise, zieht sich vor dem schlafenden Mann, der sie nicht einmal angerührt, geschweige denn geküßt hat, unbekümmert aus, geht ins Badezimmer, nimmt eine Dusche, versucht im Zimmer nackt einen Salto rückwärts, der aber nicht gut gelingt, weil sie doch zu viel Alkohol intus hat. Sie wirft noch einen Blick auf den schlafenden Professor, der nichts mehr hört und sieht. Dann zieht sie ihren neuen Seidenpyjama an, ein Import aus China, legt sich ins Bett und schläft sofort ein. Friedlich. Zum ersten Mal, seit sie Aki aus dem Bordell befreit hat, träumt sie nicht vom Kellerverlies, nicht daß sie eingemauert wird und erstickt.

Aki schaut sich am nächsten Vormittag in seinem Büro im Erdgeschoß des Hotels das Video an. Natürlich waren in Laras Zimmer die geheimen Kameras und Mikrophone die ganze Nacht lang eingeschaltet. Er stellt fest, daß alles so läuft, wie er es sich gewünscht hat, aber auch, daß man auf diesen Perin besser aufpassen muß, der plaudert zu viel. Über die Todesstrahlen hätte er wirklich kein Wort verlieren dürfen. Hoffentlich hat die Kleine nicht begriffen wie hoch hier gespielt wird.

12.

Langley, Virginia, USA. Das Hauptquartier der CIA ist dank zahllosen amerikanischen Filmen jedermann auf der Welt hinreichend bekannt. Unendlich lange Flure. Hübsche Sekretärinnen. Aufgeregte Männer, die aktenbeladen hin- und herlaufen. Die Klimaanlage surrt, in den Büros ist es so kühl, daß das Tragen von richtig geknoteten Schlipsen, anständigen Anzügen und festem, blankgeputztem Schuhwerk nicht zu schwer fällt, zumindest nicht auf der Chefetage.

»Ich wollte Sie auf diesen neuen Bericht aus Belgrad persönlich aufmerksam machen, Sir«, sagt der Referent für das ehemalige Jugoslawien, der endlich zum Hauptabteilungsleiter vorgelassen worden ist.

»Schießen sie los!«

»Das Dossier sollte Ihnen vorliegen, aber man sagt mir, Sie hätten es noch nicht abgezeichnet...«

»Machen Sie es kurz, ich habe zehn Minuten für Sie...«

Die beiden mögen sich nicht, müssen aber miteinander auskommen. Der Chef hält diesen Referenten für einen viel zu ehrgeizigen, unerfahrenen Papierwurm, der eine gute, teure Universität absolviert, aber von wenig Ahnung hat, schon gar nicht von Spionage oder Staatsinteressen und glaubt mit fremdem Wissen prahlen zu müssen. Der junge Beamte verachtet seinen Chef, weil er mehr als ein Jahrzehnt auf altem Lorbeer aus der Zeit des kalten Krieges ruht, als er sich angeblich mehrmals sehr mutig gezeigt, sich durch die Schluchten des Kaukasus geschlagen hat, aber seither kümmert er sich um nichts mehr ernsthaft, weil er unbehelligt seiner ehrenvollen Pensionierung entgegensehen möchte. Einen ernsthaften Konflikt mit ihm kann man sich natürlich nicht leisten, der Chef verkehrt mit dem Direktor und einigen Senatoren auch privat.

»Angeblich haben die Serben Todesstrahlen erfunden. Damit könnten sie eine Wende herbeiführen...«

»Was Sie nicht sagen!« Der Chef hat anderes im Sinn. »Ich dachte, Sie sind endlich diesem Mladić und Kara... Kara..., na, sie wissen schon, dem Doktor mit dem komischen Namen, auf der Spur. Todesstrahlen! Das ist für unsere Direktion für Wissenschaft und Technologie, nicht für mich«.

»Der Bericht unserer Experten liegt natürlich schon im Dossier!«

»Ich mag mich jetzt nicht hineinlesen. Was sagen die?«

»Daß das Mist ist, Sir, unmöglich!«

»Habe ich mir gleich gedacht. Todesstrahlen! Blöde, unverwirklichbare Ideen tauchen immer wieder auf«, wiederholt der erfahrene Superagent spöttisch. Er wartet nur noch darauf, daß der Referent sich verabschiedet.

»Ich habe nicht gewagt es auf die leichte Schulter zu nehmen. Ich fürchte mich vor Fehleinschätzungen und habe seltsame Zusammenhänge entdeckt. Nach allem was uns und dem FBI um den 11. September herum passiert ist... Wenn etwas nicht rechtzeitig bemerkt wird, bleibt es am Ende an uns kleinen Beamten hängen...«

»Sie wollen sich bei mir versichern?«

Der Referent fährt fort, als bemerke er den Spott seines Chefs nicht.

»Mir scheint alles auch schon deshalb etwas problematisch, weil das ganze eigentlich seinen Ursprung hier bei uns hat. Der Erfinder hat in den Staaten gearbeitet. Im Laufe des Weltkrieges hat der Mann in New York Vorträge über seine angebliche Erfindung gehalten, unsere Presse hat darüber berichtet, möglicherweise hat er von hier aus einige erfolgversprechende Experimente durchgeführt...«

»Wie das?«

»Darüber gibt es Akten vom FBI. Die ältesten Berichte sind über hundert Jahre alt. Und Zusammenhänge tauchen immer wieder auf. Es handelt sich um einen gewissen Nikolas Tesla. Dutzende seiner Patente haben Westinghouse und andere große Firmen verwirklicht. Daß er hier in Amerika schon vor acht Jahrzehnten an Todesstrahlen, Torpedos, Unterseebooten und sonst noch allem möglichen gearbeitet hat, ist schlicht eine Tatsache. Er hat noch im Ersten Weltkrieg, im Jahr 1917, unserem Kriegsministerium eine Teilchenstrahlwaffe angeboten, um den Krieg zu beenden, der Kriegsmarine hat er Ratschläge gegeben, wie sie feindliche Unterseeboote aufspüren könnte. Das kann man in jeder öffentlichen Bücherei nachlesen, es stand sogar in der New York Times. Die Zeitung schrieb, der Mann habe ein Patent angemeldet mit dem man wie mit Thors Donnerkeilen...«

»Was ist Thor?« unterbrach der Chef ungeduldig.

»Eine altgermanische Gottheit, man hat ihn auch Donar genannt...«

»Verschonen Sie mich mit solchem Kram. Kommen Sie zur Sache!«

»Sie haben doch danach gefragt, Sir! Also, Tesla wollte mit seiner Erfindung ganze Flotten feindlicher Kriegsschiffe versenken. Er wollte ein Fluggerät ohne Besatzung mit einer Geschwindigkeit von 300 Meilen in der Sekunde mittels Elektrizität dafür einsetzen...«

»Warum hat er dann nicht? Wie sagten Sie, daß er hieß? Tesla? Was war das schon wieder für ein Nobody?«

»Keineswegs ein Nobody, Sir. Sein Name als Erfinder war, wie gesagt, Jahrzehnte lang in den Schlagzeilen aller unserer Zeitungen. In seinen Laboratorien haben ihn die besten Wissenschaftler seiner Zeit und Persönlichkeiten besucht, wie Mark Twain und Rudyard Kipling. Die Dichter haben oft einen besseren Spürsinn, als die Experten, die vom Kriegsministerium eingesetzt waren und unsere Vorgänger...«

»Wir haben keine Vorgänger aus jener Zeit. Die Agency ist 1947 gegründet worden. Und? Was haben die vom Kriegsministerium gemacht?«

»Sie haben ihn ausgelacht«.

»Kann ich mir gut vorstellen«.

»Vielleicht nur deshalb, weil ihn andere Personen mit besseren Beziehungen ausgestochen haben... Wenn sie gestatten, Sir! Tesla hat 1912 sogenannte Resonanzvibratoren hergestellt und mit weckuhrgroßen Geräten in New York Gebäude und Brücken ins Wanken gebracht, dazu hat er behauptet, er könne die Erde spalten!«

»Das hat man ihm abgenommen?«

»Nicht, daß er den Planeten Erde hätte vernichten können, er war erwiesenermaßen unter anderem auch ein Großmaul, aber sicher ist, daß er imstande war, starke Erschütterungen, die an Erdbeben erinnern, hervorzurufen. Nach seinem Tod wurden die meisten seiner Aufzeichnungen kistenweise nach Jugoslawien geschickt, obwohl vom Standpunkt unserer damaligen Politik dieses Land hinter dem eisernem Vorhang lag. Bei uns hat diese Schriften niemand ernst genug genommen und studiert, was möglicherweise Leichtsinn war, aber das waren nun einmal andere Zeiten. Das FBI hat ihre Beschlagnahmung vorgeschlagen, aber Gerichte haben entschieden, daß Teslas Nachlaß provisorisch von der Direktion für ausländisches Eigentum, OAP, verwaltet wird, und von dort aus haben es seine Erben übernommen. Der Vertreter seiner Erben, übrigens ein naher Verwandter von ihm, ein gewisser Sava Kosanović, war Belgrads Botschafter. Man hat zwar vor der Übergabe der Dokumentation Fotokopien einiger Aufzeichnungen hergestellt, aber die sind nicht mehr aufzufinden. Wir haben keine Ahnung, ob da etwas bedeutsames war, aber dieser Tesla war nun einmal ein Genie, Staatsbürger der USA, er hat die Entwicklung des Radars und der Telekommunikation vor achtzig Jahren im voraus beschrieben. Allerdings existieren recht verschiedene Hypothesen... Ich habe da für Sie ein besonderes Dossier zusammengestellt, wenn Sie gestatten, daß ich kurz vortrage...«

Da der Chef schweigt, stellt der kleine Beamte fest, daß er doch Aufmerksamkeit erweckt hat und setzt fort.

»Teslas Ideen soll neuerdings in Serbien ein junger Nuklearwissenschaftler, Ivan Perin mit Namen, wiederentdeckt haben und weiterentwickeln wollen. Sicher ist, daß die Jugoslawen auch Atombomben bauen wollten und Geld in die Forschung gepumpt haben. Vielleicht stecken auch die Russen dahinter. Ihr Politiker, Wladimir Shirinowsky, soll den Serben jedenfalls eine Art von Wunderwaffe versprochen haben...«

Der Chef will noch immer nicht zeigen, wie sehr sein Interesse geweckt ist, murmelt nur gnädig:

»Von diesem Shirinonwsky habe ich gehört... Na, tragen Sie vor, aber möglichst kurz!«

»Am 30. Juni 1908 kam es in der Region Tunguska in Zentralsibirien zu einer gigantischen Explosion...«

»Wann? Wo, zum Teufel?«

»Wie gesagt, 1908. Die Tunguska ist ein Nebenfluß des Jenissei, Sir. Russland. Meistens wird diese Detonation als Folge des Einschlages eines Meteoriten beschrieben, was aber deshalb nicht richtig sein kann, weil kein Krater entstanden ist. Was man weiß, oder mindestens zu wissen glaubt, ist, daß die Explosionstemperatur einige Dutzend Millionen Grad betragen hat, die Explosionshöhe betrug mindestens fünf Kilometer, die Explosionsstärke war zwischen sieben und zehn Megatonnen TNT. Tesla hat behauptet, er könne einen gebündelten Strahl, den er etwa so beschreibt, wie das ist, was wir heute als Laserstrahl kennen, mittels drahtloser Übertragung auf jeden Punkt der Erde schicken und dort Armeen vernichten. Da ihm das niemand glauben wollte, hat er angeblich das Experiment durchgeführt und seine Strahlen auf einen relativ unbewohnten Ort geschickt, so daß zwar ganze Rentierherden ums Leben gekommen sind, aber kein einziger Mensch. Ich darf wiederholen, kein Mensch wollte ihm glauben, daß er die Explosion erwirkt hat, jedermann sprach damals von einem Meteor. Vor Ort hat man Jahrzehnte lang nichts seriös untersucht, weil er sehr unzugänglich ist, erst die Sowjets sind neugierig geworden. Tesla haben die Mittel gefehlt, das Ganze noch einmal zu wiederholen, er hat es nach seinem Mißerfolg im Kriegsministerium aufgegeben, jemanden überzeugen zu wollen. Seinen Lebensabend hat er sehr zurückgezogen, na, sagen wir einmal, halb verrückt verbracht. Seine Aufzeichnungen über die ganze Geschichte hat jetzt angeblich dieser Perin gefunden, sie befanden sich in einem kroatischen Dorf in einem vergessenen kleinen Museum«.

»Das ist nicht zufällig ein Drehbuch für einen Science-Fiction-Film, den Sie mir da andrehen möchten, junger Freund?«

»Ich würde sicher nicht wagen, Sie mit Unsinn zu belästigen. Wir beschäftigen uns doch heute mit ähnlichen Projekten, von denen sich manche ebenfalls an Ideen dieses Tesla anlehnen, wenn ich an das *High Frequency Active Auroral Research* in Alaska denke...«

»Was wissen Sie über HAARP, Mensch? Haben Sie denn überhaupt Zugang zu solchem Material? Ich denke, Sie sind für das ehemalige Jugoslawien zuständig und nicht für Geheimprojekte!«

»Bevor ich mit Tesla und Perin zu Ihnen gekommen bin, mußte ich doch alle Querverbindungen untersuchen! Tesla als Wegbereiter der Elektrotechnik ist ein Vordenker für alles, was wir heutzutage in Alaska versuchen, für globale Wettermanipulation, für unterirdische thermogeologische Interventionen, für tiefgreifende Bewußtseinsmanipulation... Er war uns mehr als ein Jahrhundert voraus...«

»Sie kommen ja richtig ins Schwärmen!«

»Und wenn dieser Perin auch ein verkanntes Genie sein sollte und bei Tesla anknüpft? Wenn er wirklich etwas gefunden hat...«

»Wissen wir mehr über ihn?«

»Eben nicht viel, Sir. Wir wollten vor Ort...«

»Sie sollen nichts wollen, sondern tun, mein Lieber, tun! Wir haben doch wahrlich genug Leute in Serbien. Setzen Sie jemanden an.«

»Und was die Finanzierung angeht, habe ich da...«

»Ja, Sie haben meine Vollmacht. Daraus wird am Ende natürlich nichts, aber wo Sie schon zu mir durchgedrungen sind, kann ich es Ihnen nicht abschlagen, das haben Sie doch gewußt, verdammt noch einmal. Todesstrahlen in Sibirien am Anfang des vorigen Jahrhunderts, Mensch! Kaufen Sie diesem... wie heißt er gleich? Perin? Wie spricht sich das aus? Wie diese Leute alle heißen... Nun, gut. Kaufen Sie diesem Perin seine Todesstrahlen ab. Um Gottes Willen, natürlich nicht in unserem Namen! Schicken Sie jemand zu ihm, der sagt, er komme von... Was weiß ich... Na sagen wir, er komme von Osama Bin Laden persönlich. Dort in Serbien gibt es jede Menge Muslime, wir haben doch sicher einige von ihnen, oder? Das kann dann doppelt interessant werden. Ob die darauf anbeißen? Noch etwas?«

»Nein, Sir. Danke, Sir!«

Damit ist Lala in der Zentrale des mächtigsten Geheimdienstes auf dieser Erde nicht nur anerkannt, sondern sogar als Ziel einer Ermittlung bestätigt und mit dem meistgesuchten Terroristen der Welt in Verbindung gebracht worden.

Nachdem der kleine Beamte gegangen ist, starrt der Chef noch einige Minuten lang auf seine fast leere Schreibtischplatte. Er fühlt sich alt und nicht mehr richtig informiert. Schlimm ist es, daß sich solche Büroratten Zugang zu Projekten verschaffen können, die sie nichts angehen. Das ist diesen blöden Rechnern zu verdanken, mit denen sie zu spielen verstehen und dort in alle Geheimfächer eindringen. Ein anständiger Panzerschrank war immerhin viel sicherer, als das Versteckspiel mit Chiffren. Für ihn selbst muß immer die Sekretärin die Files, die er gerade braucht, aufrufen, er findet sich mit diesen blöden Codeworten und Zahlenreihen nicht zurecht, obwohl er aufgrund seiner Stellung in der Hierarchie Zugang zu den meisten Daten haben sollte. Früher hatte man mit lebendigen Menschen, Pistolen und Papier zu tun, nicht mit leblosen Maschinen und ähnlichem

Teufelszeug. Aber jetzt gibt es da vielleicht doch etwas, was er persönlich in die Hand nehmen und dem Direktor darüber berichten sollte.

Wie auch immer... Den Nachmittag will er sich nicht verderben lassen. Er bestellt Eistee, und die Sekretärin soll herausfinden ob da jemand ist, der sich mit Atomkram und dem Balkan auskennt und wen man für einen höchst geheimen Sonderauftrag einsetzen könnte. Vielleicht einen pensionierten Agenten? Nach einer Viertelstunde referiert die Sekretärin.

»Goldmann? Ja, an den erinnere ich mich gut, das ist einer von unseren Jungs von damals... Wo steckt der jetzt?«

Etwas muß er auf eigene Faust an dieser Rotznase von Referenten vorbei einfädeln. Nach diesem Entschluß fühlt er sich wieder besser und läßt sich mit dem Rechtsanwalt Bedford verbinden. Man hat gemeinsam studiert, beruflich ist man verschiedene Wege gegangen, aber Golf spielt man immer noch, und dabei kommt es oft zu einem interessanten Austausch von Gedanken.

»Was los ist? Nichts ist los, ganz im Gegenteil. Ich wollte nur fragen, ob du heute Nachmittag Zeit hast? Ja? Dann wie üblich um fünf im Klub...«

13.

Isi war für Sascha nicht nur die erste große Liebe, sondern Schutzengel und Rettung aus äußerster Verzweiflung. Er für sie nicht nur der erste Mann ihres Lebens, sondern, obwohl sie fünf Jahre jünger ist, ihr Schützling, als sei er ihr Kind. Nachdem er in Wien fast zwei Jahre lang stumm und einsam vor sich hingelebt hatte, fand er ein menschliches Wesen, dem er sich anvertrauen konnte.

In gewisser Hinsicht war es anfangs leichter gewesen sich zurechtzufinden, als Sascha befürchtet hatte. Österreich kam Flüchtlingen entgegen. Seine Mutter schickte ihm die notwendigen Unterlagen, und er konnte ohne weiteres an der Universität in Wien sein Studium der Kunstgeschichte fortsetzen. Als Hochschüler konnte er sein Visum verlängern. Nachdem er das mitgebrachte Geld ausgegeben hatte, bekam er sogar ein Stipendium und danach einen Job im Kunsthistorischen Museum. Er führte ausländische Gruppen durch die geräumigen Säle, erklärte die Exponate in mehreren Sprachen, durfte selber bestimmen, wie viele Stunden er wöchentlich arbeiten wollte, um die Studien nicht zu gefährden. Während der Sommerferien stellte er am Wörthersee Liegestühle auf einem Hotelstrand auf und sparte das Trinkgeld, um sich im Herbst einen neuen Anzug und Wäsche zu kaufen. Früh am Morgen, noch bevor die ersten Gäste aufgestanden waren, hatte er Zeit für sich, um eine halbe Stunde der aufgehenden Sonne entgegenzuschwimmen.

So vergingen vier Jahre, und er glaubte endgültig Fuß gefaßt zu haben, da rief Onkel Micha an. Seine Mutter hatte einen Hirnschlag erlitten und war noch in derselben Nacht gestorben.

»Gelitten hat sie nicht, überhaupt nicht…«

»Ich nehme den Zug heute Abend…«

»Nein, nein und nein! Auf keinen Fall darfst du zum Begräbnis kommen! Jetzt ist es schlimmer, als es früher war, man würde dich sofort verhaften. Ich schicke dir Fotos. Und du denkst an sie…«

Nach diesem Gespräch stand er noch fassungslos mit Tränen in den Augen in der Aula und wußte nicht ob er gehorchen sollte. Isi kam auf ihn zu. Sie hatte soeben immatrikuliert.

»Was hast du?«

Sascha sagte es dem wildfremden Mädchen, weil er sonst niemanden hatte, mit dem er sprechen konnte. Sie umarmte ihn. Das war nicht nur die erste intime Berührung eines lebenden Menschen nach langer Zeit, es war die Umarmung eines jungen Mädchens, das sich tröstend an ihn schmiegte. Auch weiterhin ging fast jede Initiative von ihr aus.

Sie hieß Isabella, wollte aber Isi genannt werden. Den Namen, den ihr ihre streng katholischen Eltern bei der Taufe verliehen hatten, mochte sie nicht. Mit ihrem kurz geschnittenen blonden Haar, der Stupsnase, noch mehr wegen ihrer energischen, ein wenig eckigen Bewegungen, war sie Sascha schon aufgefallen, aber wie hätte er es wagen sollen so ein Geschöpf anzusprechen?

Später erzählte sie ihm, wie unruhig sie schon mit zwölf, dreizehn Jahren gewesen war, etwas im Leben suchte, aber nicht wußte, was. Erst nahm sie Ballettunterricht. Ihre Mutter war zufrieden. Das wurde ihr jedoch bald langweilig. »Zu lieblich, weißt du? Auf schmerzenden Zehenspitzen herumzuhüpfen ist doch blöd…« Dann ging sie zum Kampfsporttraining. Mutter war entsetzt. »Ich war nicht einmal schlecht, soll ich dir zeigen, wie ich dich auf den Boden werfen kann?« Erst wollte er nicht, dann stellte er sich doch so hin, wie sie ihm befahl, und mit einer einzigen schmerzlichen Handumdrehung warf sie ihn mitten im Park auf den Rasen. Danach fiel ihr ein, Flügelhorn zu spielen, weil das Mädchen sonst nicht tun. Mutter sagte nichts mehr, hoffte nur, ihre Tochter würde auch diese Idee bald überwinden und es satt haben und behielt diesmal recht.

»Könntest du dir vorstellen, daß ich mit Engelsflügeln an einer Harfe sitze und brav die Saiten zupfe?« fragte Isi. »Aber mit dem Horn war es auch nichts, da war ich nicht gut«.

»Du willst immer gut oder sogar die Beste sein?«

»Wieso nicht?«

Die Elite in Wien wohnt bevorzugt im Neunzehnten Bezirk. Freilich gibt es auch hier einfachere Wohnmöglichkeiten. Isi half Sascha, in einem Miethaus in ihrer Nähe in der Billrothstraße, eine bescheidene Garconniere zu finden, die er sich leisten konnte. Sie brachte Sekt und erklärte:

»Für mich ist es höchste Zeit von der sogenannten Unschuld befreit zu werden, und du gefällst mir!«

Am Ende der breiten Grinzinger Allee, in die seine Straße einmündete, konnte er den Kahlenberg sehen. Nur wenige Minuten entfernt von ihm ging er auf dem Hungerberg mitten in Weinbergen spazieren. Mit Straßenbahn und Bus war er in zehn Minuten im Krapfenwaldlbad, wo es mehrere offenen Schwimmbecken und angeblich die hübschesten Wienerinnen gab. Im ersten Sommer ihrer Liebe fuhren sie oft hinauf. Das Mädchen konnte viel besser schwimmen als er. Sie sonnte sich gerne ohne Oberteil. Topless war Mode. Die meisten anderen jungen Frauen, die sich das leisten konnten, sprangen auch kopfüber mit nackten Brüsten in das Schwimmbecken. Allerdings taten es auch Damen, die das lieber hätten bleiben lassen, weil ihr Anblick keineswegs ästhetisch war.

»Ich mag das nicht«, sagte Sascha laut, als Isi sich entblößte.

»Du bist doch nicht eifersüchtig? Komm, sei kein Bauer vom Balkan!«

Isis Vater war Augenarzt und besaß eine Villa in der Paradisgasse im XIX. Bezirk. Als Sascha zum ersten Mal den Straßennamen aussprach, sagte er natürlich Paradiesgasse, und wurde korrigierte.

»Nein, nein, im Paradies wohnen wir, weiß Gott, nicht. Die Gasse heißt so nach einer Frau Paradis, aber womit sie die Ehre verdient hat, meine Adresse zu sein, das weiß ich auch nicht«.

Das Studium fiel Sascha nicht schwer. Schon nach dem ersten Semester war er seinen Professoren angenehm aufgefallen. Nach dem Abschluß hatte er den Vertrag vom Museum bekommen, aber nur auf Zeit, freie Stellen gab es leider nicht.

»Eines Tages wird sich etwas ergeben, keine Sorge«, sagte ihm der Verwaltungsdirektor, als Sascha einmal schüchtern vorfühlte. »Wir rechnen mit Ihnen. Sie werden hier einmal Kustos, Herr Magister!« Die Österreicher lieben Titel.

Als Herr Magister wurde er Isis Eltern vorgestellt. Er hatte sich ein neues Hemd gekauft, und das Mädchen hatte ihm die Krawatte dazu ausgewählt und gebunden, weil er darauf bestand, obwohl sie meinte, er dürfe ruhig auch im üblichen Rollkragenpullover auftreten.

»Aha, aus Belgrad sind Sie? Interessant. Sie sprechen aber sehr gut Deutsch, wo haben Sie es gelernt? Und wie stehen Sie zu diesen schrecklichen Kriegen dort unten?«

»Er ist fahnenflüchtig!« sagte das Mädchen schnell. »Er sagt, man müßte in Serbien ein Denkmal für den unbekannten Deserteur errichten, denn die Zehntausenden, die keine Waffen in die Hand nehmen wollten, haben das Land vor Schlimmerem gerettet!«

»So ist das also?« murmelte der Herr Doktor verwundert. Er gehörte zur begnadeten Generation, die erst nach dem großen Krieg geboren wurde, nachdem sein Vater, Isis Großvater, aus der russischen Kriegsgefangenschaft zurückgekehrt war. Für ihn waren Waffenzüge Geschichte und wer sich wie er relativ jung der Ophthalmologie verschrieben hat und ihr zeitlebens treu geblieben ist, hat für anderes im Leben wenig Zeit gefunden.

Das Abendessen verlief passabel. Sascha lobte Wien, Österreich und das Wetter, das Wiener Schnitzel und den Wein, es war ein grüner Veltliner, denn auch für Weine fehlte es Herrn und Frau Doktor an Phantasie. Isis Eltern waren zufrieden weil sich der neue Freund ihrer Tochter als augenscheinlich gut erzogener Mensch erwies, der mit dem Eßbesteck umgehen konnte, nicht zu viel redete, aber auf Fragen höflich antwortete. Deshalb wurde er gnädig behandelt. Sie hatten schon bittere Erfahrungen mit einheimischen Altersgenossen gemacht, die ihre Tochter anschleppte. Sascha störte es, weil er sich vom Hausherrn als »Flüchtling vom Balkan«, behandelt fühlte, das merkte er nur zu wohl an seinen Fragen und Randbemerkungen, zuerst fiel es ihm schwer das zu verdauen, dann aber sagte er sich, daß es ja stimmte.

»Das haben wir hinter uns gebracht«, sagte Isi später. »Vorstellen wollte ich dich nun einmal, aber von mir aus brauchst du sie nie mehr zu sehen. Ich kann durchaus verstehen, wenn sie dich langweilen«.

»Langweilen ist nicht das richtige Wort«.

Isi nahm sich seiner Wäsche an. Manchmal kochte und schlief sie ohne Vorankündigung bei ihm, gemeldet war sie aber auch weiterhin bei den Eltern. Sie allein bestimmte das Tempo ihrer Gemeinsamkeit. Um ihm stets nahe zu sein, wechselte sie sogar ihre Studienrichtung und inskribierte Kunstgeschichte. Sascha wagte nicht zu fragen, ob sie ihn heiraten wolle.

Am Anfang der Sieveringer Straße befindet sich das Hotel »Kaiser Franz Josef«, im Haus gibt es ein Café mit Konditorei. Die Hotelgäste nehmen hier ihr Frühstück ein. Es sind meist Touristengruppen aus dem Ausland, nicht selten aus arabischen Ländern oder aus Japan, dann setzen sie sich in die großen Busse aus aller Welt und fahren die Stadt besichtigen. Nach ihnen erobern die wohlhabenden Rentner aus der Gegend die Stühle um die kleinen Marmortische und essen ihren Kuchen mit Sahne. Gleich gegenüber befindet sich das kleine Kaffeehaus »Segafredo«. Hier sitzt man weniger bequem auf schmalen Stühlchen mit runden Sitzen und dünnen Beinen, eine Art von Lärm, die von jungen Leuten als Musik verstanden wird, dröhnt aus den Lautsprechern, Gespräche sind nur mühsam zu führen, aber das will man meist gar nicht. Der Espresso ist hier besser und die Besucherinnen unvergleichlich jünger und schöner als drüben. Das »Segafredo« wurde Isis und Saschas Stammcafé. In Wien muß jedermann sein Stammcafé haben.

Der Diktator in Belgrad wurde gestürzt. Onkel Micha telefonierte, Sascha könne jetzt ruhig nach Hause kommen, er habe das Erbverfahren geregelt und die Wohnung seiner Eltern auf ihn umschreiben lassen, die sei jetzt sein Eigentum. Eine Amnestie für Deserteure sei verkündet worden, die gelte auch für ihn. Sascha jedoch träumte manchmal noch immer vom Minenfeld, auf das er Menschen getrieben hatte, von ihren Schreien, ihrem Tod, dem blutigen Eingeweide des sterbenden Kameraden neben ihm. Dann schrie er im Schlaf auf, und wenn Isi neben ihm war, weckte sie ihn, versuchte ihn zu trösten, konnte aber nichts verstehen.

»Ich will nie mehr dorthin zurück. Ich will nur hier leben. Du bist hier mein Zuhause. Dort würde für mich auch weiterhin alles nach Tod stinken«.

14.

Aki läßt alle Angestellten des Motels mit dem schönen Namen »Zum Heiligen Nikolaus dem Seefahrer« im Restaurant antreten. Auch die braven Mädchen, die sich mit ihrem Job hier zufrieden gegeben haben, werden gleichberechtigt mit Kellnern und Aufpassern behandelt und dürfen anwesend sein. Es ist ein trüber kalter Tag, zum ersten Mal in diesem Jahr riecht es nach Schnee, obwohl noch keiner der umliegenden Hügel von ihm bedeckt ist. Die Donau trägt Nebel wie eine Daunendecke, vom Gastgarten her sind nur die Trauerweiden am Ufer zu erkennen. Bei diesem Wetter wären ohnehin nicht viele Gäste zu erwarten gewesen, aber an der Eingangstür hängt eine kleine Tafel mit der Inschrift:

»Heute wegen Todesfalls geschlossen«.

»Wir wollen zuerst an Boss Bole denken, der uns auf so tragische Weise verlassen hat!« beginnt Aki ernst. »Ich lasse nachher bei euch allen Spenden sammeln, wir wollen eine Traueranonnce in den Tageszeitungen aufgeben und einen schönen großen Kranz für die Bestattung kaufen. Gibt es Einwände?«

Im Saal ist es mäuschenstill.

»Unser Freund Bole war unvorsichtig. Euer Parkplatz war unbewacht. Es hätte auch sonst jemanden treffen können. So etwas darf nicht mehr vorkommen. Auch die Straße muß pausenlos beobachtet werden. Ich stelle euch Herrn Pepi vor. Pepi, steh auf und mach einen Bückling!«

Ein magerer, junger Mann steht auf und verneigt sich steif, verzieht dabei keine Miene. Der Nachtportier erinnert sich, daß er einer der beiden Kerle war, die die Russin abgeholt und wahrscheinlich den Sprengstoff unter Boles Mercedes gelegt haben. Er wagt aber natürlich kein Wort zu sagen.

»Pepi wird für die Sicherheit unseres Objektes sorgen. Was er sagt, ist ein Befehl. Er ist nur mir verantwortlich. Haben wir uns verstanden? Ansonsten geht alles so weiter, wie bisher...«

Der Buchhalter wagt eine Hand zu heben.

»Ich möchte... Entschuldigen Sie bitte, wenn ich...«

»Los!« sagt Aki. »Wir haben nicht ewig Zeit für dein Gestammel. Wer bist du überhaupt?«

»Ich führe hier die Bücher. Entschuldigen sie... Ich meine... Es muß doch seine Ordnung haben, nicht wahr? Wir sind eine Firma und ordentlich eingetragen, zahlen unsere Steuer...«

»Das tun alle anständigen Bürger! Ich nehme noch jeden von euch einzeln vor. Vorerst machst du weiter wie bisher, verstanden? Pepi wird dir jeden Abend ein wenig über die Schulter schauen«.

»Ich wollte sagen, was die Besitzverhältnisse nach dem Ableben von Herrn Borisavljević angeht...«

»Du kümmerst dich um deine Aufgaben hier, wie bislang, bis du andere bekommst. Niemand mischt sich in Dinge ein, die ihn nichts angehen. Vorerst plane ich keine Veränderungen im alltäglichen Betrieb. Von euch braucht sich keiner darüber Gedanken zu machen, wer sich mit der Gemeinde Grocka in Verbindung setzt, wer die Eigentumsrechte von der Familie des so früh von uns gegangenen Freundes übernimmt. Dafür wird gesorgt. Weitere Fragen? Keine? Gut. Pepi entscheidet auch, ob, wann und für wen die Kelleranlage benützt wird«. Nach einer kleinen Pause steht Aki auf. »Jedermann nimmt ein Getränk auf Rechnung des Hauses und trinkt auf das Seelenheil unseres Bole, aber jeder nur eines! Pepi, du übernimmst!«

Begleitet von drei Leibwächtern verläßt Aki das Motel und fährt Richtung Belgrad.

Lala hat am selben Abend Lara seinen Eltern im Dorf Opovo vorgestellt. Sie wohnen in einem langgestreckten niedrigen Haus, davor liegt ein kleiner Garten, dahinter der Hinterhof mit Geflügel, Kaninchen und Schweinestall.

Russen werden hier gerne gesehen, eine so schöne Russin ganz besonders. Sie ist eine kleine Sensation. Zum Drink vor dem Nachtmahl sind alle Nachbarn eingeladen. Lala und Lara, das klingt ausgezeichnet. Der Schuldirektor hat natürlich Pasternak gelesen, den Film »Doktor Schiwago« hat das halbe Dorf gesehen, man kommt ins Gespräch. Der Herr Pope kann gut russisch und übersetzt freundlich, wenn man sich nicht präzise versteht. Er bleibt auch zum Abendessen. Fräulein Lara war also eine berühmte Turnmeisterin, hat man sie vielleicht im Fernsehen gesehen? Nein? Das waren wohl die Tennisspielerinnen.

»Schon möglich«, winkt Lala ab. »Hier bei uns wird sie vielleicht die Nationalmannschaft trainieren«.

Es gibt Leber von der gestopften Gans, Hühnersuppe mit Knödel, kaltes Rindfleisch mit Apfelkren und danach gespickte Hasenkeule. Die Jagdsaison hat schon begonnen. Der Wein kommt aus der Umgebung. Zur sogenannten Rosentorte zum Abschluß wird Maulbeerschnaps getrunken.

»Ich kann kaum noch atmen!« flüstert Lara und legt die Hand aufs Herz. Ja, hier ist sie Lara, nicht Natascha, alles hat seine Ordnung. Und trotzdem beruhigt sie der Gedanke, dass ihre Eltern in Perm mit dem Besuch bei so einer Familie zufrieden wären. Die Serben sind orthodox, keine Tschetschenen, Usbeki oder...

»Wir gehen einen Augenblick an die frische Luft!« entscheidet Lala.

Die Dorfstraße erweist sich als breite Allee. Auf beiden Seiten sind Gräben angelegt, die von Akazien bewacht werden. Seltene Passanten grüßen den Herrn Professor und betrachten seine Begleitung mit unverhohlener Neugier. Der Wissenschaftler legt zum ersten Mal öffentlich seinen Arm um ihre Schulter. Sie läßt sich die Berührung jetzt gerne gefallen und schmiegt sich an.

Lalas Eltern bieten nach ihrem Spaziergang noch türkischen Kaffee an, Kirschlikör, Schokoladeplätzchen, aber Lara dankt erschöpft, sie kann nicht mehr, sie sagt ehrlich, so viel an einem Abend habe sie noch nie im Leben gegessen.

»Wohl bekomm's!« sagt die dicke, fröhliche, rotbäckige Hausfrau. »Müssen wir öfter wiederholen!«

»Um Himmels willen!« tut das Mädchen verzweifelt. »Dann werde ich nie wieder turnen...« Fast hätte sie hinzugefügt, »...sonst werde ich wie Sie!«

»Ich zeige Fräulein Lara wo sie schlafen kann«, rettet sie Lala. »Und dann lege ich mich auch hin. Wir müssen früh aufstehen, ich muß morgen rechtzeitig wieder im Institut sein. Die Wissenschaft wartet auf mich!«

»Ja, ja«, sagt sein Vater gutmütig. »Dein Nobelpreis!«

Lala führt Lara in das Gästezimmer am Ende eines langen Ganges. Die Bettwäsche ist gestärkt und duftet. Zwei prall mit Daunen gefüllte, große Kissen, ein Federbett, wie sie es noch nie gesehen hat. Im eisernen Ofen prasselt ein lustiges Feuer. Es ist warm.

»Du hast mich entführt! Ich habe kein Schlafzeug mit«, klagt Lara. Tatsächlich haben sie sich plötzlich entschlossen zu fahren, nachträglich wundert sie sich, wie es Lalas Mutter geschafft hat, so kurz nach seinem Anruf ein solches Festessen vorzubereiten und Dutzende von Freunden einzuladen.

»Soll ich meine Mutter fragen ob sie etwas für dich hat?«

»Aber nein! Wie würde ich in ihrem Nachthemd aussehen? Ich schlafe in meiner Wäsche«.

Lala steht noch an die Tür gelehnt. Das Mädchen zieht sich langsam aus, bleibt einen Augenblick nur in Höschen und Büstenhalter vor ihm stehen, sieht wie der Mann rot wird, das kann nicht nur von der Wärme des Ofens sein.

»Gibst du mir keinen Gutenachtkuß?«

Sie übernimmt die Initiative.

»Meine Eltern...«

»So naiv wie du sind sie bestimmt nicht. Dich wird auch nicht der Storch gebracht haben!«

Lara schläft bald ein. Lala bleibt noch lange wach, hält den schlanken Körper fest umarmt, hört zufrieden ihr ruhiges Atmen, schleicht sich dann glücklich davon in seine Kammer. Einige Stunden genügen ihm, und er ist ausgeschlafen. Auf dem Dorf steht man früh auf. Er weckt sein Mädchen, küßt sie auf den Mund, legt ihr die Hand auf die Brust. Sie läßt ihn gewähren, murmelt aber:

»Ich habe mir doch noch nicht einmal die Zähne geputzt!«

»Willst du im Bett frühstücken?«

»Nein, nein!«

Es gibt Rührei, Bauernschinken, frisches Brot, Milchkaffee, hausgemachte Aprikosenmarmelade. Über die Autobahn ist man schon in zwanzig Minuten in Belgrad. Lara kann in ihrem Hotel weiterschlafen, Lala muß zur Arbeit.

Kurz vor zwölf klingelt das Telefon.

»Komm runter in mein Büro!« befiehlt Aki.

Sie schminkt sich besonders vorsichtig, betrachtet sich lange im Spiegel. Wird er zufrieden mit ihr sein?

»Setz dich. Wie war es?«

Der Gangsterboss ist nicht mehr so zuvorkommend wie anfangs als er sie übernommen hat. Er siezt sie nicht mehr. Jetzt spielt er den gestrengen Herrn.

»Fein!« Das klingt aufrichtig.

»Und er?«

Das Mädchen zögert und sagt ohne große Begeisterung:

»Er ist süß...«

»Vielleicht weißt du das nicht, aber in deinem Hotelzimmer habe ich eine Kamera laufen und natürlich eure erste Nacht, in der nichts geschehen ist, beobachtet. Aber in Opovo habe ich keine. Habt ihr endlich?«

Lara ist wieder mutiger geworden. Sie schlägt die Augen auf und schaut Aki direkt an.

»Ja. Wir haben... Ich würde aber lieber mit Ihnen schlafen!«

»Was du nicht sagst! Vielleicht einmal. Wenn du brav bist. Aber frech werden darfst du nicht. Vergiß nicht, wer du bist, wo du bist und was ich bin! Vorerst schläfst du mit Lala, sonst bringe ich dich um!«

Die Russin erstarrt, denn sie begreift sofort, daß das ernst gemeint ist.

15.

Micha braucht nicht einmal heute eine Weckuhr, obwohl er sich nur einen sehr kurzen Nachtschlaf gönnen konnte und ein schwieriger Tag bevorsteht. Der Blick aus dem breiten Fenster. Ein trüber Morgen, Wolken hängen über der Stadt. Leibesübungen, Klavierspielen. Heute morgen passt nicht einmal Chopin zu seiner Stimmung, er bricht bald ab, Toast und Butter, die erste Zigarette schmeckt bitter. Der Alltag. Kurz nach Mittag fliegt er nach Wien, Buchhalter Michalitsch wird ihn zum Flugplatz bringen.

Der Detektiv holt den schwarzen Anzug, ein weißes Hemd und einen dunkelgrauen, mit ganz dezenten Silberpunkten besprenkelten Schlips aus dem Schrank. In der letzten Zeit mußte er immer öfter das mindestens zwanzig Jahre alte Kleidungsstück anziehen um zu kondolieren. Ein Glück, daß er nicht zugenommen hat. Einmal sollte er wirklich nachzählen, ob er mehr Bekannte im Jenseits hat, als auf dieser Erde. In gesetztem Alter findet man nur noch selten neue Freunde. Ältere Kollegen sind gestorben, außerdem hat er viele Kameraden seines Vaters, des Partisanengenerals, auf den letzten Weg begleiten müssen, die richtigen, wenngleich eigentlich überflüssigen traurigen Worte gesucht, die man in solchen Fällen aussprechen muss, aber daß er einmal der Frau seines jüngeren Partners Goran sein Beileid würde ausdrücken müssen, hätte er nicht erwartet.

Wäre er in so einem Aufzug am frühen Vormittag overdressed? Ihm kann es ja egal sein, die Frage ist nur, wie wird er der plötzlich zur Witwe gewordenen Frau am wenigsten wehtun? Vielleicht doch einen Straßenanzug nehmen, aber eben mit schwarzem Schlips? Dann muß er sich vor der Reise nicht noch einmal umziehen.

Sobald die Polizei die Leiche freigibt, muß die Bestattung organisiert werden. Das wird seine Sekretärin vorbereiten. Er ist es sich und seinem Partner schuldig alle damit verbundenen Scherereien und Kosten der Familie abzunehmen. Aber in Wien will er ohnehin nur zwei Tage verbringen.

Es ist nicht leicht, der Witwe in die zu Augen schauen, den drei Jungen, die ihren Vater verloren haben, die Hand zu geben. Die älteste Tochter, die Ärztin, kommt erst morgen aus Dubai.

Auf dem Flughafen in Belgrad kauft Micha zwei Flaschen alten serbischen Slibowitz, eine für den Freund aus Israel, eine für sich. Dieser Schnaps ist billiger als der Alkohol den er im kleinen Kühlschrank im Hotelzimmer finden wird, außerdem mag er Klaren lieber als all die Whiskys und Kognaks.

»Guten Tag!«

Plötzlich steht Inspektor Petrović von der Kriminalpolizei neben ihm. Micha grüßt zurück:

»Nanu! Sie fliegen auch irgendwohin?«

»Nein. Ich wollte Ihnen nur etwas außerhalb der Reichweite aller möglichen Wanzen sagen. Als Dank für Ihren Tip. Er war gut. Ihr Refik hatte auch zu einem anderen ihrer alten Bekannten Kontakt, zum Freischärlerführer Aki...«

»Das kann ich mir vorstellen...«

»Gestern ist noch etwas passiert. Der Inhaber eines Bordells bei Grocka, ein gewisser Bole, ist in seinem Wagen in die Luft gesprengt worden. Und kurz vorher waren dort zwei Männer, die eine Russin für Aki abgeholt haben«.

»Können Sie das alles miteinander verbinden?«

»Nein. Ich nicht. Zumindest vorläufig nicht. Aber glauben Sie an solche Zufälle?«

Petrović wartet nur kurz, und da er keine Antwort erhält, macht er Anstalten sich zu verabschieden, so daß sich Micha beeilen muß noch schnell zu fragen:

»Wieso wußten Sie, daß ich jetzt fliege?«

»Herr Kollege, ich bitte Sie! Sie glauben doch nicht, daß Sie nicht von mehreren Seiten observiert werden?«

Im Flugzeug denkt Micha nach und stellt wieder einmal fest: Ich werde alt. Ich habe nicht bemerkt, daß man mich beschattet. Ich muß besser aufpassen oder aufhören, meinen Ruhestand habe ich längst verdient. Augenscheinlich war Goran auch nicht aufmerksam genug.

Das Hotel »Kaiser Franz Josef« im neunzehnten Wiener Stadtbezirk, in dem ihm Sascha ein Zimmer reserviert hat, weil er in der Nähe wohnt, findet Micha in Ordnung. Es liegt ein wenig zu weit vom Stadtzentrum, aber man hat ohnehin nicht die Absicht dort zu flanieren, also hat er es auch David Ariel empfohlen und war ein wenig besorgt, ob es dessen Ansprüchen genügen würde. Zufrieden ruft er seinen Neffen an, man könne sich in einer halben Stunde treffen.

Die Hotelhalle blitzt von überflüssigem goldenen Gestänge, Marmor, Kristallüstern; mehrere große Portraits des namengebenden Kaisers schmücken die Wände.

Den jungen Mann, der mit energischem Schritt den Raum betritt und sich umsieht, hätte Micha auf der Straße kaum wiedererkannt. Das ist nicht mehr der schüchterne Jüngling mit zu langem Haar, den er in Budapest verzweifelt im Eisenbahnzug verlassen hat, sondern ein anständig frisierter, korrekt angezogener junger Herr.

»Onkel Micha!«

Zuerst geben sich die beiden verlegen die Hand, als seien sie nur Bekannte, die sich lange nicht gesehen haben, dann aber nimmt der um einen Kopf größere Onkel den Neffen in die Arme und drückt ihn fest an sich.

»Du hast dich sehr verändert, aber zu deinen Gunsten!«

»Du überhaupt nicht!«

»Nun, wenn man unser beiderseitiges Alter in Betracht zieht, sind beide Feststellungen Komplimente...«

Sie setzen sich in das Café des Hotels. Micha bestellt einen doppelten Obstler.

»Du magst keinen?«

»Ich trinke fast nie!« Er weist auch die angebotene Zigarette zurück.

Sascha muß über sein Leben in Wien erzählen, über seine Arbeit im Museum, seine Hoffnung eine ständige Anstellung als Kustos zu bekommen und über seine Freundin. Sie sei dabei, noch einen zweiten Studiengang in Philosophie zu beenden und will dann promovieren.

»Isi hat es nicht eilig, ihre Eltern sind reich. Eigentlich wollen wir heiraten, aber ich möchte zuerst einen festen Job haben. Und was machst du in Wien?«

»Dann darf man ja gratulieren. Geschäftliches...«

Micha lädt die beiden jungen Leute für morgen zum Mittagessen ein, heute Abend trifft er sich mit einem alten Freund aus Israel.

»Darf man mehr darüber wissen?«

Micha erzählt in groben Zügen wie sich David und er kennengelernt haben, auch über ihre frühere Zusammenarbeit. Sascha hört mit weit aufgerissenen Augen zu, das klingt wie ein Krimi oder Spionagefilm. Er sagt es, aber sein Onkel erklärt ihm, alles sei heute viel einfacher. Manche Firmen aus Israel interessieren sich für die Bonität ihrer Partner in Serbien, der Weg manch eines Kunstraubes ist von Netanya aus, wo sich steinreiche Leute aus aller Welt wegen der Brillantenbörse tummeln, gut zu beobachten, kriminelle Banden aus dem ehemaligen Jugoslawien sind überall auf der Welt anzutreffen.

»Israel ist ein sehr interessantes Land. Du solltest einmal mit deiner Freundin hinfahren. Es lohnt sich!«

»Sie hat auch schon gesagt, daß sie Israel interessieren würde. Und von meinem Standpunkt als Kunsthistoriker wäre das sogar wichtig, Archäologie ist für uns ja ein benachbartes Fach...«

»Ich mache euch beide morgen mit Herrn Ariel bekannt. Der kann euch mit seinen Beziehungen in Israel manches ermöglichen, was sonst sehr kompliziert wäre...«

Am Abend trifft Ariel ein.

»Grüß, dich!«

»Schalom!«

Die beiden nicht mehr jungen Herren umarmen sich, deuten Wangenküsse an, fragen nach der Gesundheit.

»Wie geht es deiner lieben Familie?«

»Willst du nicht endlich auch heiraten, es ist wirklich höchste Zeit! Ich freue mich, daß wir wieder zusammensitzen, mein Freund«, sagt der Israeli. »Wir haben doch so viel Gemeinsames...«

»Nur einiges«, antwortet Micha bitter. »Das Land, das ich als das meine gefühlt habe, ist kläglich und blutig auseinandergefallen, deines ist schwierig, wird aber bestehen. Ich bin enttäuscht von allem, an was ich geglaubt habe und frage mich, ob mein Leben einen Sinn gehabt hat, du kannst auch weiterhin stolz auf deine schwierige, wenn auch vielleicht manchmal undankbare Tätigkeit sein. Und du hast eine wunderbare Familie, ich aber bin sechzig und allein. Du ziehst mich damit auf, aber es ist nicht witzig, sondern traurig...« Um ein wenig abzumildern, was er gesagt hat, fügt er noch hinzu. »Gar nicht zu reden darüber, daß ich um einen Kopf größer bin, als du!«

Endlich haben sie erledigt, was sie als Höflichkeit und Formalität für nötig halten und sitzen im Hotelrestaurant, um zur Sache zu kommen.

»Kannst du mir etwas über die Kunstschätze sagen, die als Geschenke für euren Tito im Museum ausgestellt waren, das er extra dafür gründen ließ?« fragt der Israeli und stellt fest, daß Micha nicht so verwundert wegen des angeschnittenen Themas ist, wie er es erwartet hat, sondern ruhig antwortet.

»Aus dem Stegreif nicht sehr viel. Du hättest mir diese Frage konkreter stellen sollen bevor ich hergefahren bin, ich kenne sogar die Direktrice dieser Sammlung ganz gut, sie ist erst vor einigen Jahren ernannt worden, und ich habe gerade neulich mit ihr telefoniert. Sie veranstaltet auch Sonderausstellungen mit gewissen Exponaten, es gibt Kataloge...«

»Das weiß ich doch alles. Darum geht es nicht. Glaubst du, daß nach dem Bombardement durch die NATO wirklich alles an Ort und Stelle ist?«

»Schwer zu sagen...«

Micha berichtet und faßt zusammen. Tito hat auf seinen eigenen Wunsch seine letzte Ruhestätte im Treibhaus gleich neben seiner früheren Residenz gefunden. Unter diesem Grundstück, von dem sich ein wunderbarer Blick hinunter auf die Stadt bietet, befindet sich der sechs Stockwerke in die Tiefe reichende atombombensichere Bunker mit mehreren geheimen Ausgängen. Vor einem haben vor kurzer Zeit zwei Gardesoldaten unter bisher noch nicht geklärten Umständen den Tod gefunden. Auf demselben Gelände befinden sich die Villen, die als Museen dienen sollten, aber seit langem für die Öffentlichkeit gesperrt sind. Nach wie vor stehen sie unter der Kontrolle der Garde.

»Ehrlich gesagt, ob alles da ist, weiß ich wirklich nicht«, sagt er nachdenklich. »Ich habe mich nicht besonders darum gekümmert. Natürlich ist bekannt, daß Slobodan Milošević erst in Titos Wohnhaus gelebt hat, daß er sich vor den Bombenangriffen der NATO zum Teil in den Schutzräumen darunter versteckt hat, nach einem Bombentreffer des Haupthauses ist er in die sogenannte ovale Villa umgezogen...«

Ariel hat geduldig zugehört, winkt aber jetzt ab.

»Das weiß ich doch alles. Auch was über den Mord an den beiden Gardisten bei euch von den Medien veröffentlicht worden ist. Die Liste, die man über den Besitz des Museums erstellt hat, führt mehr als 200.000 Gegenstände an. Viel Kitsch, aber auch Prunkstücke auf die jede Kunstsammlung der Welt stolz wäre, eine Skulptur des Osiris aus dem VI. Jahrhundert vor Christus, ein altrömisches Mosaik aus Tunesien, das zeigt wie ein Zentaur eine Nymphe entführt, Vasen, Gemälde, Uhren, Elfenbein, Schmuck, Gewänder. Die meisten dieser Dinge könnten nie auf Aktionen verkauft werden, weil sie zwar unendlich viel wert, aber viel zu bekannt sind...«

Micha nickt und Ariel fährt fort.

»Jemand ist bei uns aufgetaucht und macht Angebote bei den besten Kunden der Brillantenbörse. Dahinter sollen einige eurer Gardeoffiziere stehen, die als einzige Zutritt zu diesen Sammlungen haben. Hältst du das für möglich?«

»Ja. Bei uns ist alles möglich. Es muß aber nicht immer wirklich alles passieren was möglich ist. Allerdings habe ich sogar einen dunklen Hinweis in diese Richtung bekommen, aber bisher nicht genau verstanden...«

»Es gibt Interessenten. Sehr potente sogar, darunter ein Prinz aus Saudi Arabien. Der will für die Sammlung in seinem Schloß gerne den mit Diamanten und Rubinen geschmückten Säbel haben, den Stalin Tito für seine Kriegsverdienste geschenkt hat...«

Micha nickt sprachlos. Er hat das Prachtstück selbst einmal gesehen. Sein Wert liegt nicht nur in den außerordentlich großen und einzigartig geschliffenen Edelsteinen, sondern in der Tatsache, wer es wem aus welchem Anlaß geschenkt hat. Für eine bestimmte Sorte von Sammlern muß das wahnsinnig anziehend sein, ein unschätzbar wertvolles Stück. Sofort reimt er sich zusammen, daß das sehrwohl mit dem Mord an den Gardesoldaten in Zusammenhang stehen könnte. Micha schweigt zu lange und David Ariel erklärt:

»Siehst du, darauf will ich dich ansetzen!«

Über Einzelheiten und die Kosten der Ermittlungen haben danach die beiden alten Freunde viel zu besprechen.

Am nächsten Tag kommt Sascha mit seiner Freundin seinen Onkel abholen. Sie spazieren auf Vorschlag des Mädchens vom Hotel einige hundert Meter unter großen Bäumen, die trotz ihrer kahlen Äste wunderschön sind, zu einer echt österreichischen Gaststätte, dem »Altsieveringer Hof«. Zu Michas angenehmer Überraschung trinkt

Isi ohne mit den Wimpern zu zucken als Aperitif einen Birnengeist mit. Sascha lehnt wie gestern Alkohol ab und begnügt sich mit einer Coca-Cola.

»Ich habe einen Vorschlag für euch beide!« eröffnet der Detektiv. »Ich möchte euch erst einmal für sechs Monate in meinem Büro anstellen. Es kann aber auch eine Dauerstellung werden. Es handelt sich um Untersuchungen bezüglich Kunstraub, wobei man auch mit Fälschungen rechnen muß, vor allem mit viel Arbeit am Computer. Mein Partner ist ermordet worden, und ich bin sozusagen allein geblieben. Bezahlen kann ich in Euro oder Dollar, wie ihr wollt. Sascha hat eine eigene Wohnung in Belgrad, in dieser Hinsicht entstehen euch also kaum Kosten. Ihr würdet möglicherweise auch dienstlich viel reisen, vorerst in den Nahen Osten. Also?«

»Das geht nicht«, sagt Sascha schnell um dem abenteuerlustigen Mädchen zuvorzukommen. »Ich will meine Position im Museum hier nicht aufgeben. Und ich will keinesfalls zurück nach Belgrad! Du sagst, dein Partner wurde ermordet?«

»Ja, leider, aber für euch würde keinerlei Gefahr bestehen. Hoffentlich... Ich habe verstanden, daß du keine feste Anstellung hast, Sascha. Kannst du dich nicht für einige Monate beurlauben lassen? Wenn die sehen, daß du anderswo gebraucht wirst, merken sie erst recht, was sie an dir haben!«

Sascha antwortet nicht sofort, aber Isi nickt so interessiert, daß Micha einhackt:

»Was sagen sie dazu, Fräulein Isabella?«

»Man sagt bei uns nicht mehr Fräulein. Wir jungen Frauen lehnen diese Anrede energisch ab. Ich sage ja auch nicht Herrchen Boch zu ihnen, nur weil sie zufällig nicht verheiratet sind!«

Micha ist verblüfft, aber diese Art von Unverfrorenheit, die er bei jungen Frauen nie erlebt hat, gefällt ihm.

»Ich wollte doch nur höflich sein. Es kommt mir nicht über die Lippen zu einer so jungen und schönen Dame Frau Isabella zu sagen. Wie darf ich Sie ansprechen?«

»Isi. Und wenn Sie erlauben, sind sie für mich Micha ohne Herr und ohne Onkel. Mich würde so etwas schon aufregen. In Ihrem Geschäft gibt es doch so etwas wie einen Adrenalinschub, nicht wahr? Erzählen Sie bitte ein bißchen mehr über Ihre frühere und jetzige Tätigkeit!«

»Gerne. Wieso eigentlich Isi?«

Sascha fällt ins Wort:

»Ich wollte sie Bella nennen, weil sie so schön ist, aber sie will unbedingt Isi genannt werden, nicht einmal Isa ist ihr recht, sie ist manchmal sehr hartnäckig!«

Micha läßt seinen Blick über die schönen holzgetäfelten Wände der Gaststätte und die wenigen Gäste schweifen. Es sind augenscheinlich meist ältere Ehepaare aus der Nachbarschaft, das erkennt man an der Art, wie sie die Kellnerin begrüßen. In einer Ecke am Eingang hat ein jüngerer, auffallend gut gekleideter Herr Platz genommen und sich in die Lektüre einer englischen Zeitung vertieft, obwohl es dort dafür eigentlich recht dunkel ist. Dieses Gesicht hat Micha irgendwo schon gesehen, möglicherweise mehrfach, aber wo und wann?

Der ehemalige Geheimagent fragt sich: Ist es Paranoia, die meine frühere Unvorsichtigkeit ablöst, oder werde ich auch hier in Wien von jemandem beschattet? Versuche ich die beiden jungen Leute in etwas Gefährliches hineinzuziehen? Darf ich das?

16.

Onkel Micha ist als erster nach Belgrad zurückgeflogen. Zwei Tage später holt er Sascha und Isi am Flughafen ab. Der junge Mann war vierzehn Jahre lang nicht mehr in seiner Geburtsstadt, fast die Hälfte seines Lebens.

»Ich habe meine Putzfrau in eure Wohnung geschickt und aufräumen lassen, aber wenn es euch dort zu ungemütlich sein sollte, könnt ihr gerne auch bei mir schlafen, Platz habe ich genug... Ich könnte dich verstehen, Sascha, wenn es dich irgendwie überwältigt...«

»Danke. Ich will nach Hause!«

Diesen Satz hat er sich im Flugzeug immer wieder gesagt, sich selbst dabei lächerlich gefunden, ihn aber nicht unterdrücken können: Ich will nach Hause! Das Flugzeug zieht eine Schleife über das silberne Band des Flusses Sava, und Sascha fragt sich, ob es abnormal ist mit sich selbst zu sprechen, wenn neben ihm ein so schönes Mädchen sitzt in das er verliebt ist? Aber wie soll er ihr erklären, was er fühlt und selbst nicht versteht? Sie hat im Leben nie ein größeres Problem gehabt, als mit der Mutter zu zanken weil sie den Ballettunterricht aufgeben oder das Betreiben von Kampfsport und Flügelhornblasen beginnen wollte.

Während sie in die Stadt hineinfahren, fühlt sich Sascha beklommen, starrt auf die Häuser am Straßenrand. Was hat sich verändert? Was ist, wie es früher, wie es schon immer war?

Im Treppenhaus begegnen sie niemandem. An der Wohnungstür steht noch immer der Name seines Vaters. Mutter hat nie die Kraft gehabt die kleine Messingtafel abzuschrauben. Jetzt gibt es sie auch nicht mehr. Im Wohnzimmer muß sich Sascha auf einen Sessel setzen und weinen. Isi steht hilflos an der Tür. Micha zieht inzwischen die Vorhänge beiseite:

»Mein Angebot steht noch immer«.

»Nein. Ich muß es überwinden. Funktioniert das Fernsehgerät noch?« Sascha probiert es aus. Alles ist in Ordnung. Es läuft bunte Werbung wie in Österreich. »Ich schlafe hier!«

»Wahrscheinlich ist das wirklich das beste. Du bist ein Mann! Ich habe noch zu tun, Kinder, um acht hole ich euch ab, wir gehen irgendwohin gut essen...«

Isi sagt noch immer nichts. Nachdem sie allein geblieben sind, setzt sie sich einfach auf Saschas Schoß und umarmt ihn.

»Der ist nett, dein Onkel Micha, nicht wahr? Sehr liebenswürdig, aber ein bißchen undurchsichtig, oder?« Isi gelingt es nicht Sascha zum Sprechen zu bringen, darum setzt sie fort. »Er lächelt fast immer, aber nicht überzeugend, ich weiß nicht, wieso ich manchmal denke, er trägt eine Maske und legt sie nie ab. Was will er eigentlich von uns?«

Jetzt muß geantwortet werden.

»Das weiß ich nicht. Du hast gehört, was er uns angeboten hat, und du wolltest unbedingt nach Belgrad kommen«.

»Ja. Zumindest lerne ich es kennen. Ob wir länger bei Onkel Micha arbeiten wollen, hängt ganz davon ab, wie es sich gestaltet, nicht wahr? Willst du mir nun die Wohnung zeigen, oder fällt es dir zu schwer?«

Ein Schlafzimmer im üblichen, altmodischen Stil. Die Betten sind frisch bezogen. Man sieht, daß Michas Zugehfrau fleißig und ordentlich ist. Es ist gelüftet, nirgendwo ein Staubkörnchen, niemand würde auf die Idee kommen, daß hier ein Jahrzehnt lang niemand gewohnt hat. Ein anderes, kleineres Zimmer mit Couch, Schreibtisch, Büchern.

»Das war mein Zimmer!«

Bilder an den Wänden. Sascha fragt sich, ob er wirklich dieses pausbäckige Kind war? Vater in Uniform. Mutter. Landschaften, Stilleben... Die alten Möbel. Blick aus dem Fenster. Gegenüber stehen neue Häuser. Wo früher ein Schuster war, ist ein kleines Café eröffnet worden. Auf der Straße unbekannte Menschen. Lärm. Viele Automobile.

Sascha findet endlich die Kraft zu erzählen. Auf diesem Sofa neben dem Piano im Wohnzimmer hat Vater seinem Tod entgegengedämmert, die letzten Monate nur noch mit Hilfe starker Schmerzmittel. Als Offizier glaubte er, es sich schuldig zu sein, tapfer zu bleiben, wenn auch nur mit großer Anstrengung heiter zu wirken, aber am Ende ist es ihm nicht mehr gelungen. Er wurde schwächer. Das Gesicht immer gelber. Das Begräbnis. Der Sarg auf der Lafette. Ehrensalut.

»Ich habe damals meinen ersten schwarzen Anzug bekommen. Einige Jahre vorher, für die Beerdigung meines Großvaters mit noch mehr Soldaten, noch mehr Orden auf dem Samtkissen, das vor dem Sarg getragen wurde, war ich noch zu klein für lange Hosen gewesen. Der Großvater war General, der Vater nur Major, ich bin ein Nichts, ein Deserteur. Wenn es nicht so traurig wäre, wäre es komisch, an was man sich so erinnert, welche Kleinigkeiten man behalten hat... Weißt du, trotz des soldatischen Protokolls scheinen mir heute diese feierlichen Trauerzeremonien für Vater und Großvater wie der Tod mit zivilem Antlitz. Sterben im Bett. Kränze, Blumen und Trauermusik im Vergleich mit dem Krieg... Und dem Begräbnis meiner Mutter durfte ich nicht beiwohnen...«

»Ich verstehe nicht ganz, wie du das meinst...«

»Der Tod auf dem Schlachtfeld von Vukovar hatte ein anderes Antlitz. Die blutenden jungen Menschen. Meine Kameraden... Die Angst der unschuldigen Zivilisten, die ich selbst in den Tod getrieben habe...«

Sascha will noch etwas sagen, bringt aber kein Wort mehr über die Lippen. Isi bemerkt es.

»Nun?«

»Sollen wir im Ehebett meiner Eltern schlafen oder lieber zusammengedrängt auf meiner Couch im kleinen Zimmer?«

»Wie ist es dir lieber?«

»Bei mir! Bitte! Wenn es dir nicht zu eng sein wird... Oder sollen wir doch zum Onkel?«

»Wir schlafen in deinem Zimmer!«

Nach dem Abendessen im Boheme-Viertel der Stadt, der sogenannten Skadarlija, bringt Micha die beiden jungen Leute zu ihrer Wohnung, vergewissert sich noch einmal, ob Sascha die Kraft hat die Nacht hier zu verbringen, der Neffe antwortet ein wenig zu laut:

»Du hast doch gesagt, ich darf kein Waschlappen sein!«

Am nächsten Morgen pünktlich um acht Uhr kommt der Onkel sie abholen.

»Wie habt ihr geschlafen?«

»Du wirst dich doch nicht in unseren Fahrer verwandeln«, sagt Sascha um die Antwort zu vermeiden. Isi war sofort eingeschlafen, er war wieder aufgestanden und noch lange gegen einen Weinkrampf ankämpfend auf Vaters Sofa im Wohnzimmer gesessen.

Die beiden jungen Leute lernen Michas Büro in Neu Belgrad auf der zweiundzwanzigsten Etage kennen. Es besteht aus vier Zimmern und einem großen Vorzimmer. Normale Büroeinrichtung, ein Raum ist mit schweren Ledersesseln als Empfangssalon und für Besprechungen eingerichtet. Im Chefzimmer steht ein besonders großer und schwerer Panzerschrank. Die breiten Fenster öffnen sich in Richtung des Flusses Sawe und die Hügel auf dem anderen Ufer. Das gefällt Isi.

»Ein schöner Blick«.

»Das ist unsere Sekretärin Sonja, unser Buchhalter und Experte für Finanzen, Michalitsch. Mein Partner Goran ist vor drei Tagen erschossen worden, das habe ich euch schon erzählt. Er hat sich hervorragend mit Computergeschichten ausgekannt und sich mit all dem sonstigen elektronischen Zeug herumgeschlagen, für das ich zu alt und zu dumm bin, darum sollt ihr euch gemeinsam mit Sonja kümmern, ich hoffe, ihr werdet mit dem Teufelszeug fertig…«

Sonja ist hübsch, aber nicht zu hübsch, Herr Michalitsch hat einen großen Schnurrbart. Alles wirkt wie eine durchschnittliche Geschäftsstelle. Eine Detektei in Belgrad sieht also gar nicht anders aus als das Büro eines bescheidenen Notars oder Steuerberaters in Wien. Isi ist ein wenig enttäuscht, weil es hier nichts Geheimnisvolles gibt. Auch das Zimmer, in dem bis vor kurzem Goran gesessen hat, das sie beide gemeinsam als ihre neue Arbeitsstätte beziehen sollen, wirkt nicht aufregend. Man darf nur nicht daran denken, daß bis vor wenigen Tagen hier jemand die Zeit verbracht hat, der vor seiner eigenen Haustür ermordet worden ist. Vorläufig beziehen sie beide einen Schreibtisch und ein Terminal. Sie gehen wieder in Michas Zimmer. Sonja bringt Türkischen. Einige Minuten lang schweigen sich der Detektiv und seine Gäste an. Dann schaltet Micha das Radio an. Ziemlich laut. Er spricht langsam und eindringlich, aber sehr leise.

»Ich halte es zwar für höchst unwahrscheinlich, daß wir hier verwanzt sind, wir überprüfen es immer wieder und haben noch nie etwas gefunden. Wir befinden uns auch deshalb so hoch oben im Hochhaus, um kein Gegenüber zu haben, von wo aus man Richtmikrophone anbringen und uns fotografieren kann, aber sicher ist sicher. An Vorsicht müßt ihr euch von Anfang an gewöhnen. Ich bin aus dem Dienst ausgestiegen, weil ich mit der ganzen Richtung hier nicht mehr zufrieden war. Was in Serbien zwischen 1992 und 2000 passiert ist, war keine Politik mehr, sondern die Verquickung von Polizei, Justiz und Regierung mit paramilitärischen Gruppen und der Verbrecherwelt wie das sonst vielleicht nur in Südamerika existiert. Schmuggel, Geschäfte mit illegalem Benzin, Tabak, Rauschgift, gestohlenen Automobilen, Kunstgegenständen, Plünderungen in Kroatien und Bosnien, Menschenhandel, Entführungen. Illegale Firmengründungen, Korruption. Die meisten Verbrechen gedeckt vom Staat. Und obwohl wir jetzt angeblich eine demokratische Regierung haben, hat sich nicht viel verändert… Wollt ihr einen Schnaps?«

»Nein danke!« sagt Sascha.

»Ja bitte!« sagt Isi.

Micha muß lachen und schenkt ein.

»Ich brauche jedenfalls einen. Ihr sollt wissen, wir haben zu unserer Zeit ebenfalls Kriminelle für bestimmte Geschäfte benützt. Besonders im Ausland…«

»Wer sind wir?« fragt Isi.

»Mein ehemaliger Dienst«.

»Der jugoslawische Geheimdienst?«

»Ja. Aber wir waren es, die die Richtung bestimmt haben. Mag sein, das war auch nicht sehr schön. Zimperlich waren wir gewiß nicht. Ich behaupte heute immer noch, es mußte sein, sonst wäre in Jugoslawien alles noch viel schneller zugrunde gegangen. Jetzt hingegen gibt oft das organisierte Verbrechen den Ton an und Polizei, Justiz und sogar das Militär ducken sich und folgen. Warum starrst du mich so an, Sascha? Du glaubst, daß ich übertreibe? Vielleicht übertreibe ich tatsächlich ein wenig um die Dinge anschaulicher zu machen. Was mich persönlich angeht… Einige meiner ehemaligen Kollegen sind im Dienst geblieben, sie haben sich mit der neuen Situation abgefunden, einige andere waren anfangs ehrlich davon überzeugt der serbischen nationalen Sache zu dienen. Ich war für solche Töne schon immer taub und bin frühzeitig in Pension gegangen. Mit manchen früheren Mitarbeitern habe ich den Kontakt aufrechterhalten… Man hilft einander aus, versteht ihr das?«

»Ehrlich gesagt, nein!« sagt Sascha. »Am wenigsten kann ich begreifen, warum du uns das nicht alles schon in Wien erzählt hast, sondern hier laute Musik machen mußt, damit man uns nicht zuhört...«

»Du kannst gar nicht alles durchschauen, weil du so lange nicht hier warst...«

»Das ist keine Antwort auf meine Frage. Ich glaube, du hast uns das nicht gesagt, weil du uns nicht abschrecken wolltest. Ich weiß, daß du mich gerettet hast, und ich werde dir immer dankbar sein, aber wie hast du es hier ausgehalten, wenn es so ist? Und warum?«

»Laß das. Nun, Goran und ich haben dieses Büro gegründet und uns auf die Untersuchung von Bonität und Kredibilität serbischer Firmen spezialisiert. Das hat uns mit ausländischen Versicherungsgesellschaften in Verbindung gebracht, die wiederum haben uns in einigen Fällen von Kunstraub um Hilfe gebeten, weil auf diesem Gebiet immer häufiger Banden aus unserer Gegend auftreten. Es ist von Anfang an ganz gut gegangen, aber jetzt, seit sich das Land wieder geöffnet hat, können wir uns vor Aufträgen kaum noch retten. Wir haben schon seit längerer Zeit überlegt, einige neue Mitarbeiter einzustellen, wußten aber nicht so recht, ob das gut für uns wäre, oder ob wir nicht lieber ein kleiner, diskreter Laden bleiben sollen... Jetzt konkret habe ich einen ganz besonderen Auftrag bekommen, Goran ist ausgefallen, und ich dachte, ihr könntet mir helfen. Wenn ich meinen Neffen zurück ins Land bringe und anstelle, ist das logisch und unverdächtig. Und daß ich eine ausländische junge Kraft brauche, die einen Paß aus der EU besitzt und ohne weiteres, ohne Visa beantragen zu müssen, überall hin reisen kann, ebenfalls«.

»Sie betonen das Wort unverdächtig«, stellt das Mädchen fest. »Was soll verdächtig sein?«

Micha gibt keine direkte Antwort. »Das sage ich doch. Nichts soll verdächtig sein. Ihr habt Kunstgeschichte studiert. Wir werden es mit Kunstraub zu tun haben...«

»Ich bin aber weit davon entfernt, Experte für alte Kunst zu sein...«

»Keine Sorge. Bei Bedarf holen wir uns Sachverständige für konkrete Exponate, aber nicht fest angestellt, sondern eben nur für die eine oder andere Expertise. Isi, du sollst für mich vor allem am Computer arbeiten. Das kannst du?«

»Ein bißchen schon…«

»Du sollst mir im System eine Kartothek gestohlener Kunstwerke, die gesucht werden, einrichten, eventuell auch solcher, die gestohlen werden könnten. Unter anderem mußt du im Internet alle wichtigen Suchmaschinen und Medien zu diesem Thema verfolgen. Dafür braucht man Geduld, systematisches Vorgehen, alles anschauen, was legal angeboten wird, und das ist sehr viel. Ich erwarte von dir natürlich keinerlei Fähigkeiten in geschützte Datenbanken einzubrechen«.

»Es ist trotzdem etwas Spezielles… Glauben Sie, dass es mir gelingt alles Wesentliche zu finden?«

»Bestimmt. Wenn es Probleme mit dem Rechner gibt, holen wir einen Fachmann dafür, aber dieser Sorte Mensch muß man ganz genau sagen, was man will, sonst sind sie nur fähig, abstrakt über ihre schwarze Magie zu denken. Versuchen wir doch etwas. Kommt her!«

Micha winkt sie zum Tisch mit dem Rechner, tippt stehend auf einige Tasten, auf dem Bildschirm erscheint das Portrait eines Mannes im Profil. Er trägt einen starken Backenbart, hat einen großen Zylinderhut auf dem Kopf, sein Hals ist lässig mit einem Schal umwickelt. Der Detektiv fragt Sascha:

»Wessen Bild ist das?«

Er denkt nur einen Augenblick nach:

»Goya! Das ist… Also wie der Abgebildete heißt, das weiß ich nicht so genau, irgendein Graf«.

»Bravo«, sagt Micha sehr zufrieden. »Graf Ugolino della Gherardesca. Das Bild ist in Italien gestohlen worden, galt lange als verschwunden, man dachte, irgendein reicher Sammler hat das Ding gekauft und in seine private Galerie gesteckt. In dem Fall wäre es wohl für immer weg gewesen. Dann ist das Bild jedoch bei uns wieder aufgetaucht, ausgerechnet in der montenegrinischen Hauptstadt Podgorica. Das war eine große Überraschung! Die Polizei hat das Portrait dort sichergestellt. Wir haben ein wenig mitgeholfen…«

Es war so, daß in Deutschland das Gemälde als Werk eines Unbekannten Malers für lächerliche 250 Dollar erworben, unmittelbar danach jedoch von Kunstexperten dem spanischen Genie zugeschrieben worden war. Der Liebhaber versicherte das Bild für eine halbe Million Dollar und lieh es für eine Ausstellung in Turin aus. Die Diebe, zwei Brüder aus Montenegro, Mugoscha mit Nachnamen, hatten davon gehört, erschienen als brave neugierige Besucher, recherchierten genau, durchtrennten in einem für sie günstigen Augenblick nur eine einfache Sicherungskette und flogen mit dem geraubten Kunstwerk in ihre Heimat zurück. Sie wußten gar nicht, was sie damit anfangen sollten, hatten keine richtige Idee wie man solche Kunstwerke auf den illegalen Markt bringen kann.

»Das ausgestellte Werk war sehr schlecht gesichert. Die Diebe hatten vorher den Kunstmarkt genau beobachtet, aber sie hatten nicht im voraus für einen Käufer gesorgt. Sie hatten keine richtige Organisation, haben zu viel improvisiert. Im Prinzip muß der Kunstdieb seine Beute möglichst schnell losschlagen. Wir müssen eine bessere Organisation haben, als er! Wir müssen, wie gesagt, den Kunstmarkt beobachten, die großen Versteigerungen, welcher Künstler gerade in Mode ist, wir selbst müssen darüber nachdenken, was von wo gestohlen werden kann, um den Verbrechern zuvorzukommen. Was gestohlen wird, geschieht oft auf Bestellung. In solchen Fällen kann man danach nicht mehr viel machen. Ziemlich oft suchen die erfolgreichen Räuber jedoch erst später einen Käufer. Dann melden sich mitunter die Versicherungsgesellschaften oder wir als ihre Vertreter. Es gibt Exponate die fast unverkäuflich sind und deshalb für einen Bruchteil ihres Wertes zurückgegeben werden. Versteht ihr jetzt das System?«

»Ja, so ungefähr...« sagt Isi interessiert.

»Das ist vor allem dein Aufgabengebiet!«

»Und was werde ich machen?« fragt Sascha.

»Du sprichst unsere Sprache, dich brauche ich für andere Ermittlungen und Recherchen hier im Land.«

Sascha ist noch immer beunruhigt.

»Entschuldige, wenn ich mich wiederhole, aber etwas quält mich auch jetzt noch, und ich bitte dich klar und einfach zu antworten. Warum bist du in einem Serbien geblieben, das so ist, wie du es selbst beschreibst?«

»Gute Frage. Wenn ich mit der Antwort zögere, ist es vielleicht deshalb, weil ich es selbst nicht genau weiß. Ich habe daran gedacht wegzugehen. Ich hatte sogar verschiedene Angebote, man hat mich zum Beispiel nach Mazedonien eingeladen um zu helfen, ihren neuen Geheimdienst aufzubauen. Ich habe euch schon erklärt, das meiste von dem, was in Serbien geschehen ist und immer noch geschieht, ekelt mich an. Jetzt ist sogar mein Partner und alter Freund ermordet worden. Aber ich bin hier aufgewachsen. Ich fühle mich weder als großer Serbe noch als sonst etwas, aber dieses elende belgrader Pflaster ist irgendwie meine Heimat«. Micha sagt selten etwas mit so viel Nachdruck, so eindringlich. Er macht eine Pause und fügt hinzu. »Ehrlich gesagt, da ist noch etwas. Nirgendwo war und ist es so interessant, wie hier…«

Sascha wirkt sehr nachdenklich, Isi sehr interessiert, sogar ein klein wenig aufgeregt.

»Wir siezen uns nicht mehr?« fragt sie unverblümt.

»Nein. Das fiele mir schwer. Aber du mußt mich zurückduzen und Micha nennen. Und darauf müssen wir noch einen trinken!«

»Selbstverständlich!« sagt das Mädchen. »Aber du auch, Sascha! Du hast ja zugegeben schon besoffen gewesen zu sein!«

»Ja«, sagt er. »Vor dem Kampf!«

»Na, dann auf in den Kampf!«

Sie trinken. Sascha nimmt sich zusammen um noch eine Frage los zu werden, fürchtet im voraus die Reaktion:

»Hast du schon jemand umgebracht?«

Isi erstarrt auch.

Der Onkel schweigt, sieht den Neffen an, als habe er nicht genau verstanden, was er will.

»Wie meinst du das?«

»Ich meine, hast du schon jemand getötet? Nicht auf einem Schlachtfeld, nicht so anonym, wie vielleicht ich bei Vukovar, sondern von Angesicht zu Angesicht!«

Micha lächelt jetzt wieder, und dieses Lächeln sieht gefährlich aus. Dann antwortet er ganz ruhig:

»In meinem Beruf? Aber natürlich! Manchmal ist das leichter, als du denkst!«

17.

Offizierssohn Bane, der die Kameras zur Sicherung des Pfades um ein geheimnisvolles Objekt in Belgrad instandgehalten und als einer der ersten die Leichen der beiden erschossener Gardisten gesehen hat, sitzt mit seiner Freundin auf der Terrasse des Hotels »Palace« in Sharm el Sheikh, in Ägypten. Er wartet schon zwei Tage lang, endlich hat man sich gemeldet und will ihn abholen.

»Kann das gefährlich werden?« fragt das Bikinimädchen, das er nur halbwegs in seinen Auftrag eingeweiht hat.

»Hier? Das glaube ich nicht. Wir treffen ja nur die ersten Verabredungen...«

Ganz geheuer ist es ihm trotzdem nicht, aber sein Vater hat gesagt, niemand anderem könne er wirklich vertrauen. Endlich führt der Hoteldiener einen arabisch aussehenden Herrn in tadellosem blauen Sommeranzug, blendend weißem Hemd und einer Krawatte in hellerem Blau zu ihnen.

»Nennen Sie mich Achmed. Seine Hoheit will Sie persönlich empfangen. Wenn Sie bitte mitkommen wollen...« Beide stehen auf, aber Achmed macht eine abwehrende Handbewegung. »Die Dame ist nicht eingeladen«.

»Dann bleibst du eben! Geschäft ist Geschäft. Geh inzwischen schön baden oder leg dich in die Sonne...«

Bane ist bereit mitzukommen, aber Achmed rührt sich nicht vom Fleck.

»In so einer Aufmachung wollen Sie vor seiner königlichen Hoheit erscheinen?«

»Wieso?« Bane ist in bunten Shorts und hat ein ärmelloses T-Shirt an.

»Ich würde empfehlen, daß Sie sich umziehen. Ich warte inzwischen«.

Der Serbe fügt sich, eilt ins Zimmer hinauf, zieht lange Hosen und ein anständiges Hemd an. Ob das genügt? Einen Schlips hat er gar nicht mitgenommen. Achmed wartet stehend, empfängt ihn mit einem noch immer vorwurfsvollen Blick, sagt aber nichts mehr, macht nur eine Handbewegung und geht voraus. Der Portier verneigt sich tief.

Vor dem Portal wartet ein silberner Rolls-Royce. Bane kann sich einen bewundernden Pfiff nicht verkneifen.

Sie fahren durch die seltsame Landschaft der Sinai-Halbinsel. Wo die Hotelanlagen mit ihren prachtvollen Rasenflächen, Blumenbeeten und grünen Bäumen aufhören, wo man nicht mehr künstlich mit viel Aufwand und hohen Kosten die Wüste bewässert, beginnen gelber Sand und hellbraune, kahle Hügel, aber die Asphaltstraße ist vorzüglich. Nach zehn Minuten schneller Fahrt geht es an einer langen hohen Mauer entlang, der Wagen hält kurz vor einem Portal aus Schmiedeeisen, das sich von selbst öffnet. Von irgendwoher wird man ihre Anfahrt beobachtet haben.

Achmed steigt aus, es fällt ihm aber nicht ein die Autotür vor diesem Nichtsnutz aufzuhalten. Sie gehen eine steile, kurze Palmenallee hinunter zum Strand. Unter einem Baldachin ruht auf einer Liege ein sportlich wirkender, gut gebauter junger Mann mit kurzgeschnittenem, schwarzem Bart. Er hat nur eine knappe Badehose an.

»Der Mann aus Serbien, Eure Hoheit!« sagt Achmed, und an den Gast gewandt, stellte er den Liegenden vor, »Seine königliche Hoheit, Prinz Mahdi al Chalid ben Fahd«.

»Guten Tag!« sagt der Prinz und reicht ihm sitzend die Hand. »Bring ihm einen Stuhl. Wie steht es mit Ihrem Englisch? Was möchten Sie trinken?«

»Ich kann Sie verstehen. Danke. Bei Ihnen trinkt man doch nur Saft?«

»Bei mir trinkt man, was man will, aber in dieser Gegend und zu dieser Zeit ist Obstsaft immer gut. Laß uns Säfte bringen und Monique soll kommen um, falls nötig, zu dolmetschen…«

Monique, wer immer das eigentlich ist, denn sie wird nicht extra vorgestellt, kommt blond im Bikini, seine Hoheit ist auch fast nackt, warum mußte ich mich in Schale werfen, fragt sich Bane. Und warum durfte mein Mädchen nicht mit, wenn eine andere Frau dabei ist?

»Wie geht's?« fragt die Schönheit, die augenscheinlich Monique genannt wird, auf Serbisch und erklärt gleich. »Meine Mutter kommt aus Bosnien«.

Ein Diener im Burnus serviert eiskalten, roten, bitter-süßlichen Saft in Kristallgläsern.

»Ich habe vorgeschlagen, daß wir uns hier treffen, weil man mich in den Emiraten oder gar in Riad zu gut kennt und es unnötiges Aufsehen erregen könnte. Hier sind wir bei einem Freund, wo ich meine Ferien verbringe. Sie auch. Das dürfte niemanden besonders interessieren. Haben Sie mich verstanden oder soll übersetzt werden? Gut. Also, ich höre!«

Bane hat von seinem Vater keine klaren Instruktionen wie er eröffnen soll. Eigentlich erwartet er Fragen. Es entsteht eine Pause. Monique macht eine höhnische Grimasse. Ist sie in alles eingeweiht?

»Die Fotos, die Beschreibung der Edelsteine und das Angebot haben Sie doch?« sagt Bane und fügt dann vorsichtig hinzu, »Eure Hoheit?«

»Das schon. Wie soll ich wissen ob es sich um das Original handelt? Mit wem soll ich handeln? Wir sind im Nahen Osten. Sie oder Ihre Auftraggeber werden doch nicht erwarten, daß ich hunderte Millionen Dollar, ohne mit den Wimpern zu zucken, hinblättere und nicht erst, na, sagen wir, Hundertzehntausend anbiete? Und wer sind Sie überhaupt?«

»Ich bin der Sohn des Kommandanten der Garde in Belgrad. Na ja, des ehemaligen Kommandanten, er ist inzwischen pensioniert worden. Unter anderem auch wegen... wegen dieses Stücks. Ansonsten bin ich nur ein Bote.«

»Und wo ist der Säbel?«

»Ich soll sagen, er sei auf einem sicheren Platz. Aber man muß ihn aus dem Land herausbringen...«

»Darüber wissen Sie mehr?«

»Ja, das schon«.

»Noch einmal! Wie kann ich überprüfen ob es sich um ein Original handelt? Und wie den Wert schätzen lassen?«

»Wir müssen zueinander etwas Vertrauen haben, Hoheit«.

»Ich in Sie? Na, schön. Bevor ich ein Risiko eingehe, kann ich es mir ja immer noch überlegen...«

Monique mußte noch nicht eingreifen. Schon um sie sprechen zu hören, bittet Bane, in seiner Muttersprache weiterreden zu dürfen.

»Wir können ohne weiteres den Säbel nach Prishtina kommen lassen...«

»Wie?« fragt der Prinz zum ersten Mal mit bemerkbarer Neugier. Augenscheinlich weiß er zumindest, wo Prishtina liegt und kennt die Situation in Serbien auf jeden Fall teilweise, denn in dieser Richtung stellt er, anders als Bane erwartet hat, keinerlei Fragen.

»Kein Problem. Die KFOR, die Kosovo Forces, eine multinationale militärische Formation, wissen Sie...«

»Ich weiß!«

»Nun, sie ist bestechlich, wird jedoch nicht wissen, um was es sich handelt. Die können davon ausgehen, daß es sich, zum Beispiel, um ein Rauschgiftgeschäft handelt. Auf dieser Ebene arbeiten wir trotz allem mit unseren albanischen Freunden bestens zusammen...«

»Mit albanischen Freunden? Das ist gut!«

»Sie können doch ein Flugzeug nach Prishtina schicken, sagen wir, mit einer humanitären Sendung. Sie lassen das Stück abholen, schätzen, wo Sie wollen, und dann verhandelt man weiter...«

»Wo ist Ihre Sicherheit, wenn der Säbel schon einmal in meinen Händen ist?«

»Ich kenne nicht alle Details genau, Hoheit!« Bane kommt auf den Geschmack immer wieder ›Hoheit‹ zu sagen, es scheint ihm, damit wertet er sich auch selbst als Gesprächspartner auf.

»Sicher tritt hier unser Vertrauen in Sie ein. Vielleicht wird es nicht sofort der ganze Säbel sein, nicht einmal der wertvollste, sondern nur der größte Teil, die Klinge und die Scheide. Mag sein, der Griff mit den Edelsteinen könnte auf einem anderen Weg nachgeliefert werden... Wie gesagt, darüber weiß ich nicht alles, aber Sie werden dann jedenfalls sicher sein, ob das Original in unserem Besitz ist oder nicht. Vielleicht leisten Sie dann schon eine Vorauszahlung, weil man unsererseits so viele Mühe und Kosten in die Angelegenheit gesteckt hat...«

»So, so...«

»Und dann könnten die Vertreter der beiden Seiten das Geschäft auf einem neutralen Ort beenden, der besonders günstig ist«.

»Hat man da eine Idee?«

»Allerdings. Man sagte mir Netanya in Israel sei ein guter Ort dafür!«

Der Prinz setzt sich vor Überraschung auf.

»Israel nennen sie neutral?«

»Oh, ja. Durchaus! Wir sind ja gerade in Ägypten, wie Hoheit eben sagten, bei einem Freund. Ägypter haben ganz bestimmt auch einige Freunde die auch sonst mit der Diamantenschleiferei in Netanya zu tun haben...« Bane weiß nicht, was er von der versteinerten Miene des Arabers halten soll. Ist das hier wirklich so ungefährlich, wie er seiner Freundin beteuert hat?

»Hat man mir zumindest gesagt, daß ich ausrichten soll. Wenn ich ehrlich sein darf, man hat nicht erwartet, daß Hoheit hier persönlich erscheinen. Man hat zuerst einen Vertreter niedrigeren Ranges erwartet, so wie ich es bin«.

Bane ist sehr zufrieden mit sich, und der arabische Prinz lehnt sich tatsächlich wieder gemächlich zurück, streckt seine langen, wohlgeformten, braunen Beine aus und nippt am Saft.

»Ich verstehe. Angenommen, ich gehe darauf ein, wann soll die erste Etappe beginnen?«

»Wann immer Hoheit wünschen. Wir sind schon jetzt bereit. Ich bin sogar beauftragt worden, falls der Vorschlag im Prinzip zusagt, sobald wie möglich«.

»Ich verstehe. Sie wollen den Säbel so bald wie möglich loswerden, bevor man Sie mit ihm in Serbien erwischt. Also, hören Sie genau zu, und merken Sie sich, was ich sage. Erstens, ich mache keinen Hehl daraus, daß ich interessiert bin. Zweitens, ich kann bezahlen, wenn ich etwas haben will. So etwas treibt meist den Preis hoch, aber ich warne Sie, meine Familie wäre nicht das geworden, was sie ist, wenn sie nicht vorsichtig und handelstüchtig wäre. Wir sind in einer Gegend aufgewachsen, wo der Basar vieles, wenn nicht alles bestimmt. Zum Verkauf steht alles, außer der Ehre. In mir haben Sie einen potentiellen Kunden, aber wo sonst noch einen auf dieser Welt? Einen, der sich so etwas leisten kann oder will? Wer wird sich einen solchen Säbel kaufen wollen und ihn nie irgendjemand zeigen dürfen? Was sollte er damit anfangen? Deshalb kommt es nicht auf den Wert der Edelsteine an, so hoch er auch sein mag, auch nicht auf den Sammlerwert eines Stücks, das Stalin eurem Tito geschenkt hat. Es kommt einzig und allein darauf an, was ich Ihnen geben will, sonst bleiben Sie auf Ihrem schönen Ding sitzen. Und Sie schicken sofort den ganzen

Säbel. Ohne jede weitere Diskussion! Haben Sie sich das gemerkt? Hast du es dir gemerkt, Monique? Kannst du das dem Herrn da schön langsam wiederholen?«

»Darf ich mir das notieren?« fragt Bane.

»Warum nicht? Wenn es mit Ihrer Handschrift aufgeschrieben ist, beweist es gar nichts, außer vielleicht, daß Sie mehr Phantasie haben, als man ihnen auf den ersten Blick zutrauen würde...«

Der Prinz klatscht in die Hände und sagt etwas auf Arabisch. Der Diener bringt ein in grünes Eidechsenleder eingebundenes Notizbuch und einen silbernen Stift auf einem Tablett und reicht es dem Gast. Bane schreibt sich die Botschaft auf, er schreibt mit kyrillischen Buchstaben und glaubt, das sei besonders schlau, weil es jedem anderen erschweren würde, den Vermerk zu entziffern.

»Stift und Block können Sie als Souvenir behalten. Das wäre es. Morgen oder übermorgen kommt Achmed zu Ihnen ins Hotel und sagt Ihnen Bescheid. Ich überlege mir alles noch in Ruhe. Wenn ich den Vorschlag annehme, sagt er Ihnen, wann das Flugzeug in Prishtina sein kann und über wen und wie wir dort Kontakt aufnehmen...« Nachdem Bane noch immer auf seinem Stuhl klebt, wird der Prinz deutlicher. »Achmed und Monique begleiten Sie zum Auto...«

Während sie durch die Allee gehen, wagt es Bane auf Serbisch die Frau anzusprechen:

»Sie sind aus Bosnien? Aber keine Moslemin in diesem Aufzug, oder?«

»Was geht dich das an?«

»Man wird doch fragen dürfen. Sie sind... Du bist einfach zu schön. Können wir uns auch ohne diesen Schatten irgendwo sehen und unterhalten? Oder darfst du das nicht? Bist du frei?«

Achmed, der Schatten, zeigt nicht, ob es ihn ärgert die beiden nicht zu verstehen. Ein seltsames Trio, das fast nackte Mädchen, der Serbe in warmen Hosen des Anzugs, in dem er mitten im Winter aus Belgrad abgeflogen ist, und der arabische Sekretär, Leibwächter, oder was Achmed sein mag, in seiner für die Tropen perfekten Aufmachung.

»Ich besitze sicher mehr Freiheit, als du«, sagt die Hübsche schnippisch, »Aber wer ist schon frei in dieser Welt? Glaubst du

Mahdi ist frei mit allen seinen Vettern und Brüdern, die aufeinander eifersüchtig sind, der Hackordnung in der Familie, seinem Großonkel, dem König, und seinen Volksgenossen, die seine Dynastie abschaffen, in die Luft sprengen, tief in den Sand begraben wollen und sich für Al Qaida einsetzen? Wer von uns will wissen, ob unser Freund, den du Schatten genannt hast, nicht ein Abgesandter von Osama bin Laden ist?«

Obwohl er Worte wie Al Qaida und Osama bin Laden verstehen könnte, zuckt Achmed nicht mit den Wimpern. Diesmal öffnet er die Tür der Limousine, schon um den Gast schneller los zu werden, setzt sich aber nicht mit hinein, sondern sagt nur dem Fahrer Bescheid. Monique winkt, Achmed steht ohne Bewegung da. Er hat nicht einmal gegrüßt.

18.

Lala hat zum zweiten Mal nacheinander bei Lara im Hotel »Jugoslavija« geschlafen, und die beiden haben sich ins Restaurant zum Frühstück begeben. Alles geht auf Zimmerrechnung. Unerwartet gesellt sich Aki zu ihnen. Er nimmt nur einen Orangensaft, läßt die beiden ausgiebig Milchkaffee, Schinken mit Ei und Kipferl essen, beginnt vorerst keine Konversation, beobachtet, wie sich der komische, dickliche junge Mann bemüht, zuvorkommend gegenüber der Partnerin zu sein, ihr den Zucker näher rückt, ihre Hand streichelt, verliebt ihren Blick sucht, was sie aber wenig zu kümmern scheint. Der Gangsterboss stellt fest, daß das Paar ihn kaum zur Kenntnis nimmt und wendet sich plötzlich grob an den Wissenschaftler, als existiere die Frau überhaupt nicht:

»Wir gehen jetzt ein Stück spazieren!«

Lala bemerkt nicht sofort, daß es ein neuer Tonfall ist. Nichts von der bisherigen Höflichkeit ist zu bemerken. Deshalb erklärt er:

»Ich muß ins Institut!«

»Du wirst dir schon eine Ausrede einfallen lassen. Unser Gespräch muß nicht lange dauern, wenn du spurst«.

»Ich gehe meinen Mantel holen!« sagt die Russin, die versteht, daß es ernst wird.

»Dich habe ich nicht aufgefordert mitzukommen. Du gehst hinauf ins Zimmer und bleibst dort, bis du gerufen wirst!« befiehlt Aki. »Was jetzt besprochen wird, ist Männersache.«

»Ja, natürlich...« Folgsam steht sie auf, bleibt nur noch einen Augenblick lang nachdenklich stehen, dreht sich dann um und verschwindet wortlos. Lala schaut ihr bestürzt nach. Nach der gemeinsam verbrachten Nacht hat er mindestens einen Kuß erwartet.

»Los!« fordert Aki.

»Und die Rechnung?«

»Keine Sorge!« Aki gibt dem Kellner mit dem Kopf ein Zeichen, der verneigt sich höflich. Ein sonniger, aber kalter Wintermorgen. Auf dem Pfad längs der Donau liegt noch kein Schnee.

»Ich gehe auch noch einen Augenblick hinauf, bitte ich muß etwas wärmeres anziehen, sonst erkälte ich mich!« klagt der Wissenschaftler weinerlich.

»Sei kein Weichei!«

Sie marschieren hundert Schritte stumm nebeneinander, dann stellt Aki die erste Frage:

»Was glaubst du eigentlich, wie lange kann das so weitergehen?«

Ein teures Motorboot mit lustiger Besatzung in schönen Pullovern knattert vorbei. Lala fällt es schwer mit dem sportlichen Mann Schritt zu halten und kommt ins Keuchen:

»Was?«

»Daß du einfach ins Hotel kommst, das Mädchen fickst, und ich soll für alle Kosten aufkommen? Oder zahlst du etwa ihre Rechnungen?«

»Ich...« Lala hat in seinem unerwartetem Glück darüber überhaupt nicht nachgedacht. Lara hat ihrerseits auch nichts über Geld gesagt. »Das werde ich natürlich gerne...«

»Kannst du das überhaupt?« Aki nennt den Preis für Übernachtung und Frühstück im Hotel. »Multipliziere das mit dreißig im Monat. Das Einmaleins wirst du als Atomwissenschaftler doch können. Addiere die übrigen Kosten dazu, Kosmetik, Kleidung, Schmuck, was so ein Mädchen alles braucht. Wie stellst du dir das vor, Mensch? Wie hoch ist dein Gehalt? Oder willst du deinen Papa bitten euer Gut zu verkaufen damit du dich zwei, drei Monate lang amüsieren kannst?«

Lala sucht verwirrt nach Worten.

»Sie kann zu mir umziehen. Oder ich bringe sie zu meinen Eltern nach Opovo. Wir finden etwas...«

»Nichts findest du. Wie willst du ihr Papiere beschaffen? Ihr Paß ist bei mir. Sie ist illegal eingereist. Wie willst du sie vor dem Gefängnis, im besten Fall vor einer Abschiebung nach Rußland retten? Vergiß nicht, sie gehört mir, ich habe sie dir zur Verfügung gestellt, oder was hast du dir vorgestellt? Daß sie vom Himmel ausgerechnet in deine armselige Umarmung gefallen ist?«

Bis zu diesem Tag hat Aki den dicken jungen Mann ein wenig von oben herab, aber freundlich behandelt. Er ist auch jetzt keineswegs wirklich ungeduldig geworden, aber ein guter Psychologe, der genau weiß, in welcher Situation, zu welchem Zeitpunkt er wie am meisten erreichen kann. Lala hat den Köder längst verschluckt und kann nur noch hilflos zappeln.

»Was soll ich machen?« Lala widerspricht nicht, bleibt stehen und zittert am ganzen Körper. Es ist kalt, aber so kalt auch wieder nicht. Aki hingegen fühlt sich in seiner Windjacke augenscheinlich wohl. Ein Schwarm Krähen schwirrt plötzlich über die kahlen Baumkronen die längs des Flußufers Spalier stehen. »Ich kann ohne sie nicht mehr leben! Soll ich sie heiraten?«

Jetzt muß Aki doch lachen und nimmt den besorgten, kleineren Mann beruhigend unter den Arm:

»Das brauchst du nicht. Ohne daß sie gültige Papiere hat, könntest du es gar nicht. Mit der Zeit kann freilich alles geregelt werden. Aber du mußt auch etwas für mich tun!«

»Alles!« sagt Lala schnell, fügt aber dann doch etwas vorsichtiger hinzu. »Alles was ich kann!«

»Schön. Erst einmal erzählst du mir ausführlich was du mit Teslas Todesstrahlen gemeint hast, als wir uns in Kroatien unmittelbar vor dem Krieg kennengelernt haben. Aber, bitte so, daß ich es verstehen kann! Du wolltest doch nicht etwa nur bluffen?«

»Nein. Können wir nicht irgendwo hingehen, wo es warm ist?«

Die beiden kehren zurück ins Hotel und setzen sich in Akis kleines Büro. Er schaltet das Radio ein. Lala zuckt wieder zusammen:

»Muß das so laut sein?«

»Ja. Ich möchte nicht, daß irgendein Dritter zuhört«.

Lala brauchte eine Weile um zu begreifen, daß sein Partner sich vor Abhöranlagen fürchtet. Dann beginnt er langsam und kommt allmählich in Fahrt.

»Wie man eine Atombombe baut, das ist ganz gut bekannt, das wissen Sie auch, nicht wahr? Ich will es simplifizieren. Man braucht etwa fünfzig Kilogramm Plutonium, das man aus Uranerz gewinnt, formt es in zwei gleich große Körper, am besten Halbkugel, und ordnet sie in einer bestimmten Entfernung voneinander an. Mit einem klassischen Sprengstoff preßt man dieses Material zusammen, es entsteht kritische Masse, und es kommt zur sogenannten Kettenreaktion und einer gewaltigen Explosion. Das ist heutzutage kein besonderes Kunststück mehr, wie es gemacht wird, kann man auch im Internet und in zahllosen Büchern nachlesen. Natürlich ist es nicht so einfach, wie es klingt, aber Sie wollten doch nur, daß ich es babyleicht erkläre, nicht wahr? Praktisch könnte das heute ein jeder gute Physiker zusammenbasteln, aber nur unter drei Voraussetzungen...«

Die Beziehung zwischen den beiden Männern verändert sich im Laufe des Gesprächs, jetzt ist der Wissenschaftler selbstsicher, weil er ein Thema behandelt, das er beherrscht, und der Gangsterboss verwandelt sich in einen neugierigen Jungen.

»Die Voraussetzungen sind?«

»Plutonium ist schwierig zu beschaffen...«

»In Vinča habt ihr keines?«

»Nein. In den Fünfzigerjahren hat man die Herstellung vorbereitet, denn Jugoslawien hatte genug Uranerz, aber dann wurde das ganze eingestellt. Was wir bis vor kurzem hatten, war etwa vierzig Kilogramm angereichertes Uranium als Abfallprodukt. Damit konnte man theoretisch schon Atombomben bauen, aber diese Menge ist zur Entsorgung nach Rußland ausgeflogen worden. Was allerdings weiterhin bei uns in Vinča in zwei Sonderbaracken herumsteht, sind mehr als zweitausend Fässer Atommüll und 8.000 gebrauchte Brennstäbe. Die sollten zwar theoretisch auch in Rußland entsorgt oder endgelagert werden, aber dafür gibt es kein Geld...«

»Damit kann man auch etwas machen?«

»Nun, ja. Sogenannte schmutzige Bomben...«

»Was ist das?«

»Die Explosion muß sozusagen auf klassische Weise ausgelöst werden, es ist also keine Atombombe in eigentlichem Sinne, aber es entsteht lebensgefährliche Radioaktivität«.

»Wie wird das bei euch bewacht?«

»Fast gar nicht. Das Zeug steht in Hangars, ringsherum ist ein mannshoher Zaun. Unsere Direktion hat schon darauf aufmerksam gemacht, daß es unsicher ist, aber wenn du mich fragst, wer soll damit etwas anfangen wollen? Für einen Laien wäre das lebensgefährlich...«

»Und für einen Experten, wie dich?«

Lala nickt nachdenklich.

»Das wäre an sich kein Problem. Aber für meine Ziele ist dieses Material sowieso nicht geeignet. Als weitere Voraussetzung brauchten wir ein Areal, das menschenleer, aber groß genug ist, um Experimente durchzuführen, das gab es nicht einmal im ehemaligem ganzen Jugoslawien, in Serbien kann erst recht keine Rede davon sein. Und drittens würde man für den praktischen Einsatz Träger brauchen, die die Bombe dorthin befördern, wo sie explodieren soll. Das sind nach bisherigem Verständnis Flugzeuge oder Raketen. Haben Sie das alles bisher begriffen?«

»Halbwegs schon. Aber wenn ich dich duze, darfst du mich ruhig zurückduzen, Herr Professor! Erzähl weiter, wie kommen wir zu deinen Todesstrahlen?«

»Tesla hat mit der drahtlosen Übertragung von Energie vor fast hundert Jahren experimentiert und sie praktisch erprobt. Passen Sie auf, pardon, paß auf, ich versuche dir etwas sehr kompliziertes so einfach wie möglich zu erklären. Kannst du dir die Menge an elektrischem Strom vorstellen die eine Nähmaschine eine Stunde lang in Betrieb halten kann?«

»Ausgerechnet eine Nähmaschine? Na, ja... Worauf willst du hinaus?«

»Jetzt stell dir dieselbe Menge an Energie vor, also nichts besonderes für unsere Zeit, aber zusammengeballt in den Bruchteil einer Millionstel Sekunde und wie viel Energie dadurch freigesetzt wird...«

»Das ist kompliziert für mich«.

»Kein Wunder! Tesla war ein Genie, aber Einsteins Relativitätstheorie hat er noch nicht verstanden oder verstehen wollen. Es geht um Zeit, und es geht um Energie und was man sich dabei vorzüglich denken, folgerichtig jedoch auch was man nach einer entsprechenden Schlußfolgerung praktisch verwenden kann. Das haben Hiroshima und Nagasaki gespürt. Tesla war einsam auf dem richtigen Weg, aber niemand hat ihm geglaubt. Seine Financiers, vor allem ein gewisser Morgan und sein Sohn, sahen keinen Sinn, in so etwas zu investieren, die amerikanische Regierung hat ihn nicht ernst genommen, am Ende fehlten ihm sogar einige hundert Dollar für die Hotelrechnung. Tesla war alt, man hatte ihn vergessen, aus jeder neuer Forschung war er ausgeschlossen, wir wissen nicht, was er in seinen letzten Jahren noch gelesen hat. Er konnte keine Experimente mehr machen, hat sich aber seine Ideen aufgeschrieben, seine Schrift wurde immer unleserlicher, niemand hat sie komplett studiert, bevor ich einige seiner Notizen im Museum seines Heimatdorfes Smiljan gefunden habe. Nicht einmal im Tesla-Museum in Belgrad hat man sie entziffern können und deshalb nicht behalten. Und was ich jetzt behaupte, ist folgendes, mit seinem Transmitter kann man die ganze Energie, die in zwei Plutoniumhalbkugeln schlummert, drahtlos wohin man nur will auf der Welt schicken und dort mit der freien Energie, so wie er sie beschrieben hat, die Kettenreaktion auslösen und zur Explosion bringen. Man braucht kein Flugzeug, man braucht keine Rakete!«

»Moment! Du willst sagen, daß man Energie so einfach durch die Luft irgendwohin schicken kann. Das ist doch unmöglich!«

»Das ist sehr wohl möglich. Hörst du Radio? Telefonierst du mit dem Handy? Siehst du fern? Werden Ton und Bilder drahtlos übertragen? Das tust du jeden Tag und findest nichts Unmögliches dabei. Theoretisch kann man Energie genauso übertragen, es hängt nur von unseren Fähigkeiten ab herauszufinden wie. Man könnte in einer Wüste zeigen welche Möglichkeiten man in der Hand hat und allein mit der Drohung einer solchen Wunderwaffe jede Macht einschüchtern, einen jeden neuen Krieg verhindern. Das wollte Tesla! Nicht die Menschheit ausrotten, sondern sie vor der Gottesgeißel der Völkermorde bewahren. Stell dir einmal vor, wo wir heute wären, wenn wir Serben so etwas vor einigen Jahren, als uns die NATO bombardiert hat, in der Hand gehabt hätten! Ich wollte dieses Projekt schon viel früher verwirklichen, wollte es Slobodan Milošević anbieten und erklären, man hat mich aber nicht zu ihm vorgelassen, man hat mich abgewimmelt! Hitler wollte einem einfachen Wissenschaftler, der für die Reichspost tätig war, Manfred von Ardenne, auch nicht glauben, als er ihm die Atombombe erklären wollte. Der hat aber nach dem Krieg den Sowjets geholfen ihre Nuklearwaffen zu bauen. Der einzige Trost für mich ist, daß es mir genauso geht, wie Nikola Tesla, den man auch nicht ernst genommen hat!«

Lala hat sich in Rage geredet, aber sein Gegenüber ist überhaupt nicht so aufgeregt, wie er es erwartet hat, der Wissenschaftler wundert sich und erklärt aufgeregt:

»Mit solchen Todesstrahlen hätten wir unser Volk retten können! Und Kosovo!«

»Schrei nicht so! Wen interessiert das heute noch?«

»Ich verstehe dich nicht. Bist du kein Patriot? Du, als Kommandeur im Krieg! Ich habe dich für einen Helden gehalten«.

»Danke. Lassen wir das!«

Aki konnte nicht allen Einzelheiten folgen. Ihn interessieren weder die NATO noch Serbien oder Patriotismus. Er wittert Geld, unendlich viel Geld, viel mehr, als man mit Rauschgift, Menschenhandel oder Schmuggel verdienen kann. Logisch, Waffenhandel war immer gut!

»Das ist ein guter Anfang«, sagte er zu Lala. »Meinetwegen kannst du deine Russin vorläufig behalten. Du brauchst nicht auf die Uhr zu schauen, du kannst auch einmal etwas verspätet in deinem blöden Institut auftauchen. Sag mir nur noch, was du konkret brauchen würdest, um zu beweisen, daß du mir keine Hirngespinste vorsetzt«.

»Finanzielle Mittel!«

»Unbegrenzt!«

»Die Atombombe können wir erst einmal beiseiteschieben. Plutonium kann man kaufen. In den Mitgliedsländern der ehemaligen Sowjetunion kriegt man es, vielleicht sogar in Rußland. Was ich zuerst prüfen sollte, wäre die drahtlose Übertragung von Energie nach Teslas Methode. In meinem Institut kann ich verschiedenes vorbereiten, ohne daß es auffällt. Eigentlich habe ich schon längst damit begonnen, aber rein theoretisch. Um schneller weiter zu kommen, brauche ich ein Laboratorium und die Möglichkeit viel elektrischen Strom zu benützen, sehr viel Strom. Und viel Wasser. Außerdem einige Instrumente, zum Beispiel, diese Dinge zur Fernsteuerung von Spielzeug, natürlich größere und stärkere, wie für Roboter, die könnte ich selbst herstellen, aber das würde lange dauern, was man fertig kriegt, soll man nehmen, irgendwo im Westen müßte man so etwas finden können. Weiterhin brauche ich sehr starke Klebstoffe und…«

»Gut«, sagt Aki. »Das genügt vorerst. Ich weiß jetzt, in welche Richtung wir gehen wollen, kann mir das aber nicht alles merken. Schreib schön auf, welche Apparate oder sonstiges Zeug du benötigst, aber genau, und womöglich auch, wo es anzuschaffen wäre…«

»In Deutschland oder England, aber…«

»Kein aber! Ich muß wissen, wie groß dein Laboratorium sein soll, wie viele Räume, wie viel Quadratmeter? Hilfspersonal? Keines? Umso besser. Was brauchst du außer elektrischem Strom? Wasser? Erdgas? Wie viel? Schreib keine Liste die jemandem in die Hände fallen könnte. Keine Spur darf zu uns und unseren Plänen führen. Schreib alles, was du brauchst auf verschiedene Zettel und steck sie in Kuverts. Die gibst du mir dann morgen oder läßt sie einfach bei Lara und ich hole sie ab. Aber schön in verschlossene Umschläge stecken und getrennt voneinander aufbewahren! Man soll in solche Geschichten nicht zu viele Menschen einweihen, verstehst du das? Deine kleine Hure würde zwar nichts begreifen, selbst wenn sie ihr hübsches Näschen in deine Papiere stecken sollte, aber allzu viel darfst du ihr nicht erzählen, nur um wichtiger zu erscheinen, als du bist. Jetzt mach, daß du wegkommst. Also geh jetzt noch schnell auf ihr Zimmer, wenn du es anders nicht aushalten kannst, oder ruf sie vom Portier an, und sag daß du weg mußtest…«

»Ich gehe noch einen Sprung hinauf! Ich muß doch meinen Mantel holen!««

Aki lacht, wird erst ernst, nachdem der komische Wissenschaftler sein Büro verlassen hat. Im Grunde genommen ist ihm egal ob Todesstrahlen überhaupt möglich sind, wichtig scheint ihm, daß man allein schon die Idee verkaufen kann. Wer kommt in Frage? Möglicherweise ist diese Chose selbst für ihn einige Nummern zu groß. Das muß überlegt werden. Er hat ja noch Zeit bis der Hampelmann, wie er Lala für sich nennt, aufgeschrieben hat was er alles braucht.

Jetzt stört die laute Musik sogar ihn. Um nachzudenken braucht man Stille. Mit geheimnisvollen Geräten Gedanken lesen, so wie man mit Richtmikrophonen Lauschangriffe tätigen kann, ist noch immer nicht möglich. Vielleicht kommt eines Tages so ein komischer Kerl, der wie ein Versager aussieht, wie Lala, aber erfindet wie man drahtlos aus der Ferne erfahren kann, was ein Mensch denkt.

Zimperlich war Aki nie, an Berührungsängsten leidet er schon gar nicht. Er überlegt lange, wie es wäre, nicht nur Geld mit falschen Versprechungen zu machen, sondern eine Waffe in die Hand zu bekommen, mit der man die Welt oder wenigstens einen Teil von ihr, beherrschen kann. Falls das undenkbar wäre, hätte man nicht so viele Filme über James Bond gedreht. Was würde sein verstorbener Vater sagen, wenn er erfahren könnte, daß sein Achilles getaufter Sohn in diesem Leben solche Taten vollbringen kann?

19.

Mag sein, daß der Zufall stets nur eine Folge von Ursachen ist, die wir nicht kennen. Fast jede Liebe unserer Zeit beginnt mit einem Zufall. Das war nicht immer so. In den meisten Zivilisationen der jüngsten Jahrtausende wurden Ehen von Eltern angebahnt, mitunter Heiratsvermittler eingeschaltet, über gesellschaftliche oder finanzielle Konsequenzen wurde nachgedacht, alles wurde genau abgewogen, möglichst jedes Risiko ausgeschlossen. Für Zufälle gab es keinen Raum, demzufolge auch keinen für Liebe. Was Dichter als Schicksal bezeichneten oder Gottheiten zugeschrieben wurde, sollte keinen Einfluß auf Familienplanung haben. Oft lernten sich Mann und Frau erst im Ehebett kennen und folgten dort den Instinkten. Die Minne war ein Spiel, das allein Rittern und ihren Sängern vorbehalten war. Die berühmte Liebe auf den ersten Blick kann immer nur einem Zufall zu verdanken sein.

Ist die Liebe, weil ja selten im voraus beabsichtigt, immer ein Zufall?

Micha Boch versucht für seinen Neffen und dessen Geliebte nicht nur ein guter Arbeitgeber, sondern auch ein zuvorkommender Gastgeber zu sein. Die Zärtlichkeit, die er für Sascha schon immer gefühlt hat, war in ihm lange verborgen geblieben. Früher war der Altersunterschied zwischen dem Jungen und seinem Onkel zu groß gewesen, um eine Art Kameradschaft zwischen ihnen entstehen zu lassen. Sie hatten auch nie Zeit gehabt miteinander viel zu sprechen, sich richtig kennenzulernen.

Micha, Sascha und Isi sind fast Tag und Nacht zusammen. Die junge Österreicherin fügt sich gut ein, wirkt allein schon mit ihrem offenen neugierigen Gesicht anregend, wirft, wenn Sascha über das Leben in Wien berichtet, nur ab und zu einige Worte ins Gespräch, bleibt trotzdem, auch wenn sie schweigt, in jeder Hinsicht inspirativ.

Nachdem Sascha bei der ersten Begegnung mit dem Mädchen, noch im Schock über die Nachricht vom Tod seiner Mutter, erzählte, was er eben erfahren hatte, war es Isi, die mit nüchternem Tonfall bemerkte:

»Es war sicher ein reiner Zufall, daß ich gerade in diesem Augenblick durch die Aula gekommen bin, aber weißt du Micha, es war bei uns wirklich Liebe auf den ersten Blick!«

Sie sitzen im Frühstücksraum des Hotels »Jugoslavija«. Vor den großen Fenstern fließt hinter einer Promenade die Donau winterlich schiefergrau vorbei. Noch treiben auf ihr keine Eisschollen dem Schwarzen Meer entgegen. Zu den langweiligen Krähen gesellen sich Möwen, die sich von der Mündung des gewaltigen Stromes in die See bis hier hinauf verirrt haben. Micha hat sich anfangs bemüht die beiden jedes Mal in ein anderes Lokal zu bringen, aber dieses Hotel liegt relativ nahe zum Hochhaus, in dem sich sein Büro und seine Wohnung befinden, ist insofern besonders gut geeignet, und man trifft sich hier immer öfter oder kommt gemeinsam hierher.

»Du sollst die Stadt so schnell wie möglich mit allen ihren Facetten kennenlernen«, sagt Micha zu Isi »...und du, Sascha, mußt sie neu kennenlernen, seit du weg bist, hat sich viel verändert!«

Mit dem geübten Blick eines Profis, der genau wissen will mit wem er sich im selben Raum befindet, überprüft Micha den Saal ohne sich dessen überhaupt bewußt zu sein.

Während des Bombardements durch die NATO im Frühjahr 1999 war auch dieses Hotel ein Ziel gewesen. Man hatte irrtümlich vermutet, daß der berüchtigte Freischärlerkommandant Arkan hier seinen Stab hatte, er war aber nur Besitzer des zum Haus gehörenden Spielkasinos. Nicht das ganze Gebäude wurde ruiniert, sondern nur ein Nebenflügel mit der Garage. Trotzdem war jetzt alles neu renoviert. Die Sessel bunt, quasimodern, dafür aber recht unbequem. Arkan wurde übrigens in einem anderen Hotel, im »Interkontinental«, umgebracht, der Mord nie restlos aufgeklärt.

Zu dieser Tageszeit, es ist schon halb elf, ist der Saal schwach besetzt. Die meisten Hotelgäste haben sich längst am Büfett bedient, das gerade abgeräumt wird. Außer einer ziemlich lauten Männergesellschaft, die der Detektiv als Handelsreisende oder Kaufleute aus der Provinz mit ihren belgrader Partnern einschätzt, sitzt am Ende des Saales nur eine einsame schöne junge Frau. Irgendwie scheint es Micha, daß sie nicht hierher gehört. In Belgrad ist es nicht üblich, daß Frauen allein in einem öffentlichen Lokal sitzen und Zeitschriften lesen. Und obwohl sie auffällig attraktiv und ein wenig überbetont grell gekleidet ist, wirkt sie auf den erfahrenen Detektiv nicht wie eine gewöhnliche Prostituierte.

Mit den Damen dieses Gewerbes hat er früher als Inspektor des politischen Geheimdienstes manchmal zu tun gehabt, er hat solche Mädchen als Lockvögel eingesetzt, wenn man über naive ausländische Diplomaten oder andere Persönlichkeiten mit Hilfe von Erpressung etwas erfahren wollte. Das endete nicht immer erfolgreich. Eine besondere Schlappe hatte Micha erlitten, als er die Praktiken eines polnischen Botschaftsrates mit einer Hure fotografieren und filmen ließ und sie dem betroffenen Mann mit der Absicht zeigte ihn anzuwerben. Der aber war nur im ersten Augenblick bestürzt:

»Sie sind an den Falschen geraten, mein Lieber. Gleich nach unserem Gespräch erzähle ich alles meinem Botschafter und meiner Frau. Einen kleinen Seitensprung wird mir mein Ministerium sicher verzeihen, ich hoffe, meine Gattin ebenfalls. Und die Bilder, die ja ganz gut geraten sind, können Sie behalten und sich bei Ihrem Studium einen herunterholen!«

Der Mann wurde versetzt, die Botschaft dadurch auf unangenehme Weise gewarnt. Der Botschafter beschwerte sich im Außenministerium, und Micha erhielt eine der wenigen Rügen seiner langen Dienstzeit.

Mit dem natürlichen Instinkt jeder schönen Frau hat Lara sofort bemerkt, daß sie betrachtet wird. Nicht zu plötzlich hebt sie den Blick und schaut Micha voll ins Gesicht.

Der Detektiv scheucht seinen Neffen und dessen Freundin weg.

»Geht jetzt schön ins Büro und stürzt euch auf die Suche im Computer. Ihr wißt schon: Was ist los auf dem Kunstmarkt? Wollt ihr ein Taxi nehmen? Ihr findet auch zu Fuß hin? Fein... Ich weiß nicht, wann ich kommen kann, ich rufe später an. Sagt das der Sekretärin. Sie soll euch Kaffee kochen, wenn ihr wollt. Notfalls kann sie mich per Handy erreichen. Du kannst gerne auch zu Hause bei deinen Eltern anrufen, Isi, die sollen sich keine Sorgen machen...«

»Tun sie nicht!« wirft Isi ein, aber Micha spricht weiter:

»Hier muß ich noch einiges erledigen und dann ins Stadtzentrum fahren...«

Nachdem sie weg sind, zahlt er. Die Frau in der Ecke hat sich kaum bewegt, sie blättert auch weiter in den Zeitschriften, liest aber nicht. Der Detektiv stellt mit einem Seitenblick fest, es sind hiesige Journale, das erkennt er auch aus der Ferne. Sie schaut sich nur die Bilder an. Wahrscheinlich versteht sie die Sprache nicht, also eine Ausländerin? Langsam geht er in Richtung Hotelhalle, bleibt wie zufällig vor ihrem Tisch stehen, schaut sie voll an und fragt auf Englisch:

»Darf ich mich zu ihnen setzen?«

»Natürlich nicht!« antwortet die Frau, erwidert seinen Blick jedoch auf eine Weise die nicht mit der strengen Abweisung korrespondiert. Micha verneigt sich nur kurz und geht. Irgendwie fühlt er, daß sie ihm nachschaut. Er hat erreicht, was er wollte, obwohl sie nur zwei Worte gesagt hat, hat er an ihrem Akzent erkannt, daß sie Russin ist. Er fragt nach ihr an der Rezeption. Man kennt ihn natürlich und ist auskunftsbereit. Ihre Rechnungen bezahlt Herr Malić.

»Sie wissen doch, er unterhält hier ein Büro und auch sonst...«

»Das weiß ich...« Micha zieht die Augenbrauen hoch. Er weiß bereits, daß Aki das Motel »Zum Heiligen Nikolaus dem Seefahrer« übernommen hat. Ob es da Querverbindungen gibt? Doch ein Flittchen, aber von höherem Niveau? Aber warum setzt er sie ausgerechnet hier ein? Das wird man erfahren können. Er erinnert sich, daß ihm Petrović von der Kriminalpolizei noch einen Gefallen schuldig ist. Mit ihm verabredet er sich für den späten Nachmittag.

Der Portier erzählt weiter, die Dame werde regelmäßig von einem seltsamen Kauz in ihrem Zimmer oben besucht. Ja, natürlich, manchmal bliebe er die ganze Nacht. Man hat sie auch zu dritt gesehen, diesen kleinen Dicken, Aki und die Frau, die als Larissa Lermontow eingetragen ist. Ausgerechnet Lermontow, ein logischeres Pseudonym als den Dichternamen haben die nicht gefunden, denkt Micha. Wer der Dritte ist? Das wird sich auch leicht erfahren lassen.

Micha kommt schon nach einer halben Stunde auf die Person von Ivan Perin, genannt Lala, wissenschaftlicher Mitarbeiter des Atominstituts in Vinča. Das wird ja immer interessanter. Selbstverständlich hatte der alte Geheimdienst seine Leute im Nuklearbetrieb und die Detektei noch Verbindung zu einem von ihnen. Kurz nach Mittag trifft sich Micha mit seinem früheren Mitarbeiter im Kaffee des Hotels »Majestic« im Stadtzentrum.

Wie geht es? Kein Geld für seriöse Forschung? Alle besseren jüngeren Kollegen wandern ab.

»Perin auch?«

»Der interessiert dich? Warum sagst du das nicht gleich? Nein, ich glaube eigentlich nicht, daß der vorhat auszuwandern, obwohl er gut ist. Aber er kann sich sicher nicht vorstellen weit weg vom Vaterhaus zu leben, er bleibt uns erhalten. Will eine ausländische Universität etwas von ihm wissen?«

Michas Detektei besorgt auch solche Auskünfte, das ist bekannt.

»So etwas ähnliches...«

»Vergebliche Liebesmühe! Die sollen lieber mich nehmen. Ich glaube, der Perin kann sich nicht vorstellen fern von hausgeschlachteten Platten, Grammeln und gemästeten Gänsen zu leben. Verrückt ist er sowieso...«

»In welcher Hinsicht?«

»Er tut schrecklich geheimnisvoll, aber jedermann bei uns weiß, daß er alles durchkramt, was unser erster Chef, Professor Pavle Savić, seinerzeit über nuklearen Sprengstoff und Plutoniumaufarbeitung geforscht hat. Vor einigen Jahren wollte er dem Verteidigungsministerium eine Erfindung andrehen, die in Richtung Todesstrahlen führen sollte, irgendwie auf den Spuren von Nikola Tesla. Alles so schrecklich geheimnisvoll, daß das ganze Institut hinter dem Fäustchen darüber gelacht hat. Natürlich wurde er abgewimmelt!«

»Natürlich?«

»Milošević hatte doch keine Zeit für Forschungen. Der würde, wie einer seiner politischen Freunde offen gesagt hat, seinen Feinden lieber die Augen mit rostigen Löffeln ausstechen, der hatte keine Phantasie, keinen Sinn für eine Kombination von Nuklearbomben und Strahlenexperimenten...«

Micha lenkt das Gespräch auf andere Bahnen. Was er erfahren hat, genügt ihm vollauf.

Dann endlich trifft er sich mit seinem Kollegen von der Kriminalpolizei. Die Recherchen sind in Serbien immer viel zu umständlich, man hat sich gewöhnt solche Gespräche in Cafés und Restaurants zu führen. Nach dem Krieg hatte der Geheimdienst eigene kleine Appartements in denen man sich diskret treffen konnte, sogenannte Garconnieren. Damals herrschte Wohnungsnot in der Hauptstadt. Mehr noch als Treffpunkte für Agenten brauchte man Liebesnester. Junge Männer in Belgrad freundeten sich möglichst auch schon deshalb mit irgendeinem Agenten an, der Zugang zu solchen Wohnungen hatte, um Schlüssel für ihr Triebleben auszuleihen. Als die Führung des Geheimdienstes begriff, daß Sex wichtiger war als geheime Nachrichten zu erfahren, wurden auch diese speziellen Wohnungen abgeschafft, und das kostete jetzt mehr Geld für Spesen, schlimmer noch, forderte mehr Zeit. Es war nun einmal Sitte immer erst über Sport und sonstige Hobbys, das Wohlergehen, Gesundheit, Familie, die Schwiegermutter und die Schulzeugnisse des mißratenen Sohnes, kleine Krankheiten, über das Wetter und sonstiges zu sprechen, bevor man zur Sache kam.

So wurde es schon Abend bis Micha alles erfahren hatte, was er brauchte um sich etwas Abgerundetes zusammenzureimen. Aki hatte also Lara aus dem Motel »Zum Heiligen Nikolaus dem Seefahrer« übernommen. Seine Leute waren sie abholen gekommen, und gleich danach flog Boss Bole mit seinem Luxusschlitten in die Luft. Die Polizei tat die Sache als Abrechnung unter kriminellen Banden ab und ging ihr nicht weiter ernsthaft nach.

»Warum verhaften Sie diesen Achilles Malić, diesen Aki nicht?« fragt der ehemalige Geheimdienstler den aktiven Kriminalbeamten. »Genügt es nicht, daß er jetzt dieses Bordell unterhält?«

»Wir haben keine Beweise, Herr Kollege, es geht doch immer um die Beweise! In der Gemeinde Grocka ist alles geordnet, als hätte die Familie das Anwesen schon vorher verkauft. Die Witwe hat nichts unternommen, entweder hat sie genug Geld bekommen, oder sie hat einfach Angst, weil man sie und die Kinder bedroht hat. Wir können annehmen, daß jemand in der Gemeinde geschmiert worden ist. Man müßte eine Menge Leute einsetzen um zu beobachten, wer aus der Administration viel mehr Geld ausgibt, als er legal verdient, aber die habe ich nicht, und am Ende käme vielleicht nur heraus, daß zwei Papiere umdatiert sind. Dann könnten wir beim Handelsgericht klagen und jahrelang warten, bis die Angelegenheit an die Reihe kommt, und herauskommen würde am Ende bestenfalls ein Vergehen, nicht einmal eine Straftat. Es gibt, weiß Gott, wichtigere Fälle, die wir nicht imstande sind zu lösen«.

»Und seine Rolle im Krieg? Ist er nicht danach reich geworden und hat an Einfluß gewonnen?«

»Nicht nur er. Aber es ist schon auffällig, was Sie da ansprechen, und das habe ich natürlich längst festgestellt. Es ist nie eine Anklage gegen ihn erhoben worden, es gibt nicht einmal ein konkretes Gerücht, daß er persönlich wo auch immer, an Mord oder Raub teilgenommen hat. Im internationalen Kriegsverbrechertribunal in Den Haag ist er weder angeklagt noch wird er als Zeuge gesucht. Niemand ist bereit gegen ihn auszusagen...«

»Dann hat er entweder viel Glück gehabt, oder er ist sehr geschickt!«

»Oder beides, Herr Kollege«.

»Für Sie muß es frustrierend sein, so hilflos Verbrechern gegenüber zu stehen!«

»Wem sagen Sie das? Aber das hier ist eben kein amerikanischer Film, sondern die serbische Wirklichkeit! Malić ist jedenfalls eine ungewöhnliche Persönlichkeit. Er kommt aus einer gutbürgerlichen Familie, sein Vater war Professor für Altphilologie, und er selbst prahlt damit, tut so, als sei er belesen und gebildet, kauft oft Bücher, keine Krimis, sondern seriöse Literatur, sein Sohn nimmt Privatstunden nicht nur in Englisch, sogar in Lateinisch, der soll wohl so etwas werden, wie sein Großvater. Ein schillernder Vogel, unser Aki.«

In der Nacht nach dem Tod von Goran sind sich Micha und Petrović mißtrauisch, kritisch, fast feindlich gegenüber gestanden. Jetzt finden sie einander sympathisch ohne große Worte sagen zu müssen.

Am späten Abend zu Hause versucht Micha sich die Neuigkeiten in Ruhe zusammenzureimen. Das alles kann kein reiner Zufall sein. Aki, Atominstitut, ein Gelehrter, der überspannt oder genial ist, die Russin? Zu viele Rätsel bleiben ungelöst. Warum zahlt ein früherer Berufsmörder und heutiger Zuhälter und Schmuggler großen Stils, eine Figur wie Aki, für einen seltsamen Professor eine teure Mätresse? Was verbindet diese beiden so gegensätzlichen Typen? Man muß ernsthaft nachforschen. Umso mehr, als diese Frau den Detektiv ohne Rücksicht darauf aufregt, ob andere Spuren zu ihr hin oder von ihr wegführen.

Zufall oder Liebe auf den ersten Blick? Er fragt sich, ob er auf seine alten Tage vor Gott und der Welt reichlich komisch geworden ist? Jedenfalls wird er bis in die Nacht hinein Klavier spielen. Holprig, aber heute abend Schumann! Und er trinkt dazu einen Kognak nach dem anderen.

20.

Der Dezember ist in Israel oft verregnet. All das Wasser, das sich hinter dem blauen Vorwand, der sich hier Himmel nennt, in den letzten neun Monaten angesammelt hat, scheint auf einmal auf das durstige, nur von Rinnsalen künstlicher Kanalnetze belebte, Heilige Land herunterzufallen. In Jerusalem naht in den Kultstätten der Christen Weihnachten. Eine bedeutende Zeit für die arabischen Kaufleute, die sich auf die frommen Pilger freuen, eine jedenfalls wichtige Zeit für die jüdischen Hoteliers und Polizisten; die einen, weil man verdienen wird, die anderen fluchen wegen verlängertem Dienst und Sorge um Sicherheit.

Nur wenige Israelis, denen es nicht gelungen ist die alten Gewohnheiten abzulegen, holen die sonst überflüssigen Regenschirme und Mäntel aus der Tiefe des Kleiderschrankes. Der schreckliche Wind stülpt Parapluies um oder läßt sie in die Gesichter knallen, als seien sie Waffen palästinensischer Attentäter. Trotzdem bietet an jeder Ecke je ein naiver Inder die billigsten Regenschirme der Welt an, weil er irgendwo gehört hat, die Juden seien feine Leute und brauchten diese Dinge. Die meisten Menschen jedoch rennen barhaupt und überglücklich durch aufspritzende Pfützen, laufen in Turnschuhen und wie zum Trotz in T-Shirts durch den Regenguß und freuen sich, durchnäßt und mit blau gewordenen Lippen, zitternd des Lebens. An einem einzigen Tag können über 70 Zentimeter Wasser pro Quadratmeter fallen. Es kommt begleitet von Donnerschlägen nicht nur von oben, sondern von überall her, man meint, es sprudle auch aus der Erde; überschwemmt werden nicht nur die Marktplätze, es schwappt sogar in niedrig liegende Ladengeschäfte, aber man segnet den Herrn dafür. Wasser ist Leben. Es wird in großen Zisternen gesammelt und muß später das ganze Jahr über reichen. Und das tut es auch.

»Was gibt es Neues?« fragt Michael Goldmann seinen alten Freund David Ariel. Sie haben sich lange nicht gesehen. Goldmann ist seit kurzem offizieller Vertreter einer Consultingfirma, ausgerechnet aus Santa Fe, New Mexico, und nach Jahren wieder nach Tel Aviv gekommen, sagt aber gleich, er überlege nach Netanya umzuziehen. Er befindet sich nicht zum ersten Mal dienstlich im Land seiner fernen

Vorfahren. Vor mehr als einem Jahrzehnt hat er als Erster Sekretär in der Botschaft der Vereinigten Staaten gedient und war damals unter anderem für die Verbindungen der Polizei mit den Geheimdiensten verantwortlich. Die Bekanntschaft der beiden etwa gleichaltrigen Herren datiert aus jener Zeit, ihre Beziehung hat sich, nachdem Mister Goldmann wieder aufgetaucht ist, nicht wesentlich verändert, obwohl sie sich jetzt »Zivilisten« nennen. Wie es so schön heißt, ein altes Schlachtroß bläht nun einmal die Nüstern wenn die Trompete ruft, und im Nahen Osten hört man die Fanfaren eigentlich immer.

»Was soll es schon Neues geben? Jünger wird man ja nicht. Leider«.

»Na hör mal! Du darfst doch nicht klagen. Wenn man so aussieht wie du! Wie machst du das eigentlich?«

»Man bemüht sich«.

»Und was ist aus deiner hübschen kleinen Tochter geworden?«

»Eine ausgewachsene Soldatin. Sie absolviert gerade ihren Militärdienst«.

»Aber schön ist sie sicher noch?«

Komm doch endlich zur Sache, Mensch, denkt David. Für dieses Geschwätz hast du mich sicher nicht zum Mittagessen eingeladen.

Der Amerikaner hatte darauf bestanden, daß sie sich in einem arabischen Gasthaus am Stadtrand treffen, das angeblich gerade in Mode ist. Er hat am Telefon behauptet, dort wäre das Essen besser als in den meisten Restaurants der Hauptstadt. Übel sind die zarten Lammkoteletts und das knackige frische Gemüse nicht, aber man führt keinen Alkohol, sodaß die beiden Eiswasser mit Minze trinken müssen.

»Und wie gehen die Geschäfte?«

»Klagen kann ich nicht. Für unsere bescheidenen Verhältnisse ist meine Rente ja ganz gut, und in unserem Alter...«

»Die Provision für die Auffindung des brasilianischen Diamanten, den man diesem Japaner gestohlen hat, darf auch nicht schlecht gewesen sein...«

David zuckt die Achseln. Verwunderlich ist es nicht, daß ein alter amerikanischer Geheimagent darüber etwas erfahren konnte, der Endspurt der Angelegenheit war über Interpol gelaufen, demzufolge nie ein Mysterium. Dann läßt der Gastgeber endlich die erste Katze aus dem Sack.

»Und wie geht es deinem serbischen Freund, dem Herrn Micha Boch?«

»Wir haben uns gerade vorige Woche in Wien getroffen...«

Ariel beobachtet Goldmanns Gesichtszüge scharf, um festzustellen ob er das schon wußte, aber der gibt es ohne weiteres offen zu:

»Das weiß ich. Wir haben ihn beschattet!«

»Danke für die Offenheit. Dann weißt du wohl, daß er gut aussieht. Und er behauptet, daß es ihm gut geht. Es ist freilich ein Elend mit diesem Land. Allerdings, wo ist alles in Ordnung?«

»Nirgendwo, mein Lieber, leider nirgendwo. Der Balkan, ihr hier und eure Palästinenser, und bei uns, ebenfalls Terroristen, Hurrikan... Man mag ja vieles was die Administration Bush tut für übertrieben halten, aber unsere Bürger haben einfach Angst vor einem neuen elften September und deshalb dem Präsidenten volles Vertrauen geschenkt...«

Ja, ja, denkt David, du bist augenscheinlich doch noch Beamter und kein privater Geschäftsmann, du darfst deine Regierung nicht kritisieren, korrigiert dann aber seine eigenen Gedanken, weil er vor einem Fremden, und der Mann ist ja ein Fremder, auch wenn er Jude ist, auch nicht so über Sharon herziehen würde, wie vor seinen eigenen Leuten.

»Und was den Balkan angeht...« setzt Mister Goldmann fort. »Deine alten Verbindungen mit Herrn Boch funktionieren also nach wie vor?«

»Wenn etwas auftaucht, was wir gemeinsam besser angehen können, nehmen wir Kontakt auf, observieren, manchmal gelingt es uns gewisse Fälle zu lösen. Er hat eine, in seinem Land normal registrierte Privatdetektei, aber das weißt du sicher«.

»Hat er auch Kontakt zu seinem früheren Dienst?«

»Das weiß ich nicht. Darüber haben wir nie miteinander gesprochen. Tun wir beide ja auch nicht...«

»Natürlich nicht. Darauf wollte ich nicht kommen. Was Herrn Boch angeht, könnten wir einiges auch zu dritt versuchen...«

»Ich gebe dir gerne Bochs elektronische Adresse und seine Telefonnummern. Wenn deine Leute etwas über die Bonität dortiger Firmen oder die fachliche Qualifikation dortiger Personen erfahren wollen, glaube ich wirklich nicht, daß ihr auf der legalen Schiene jemand besseren finden könnt«.

»Hast du persönlich Vertrauen zu ihm?«

David Ariel überlegt. Tatsächlich, wem kann man heutzutage vertrauen? Er würde nicht offen sagen, daß ihm Boch näher steht als Goldmann. Israel und die USA sind Verbündete, aber hier geht es nicht um staatliche, sondern um menschliche Beziehungen. Weiß der Himmel, vielleicht haben sogar Düfte, die wir bewußt gar nicht registrieren können, Einfluß darauf wen wir sympathisch finden, wen nicht. Boch mag er, Goldmann kann er eigentlich nicht riechen. Aber darf man Sympathie mit Vertrauen gleichsetzen?

»Im Rahmen unserer Zusammenarbeit hat er mich nie enttäuscht, und insofern habe ich in ihn natürlich volles Vertrauen, sonst würde ich doch nicht weiter mit ihm zusammenarbeiten...«

»Du weichst aus!« Der Ton wird etwas unfreundlicher.

»Habe ich nicht nötig. Ich stehe auf meinem Terrain. Wer glaubt, daß ich ihm im Wege stehe, muß selber ausweichen und einen Kreis um mich herum machen!«

»Du wirst doch nicht gleich empfindlich und beleidigt sein auf unsere alten Tage!« Goldmann erwischt Ariels Hand auf dem Tisch, bevor er sie entziehen kann und drückt sie freundlich. »Wir wollten noch einen Tee bestellen, die hier machen ihn richtig... Und du beteiligst dich an unserer Sache, wie schon früher dann und wann...« Schon winkt er dem arabischen Kellner.

»Tee ist immer gut«, sagt auch David Ariel friedlicher und fragt sich, wie es diesem dummen amerikanischen Juden gelungen ist, ihn aus dem Gleichgewicht zu bringen. Man muß jedes Angebot in aller Ruhe anhören bevor man es eventuell ablehnt. »Geht es eigentlich um deine neue Firma aus Santa Fe, oder um die alte in Langley?«

»Firma ist Firma«. Das ist wenigstens ehrlich. David unterdrückt die Frage, warum der Mann dann nicht gleich Langley auf seine Visitenkarte drucken ließ, sondern dieses Santa Fe. Er wird wohl auch anderes einzufädeln haben.

»Willst du mir nicht endlich reinen Wein einschenken?«

»Wein trinkt man doch in keiner arabischen Gaststätte, da hätte der Prophet etwas dagegen«, versucht es der Amerikaner mit einem

Witz, aber da David nicht lacht, fährt er fort. »Nun, da wir keine braven Moslems sind, will ich dann... Diskret wie immer, nicht wahr?«

»Davon kannst du natürlich ausgehen!«

»Also, ist Stalins Säbel schon angekommen?«

Das ist nun doch eine Überraschung.

»Nicht daß ich wüßte. Wie kommst du darauf?«

»Alles verstehen wir auch noch nicht. Zumindest ich nicht. Was ich weiß, ist allein, daß bei uns die Sache die allerhöchste Dringlichkeit hat, und daß ich weder Mühe noch Kosten scheuen soll«.

»Moment! Ich will dich nicht fragen, woher ihr von der Angelegenheit erfahren habt. Eure Quellen darfst du nicht direkt preisgeben, und du persönlich brauchst sie nicht einmal zu kennen. Ich noch viel weniger. Aber früher oder später müßt ihr mir schon mehr sagen, wenn wir zusammenarbeiten sollen, sonst tappe ich im Dunkeln und verliere zu viel Zeit. Was ich nicht verstehe, ist, wieso soll der Raub eines Artefakts aus dem Nachlaß von Marschall Tito für die Agency so wichtig sein? Um euch trotzdem gleich entgegen zu kommen, kann ich nur sagen, daß Herr Boch und ich davon ausgehen, daß es sich um ein Raubstück handelt, für das sich ein saudischer Prinz interessiert«.

»Der junge Mahdi al Chalid ben Fahd?«

»So ist es«.

»Mehr wißt ihr wirklich nicht?«

»Nein!«

»Auch nicht, daß der Prinz ein Verwandter der Familie Bin Laden ist? Mehr als ein Verwandter, verwandt ist dort jeder mit jedem, er ist ein Freund der Leute«.

Die alten ehemaligen Topagenten beobachten einander mißtrauisch. Ariel ist bemüht zu verbergen, daß er nun doch verblüfft ist. Verblüfft? Richtig entgeistert. Goldmann stellt das stillschweigend zufrieden fest und lenkt ein, man wolle sich darüber etwas später weiter unterhalten.

Sie trinken ihren Tee aus und sprechen über das Wetter. Bald würde Wasser wichtiger werden als Erdöl heutzutage, die nächsten großen Kriege würde man wegen Wasser führen müssen. Beide wissen jedoch, daß das jetzt gewiß nicht auf ihrer Tagesordnung steht und sie beide wahrscheinlich nicht mehr an diesen Waffenzügen teilnehmen werden. David Ariel muß sich in Geduld üben. Das hat er in seinem Gewerbe gelernt. Wenn der Mann etwas will, wird er schon noch mit etwas mehr herausrücken müssen.

Michael Goldmann zahlt. David bemerkt, daß er sich keine Rechnung geben läßt. Das bedeutet, daß er nicht einzeln abrechnen muß, sondern eine beträchtliche Spesensumme generell bewilligt bekommen hat.

Draußen gießt es in Strömen.

»Regen im Heiligem Land!« stellt der Amerikaner fest, begleitet seinen Gast trotzdem höflich bis zu dessen Wagen und sagt erst hier:

»Uns interessiert nicht so sehr der Säbel, sondern was möglicherweise in seinem Griff stecken könnte!«

21.

Achilles Malić, genannt Aki, war der einzige Sohn eines Professors für Altgriechisch und Latein in Belgrad. Als Student der Altphilologie hatte sich der Herr Papa am Anfang der deutschen Besatzungszeit als feuriger Patriot an Protesten gegen die neuen Herren und die serbische Administration, die von ihr eingesetzt war, beteiligt und wurde in das Konzentrationslager Banjica eingewiesen. Das hätte ihm nach der Befreiung von Vorteil sein können, aber er wollte um keinen Preis in die Kommunistische Partei eintreten. Er war ein Trotzkopf und verwechselte manchmal seine Hartnäckigkeit mit dem, was er griechische Ethik nannte. Deshalb blieb er einfacher Mittelschullehrer. Seinen einzigen Sohn, den er erst als Vierzigjähriger zeugte, versuchte er spartanisch zu erziehen, was in der Praxis bedeutete, daß er ihn nicht mit anderen Kindern spielen lassen, sondern zur Lektüre schwieriger Bücher zwingen wollte und bei jedem Anlaß wild verprügelte. Akis Mutter starb, als er zehn war, damit verlor er den letzten Schutz vor der gutgemeinten Brutalität des Vaters. Deshalb floh der aufgeweckte Bursche schon mit sechzehn Jahren aus dem Elternhaus, wurde von der Polizei erwischt und zurückgebracht. Er ließ sich nicht mehr bedrohen, sondern sagte:

»Wenn du mich nur anrührst Papa, bringe ich dich um!«

Nachdem er festgestellt hatte, daß er keine Lust empfand, sich mit dem Abitur abzuplagen, brannte er wieder durch.

Als Kind dachte er nicht darüber nach, daß Vornamen aus der griechischen Mythologie in Serbien sehr selten sind. Auch daß er seinen blöden griechischen Namen einem großen Helden der alten Sage zu verdanken hatte, kam ihm erst später zum Bewußtsein. Sein Nachname Malić bedeutet auf Serbisch *der Kleine*. Er war demzufolge Achilles der Kleine, und das ärgerte ihn, damit konnte er sich nie abfinden, es war ein Grund mehr, seinen Erzeuger zu hassen. Die beiden versöhnten sich nie. Professor Malić starb an einem Herzinfarkt als sein einziger Sohn in Italien war.

Nach mehreren Jahren, die er in Norwegen, Deutschland, Belgien und der Sowjetunion verbrachte, kehrte er ohne ein kriminelles Dossier in die Heimat zurück. Nicht nur er, manche andere Kleinverbrecher wurden damals vom jugoslawischen Geheimdienst benützt und deshalb mit entsprechenden Privilegien belohnt. Dank seiner Sprachgewandtheit und Geschicklichkeit, und weil er so geheimnisvoll tun konnte, erwarb er sich allmählich in dem entsprechenden Milieu eine gewisse Autorität, die mit der Zeit immer mehr wuchs.

Die ererbte Bibliothek mit vielen Büchern in mehreren Sprachen, auch in Altgriechisch und Latein, rührte er nur insofern an, als er ab und zu ein schön eingebundenes Buch aus dem Regal holte und darin blätterte, später einmal würd er versuchen sie ernsthaft zu studieren. Er ließ sich, als er schon einen gewissen verdächtigen Ruhm erworben und für Sensationsblätter interessant geworden war, gerne vor der Bibliothek fotografieren. Dadurch unterschied er sich von den schillernden Kapos, die als nationale Helden aus den von Serbien inspirierten Kämpfen an der Spitze von Banden und paramilitärischen Einheiten hervorgingen.

Deutsch, Englisch, Russisch, ein wenig Französisch und Italienisch hatte Aki während seiner Aufenthalte in aller Welt erlernt. Das Sprachtalent hatte er augenscheinlich vom Vater geerbt. Er verfügte über einen geringen Wortschatz in der jeweiligen Sprache, aber ein perfektes Gehör, man merkte nicht sofort, daß er sich eigentlich in keiner, nicht einmal in seiner Muttersprache, wirklich gut ausdrücken konnte, es gelang ihm jedoch meist genau das zu sagen, was er wollte, vor allem, weil er sich seiner Schwächen durchaus bewußt war. Bei den serbischen kriminellen Banden galt er als der Intellektuelle. Deshalb ließ man ihn manchmal Streitereien schlichten, wenn man sich wegen der Aufteilung der Beute oder des Reviers in die Haare geriet und sich nicht sofort gegenseitig umbringen wollte.

Als die ersten Kämpfe in Kroatien begannen, besann er sich darauf, daß er den Namen eines der größten Helden der Mythologie trug und setzte die Maske eines serbischen Patrioten auf. So wurde er Kommandeur einer paramilitärischen Truppe, und weil sie einigen Erfolg aufzuweisen hatte und er sich vor Kameras gut verkaufen konnte, hielt man ihn für einen Strategen. Nachdem sich in Serbien andere Führer der Gangs gegenseitig ermordet hatten, wobei es ihm gelang, sich herauszuhalten, wurde er zu einem der führenden Köpfe der serbischen Unterwelt, ohne daß ihm persönlich je ein Verbrechen nachgewiesen worden war. Jedermann im Lande wußte, daß er in Rauschgiftgeschäfte, Tabak- und Benzinschmuggel, Menschenhandel, Wettbüros, Kidnapping und Erpressungen involviert war, aber »jedermann« bedeutet oft »niemand konkret«.

Lala erwies er die Ehre, ihn zu sich nach Hause einzuladen. Sonst ließ er fast niemanden in seinen privaten Bereich eindringen. Er hatte neben der ererbten Dreizimmerwohnung, die mit den Büchern und kleinen antiken Skulpturen seines Vaters vollgestopft war, eine zweite auf der selben Etage gekauft. Dort wohnten sein Sohn und seine Frau, ehemaliges Mitglied der Handballnationalmannschaft der Damen. In einem relativ verwahrlosten Haus so bescheiden zu hausen war für Typen wie ihn eine Seltenheit. Seine Leibwächter lungerten Tag und Nacht im Treppenhaus und auf der Straße herum und beneideten ihre Kollegen, die vor prächtigen Villen Wache schoben. Allerdings wohnte auch der frühere Präsident Jugoslawiens und spätere Ministerpräsident Serbiens, Vojislav Koštunica, in einem fünfstöckigen Miethaus in einer noch kleineren Wohnung und bereitete damit seinen Beschützern und den Nachbarn viel Ungemach.

Der junge Wissenschaftler war überrascht, als er die Bibliothek sah:

»Sie sind ja ein Intellektueller!«

»Gott behüte! Setz dich doch! Und laß endlich das blöde Siezen, das habe ich dir schon tausendmal gesagt, mich siezt niemand!«

Mag sein, diese Einladung war ein erstes Zeichen der Schwäche. Der Wunsch zu imponieren war einfach größer, als die Vorsicht, die Aki walten ließ. Er wurde auch sonst fahrlässig, oder er hatte sich zu sehr auf die eine Sache, die ihm jetzt so riesengroß schien, auf Lala konzentriert. Auch bei Lara ließ er die Zügel ein wenig schleifen, er war sich ihrer sicher, ging davon aus, daß sie keine Papiere hatte, dem zufolge nur in der Stadt eine bestimmte Bewegungsfreiheit besaß. Sein Versprechen, ihr einen Reisepaß zu verschaffen, erneuerte er immer wieder, ließ es aber in der Luft schweben. Finanziell war sie ganz von ihm abhängig und außerdem anscheinend in ihn verliebt. Sie war der Köder am Haken an dem Lala zappelte.

Sowohl Aki, als auch Micha wollten, ein jeder aus seinen eigenen Gründen, daß sich Lara und Isi kennenlernten und womöglich anfreundeten. Sie setzten die beiden hübschen jungen Frauen gleichzeitig jeweils auf die andere an. Im Hotel »Jugoslavija« waren Kellner, Portiers und die ordinäreren Prostituierten, die hier auf Freier warteten, sowohl dem Detektiv, als auch dem Bandenchef gegenüber gleichermaßen redefreudig. Bald wußten Micha und Aki viel voneinander, aber natürlich auch, daß es der andere wußte.

Belgrad ist zwar im Laufe der letzten Jahrzehnte auf den ersten Blick eine wahre Metropole geworden, hat jedoch so manche Eigenschaften einer kleinen Stadt behalten, in der jeder jeden kennt. Direkt hatten sich die Wege Michas und Akis bisher noch nicht gekreuzt. Die finsteren Geschäfte, in die der jüngere verwickelt war, gehörten nicht zum Bereich, für den Micha Boch von seinen Klienten bezahlt wurde, andererseits hatte Achilles Malić weder einen Grund sich vor einer privaten Detektei zu fürchten noch mit ihr zu kokettieren.

Der Unterschied zwischen den beiden Männern war nicht nur, daß Micha fünfzehn Jahre älter war und sich für einen »good boy« hielt, während Aki Gut und Böse überhaupt nicht unterscheiden wollte, sondern nur »unnütz« und »nützlich. Micha hatte ein schlechtes Gewissen, weil er die kleine Österreicherin und Freundin seines Neffen ein wenig als Kundschafterin mißbrauchte. Für die Russin interessierte er sich auch als Mann. Daß sie entscheidend in die Affäre verwickelt sein würde, die vor ihm stand, wußte er nicht von Anfang an. Wieder nur ein Zufall? Aki hatte zwei Gründe, eine Annäherung zwischen Lara und Isi zu befürworten. Erstens sollte Lara eine Freundin haben, möglichst aber keine, die sich in Serbien und Belgrad gut auskannte, zweitens wollte er wissen, warum Micha so oft im Hotel »Jugoslavija« war, das er für sein Gebiet hielt.

Micha, Sascha und Isi frühstückten immer öfter im »Jugoslavija«. Obwohl er viele Jahre sein eigenes Morgenritual mit Gymnastik, Klaviermusik und Toast gepflegt hatte, opferte der Detektiv die alte Gewohnheit für die Annehmlichkeit mit jungen Leuten zusammen zu sein. Er selbst lachte selten, war aber gerne in fröhlicher Gesellschaft. Erst jetzt kam ihm allmählich zum Bewußtsein, daß er viel zu viel Zeit in seinem bisherigen Leben seinem Dienst gewidmet hatte.

Lara wohnte weiterhin und war auch tagsüber fast immer im Hotel. Natürlich wurde man aufeinander aufmerksam.

Sascha hatte inzwischen Verbindung mit Jugendfreunden im Zentrum der Stadt aufgenommen, wurde bald auch zu Preference, einem Skat ähnlichen Kartenspiel, eingeladen, bei dem nach serbischem Selbstverständnis Weiber nichts zu suchen haben. Niemals hätte er es offen zugegeben, aber er wollte ein wenig Selbständigkeit ohne die ewigen Predigten seines Onkels anhören zu müssen, ohne von seiner Freundin ständig bemuttert zu werden. Auch von seinem Standpunkt aus sollte Isi eine eigene, möglichst weibliche Gesellschaft finden.

Alles kam wie von selbst, die Mädchen lernten sich kennen und freundeten sich an. Mit den wenigen Brocken Englisch, die die Russin schon von zu Hause mitgebracht hatte und der Neugier der Wienerin, ihrem Wunsch möglichst schnell viele Worte russisch und serbisch zu lernen, kamen die jungen Damen problemlos miteinander aus. Themen hatten sie unendlich viele, die für beide neue Stadt, Menschen und Sitten hierzulande, die Männer in ihrer Umgebung, das Leben in Österreich, Rußland und Serbien, Gymnastik und Kunstgeschichte, Mode und Tratsch, kritische Bemerkungen auf Kosten aller anderen Hotelgäste, insbesondere der weiblichen, die an ihnen vorbeiflanierten und sie mit neugierigen Blicken traktierten, die sie trotzig erwiderten.

Unterschiede ziehen einander an. Lara, die sich daran gewöhnt hatte, nicht mehr Natascha zu heißen, war schon vor ihrem Abenteuer in Serbien eine relativ erfahrene Frau. Im Sport, im Turnen einen Titel zu erlangen, fordert nicht nur zum Besiegen der Geräte auf, sondern zehn und zwölfjährige Mädchen zum Kampf jede gegen alle anderen. Dazu kamen einige wilde Liebschaften, für die gelenkige Körper gerade richtig waren. Liebschaften? Es war eher eine andere Art von Gymnastik mit männlichen Partnern, auch beim Turnen gab es Adrenalinstöße, Sex reizte anders, aber doch auf eine ähnliche Art und Weise. Danach die schrecklichen Stunden und Nächte im Motel zum »Heiligen Nikolaus dem Seefahrer«, die Todesangst, als ihre Zelle schon fast zugemauert war. Lara hätte sich damit abgefunden, wenn man sie als Abenteurerin bezeichnen würde, jedenfalls wusste sie, daß sie sich in ein Vabanquespiel eingelassen hatte. Isabella hingegen, der katholische Trotzkopf aus dem gutbürgerlichen Wien, die mit keinem Mann außer dem naiven Sascha geschlafen hatte und sich fast ein wenig deswegen schämte, wäre nur zu gerne einer Heldin aus einem Abenteuerfilm ähnlich geworden.

»Wo hast du dieses hübsche Kleid gekauft?« fragt die Russin.

»Das? Das ist doch nichts Besonderes. Das weiß ich nicht mehr, irgendwo In Wien. Es war ziemlich billig...«

»Ihr aus dem Westen werdet nie verstehen, was für uns in Rußland ein anständiges neues Kleid bedeutet hat. Nie im Leben war ich so glücklich, wie mit Fünfzehn, als ich mir ein blaues mit weißen Tupfen kaufte, nachdem ich in Moskau einen Preis in meiner Klasse gewonnen hatte.

»Erzähl mir von deinen Preisen. Wie bist du überhaupt zur Gymnastik gekommen? Ich habe so viel verschiedenes probiert...«

»Das war in Perm, weißt du, meine Heimatstadt...«

»Wo ist denn das?«

Lara erzählt, Isi will mehr wissen:

»Warst du oft verliebt?« Ein wenig errötend: »Wann hast du zum ersten Mal? Und wie war es?«

»Nicht sehr aufregend. Ich hatte mehr davon erwartet...«

Der Gesprächsstoff ging den beiden jungen Frauen nie aus.

»Wer ist das?« fragt Isi an einem Abend, nachdem sich Lara von Lala verabschiedet hatte und sich zu ihr ins Foyer gesellte. »Was ist das für einer?«

»Atomwissenschaftler in einem Institut bei Belgrad, Professor für Kernphysik an der Universität Belgrad und Erfinder«.

»Er ist dein Freund?«

»Na ja... Man könnte es auch so nennen... Jedenfalls ist er bis über die Ohren verliebt in mich...«

Die beiden Frauen begannen grundlos so laut zu kichern, als seien sie noch Backfische, daß sich Hotelgäste verwundert nach ihnen umdrehten. Und als Lara zurückfragt, wer denn die beiden Herren, der ältere und der jüngere, mit denen Isi stets zusammen war, seien, erklärt sie:

»Privatdetektive!«

Ihr schien, das klinge nicht viel schlechter, als Wissenschaftler in einer geheimnisvollen Anstalt zu sein.

22.

Der Zufall entscheidet nicht nur über Liebe auf den ersten Blick, sondern auch über vieles andere, was zum Leben beiträgt, oder zum Tode führen kann. Der dicke Bauunternehmer aus tiefster serbischer Provinz, der mit einem schwarzhaarigen Mädchen aus Moldawien sein üppiges Abendmahl einnahm, hatte sicher viele hundertmal Fisch gegessen, er erstickte an einer Fischgräte jedoch im Motel »Zum Heiligen Nikolaus dem Seefahrer« gegen Mitternacht ausgerechnet, als neben ihm einige amerikanische und serbische Ingenieure, angestellt bei US-Steel in Smederevo, speisten. Sie hatten die große beleuchtete Tafel am Straßenrand zufällig gesehen und plötzlich Heißhunger verspürt. Von den Besonderheiten des Etablissements hatten sie keine Ahnung. Sie bemerkten auf einmal, daß ein Mann neben ihnen plötzlich vom Stuhl fiel, auf dem Boden lag und röchelte und riefen per Handy die Rettung an, noch bevor das Personal einschreiten und den Sterbenden wegtragen konnte.

Das Horn ertönte, auf der Straße erschien zuerst das Blaulicht der Sanitäter und gleich danach die von ihnen informierte Polizei. Zum ersten Mal wurde innerhalb des Hauses Alarm ausgelöst. Die Paare, die sich auf den Zimmern befanden, krochen durch Schrankwände, enge Flure und den Tunnel zum Donauufer, wo sie ein Motorboot, das immer in Bereitschaft stand, schnell zur Anlegestelle des benachbarten Dorfes Grocka brachte.

Der leichenblasse Pepi hatte schon einen Umschlag für den Polizeiinspektor in der Hand, aber der erschien diesmal mit einem unbekannten Kollegen und sah den Chef des Motels mit einem so abweisenden Blick an, daß er das Geldkuvert schnell in die Tasche steckte.

Der Notarzt holte zwar mit seiner Pinzette die Gräte aus dem Hals, die Wiederbelebungsversuche waren jedoch zu spät gekommen, der arme Mann hatte auch noch einen Infarkt erlitten, und man konnte nur den Herzstillstand feststellen. Der Leichnam wurde auf die Pathologie geschickt und die Begleiterin des Unglücklichen, die keinen Ausweis vorzeigen konnte, von der Polizei mitgenommen.

Pepi rief Akis Geheimnummer an und berichtete verzweifelt:

»Anastasia, weißt du, die aus Moldawien! Ich bin mir gar nicht sicher, was die aussagen wird…«

»Auf dich ist kein Verlaß, du bist und bleibst ein Rindvieh! Mit solchen Trotteln muß ich zusammenarbeiten! Haben die Polizisten andere Mädchen gesehen? Es hat keine Hausdurchsuchung gegeben? Na, dann immer mit der Ruhe. Mach Feierabend. Pietät wegen eines verstorbenen Gastes. Morgen hältst du geschlossen und hängst eine kleine Tafel an die Pforte: Trauerfall. Wenn die blöde Kuh etwas Falsches behauptet, steht Aussage gegen Aussage, und das kann ich irgendwie ausbügeln. Das bedeutet aber längst noch nicht, daß ich zufrieden mit dir bin. Übermorgen will ich dann einen ganz normalen Tag haben, es ist Freitag, der beste Tag der Woche!«

»Was hätte ich tun sollen, Chef?«

Aki wußte es auch nicht, ließ sich das jedoch nicht anmerken, sondern gab weitere Befehle:

»Bis übermorgen darf keines der Mädchen das Zimmer verlassen. Sie dürfen weder im Restaurant noch im Garten erscheinen, ist das klar? Wenn sie hungrig sind, laß ihnen etwas hinaufbringen!«

Die meisten Zeitungen brachten ausführliche Berichte über den plötzlichen Tod des Bauunternehmers, einige sogar eine Schlagzeile auf der ersten Seite. In Serbien war ausnahmsweise gerade nichts besonderes los. Natürlich schrieb man, daß es sich eigentlich um ein Bordell handelte und daß die Frau, die in der Gesellschaft des Verstorbenen war, verhaftet worden sei. Ein Sensationsblatt behauptete sogar, der Mann sei im Laufe einer Orgie ums Leben gekommen. Da das Motel geschlossen war, konnte man es nur von außen fotografieren, aber man brachte Illustrationen irgendwelcher nackter Mädchen die man von anderswo genommen hatte.

Aki ärgerte sich. Diese Art von PR hatte er sich nicht gewünscht, obwohl sie möglicherweise für den Umsatz gar nicht schlecht sein mußte. Für das Motel als Bordell werben, konnte man natürlich nicht, so aber war es auf einmal in aller Munde. Pepi hatte sich jedenfalls zu blöd für besondere Vorfälle erwiesen, also beschloß er einige Abende zu opfern um vor Ort zu entscheiden welche Art von Betrieb im Augenblick zulässig sei, welche Mädchen Vertrauen verdienten um weiter zu arbeiten, die unzuverlässigen wollte er weiterverkaufen.

Micha hatte dem Motel an der Donau bisher keine Bedeutung beigemessen. Zwar sind solche Etablissements meist recht gute Nachrichtenbörsen, aber selten über die Thematik, die ihn interessierte. Wegen Lara war er neugierig und nervös geworden. Inzwischen wußte er, daß es zwischen ihr und diesem Haus irgendeine Verbindung gegeben hatte, und er wollte die ganze Wahrheit erfahren. Zu Sascha und Isi sagte er beiläufig, daß er dieses Motel, über das die Journaille hergefallen war, nun doch etwas näher betrachten wolle.

»Nein, ihr kommt nicht mit. Zu dritt würden wir dort auffallen. Mit hübschen jungen Damen geht man doch in kein Bordell. Sascha ist zu jung, mit mir als älterem Herren ist das etwas anderes... Laßt euch für heute abend etwas einfallen. Geht doch zur Abwechslung ins Kino oder in die Oper!«

So kommt es zur direkten Begegnung zwischen Micha und Aki. Der Speisesaal ist um halb acht schon fast voll. Auf dem Parkplatz sieht man nicht nur Kennzeichen aus Belgrad und dem nahen Smederewo, sondern aus halb Serbien. Die Zeitungsberichte haben augenscheinlich viele Neugierige angezogen. Micha findet keinen besonders guten Tisch mehr, muß in der Mitte des Saales Platz nehmen, studiert noch die Speisekarte und über sie hinweg das vor allem männliche Publikum, junge Damen werden wohl später in Erscheinung treten, als Aki neben ihm auftaucht und direkt fragt:

»Darf ich Sie zu einem bequemeren, ruhigeren Platz führen und etwas auf die Rechnung des Hauses für Sie bestellen?«

Hier ist man nicht an der Front, so wie in Vukovar, wo ein jeder einen jeden geduzt hat.

»Sehr freundlich!« antwortet der Detektiv.

Ein Kellner eilt voraus und schließt einen Salon auf in dem nur vier gedeckte Tische stehen. Das Licht ist gedämpfter, als im großen Saal.

»Waren wir im Laufe des Krieges nicht schon einmal per du?« fragt Micha, dem die Höflichkeit unangenehmer ist als ein derber Umgangston.

»Weiß ich nicht mehr... Kann mich nicht erinnern, aber wie du wünschst! Eine Flasche Champagner? Heidsieck, Veuve Clicquot? Bollinger?«

»Du hast sogar Bollinger?«

»Um ehrlich zu sein, nur einige Kisten. Hat man mir empfohlen, als ich das Haus übernommen habe. Billig, aus Restbeständen. Habe dieses Zeug aber selber noch nie gekostet... Und Sie, Pardon, du?«

Micha begreift, daß dieser seltene Champagner irgendwo geraubt worden ist und so hierher gefunden hat.

»Ich auch nicht. Trotzdem, nein danke! Wenn ich schon bitten darf, dann etwas Härteres!«

»Chivas Regal?«

»Das klingt viel besser«.

»Du hast gehört!« sagt Aki zum Kellner, und nachdem sie allein geblieben sind, leise. »Visitenkarten brauchen wir wohl nicht auszutauschen?«

Schwingt da ein drohender Unterton mit? Man befindet sich auf dem Terrain des Gangsters. Micha hat keinen genauen Plan, eine Aussprache mit Aki hat er nicht vorgesehen. Eigentlich wollte er nur im allgemeinen rekognoszieren. Aber wozu? Es ist immer eine gute Taktik den anderen unsicher werden zu lassen. Also schweigt er erst einmal und wartet bis Akis Ungeduld überhandnimmt und er noch direkter wird:

»Was willst du eigentlich hier?«

»Ich habe in der Zeitung über den Unglücksfall gelesen. So bin ich auf das Lokal aufmerksam geworden. Erst einmal wollte ich feststellen, wie man hier ißt, nachdem das Puff nicht mehr vom ungeschickten Boss Bole geführt wird, aber du hast mich nicht einmal in Ruhe die Speisekarte studieren lassen«.

»Warst du schon zu Boles Zeiten hier? Nur zum Essen?«

»Hätte ich das nicht gedurft?«

Der Kellner erscheint mit der Whiskeyflasche, Soda, Eis und Gläsern, Aki kann ablenken:

»Bring gleich auch die Speisekarte. Übrigens kann ich heute Wildbret sehr empfehlen!«

Die beiden Herren prosten einander zu.

»Hast du die Absicht, deine Nase in meine Angelegenheiten zu stecken?« fragt Aki unverblümt.

»Das kommt darauf an... Eigentlich hatte ich bisher andere Prioritäten...«

»Oder hast du es nur auf die Russin abgesehen?«

Ein Faustschlag in die Magengegend. Micha fragt sich, ob er so leicht zu durchschauen ist. Kann er es nicht einmal mehr mit so einem primitiven Räuber aufnehmen?

»Was hast du denn sonst noch zu bieten, was mich interessieren könnte?«

Wenn Blicke Revolverläufe wären, wäre es jetzt ein Countdown wie in einem guten alten Western. Zum Glück kommt gerade der Kellner mit der großen, in Leder gebundenen Speisekarte zurück. Micha hat im anderen Raum als anonymer Gast eine viel einfachere bekommen, das bedeutet, es gibt mindestens zwei verschiedene... Er wirft nur einen Blick hinein:

»Rehmedaillons, so wie es hier steht, mit Knödel«.

»Eine gute Wahl. Darf es ein Rotwein von einem kleinen hiesigen Winzer sein, den ich ehrlich empfehlen kann?« Der Gangster tut als wäre er ein erfahrener Gastwirt.

»Sehr gerne!«

»Ich möchte dir etwas ganz offen sagen, Herr Boch«, beginnt Aki, nachdem der Kellner fort ist. »Früher war alles anders. Da warst du ein großes Tier im Geheimdienst und ich ein Anfänger. Wenn wir damals eng aufeinander gestoßen wären, hätte ich natürlich den Schwanz eingezogen. Aber jetzt bist du ein privater Niemand mit vielleicht zwei oder drei Verbindungen zu den guten alten Zeiten, und ich bin voll da. Und das Leben in unserem Lande ist leider Gottes keine besonders teure Ware, das weißt du...«

»Wenn ich ein Abhörgerät eingeschaltet habe, kann ich dich schon darum wegen Morddrohung anzeigen!«

»Los, versuch es doch. Ich garantiere dir, die Anzeige wird nicht behandelt. Du wirst wissen, daß sich bei den Staatsanwaltschaften und Gerichten Hunderte von Anzeigen stapeln die nun einmal nicht an die Reihe kommen«.

»Dann also Drohung auf Drohung?«

»Gescheite Menschen reden miteinander, Herr Boch...«

»Das tun wir ja gerade...«

»So ist es. Die Russin kann ich dir nicht überlassen, die brauche ich für andere Geschäfte...«

»Mit dem Herrn Professor Perin?« Das ist der Gegenschlag. Aki wollte um keinen Preis, daß jemand auf das Projekt mit den Tesla-Strahlen stößt. Ein zu großes Interesse für Lara führt zu Lala und kann gefährlich werden. Hatte sein Gegenüber eine Fährte gewittert und tat nur so, als sei er scharf auf dieses Mädchen?

»Was weißt du über Perin?«

»Was gibt es, was ich nicht wissen sollte?«

Aki beschließt einzulenken:

»Es ist nun einmal so, daß zufällig ich Herrn Perin und Fräulein Lara miteinander bekannt gemacht habe. Wenn du früher aufgetaucht wärest... Du bist bestimmt ein genauso seriöser Mensch, wie der Wissenschaftler. Meinerseits bin ich aber nur ein aufstrebender Geschäftsmann, der achtbar bleiben möchte und alte Verträge nicht grundlos annullieren kann...«

»Das verstehe ich. Die Dame hat dabei nichts zu sagen, ist nur ein Objekt, über das wir reden?«

Der Kellner erscheint mit dem Abendessen.

»Mir nur vom Wein!« befiehlt Aki.

Micha Boch zwingt sich, ruhig mit dem Essen zu beginnen, als sei er hungrig und auf die Antwort nicht besonders neugierig.

»Ich kann dir eine große Auswahl von Frauen zur Verfügung stellen...«

Der Detektiv ißt mit scheinbar bestem Appetit, nimmt dann das Weinglas in die Hand, schwenkt es fachmännisch, hebt es ans Licht, um die Farbe zu begutachten und riecht daran. Endlich trinkt er seinem Gastgeber zu und sagt ruhig:

»Gut! Ich meine natürlich den Wein. Dem Kellner könntest du beibringen, daß er uns den Stoppel zum Riechen hätte anbieten sollen, aber in so einer Spelunke am Straßenrand soll man nicht zu viel erwarten. Übrigens, wie kommst du eigentlich auf die dumme Idee, daß ich auf deine Huren angewiesen bin. So alt bin ich nun doch noch nicht«.

An diesem Abend haben die beiden Herren einander nichts mehr Wesentliches zu sagen. Aki bleibt weitere zehn Minuten am Tisch sitzen, versichert Micha noch einmal, alles gehe auf das Haus, der Detektiv dankt vielmals sowohl für Speis und Trank als auch für die angenehme Gesellschaft und das anregende Gespräch. Später weiß keiner der beiden, wer als Sieger aus diesem Wortgefecht hervorgegangen ist. Aki hat Angst, Micha könnte wegen Lara und Lala eine Spur aufnehmen und sein großes Projekt gefährden. Am besten wäre es, den Mann einfach auszuschalten, aber nach dem Mord an seinem Partner würde es zu großes Aufsehen erregen. Micha wiederum hat begriffen, daß er mit seiner dummen Verliebtheit auf etwas Großes gestoßen ist, auf eine frische Fährte, die sicher nicht nur zum Bett mit dem Hampelmann aus dem Atominstitut und der Russin führt.

»Wart ihr in der Oper?« fragt Micha am nächsten Morgen im Büro.

»Nein« sagt Isi schelmisch. »Wir sind früh nach Hause gegangen. Ins Bett!«

Ihr wißt nicht, wie glücklich ihr seid, denkt Micha, ihr habt keine Ahnung wie schön es ist unbeschwert, jung und verliebt zu sein.

23.

Die seltsame, frischgebackene Freundschaft zwischen dem eingebildeten Nachwuchswissenschaftler, Doktor Ivan Perin, genannt Lala, und dem unerwischbaren Topkriminellen Achilles Malić, genannt Aki, konnte dem serbischen militärischen Geheimdienst natürlich nicht verborgen bleiben. Oberstleutnant Marko erzählt seinem Freund, Micha Boch, daß man darüber eine Akte angelegt hat. Der Detektiv bedankt sich, gibt zu, daß er auch schon davon gehört hat und will wissen, ob es Neuigkeiten im Fall Gardistenmord gibt.

Es scheint, als beschäftigten sich die beiden Herren mehr mit dem Schnaps, den sie trinken, als mit dem Gespräch, so lustlos starren sie aneinander vorbei die weißgetünchten, schmucklosen Wände des billigen Gasthauses an, in dem sie sich wieder einmal getroffen haben. Micha hat mit jedem seiner »Geschäftsfreunde« ein anderes Stammcafé. Vielleicht tun die beiden Herren nur so, als beobachteten sie sich nicht gegenseitig, lauern aber auf den Gesichtsausdruck des anderen. Ein solches Benehmen gehört zu ihrem Geschäft.

»Prost!« sagt der Oberstleutnant, der sich fast immer in Uniform mit Ordensschnallen zeigt. Als ihn Micha einmal fragte, wieso er unbedingt in »dieser Maskerade« herumlaufe, antwortete er, er müsse nachher noch ins Ministerium, fügte jedoch hinzu:

»Aber weißt du, alles ist so sinnlos…«

»Ja, ja, wo sind unsere Ideale?«

»Ob das nur vom Altern kommt?«

»Kann sein. Aber das hilft mir auch nicht weiter. Auf dein Wohl!«

Bevor sie sich trennen, erzählt Marko, einer der berüchtigten hiesigen Bandenführer Aki Malić habe Verbindung zu zwangspensionierten Gardeoffizieren gesucht.

»Aha!« sagt Micha. »Danke. Wenn du etwas mehr darüber erfährst… Mich würde das ganz besonders interessieren. Wer weiß, vielleicht kann ich mich einmal für deine Hilfe revanchieren…«

»Keine Ursache. Plaudereien unter alten Freunden sind immer angenehm…«

Wer nie innig geliebt hat, wird die unendliche Trübsal und Hoffnungslosigkeit, nachdem eine Liebe zu Ende gegangen ist, nie kennenlernen. Wer nie im Leben zutiefst und ohne Wenn und Aber von etwas überzeugt war, fällt nicht in schlimme Depressionen, wird nie so enttäuscht sein, so ein Zyniker werden, so abgrundtief in Verzweiflung eintauchen wie der Mensch, dem sein Glauben abgekommen ist wie einem anderen sein Taschentuch, seine Brille.

Die Generäle und Obristen der jugoslawischen Armee, die in den Neunzigerjahren in Kriege gezogen waren um zu tun was man ihnen in ihren Schulen und Militärakademien beigebracht hatte, nämlich zu töten, zu toben und zu zerstören, waren vorher schon als Kinder Jungpioniere mit roten Halstüchern gewesen und zu einer unerschütterlich festen Weltanschauung erzogen worden. Die Uniform zogen sie in der Überzeugung an, ab nun zur Elite zu gehören, gut bezahlt zu werden, bevorzugt Wohnungen und Anstellungen für ihre Ehegattinnen zu bekommen, in besonderen Kasinos preiswert und trotzdem ziemlich gut essen, trinken, aber auch Musik genießen und Theatervorstellungen besuchen zu dürfen, als geachtete Mitbürger in ihren Garnisonen zu leben und, wenn sie nur gehorsam, brav und nicht zu neugierig waren, regelmäßige Beförderungen zu verzeichnen. So war nicht der mindeste Zweifel am Selbstverwaltungssozialismus und der Blockfreiheit, an Marschall Titos Güte und Weisheit, an Brüderlichkeit und Einigkeit der Völker und Minderheiten des föderativen Jugoslawiens angebracht. Und ihr Glaube war, zumindest so lange er hielt, durchaus ehrlich. Die Parolen des Staates und der Partei, deren Mitglieder sie selbstverständlich waren, wurden von ihnen mit derselben gedankenlosen Inbrunst nachgebetet, wie gute Christen ihr Vaterunser herunterleiern.

Wie ihr Staat, einem Kartenhaus gleich, auseinandergefallen oder wie in einer Reihe angeordneter Dominosteine umgestürzt war, wieso sie auf einmal nicht gegen einen abstrakten Feind, sondern gegen ihre eigenen Kameraden, die zufällig einem anderen der »brüderlichen und einigen« Völker angehörten und ihre bisherigen lieben Nachbarn kämpfen sollten, wieso sie eine Schlacht nach der anderen verloren, bekamen sie gar nicht richtig mit. Seite an Seite mit ihnen tauchten seltsame paramilitärische Formationen auf, und die Weisung lautete, mit ihnen gemeinsam zu kämpfen, sie auch noch mit eigenen Fahrzeugen und Hubschraubern zu transportieren und mit Waffen und

Munition zu versorgen. Sie erlebten nicht nur eine Niederlage nach der anderen, sondern erhielten Rückzugsbefehle selbst dann, wenn sie glaubten Aussichten auf Siege zu haben. Soeben noch als Helden gefeiert, waren sie auf einmal als Verbrecher abgestempelt. Neben ihnen wurden bisher verachtete Personen, die sie Lumpen genannt hatten, steinreich und Herren ihrer Schicksale.

Den Staat, der nach dem Zerfall des »großen Jugoslawiens« entstanden war, den jetzt die bisher Namenlosen, die sich als Demokraten bezeichneten, beherrschten, konnten und wollten sie nicht ernst nehmen. Da gab es auf einmal drei Zivilisten, die sich *Oberster Verteidigungsrat* nannten und als ihr Oberbefehlshaber auftraten, auf der anderen Seite die ungenügend verpflegten, deshalb widerspenstigen, ungehorsamen, unzähmbaren Rekruten, die jede Anordnung in Frage stellten. Außerdem wurden sie schlecht, sehr schlecht besoldet, mußten dennoch Wuchermieten bezahlen, weil Wohnungen an Offiziere nicht mehr vom Staat vergeben wurden, ihre Frauen stänkerten, und von den eigenen Kindern wurden sie verachtet. Vielen von ihnen kam es vor, als seien sie ins Bodenlose gestürzt.

Die gescheitesten, tüchtigsten, geschicktesten Offiziere legten die Uniformen ab und lernten um. Der Raketenspezialist zum Beispiel, dem es 1999 gelungen war mit einem altmodischen russischen Projektil den Stolz der amerikanischen Luftwaffe, den Tarnkappenbomber F-117 abzuschießen, verließ die Armee und gründete mit seinen erwachsenen Kindern eine prächtige Großbäckerei. Er hatte erkannt, daß auch eine Konditorei von Rechnern gelenkt werden kann, genau wie Raketen. Andere versuchten ähnliches, und manchen gelang es wieder Fuß zu fassen. Die meisten Offiziere kannten sich jedoch nur mit Waffen aus.

Titos Jugoslawien hatte Waffen und militärische Ausrüstungen für mehr als zwei Milliarden Dollar exportiert und nur die Hälfte dieser Summe für den Bedarf der Armee ausgeben müssen. Im ersten Irak-Krieg kämpften jugoslawische Panzer M-82 auf beiden Seiten, Kuwait verteidigte sich mit ihnen, Saddam Hussein benützte sie zum Angriff. Sie erwiesen sich als tadellos, wenn nicht besser, so jedenfalls nicht schlechter als die amerikanischen. Sie waren zu 90% in Jugoslawien konstruiert und fabriziert, nur für je etwa 5% ihres

Wertes waren einige Teile aus Rußland und die Optik aus den USA eingebaut.

Sowohl Rebellen, die für die Unabhängigkeit ihrer jeweiligen Heimat kämpften als auch neugegründete Staaten in Afrika und Asien, kauften in Titos Land ihr Todesgerät und ließen dazu noch ihre Experten ausbilden. Die einheimische Rüstungsindustrie wurde von der Armee direkt verwaltet. Deshalb kannte sich ein Teil der serbischen hohen Offiziere auch am Anfang des neuen Jahrtausends noch immer im Waffengeschäft gut aus; aber was verkaufen? Was auf dem Balkan billigst zu haben war, Pistolen und Maschinenpistolen, Handgranaten und einfacher Sprengstoff, wurde nicht von wohlhabenden Staaten, sondern allenfalls von Räuberbanden gebraucht, die kauften jedoch meist nicht, sie beschafften sich ihren Bedarf auf eine direktere Weise, holten sich mit Gewalt was sie benötigten. Das Jahrzehnte alte schwere Gerät hatte inzwischen nur noch Schottwert.

In der Armee machte sich Niedergeschlagenheit breit. Junge Soldaten begingen immer öfter Selbstmord, es gab aber auch viele ungeklärte Todesfälle. Offiziere waren immer häufiger als Verkäufer auf Flohmärkten zu sehen. In dieser Situation kümmerte sich nach mehr als einem halben Jahr kaum noch jemand um den seltsamen Tod der beiden Gardisten. Die Frage, ob sie einander getötet oder von irgendjemand ermordet worden waren und warum, quälte nur noch ihre Eltern.

Der pensionierte Kommandant der Garde und einige hohe Offiziere des militärischen Geheimdienstes, die ebenfalls in den Ruhestand geschickt worden waren, wollten mehr als nur Stalins Säbel an einen Prinzen aus dem Morgenland verkaufen. Noch lauschten sie erfolgreich im Land herum. Das Atominstitut in Vinča hatte schon immer zu ihrem Interessenbereich gehört.

Endlich kommt Bane, der Sohn des ehemaligen hohen Gardeoffiziers, braungebrannt aus Ägypten zurück und berichtet seinem Vater über das Gespräch mit Hoheit Mahdi al Chaled ben Fahd. Ja, der will sicher zahlen, aber man muß ihm auch etwas zeigen.

»Jemand sucht ein großes menschenleeres Gelände, vielleicht ein Stück Wüste... Glaubst du, daß er einflußreich genug in seinem Land ist, ein solches Areal zur Verfügung zu stellen? Ob man einen solchen Deal mit dem Säbelgeschäft verbinden könnte?«

»Das weiß ich wirklich nicht. Man müßte ihn selber fragen… Aber er hat uns doch noch nicht einmal wissen lassen, wann und ob er überhaupt ein Flugzeug nach Prishtina schicken will um sich den Säbel holen zu lassen…«

»Können wir ihn irgendwo anrufen, um die Sache zu beschleunigen? Hast du eine Verbindung?«

»Sogar zwei, ich habe die Nummern seines Sekretärs Achmed und einer der Frauen, die um ihn herum sind, dieser Monique…«

»Das ist gut. Nun, wir sind ohnehin noch nicht fertig. Wir haben ziemlich viel Zeit verloren, aber jetzt müssen wir uns beeilen!«

24.

Aki ist fast euphorisch, obwohl er begriffen hat, daß er diesen Coup allein nicht bewältigen kann. Leider! Er kann sich keineswegs auf seine bisherigen Mitarbeiter wie Pepi, die als Profimörder, Drogendealer, Zuhälter, Hehler und Räuber eine gewisse Erfahrung haben und ihm treu ergeben sind, verlassen. Auf diesem Weg können sie ihn nicht begleiten, höchstens die eine oder andere Aktion absichern. Er tröstet sich damit, daß er bisher im Leben immer Glück gehabt hat, er wird sich auch diesmal zurechtfinden, niemals würde man Erfolg haben und vorwärts kommen, wenn man es nicht versteht, Sorgen und Nebensächliches beiseite zu schieben um dem dringendsten den Vorrang zu geben.

Erst einmal gilt es jetzt für Lala ein entsprechendes Laboratorium einzurichten. Nachdem er die Karte Serbiens studiert hat, wählt er als Standort eine Höhle in der Nähe der Industriestadt Bor im Nordosten des Landes. Dort in den Bergen beim Dorf Dubošnica, liegt ein ziemlich großes Areal, auf dem der frühere Diktator Slobodan Milošević sein Feriendomizil errichten wollte. Aus diesem Grund war es über ein Jahrzehnt für die Bürger nicht zugänglich. Die Sperren sind zwar aufgehoben; für den Plan, hier einen luxuriösen Hotelkomplex aufzubauen, hat man jedoch vorerst kein Kapital gefunden, Baumaterial war schon aufgestapelt und ist billig zu haben. Bei Bor liegt eines der größten Kupferbergwerke in Europa; Kumpel sind leicht für die Arbeiten zu engagieren um eine natürliche, schon vorhandene Vertiefung im Fels entsprechend auszuweiten.

Lala hat sich verschiedenes gewünscht, was auf den ersten Blick etwas seltsam für physikalische Experimente scheint. Munition für Schußwaffen und Handgranaten sind leicht zu beschaffen. Er wünscht jedoch auch Luftballons. Aki wundert sich und besorgt sie. Einige gebrauchte Fernsehgeräte, oder zumindest Bildschirme, zu verschaffen ist kein Problem. Etwas schwieriger gestaltet es sich, einen medizinischen Apparat für Diathermie zu finden, möglichst für elektromagnetische Wechselfelder im Bereich von 2450 Megahertz und einer Wellenlänge von 12 Zentimetern. Erst nachdem Lala erklärt hat, diese Geräte beruhten zwar auf einer alten Erfindung von Nikola

Tesla, würden aber heutzutage auch für die Entfernung von Tätowierungen benutzt, und er sei durchaus mit einem gebrauchten zufrieden, wird Aki fündig, denn im Umfeld von Personen, die ihre Tattoos verändern lassen wollen, weil man sie dadurch leicht ermitteln könnte, kennt er sich besser aus, als in jenem von Medizinern. Lala wünscht dringend Glasbehälter von verschiedener Größe und Form, macht genaue Zeichnungen.

»Muß das unbedingt so kompliziert sein?«

»Ja!«

Aki seufzt, überlegt, lässt sie schließlich in der Glashütte von Pančevo eigens blasen. Das kostet ein Heidengeld.

Für die Experimente wird viel elektrischer Strom gebraucht. Aki gelingt es, den Mann, der für die Stromversorgung der Stadt, des Bergwerkes und die dortige Kupferverarbeitung zuständig ist, zu bestechen um eine Leitung zum Berg hinauf legen zu lassen. Es muß eine Begründung genannt werden. Der Gangster, der als Großunternehmer auftritt, behauptet, er bohre nach Gold, angeblich sei ein großer Goldschatz irgendwo in den verborgenen Stollen versteckt worden. Das klingt nicht unlogisch. Verborgene Goldschätze hat in Serbien vor einigen Jahren sogar die Armee vergeblich gesucht, außerdem weist das Kupfer aus dieser Gegend einen nicht unansehnlichen Bestand von Gold auf. Übrigens hat in der Nähe von Bor im IV. Jahrhundert der römische Kaiser Galerius seine Metropole Felix Romuliana. gegründet, wichtige archäologische Funde wurden gemacht, vielleicht kann man wieder etwas finden.

Der junge Wissenschaftler erweitert seine Liste mit den notwendigen Apparaten und Computerelementen immer wieder. Aki beschließt der Einfachheit halber, das meiste regulär kaufen zu lassen, obwohl er sehr tief in die Tasche greifen muß, sonst würde es zu lange dauern das Zeug zu finden und zu stehlen. Der Besitzer eines Transportunternehmens aus der Gegend hat schon früher mehrmals für Aki gearbeitet, er stellt die notwendigen Lastkraftwagen billig zur Verfügung, weil diesmal nicht geschmuggelt, sondern mit fast legalen Papieren Waren befördert werden.

Aki mietet für sich und Lala zwei Suiten im nahe gelegenen Hotel mitten in einem großen Wald am See von Bor, der sogar als Kurort gilt. Von den unangenehmen Abgasen des Kupferwerkes ist seine Umgebung dank einer Bergkette getrennt. Für alle Fälle reserviert er eine Suite für Lala auch in seinem Motel »Zum Heiligen Nikolaus dem Seefahrer«, er selbst kann notfalls die frühere Wohnung Boles auf der Mansarde beziehen. Dieser Standort liegt angenehm unterwegs zwischen Belgrad und Bor.

Schweren Herzens hat sich der Mafioso entschlossen, Kontakt zu pensionierten hohen Offizieren aufzunehmen. Als Kommandeur einer paramilitärischen Einheit im Bürgerkrieg in Kroatien hat er entsprechende Bekanntschaften gemacht. Als in den Neunzigerjahren Jugoslawien auseinanderfiel, waren die Verbindungen zwischen Armee, Polizei, Regierung und Unterwelt so komplex, daß nicht einmal das Internationale Kriegsverbrechertribunal in Den Haag sie aufrollen kann. Der Brocken, den Aki erhofft, ist zu groß für ihn. Erst einmal behauptet er gegenüber seinen Bekannten aus der Armee, er wolle mit ihnen teilen, im geheimen hofft er, man würde ja sehen, wer am Ende die Oberhand behält. Wahrscheinliche derjenige, der die Gesamtübersicht haben wird, also er selbst. Er ist überzeugt davon, daß er diesen ordensbehangenen Uniformträgern, die aus seiner Sicht nur einen erbärmlichen Sold verdienen, weit überlegen ist.

Vom ehemaligen Kommandeur der Garde wünscht er sich ein genaues Modell von Stalins Säbel aus Holz. Wichtig sind die exakten Dimensionen. Er freut sich zu hören, daß eine früher hergestellte Attrappe dieser Waffe existiert. Auf ihr imitiert funkelndes Glas die Edelsteine perfekt. Sie war im Museum anstatt des Originals ausgestellt. Dieses Stück kann man ihm eventuell zur Verfügung stellen. Man hat aber auch andere Ideen.

Nachdem das mehr oder weniger konkret besprochen ist, nimmt er Kontakt zu mehreren Romakapellen auf. Er kennt sie alle gut, sie haben bei seiner eigenen Hochzeit, aber auch bei anderen Festen, die er veranstaltet hat, aufgespielt wie es in Serbien Sitte ist.

»Ich möchte drei Baßgeigen mit ihren Behältern kaufen. Kannst du sie mir besorgen?« fragt Aki den Zigeunerprimas Jaschar, dem er vertraut.

»Wieso kaufen, Boss? Wir spielen dir doch immer gerne vor. Und gleich drei! Soll ich dir welche für irgendeinen Scherz borgen?«

»Kaufen, habe ich gesagt. Und die entsprechenden Koffer dazu«.

»Baßgeigen werden in einfachen Hüllen getragen, die sind wie Säcke...«

»Gibt es keine festen Behälter?«

»Gibt es, aber die sind teuer!«

»Wie teuer?«

»Na, eine gute Hülle ist unter hundert Euro zu haben, ein anständiger Transportkasten kostet bis zu dreitausend!«

»Viel Geld! Wir machen das so, du kaufst mir drei billige, benützte Baßgeigen, aber nicht so billig, daß sie schlecht ausschauen, und dazu drei solide anständige – Wie nennst du das, Transportkasten? Verstehst du! Und du sagst niemandem, daß ich sie bestellt habe. Willst du einen Vorschuß?«

»Von dir doch nicht, Boss! Bezahlst du mir später. Ich schweige wie ein Grab!«

»Will ich dir auch empfehlen, sonst kommst du bald in eines!«

Jaschar bringt Aki zu einem Geigenbauer in Belgrad.

»Können Sie mir eine Baßgeige so zerlegen, daß ein etwa ein Meter langer säbelartiger Gegenstand eingebaut werden kann? Machen Sie bitte kein so verwundertes Gesicht, sondern sagen Sie mir wie Sie das anstellen wollen und was es kosten soll!«

»Alles ist möglich, aber daß das Instrument nachher auch den richtigen Klang hat, das geht bestimmt nicht, weil die Resonanz...«

»Ist nicht wichtig, sie sind nicht für die Philharmonie gedacht! Irgendwie wird man spielen können?«

»Sicher. Wenn ein Zuhörer ein feines Ohr hat und vom Instrument etwas versteht, wird er vielleicht glauben, daß mit dem Klebstoff was nicht stimmt...«

Auf dem Gipfel oberhalb der Höhle, die sie nicht nur als Laboratorium, sondern auch als Stab für ihre Aktion ausersehen haben, wird eine dreißig Meter hohe Antenne mit einem kugelförmigen Aufsatz aus Kristallglas gebaut.

»Nikola Tesla hat einen ähnlichen Turm auf der Insel Long Island vor dem Hafen von New York bauen lassen, er wurde Wardenclyffe-Tower genannt, und von ihm aus wollte er vor mehr als hundert Jahren Energie über Resonanzfrequenzen drahtlos in alle Teile der Welt senden.

Er war sechzig Meter hoch, also doppelt so hoch wie unserer, aber wir befinden uns auf einem Berg, und seine Kappe war pilzförmig, während ich die Form einer Kugel vorziehe...«

»Ist es ihm gelungen?«

»Was? Die drahtlose Übermittlung von Energie? Nein, aber mir wird es gelingen, weil...«

»Bitte jetzt keine wissenschaftliche Vorträge Lala, sondern genaue Angaben, was du brauchst!«

Das seltsame Bauwerk kann schon deshalb nicht mehr verheimlicht werden, weil sich die Sonnenstrahlen darin reflektieren und es aus großer Ferne zu erkennen ist. Die Bergbauern beginnen darüber zu reden. Im allgemeinen nimmt man an, daß ein Zufluchtsort für gesuchte Kriegsverbrecher gebaut wird. Man glaubt, vom Turm aus soll möglicherweise beobachtet werden, ob sich jemand dem Versteck aus der Luft nähert. Das absichtlich ausgestreute Märchen von der Goldsuche wird auch kolportiert und teilweise für möglich gehalten. Kinder erzählen sogar, Außerirdische sollten hier landen um den Serben in ihrem gerechten Kampf gegen den Rest der Welt zu helfen.

Ein Bericht über die verschiedenen Spekulationen landet natürlich auch in Langley, Virginia, und die Agency beginnt einen Maulwurf unter den Bauarbeitern zu suchen. Was ist wirklich los? Schon bald führt die erste Spur über Lala nach Vinča zum Atominstitut. Der junge Sachbearbeiter für den Balkan in der Zentrale des amerikanischen Auslandsgeheimdienstes hat ein richtiges Aha-Erlebnis und macht stolz Meldung.

»Professor Perin und die Teslastrahlen!«

In Serbien gibt es ein Sprichwort: Die Erde macht es dem Himmel bekannt, alle Geheimnisse werden erkannt!

Lara hat inzwischen mehr Zeit für sich, weil ihr Lala so oft dienstlich unterwegs ist. Außer Isi, Sascha und Micha kennt sie niemanden in der Stadt. Die beiden jungen Frauen und Sascha besuchen die Oper, Konzerte, Museen.

Isi arbeitet jeden Tag einige Stunden lang bei Micha im Büro, richtet die Datei mit Kunstwerken ein, verfolgt im Internet alles über Kunstraub. Das macht Spaß, und sie erweist sich als geschickt und schnell, ein richtiges Erfolgserlebnis will sich jedoch leider nicht einstellen. Nach ihrem kleinen Streit ist Micha höflicher zu ihr geworden, ein wenig zu freundlich, er hält Abstand, sie vermißt die frühere, onkelhafte Intimität. Wenn sie mit ihrem Tagespensum fertig ist, spaziert sie hinüber ins »Jugoslavija«. Der manchmal heftige Wind stört sie nicht, sie hat genug verdient, um sich einen Pelz zu kaufen. Manchmal nehmen die beiden Frauen ein Taxi und fahren ins Zentrum, bummeln durch die Einkaufsstraße, die sich Knez-Mihajlova-ulica nennt und an die Kärntnerstraße in Wien oder die Váci utca in Budapest erinnert. Mit Micha und Sascha verabreden sie sich für später in einem der vielen guten Restaurants.

Sogar für Isi ist das ein ganz neues Leben. Sie fühlt sich endlich, als sei sie eine verheiratete, arbeitstätige junge Frau und kann kaum glauben, daß es wirklich wahr ist. Unter Geldmangel hat sie nie im Leben gelitten, ihr Vater war stets großzügig, hat sie auch nie zu genau kontrolliert, aber ihrer Meinung nach zu viel geredet. Von ihm Geld zu verlangen hat stets bedeutet, auch eine Predigt von mindestens einer halben Stunde freundlich, höchstens mit einem ein klein wenig ironischen Gesicht, anhören zu müssen. Jetzt bekommt sie ein für die hiesigen Verhältnisse anständiges Gehalt, zahlt nichts für die Wohnung, kommt kaum dazu selbst wenigstens etwas für das gemeinsame Frühstück mit ihrem Freund zu kaufen, weil er für alles sorgt. Hat sie sich das so vorgestellt? Eine Zeitlang... Jedenfalls kann man so leben.

Lara lebt fast so, wie sie es sich vorgestellt hat, bevor sie beschloß es im Ausland zu versuchen. Fast! Ihr komischer Freund Lala steckt in der letzten Zeit ständig irgendwo mit Aki zusammen, nächtigt oft außerhalb der Stadt, besucht sie ein oder zweimal in der Woche. Sie fühlt sich dabei, als habe sie einen Liebhaber, in den sie nun einmal nicht gerade verliebt, aber der zumutbar ist. Die wenigsten Ehen und Partnerschaften die sie kennt beruhen auf der großen Liebe auf den ersten Blick. Lala verlangt nicht viel, will sie meistens nur streicheln, ist so müde, daß er neben ihr fast sofort einschläft. Möglicherweise ist er tatsächlich ein bedeutender Wissenschaftler, und sie wird eines Tages stolz darauf sein können, daß sie mit ihm zusammen war. Es stört sie nur, daß sie nicht arbeitet, nichts verdient, alles als Geschenk bekommt. Wie ein Freudenmädchen. Ohne Gymnastik wird sie verrosten, als Trainerin untauglich werden. Zum Glück hat das Hotel einen großen Saal mit Fitnessgeräten, und sie versucht sich, so gut es geht, in Form zu halten. Isi hat sie überredet manchmal mitzumachen. Außerdem hat sie genug Zeit, sowohl Serbisch als auch Englisch zu lernen, das kann eines Tages nützlich werden.

Wenn man zu viert irgendwo zu Tisch sitzt und Wein trinkt, und Micha besteht darauf, weil er den Alkohol braucht und Gesellschaft dabei haben will, funkt es zwischen ihm und der schönen Russin, die mit ihren neuen Sprachkenntnissen prahlt. Sie findet, daß der Detektiv auf sie eine ähnliche Anziehungskraft ausübt wie der Bandit. Er strahlt auch diesen gewissen gefährlichen, aber verflucht aufregenden Magnetismus aus. Natürlich weiß sie, wie sie auf den älteren Mann wirkt. Er macht ihr trotzdem keine Avancen, kaum je ein kleines Kompliment. Blicke sagen allerdings manchmal mehr, als es die am schönsten formulierten Worte.

Micha genießt die Anwesenheit der Frau, die ihm so sehr gefällt, wie seit langem keine, und es freut ihn, Sascha bei sich zu haben, täglich zu sehen, wie gut es ihm und seiner Freundin geht. Die beiden sind seiner Meinung nach nützlich für die alltägliche Arbeit, zumindest nicht überflüssig. Der Detektiv denkt aber stets auch an die große, hoffentlich lukrative Aufgabe, die er zu bewältigen hat und mit der er nicht vom Fleck kommt. Fröhlichkeit und Friedlichkeit können nicht von langer Dauer sein. Kollege Ariel in Israel beginnt allmählich die Geduld zu verlieren und drängt. Micha weiß nur zu gut, daß er selbst endlich offensiver werden muß. Ist das jetzt nur die Windstille vor dem Sturm?

Sascha denkt über gar nichts nach und ist restlos glücklich. Er hat neue Bettwäsche gekauft, ist mit Isi in das Schlafzimmer umgezogen. Vor dem Einschlafen neben seiner Freundin sagt er sich immer wieder, daß er nicht geglaubt hat, das Leben könne nach allem, was er durchmachen musste, doch noch so schön werden

Lala Perin hat seine Arbeit im Höhlenlaboratorium aufgenommen und glaubt gut vorwärts zu kommen. Er pendelt zwischen seinem Institut und Bor hin und her, ärgert sich nur, weil er so viel Zeit mit den Fahrten vergeudet. Es geht ihm jetzt noch um den Nachweis, daß Teslas Anregungen für eine drahtlose Übertragung von Energie praktisch anwendbar sind. Nach dem Tod seines großen Vorbildes hat die Wissenschaft ohnehin Fortschritte gemacht. Anscheinend ist die Verwirklichung seiner Pläne sogar einfacher als er vermutet hat. Mit der Anschaffung von Plutonium braucht man sich nicht zu beeilen, den atomaren Brennstoff würde man erst brauchen, wenn man die Idee verkauft hat und die ferngesteuerte Kernspaltung demonstrieren will. Der potentielle Käufer des Planes für Todesstrahlen wird potent genug sein müssen, um ein entsprechendes Experimentiergelände zur Verfügung zu stellen und von irgendwo die gefährliche Materie zu beschaffen. Die Frage, wer eines Tages dieser Endabnehmer sein soll, macht Lala weder Sorgen noch verursacht sie ihm Gewissensbisse, er denkt überhaupt nicht daran, daß er Werkzeug in den Händen eines Verbrechers ist, vielleicht für einen Terroristen großen Stils arbeitet und die Ergebnisse seiner Experimente im schlimmsten Fall eine Gefahr für die ganze Menschheit werden könnten. Er will ja niemanden umbringen, keine Menschensiedlungen vernichten, keine Ländereien zerstören, er will nur drohen und damit den Weltfrieden sichern. Das hatte auch Nikola Tesla gewollt. In seiner grenzenlosen Naivität sieht er sich als ersten Menschen der zwei Nobelpreise auf einmal bekommen könnte, nicht nur für Physik, sondern dazu auch den Friedensnobelpreis. Leidet er unter Größenwahn? Müde im Bett in Bor denkt der Wissenschaftler, nachdem er die Bettdecke bis an das Kinn gezogen hat, ruhig über sich selbst nach. Bin ich verrückt? Bilde ich mir ein, eine Reinkarnation Teslas zu sein? Nein. Wahnsinnige könnten nicht sich selbst die Frage stellen ob sie normal sind. Experimente werden gemacht, um festzustellen ob Ideen auch verwirklichbar sind. Weitermachen, sagt er sich, denkt an sein Mädchen. Das Leben ist schön. Aki? An den denkt er lieber nicht. Um viel zu erreichen, muß man einiges in Kauf nehmen. Und er schläft ruhig ein.

Dank seiner Kontakte hat Aki inzwischen erfahren, wie oft sich Micha Boch mit Nataschа, alias Lara, trifft. Ob das gut oder schlecht für seine Pläne sein wird, weiß er noch nicht. Wahrscheinlich gut.

Nachdem Aki zum Schluß gekommen ist, daß Gardeoffiziere als einzige Komplicen in Frage kommen und mit ihnen ins Gespräch gekommen ist, auch gesagt hat, daß ein Gelände für Experimente mit schrecklichen Waffen gesucht wird, teilen sie ihm mit, daß sie über

Kontakte mit einem saudischen Prinzen verfügen. Es wird immer komplizierter. Saudi Arabien hat Bosnien im Bürgerkrieg gegen die Serben besonders aktiv unterstützt, ist auch für die Kosten der Entsendung von Freiwilligen, sogenannten Mujaheddin, aufgekommen; dadurch hat der Wahhabismus in diesem Land, wo in der Vergangenheit eine mildere Variante des Islam ausgeübt wurde, Fuß gefasst.

Die Möglichkeit der Verbindung der beiden Aktionen »Stalins Säbel« und »Todesstrahlen« ergeben sich fast von selbst, ohne daß sie so, wie sie jetzt durchgeführt werden sollen, im voraus geplant gewesen wären.

25.

Zwischen Weihnachten nach dem Gregorianischen Kalender und dem orthodoxen Neujahr, das ist zwischen dem 24. Dezember und dem 13. Januar, arbeitet in Serbien fast niemand. Selbst die wenigen Menschen, die trotzdem gerne ihren Geschäften nachgehen würden, können nicht viel tun. Micha beschloß seine Mitarbeiter in kollektiven Urlaub zu schicken und selber Skilaufen zu gehen. Sascha und Isi fuhren nach Wien, um die Feiertage mit Isis Eltern zu verbringen.

Die Fassade der Villa in der Paradisgasse im neunzehnten Stadtbezirk und die schönen Tannen im Garten waren mit bunt leuchtenden Girlanden geschmückt, unter dem großen Weihnachtsbaum im Wohnzimmer lagen die Geschenke. Die Tochter hatte eine Perlenkette bekommen und rümpfte sichtbar die Nase, weil sie diese Art von Pretiosen für altmodisch hielt. Sascha wurde als Schwiegersohn behandelt und bedankte sich für einen teuren Füllfederhalter, wie ihn niemand aus seiner Generation benützt. Ihrerseits hatten die beiden jungen Leute eine große Vase und einen Aschenbecher aus Kupfer mit serbischen Motiven mitgebracht. Micha besaß noch einige solcher Gegenstände aus der Werkstatt Refiks. Allein mit ihrer Tochter geblieben fragte ihre Mutter wie lange das so weitergehen solle und ob man zu heiraten gedenke?

»Was macht ihr eigentlich in diesem Belgrad, Kinder?« fragte der Hausherr, nachdem sie an der feierlich gedeckten Tafel Platz genommen hatten. Er zerlegte die Gans mit einer chirurgischen Präzision, die fast unheimlich wirkte, Sascha mußte daran denken, daß er mit denselben Handbewegungen das Skalpell in lebende Augen führte.

Isi erklärte vor allem ihren Teil der Arbeit: die Systematisierung und Analytik von Nachrichten über Kunstraub und potentielle Möglichkeiten für solche Aktionen, Schwachstellen von Museen und Galerien; Sascha konnte sich damit begnügen, zufrieden mit dem Kopf zu nicken.

»Ich erkläre euch das an einem Beispiel. Wenn es so ein System in Wien gegeben hätte, wäre wahrscheinlich der Raub der Saliera von Benvenuto Cellini nicht gelungen!« erklärte sie.

»Aha!« machte ihr Vater. »Ihr befindet euch also in keinerlei Gefahr?«

»Sicher nicht!«

Eigentlich interessierte sich hier am Tisch niemand wirklich für den jeweils anderen, aber die Konversation mußte aufrechterhalten werden. Isis Eltern stellten Fragen, hörten dann aber kaum oder mit keiner besonderen Aufmerksamkeit zu. Isi bemühte sich nicht einmal besonders zu verbergen, daß ihr die Alten auf die Nerven gingen. Beide Paare erfüllten ihre konventionellen Pflichten. Sascha hatte seinen Vater als Kind verloren, die Mutter war gestorben, als er fern von ihr bleiben mußte, er konnte einfach nicht begreifen, daß Beziehungen zwischen Eltern und der einzigen Tochter so kühl waren. Inzwischen hatte er so manches auf dieser Welt kennengelernt, aber eine so formale Liebenswürdigkeit anstatt der Herzlichkeit, die ihm so sehr fehlte, fand er seltsam. Würde Isi auch ihn einmal so behandeln? Schlimmer noch, würde er selbst unter diesem Einfluß so werden?

Über den Diebstahl im Wiener Kunsthistorischen Museum hatte Micha in Belgrad einen Vortrag gehalten. Das sei ein besonders gutes Beispiel. Angefangen hatte er damit, was die beiden jungen Experten besser wußten, als er, daß *Saliera* schlicht *Salzfaß* bedeutet, daß man aber damit in Fachkreisen fast immer das praktische Schmuckstück meint, das der berühmte Benvenuto Cellini im XVI. Jahrhundert gefertigt hatte.

Dieser Cellini mußte ein Teufelskerl gewesen sein. Er hatte sich Michelangelo zum Vorbild genommen, machte alles mögliche, große Standdenkmäler und kleine Büsten, Medaillen und Münzen, war sowohl Goldschmied, als auch Schriftsteller. Die Saliera war das einzige erhaltene Stück seiner Goldschmiedekunst. Das eigentliche Schälchen für Salz war einem kleinen Schiff ähnlich und befand sich neben den allegorisch gezeigten Gestalten: der römischen Göttin der Erde und des Seegottes Neptun, die von seltsamen Geschöpfen mit den Leibern von Pferden und Fischschwänzen getragen wurden. Der Teil für Pfeffer war wie ein kleiner Tempel gestaltet. Die nackten Körper der Göttin und des Gottes, die ihre schlanken sehnigen Beine aneinander schmiegten, wirken selbst heute noch modern, sind so sportlich elegant, daß beide, besonders die weibliche Gottheit mit ihren kleinen Brüsten, ruhig auf heutigen Moderevuen als Modell auftreten könnten, keine Spur von Rundheit und Fleischlichkeit, wie man sie zu den Zeiten des Meisters liebte. Das Prachtstück war nur 26 Zentimeter hoch und 33 breit, verziert jedoch mit vielen Details, Darstellungen von Morgenröte, Tages- und Abenddämmerung und Nacht, den vier Jahreszeiten, Obst und Blumen in einem Füllhorn und Landtieren.

Cellini war auch ein Wagehals, ein aggressiver Draufgänger, mindestens zweimal im Kerker wegen Raufereien, Gewalttätigkeiten und sogar Morden, fand aber trotzdem Zeit, Abhandlungen über Goldschmiedekunst und Bildhauerei zu verfassen und seine Autobiographie unter dem Titel *Vita,* die Goethe angeregt hat, sie zu übersetzen und zu kommentieren und Berlioz eine Oper über ihn zu schreiben.

Sascha und Isi hatten eine Diskussion begonnen, wer über den Künstler und sein Werk mehr wußte. Sascha behauptete, Cellini wäre ohne Goethe längst vergessen, Isi hingegen, ein Kunstwerk sei ein Wert für sich ohne Rücksicht darauf, wer es betrachte oder deute. Sascha antwortete, alles bleibe Abstraktion, wenn es sich nicht durch einen persönlichen Gedanken und Emotionen eines konkreten menschlichen Wesens breche. Micha, der von Cellinis Existenz bis vor kurzem nichts gewußt hatte, für den nur die Entwendung der Saliera kriminalistisch und vom Standpunkt der Versicherung interessant war, hörte eine Weile lang stumm zu und rief dann:

»Aufhören! Ihr seid auf keinem Fachsymposium, wir sprechen über Kunstraub im Kunsthistorischen Museum, in dem Sascha als Fremdenführer gearbeitet hat und das er deshalb kennen sollte. Für uns ist wesentlich nachzuprüfen ob die Tat hätte verhindert werden können, und da sie nun einmal vollbracht worden ist, wie man den Täter dingfest gemacht und den Gegenstand gefunden hat, ob letztlich jemand an dieser Geschichte Geld machen konnte! Ein englischer Kollege, der sich Kunstdetektiv nennt, Charles Hill, hat sich rechtzeitig eingeschaltet!«

Das Kunsthistorische Museum war wegen Bauarbeiten eingerüstet gewesen, der Dieb konnte leicht hinaufklettern und durch das Fenster in den Saal eindringen, in dem der einzige Gegenstand, den er haben wollte, ausgestellt war.

Selbstverständlich konnte so ein Gegenstand aus Gold öffentlich nicht versilbert werden. Die österreichische Versicherung »Uniqa«

veröffentlichte Inserate in den großen Tageszeitungen und erwähnte die Möglichkeit, das Salzfaß zurückzuerstehen. Der Kunstdieb forderte 10 Millionen Euro, sonst würde er das Ding einschmelzen und einfach als Gold verkaufen. Als Beweis, daß er die Saliera tatsächlich habe, schickte er per Post den Dreizack des Neptun. Festgenommen wurde er am Ende auf spektakuläre Weise, weil eine geheime Kamera ihn beim Kauf des Handys fotografiert hatte, mit dem er seine SMS schickte. Der Mann hieß Robert Mang, war Spezialist für Alarmanlagen, arbeitete allein ohne Komplicen, kannte die Schwachstellen des Alarmsystems, wurde sogar ein Jahr nach dem gelungenem Coup als Experte über Sicherheitsanlagen im allgemeinen und die schlechte Absicherung im kunsthistorischem Museum befragt und hatte die Frechheit, öffentlich darüber zu schwadronieren. Der Polizeichef, der nach zwei Jahren den Fall gelöst hatte, wurde in Wien hochgelobt, später jedoch suspendiert und angeklagt, einen Saunabesitzer, der eigentlich ein Bordell unterhielt, von einer Razzia im voraus in Kenntnis gesetzt zu haben. Hochrangige Polizisten haben nicht nur in Serbien Verbindungen zur Unterwelt.

Als Micha mit seinen beiden jungen Mitarbeitern den Fall besprach, regte er sich im Nachhinein auf, er war von Anfang an überzeugt davon gewesen, daß eine Versicherungsgesellschaft das Raubgut würde kaufen wollen.

»Das ist nun freilich alles vorbei, aber stellt euch vor, wir hätten erkannt, was der Dieb festgestellt hat, nämlich wo die Schwächen der Alarmanlage liegen, wo der Dieb einsteigen kann, wir wären mit Kameras bereit gestanden wie beim Diamant in Italien, hätten einen Film darüber gedreht wie er hinaufklettert und hinunterkommt, die Polizei und die Versicherung eingeschaltet und 10 Prozent der georderten Summe kassiert, eine Million! Solche Möglichkeiten sollt ihr im voraus feststellen, hast du jetzt noch besser verstanden, was deine Aufgabe ist, Isi?«

Das hatte sie und versuchte auch ihren Eltern an diesem Beispiel deutlich zu machen, was in Belgrad ihr Job war, weil vom Raub der Saliera auch ihre Eltern in Zeitungen gelesen und ihn im Fernsehen verfolgt hatten.

»Ich versuche zu erfahren, wo etwas ausgestellt ist, was für Kunstdiebe besonders interessant sein könnte. Meine Sache ist es, zu versuchen so zu denken, wie ein potentieller, genialer Räuber!«

»Kannst du denn so etwas, mein Schatz?« fragte die auch weiterhin besorgte Mutter.

»Ich lerne, Mama, ich lerne. Du weißt doch, wie lernbegierig ich bin...«

»Ja, erst Kampfsport und dann Flügelhorn oder etwas Ähnliches und jetzt, wie ein Verbrecher seine Untaten plant!«

Micha kehrte als erster frisch und braungebrannt von der Bergsonne nach Belgrad zurück. Die Einsamkeit der Abfahrten benützte er, um nachzudenken. So hatte er es Jahrzehnte lang gehalten. Er hatte die Terrains im ehemaligen Jugoslawien gerne gewechselt, war einmal in Planica in Slowenien, das nächste Jahr in Jahorina in Bosnien, im dritten in Brezovica im Kosovo; Serbien allein war für ihn sehr eng geworden. Er hatte viel an seinen ermordeten Partner denken müssen. Jahrelang hatte er immer wieder vergeblich versucht, ihn zu einem Winterausflug zu überreden. Wer hatte ihn ermordet? Wie hätte man die Gefahr im voraus erkennen, seinen Tod verhindern können?

Im Vergleich zu ihm waren Sascha und Isi blaß angekommen. Das Mädchen hatte nachgegeben und im Elternhaus gewohnt, Sascha in seiner Garconniere geschlafen. Nach einiger Zeit waren sie zumindest im Lauf der Nächte wieder voneinander getrennt. Das wurde der jungen Frau aber bald langweilig, und sie drängte möglichst bald nach Belgrad zurück zu fahren. Dem jungen Mann fiel es immer noch schwer in der Heimatstadt durch die ziemlich veränderten Straßen seiner Kindheit zu gehen. Alles war in Belgrad im Vergleich zu früheren Zeiten viel unangenehmer, schneller, lauter. Überfüllte Gassen und Plätze, Grünanlagen und Cafés, überquellende Mülltonnen und Schmutz, Abgase uralter Automobile und schlechtes Benzin, niedergeschlagene, mürrische, unordentliche, schlecht gekleidete, müde und unhöfliche Menschen. Für die Wienerin war das Leben in Belgrad exotisch und ein wenig abenteuerlich, dem geborenen Belgrader eine Erinnerung an das verlorene Paradies.

Auf die Veränderungen von Wetter und Natur achteten sie kaum. Isi lachte den wütenden Nordostwind, genannt Koschava, aus, freute sich sogar, daß er ihren blassen Teint rötete und der schöne neue Pelzmantel einen Sinn hatte. Die Wohnung heizten sie sauber mit elektrischem Strom, für manch einen wäre das teuer gewesen, aber sie konnten es sich leisten. Wenn der Bürgersteig vor dem Haus nicht gesäubert war, und das kam oft genug vor, rutschten sie, sich an den Händen haltend und lachend über das vereiste Pflaster, lustig war es selbst wenn sie manchmal hinfielen, denn sie konnten, einander helfend, leicht aufstehen, und für ältere Menschen, denen ein Sturz fatal sein konnte, hatten sie bestenfalls bedauernde Blicke. Ihr Büro, Restaurants und das Hotel »Jugoslavija« waren stets warm.

Der Frühling überraschte sie. Auf einmal führte die Donau keine Eisschollen mehr, sondern drohte über die Ufer zu treten und die Kais unter Wasser zu setzen. Mit dem Wind kamen neue Düfte. Eines Tages konnten sie ohne Mäntel, nur in ihren warmen Pullovern zu Arbeit gehen. Zur Arbeit? Nichts wesentliches geschah. Vergebens versuchte Isi zu erraten, wo man etwas stehlen würde. Sascha half Micha alltägliche Daten über die Struktur und Zahlungsfähigkeit einiger Firmen, über die Vorbereitung von Tenderverfahren, die tatsächliche Qualifizierung von Fachkräften, die sich um Anstellung im Ausland bemühten, zu verschaffen. Freilich fehlten ihm Kenntnisse der Volkswirtschaft, vor allem aber auch Erfahrung wie man Gespräche führt, er war nicht die Person, die leicht das Vertrauen älterer, seriöser Menschen gewinnen konnte, die ihn für zu jung, naiv und grünschnäbelig hielten, trug wenig zu notwendigen Erkenntnissen bei und fürchtete, nicht besonders hilfreich zu sein.

»Sind wir deinem Onkel überhaupt nützlich?« fragte Isi an einem Abend. »Warum zahlt er uns? Nur um dir zu helfen, dich hier zu halten?«

»Das frage ich mich auch. Ich beginne mich ungemütlich zu fühlen«.

»Was soll dann ich sagen? Ich habe geglaubt, daß es aufregender sein würde...«

Am nächsten Tag teilten sie Micha ihre Sorgen mit. Er schwieg eine kurze Zeit und holte dann weit aus:

»Ihr beide denkt zuviel an Kinofilme. So ist das nicht im Leben. In unserem Geschäft braucht man Geduld. Ausdauer ist gefragt. Wie beim Angeln. Man muß Netze auswerfen, etwas wird sich schon fangen. Zeit einzusetzen ist noch viel entscheidender als Geld zu investieren. Ich werde euch ganz bestimmt noch brauchen. Noch einmal erinnere ich euch an die Saliera in Österreich, jedermann konnte wissen, daß sie dort das wichtigste, teuerste, einzigartigste Exponat war, daß das Baugerüst vor dem Fenster des Saales in dem sie stand Einbrecher einladen mußte, aber nur einem Dieb ist es eingefallen die Möglichkeit zu nutzen. Der Griff von Stalins Säbel ist allein schon dank seiner Edelsteine viel mehr wert, als das Gold des Salzfasses und die Schönheit der Figuren die um das Schälchen herum angebracht sind, gar nicht zu reden von den Geschenkgebern und dem Beschenkten in den beiden Fällen. Für wen hat Cellini das Ding gemacht?«

»Für den französischen König Franz I., und der französische König Charles XI. hat es dem Erzherzog Ferdinand II. von Tirol geschenkt, so kam die Saliera in den Besitz der Habsburger...« Isi referiert ohne lange nachzudenken als befinde sie sich im Seminar ihrer Fakultät an der Uni.

»Sehr gut«, lächelt Micha. »Nun überleg einen Augenblick, um wie viel interessanter für unsere Zeitgenossen Stalin und Tito im Vergleich zu Charles oder Ferdinand sind. Wenn den Säbelgriff so ein Meister hergestellt hätte, wie es Benvenuto Cellini war! Isi, versuch festzustellen, wer in der Sowjetunion geschmückte Säbel als Geschenke des Kremls geschmiedet und verziert hat? Es wurden sicher mehrere an Marschalle und sonstige Kriegshelden verschenkt. Sind Prachtsäbel oder Degen aus der Zeit der Zaren oder der Sowjets auf Auktionen großer Häuser wie Sotheby's oder Christie's aufgetaucht, wenn ja, welche Preise haben sie erzielt? Ich erinnere mich dunkel, daß einmal ein alter chinesischer Säbel mit Jadegriff für einen Preis von vielen Millionen versteigert worden ist. Und wenn solche Waffen von solchen Firmen angeboten werden, wird man auch angeben wer sie hergestellt hat. Los Isi, was würdest am liebsten in der Großen Eremitage in Sankt Petersburg stehlen? Und du, Sascha? Was gebe es in den belgrader Museen und Galerien zu entwenden? Stellt euch vor, ihr seid Kunstdiebe, aber lebhaft! Ich dachte, ihr könnt euch selber beschäftigen, etwas Phantasie ist gefragt, aber wenn ihr keine Ideen mehr habt, fragt nur mich alten Mann, mir fällt immer etwas ein«.

Tage verstreichen. Wochen. Der Regen hat getan, was die kommunalen Dienste der Stadt versäumt haben, die dunklen, schmutzigen Reste von Schnee sind von Straßen und Grünanlagen verschwunden. Erst nachdem sich das erledigt hat, scheint die Sonne Kraft genug zu haben, auch die Menschen aufzuwärmen. Plötzlich tragen die Bäume wieder grün, als hätten sie auf einen Befehl gewartet. Der Frühling hat Belgrad erobert.

»Veronika, der Lenz ist da!« trällert Isi das bekannte Lied. »Schrecklich! Wir sind dermaßen im Griff des Alltags, daß wir es kaum bemerkt haben…«

Tatsächlich waren Isi und Sascha unaufmerksam gegenüber den Veränderungen der Natur und des Klimas. In ihrem Leben wiederholte sich alles von Tag zu Tag, Aufwachen in Umarmung, noch immer verwundert, daß sie beieinander sind, Zähne putzen, frühstücken, hocken vor dem Rechner. Es sollte endlich etwas geschehen! Wo speisen wir was? Die Mahlzeiten sind wie Meilensteine auf einem Weg der nirgendwohin führt. Die Donau leuchtet vor den großen Fenstern des Hotelrestaurants.

»Geht nur«, sagt Isi zu Micha und Sascha. »Ich habe noch einen kleinen Weibertratsch mit der Russin«.

Die beiden Frauen sitzen im Foyer in tiefen, schwarzen Ledersesseln. Es ist der erste richtig warme Tag. Lara sagt, Lala sei schon tagelang nicht mehr erschienen, sie wisse nicht, ob sie besorgt oder erleichtert sein solle. Ob man ein wenig das Ufer lang spazieren könne? Die Österreicherin zaudert, eigentlich sollte sie ins Büro. Wozu? Am Anfang war es interessant nach etwas Unfaßbarem zu suchen, aber allmählich frustriert sie die Erfolglosigkeit. Plötzlich stehen Aki und der Wissenschaftler vor ihnen.

»Ich wollte einen kleinen Bootsausflug vorschlagen, Lara«, sagt Aki. »Sie sind natürlich auch herzlich eingeladen, Fräulein…«

»Ich mag nicht, wenn man mich mit Fräulein anredet, mein Herrchen!«

»Macht nichts. Sie sind trotzdem eingeladen«.

»Komm doch!« bittet Lara.

»Wie lange würde das dauern?« fragt Isi.

»Wie lange wir wollen. Ich habe hier gleich vor dem Hotel angelegt«.

Ein Boot? Es ist eine weiße Yacht. Sie heißt »Medusa«. Auf Isis Frage, »Warum Medusa?«, sagt Aki, er wisse es selber nicht genau, aber da er nun blöderweise Achilles heiße, dachte er, der Kahn solle ebenfalls einen Namen aus dem alten Griechenland bekommen, und ihm sei nichts gescheiteres eingefallen.

Isi meldet sich per Handy in der Detektei. Die Sekretärin sagt, Herr Boch und Sascha seien außer Haus. Nein, für sie sei keine Nachricht hinterlassen worden. Schön, dann würde sie auch später kommen. Die Sekretärin fragt nicht wann und wieso. Isi hat den Eindruck, die Frau mag sie nicht. Wahrscheinlich ärgert sie sich, weil der Chef seinem Neffen und der Österreicherin für so gut wie nichts und wieder nichts mehr bezahlt, als sie bekommt.

Lala hat noch kein einziges Wort gesagt. Die Mädchen hüpfen leichtfüßig an Bord, der Wissenschaftler ist viel zu ungeschickt, fürchtet ins Wasser zu fallen, Aki muß ihm helfen.

»Wir fahren jetzt um die Große Kriegsinsel herum und dann zurück in den Fluß Save hinein, der hier in die Donau mündet, und ein wenig flußaufwärts«, erklärt Aki, der inzwischen geschickt die Leinen losgebunden und sich ans Steuer gesetzt hat.

Die Insel liegt direkt an der Mündung, man weiß nicht mehr, was Donau, was Save zu nennen ist. Sie ist vernachlässigt, ein Paradies nicht nur für Vögel, sondern auch für menschlichen Abfall, könnte jedoch ein wunderbares Naturschutzreservat sein. Keine Großstadt besitzt so eine Insel und nützt sie dann nicht aus, aber warum führt sie Krieg in ihrem Namen?

Endlich kann der Professor seine Bildung zum Ausdruck bringen. Lala doziert. Die Türken haben mit ihren Booten 1521 von hier aus die Belgrader Festung angegriffen. Strategisch wichtig war sie auch für die Eroberung der »Weißen Stadt« durch den Österreicher Prinz Eugen. Die Aufständischen von Karadjordje haben sie 1806 für die Befreiung der Burg ebenso benützt, wie Österreich-Ungarn 1915 im Laufe des Ersten Weltkrieges für ihre Besetzung der serbischen Hauptstadt. Lala kommt sofort in Form, wenn er über ein konkretes

Thema einen Vortrag halten kann. Er steht mit den beiden hübschen Frauen vorn am Bug, der Wind streicht durch ihre Haare, trotzdem scheint die Sonne immer kräftiger, und sie können die Pullover und Jacken ablegen und ziehen sich zum Heck zurück wo bequeme Sessel auf sie warten.

»Sie sind Atomphysiker und wissen das alles!« lobt Isi. Sie hat Laras Freund noch nicht näher kennengelernt und muß ein Lächeln verbergen, weil der dicke junge Mann so geschmeichelt ist, daß er richtig rot wird.

»Man bemüht sich«, sagt er. »Ich will kein Fachidiot sein…«

»Ich habe mich im Internet über Ihren Tesla kundig gemacht, weil Sie ihn so sehr verehren. Der hat doch gesagt, Erfinder dürften weder Frauen lieben noch Kinder haben, dafür hat er aber ausgerechnet Tauben gemocht und in seinen Hotelzimmern gepflegt…«

»Das wissen sie? In dieser Hinsicht bin ich ganz anders. Bei mir zu Hause im Banat stehen Tauben auf der Speisekarte, wenn ich als Kind krank war, gab es immer Eingemachtes von der Taube. Und ich bin in Lara verliebt. Außerdem bin ich auch insofern anders als Tesla, weil es mir gelingen wird, seine Idee über die Todesstrahlen in die Tat umzusetzen…«

»Laßt die Geschichte Geschichte sein«, fällt ihm Aki ins Wort, der sich ärgert, weil der Dicke über Dinge redet, über die man schweigen soll. »Erklär lieber die Sehenswürdigkeiten, an denen wir vorbeifahren. Jenes wie aus vielen Rhomboiden zusammengewürfelte Gebäude drüben ist das Museum der Modernen Kunst. Schaut euch die Silhouette der Stadt und der Burg Kalemegdan von hier aus an, der barocke Turm gehört zur Kathedrale. Jetzt kommen wir gleich am Messegelände vorbei…«

Sie fahren unter Brücken hindurch.

»Das ist die Insel Ada Ziganlija. Der engere Flußarm, der dem rechten Ufer näher ist, wurde oben und unten mit absichtlich porösen Dämmen abgeschnitten, so entstand ein großer Badesee. Wir nennen ihn das Belgrader Meer«.

»Woher der Name dieser Insel?«

»Die Weisen von heute bemühen sich zu beweisen, daß er von alten Worten der Kelten abgeleitet ist. Sing soll Insel bedeutet haben,

Lia ein sumpfiges Terrain«, erklärt Lala selbstbewußt. »Aber das ist Quatsch. Ada ist auf Türkisch die Insel, es bedeutet schlicht Zigeunerinsel, da sie jetzt ein feiner Ausflugsort ist, darf es so nicht heißen...«

Die starke Motorjacht schneidet auch flußaufwärts mühelos die Wellen. An beiden Ufern des breiten Stromes haben hunderte von Hausbooten angelegt. Einige sind einfache, nur einige Quadratmeter große Hütten, andere kleine mit Türmen geschmückte Paläste aus Holz. Lara stellt fest:

»Schwimmende Datschas!«

Die meisten stehen nach dem Winter noch leer, an einigen haben jedoch Motorboote festgemacht, die Eigentümer sind gekommen ihre Wochenendhäuser für die neue Saison fit zu machen.

Von Zeit zu Zeit tutet es laut, und schwere Schleppkähne werden von Lastschiffen der Donaumündung entgegen gezogen, ihr starkes Boot kann freilich niemand überholen, allerdings schwankt es nach so einer Vorbeifahrt, als sei man mitten im stürmischen Meer. Im Vergleich mit Rhein und Main ist es ein geringer Verkehr auf dem Wasser.

»Wem gehört diese Jacht?«

Sie fahren tatsächlich am weitaus größten und luxuriösesten Schiff vorbei, das sie bisher gesehen haben, es paßt gar nicht zum Fluß und hat an einem Floß angelegt, wo sich ein Restaurant befindet.

»Es gehört einem pensionierten, hohen Polizeioffizier«, erklärt Aki. »Eine Zeitlang war er Chef der Abteilung für Kunstraub«.

Das findet Isi interessant.

»Und damit kann man hierzulande so viel verdienen?«

»Hierzulande kann man mit allem viel verdienen, man muß nur clever genug sein. Das Geld liegt buchstäblich auf der Straße.«

Erst als an den Ufern nichts mehr außer Wald und wildem Gebüsch zu sehen ist, hält Aki an und wirft Anker.

»Tee, Whisky, Kaffee? Macht es euch bequem...« Die Sonne brennt jetzt ordentlich, der Wind ist abgeschwächt. »Ich gehe schwimmen!«

»Ist das Wasser nicht viel zu kalt?«

»Das werden wir gleich sehen«.

Er geht in die Kabine, kommt bald in Schwimmhosen zurück, läßt eine kleine eiserne Leiter ins Wasser.

»Was ist, Mädchen? Soll ich allein ertrinken?«

Lara zieht sich sofort aus und springt nur in sehr knappem Höschen perfekt in den Fluß.

»Ich habe kein Badekostüm!« klagt Isi. Im Wiener Krapfenwaldlbad hat es ihr nichts ausgemacht oben ohne herumzulaufen, aber vor diesen zwei Männern findet sie es peinlich.

»Unten im Wandschrank
links finden Sie bestimmt etwas Geeignetes!«

Aki springt der Russin kopfüber nach. Lala bleibt in seinem bequemen Sessel sitzen. Unten macht Isi zufällig nicht die linke, sondern die rechte Tür auf, die aber nicht zu einem Schrank gehört, sondern in eine Kammer führt in der zwei Zementsäcke, mehrere Waschschüsseln, Seile, seltsame Ketten, die ihr wie Handfesseln vorkommen, herumliegen. Seile braucht man auf Wasserfahrzeugen, aber solche Ketten? Gegenüber liegen in einem Fach mehrere ordentlich gefaltete weibliche Badekostüme. Das ist auch verwunderlich. Die junge Frau findet ein einteiliges, das ihr gut paßt, zieht es schnell an und eilt an Deck. Aki und Lara kraulen flußaufwärts Das Mädchen ist schneller. Isi mag nicht springen, klettert vorsichtig hinunter, es gelingt ihr nicht gegen den Strom zu schwimmen, sie hat sogar Angst abgetrieben zu werden, das Wasser ist eisig kalt, schnell klettert sie wieder an Bord. Lala starrt sie an, als habe er noch nie eine halbnackte Frau gesehen.

Die beiden guten Schwimmer kommen bald zurück. Aki lacht und ruft noch aus dem Wasser:

»Unten finden Sie auch eine Toilette mit Handtüchern. Bringen Sie uns doch bitte auch einige hinauf!«

»Sie gehen nicht ins Wasser, Herr Professor«, fragt Isi schon unterwegs in die Kajüte.

»Leider kann ich nicht schwimmen!«

Die beiden Freundinnen trocknen sich unten gegenseitig ab. Sie sehen sich zum ersten Mal ganz nackt. Lara zieht Hose und Bluse einfach ohne Unterwäsche an und faltet ihr Höschen in ein Handtuch.

»Du schwimmst ausgezeichnet. Man sieht, daß du eine professionelle Sportlerin bist!«

»Du kannst bestimmt andere Sachen viel besser. Ich bewundere dich, daß du überhaupt in das kalte Wasser gestiegen bist. Bei uns ist das etwas anderes, bei uns schwimmt man auch im Winter, man bohrt das Eis auf...«

Es gibt heißen Tee mit Rum.

»Wozu haben Sie diesen Zement und das ganze Zeug an Bord?« fragt Isi, nur um die Konversation anzuregen.

»Um Menschen verschwinden zu lassen, die zu neugierig sind und zu viele Fragen stellen!« Aki macht eine bedeutende Pause. »Sie haben doch sicher gehört, wie man das macht. Man fesselt den Menschen, steckt seine Füße in die Schüssel, zementiert sie ein und wirft ihn in den Fluß wo er am tiefsten ist. Das übrige erledigen die Fische. Es gibt keine sicherere Methode um neugierige Personen verschwinden zu lassen«.

Lara zittert. Möglicherweise merkt ihr Körper erst im Nachhinein wie kalt es im Wasser war. Isi ist unsicher:

»Sie scherzen?«

Aki macht eine Pause bevor er endlich lächelt:

»Habe ich Sie erschreckt? Zement und Waschschüssel bringe ich zum Motel bei Grocka. Manchmal fällt die Wasserleitung aus, deshalb stellen wir in ein jedes Badezimmer so eine Schüssel hinein. Mit dem Zement müssen wir die Kaimauer unseres kleinen Hafens sanieren«.

Isi vergleicht unwillkürlich diesen gut gebauten schönen, gefährlich aussehenden Mann mit ihrem Sascha. Lala und Lara gehören zusammen, obwohl sie zusammen reichlich komisch wirken. Hier an Bord sind sie und der Schiffseigner ein Paar. Darf sie so etwas überhaupt auch nur denken? Ist allein ein solcher Gedanke Sascha gegenüber Untreue?

Aki widmet jetzt seine ganze Aufmerksamkeit der Einfahrt in die Mündung. Nicht einmal mit der kleinsten Geste hat er Isi gezeigt, daß er sie attraktiv findet, er war nur höflich. Ein gut erzogener Herr.

Beim Abendessen erzählt Isi aufgeregt über den schönen Ausflug.

»Du bist verrückt!« schreit der Detektiv auf eine Art und Weise, wie sie ihn noch nie gehört hat. »Du bist nicht normal! Wie konntest du nur?«

Isi steht auf.

»Mit mir darf niemand so sprechen, Herr Boch. Das habe ich nicht einmal meinen Eltern erlaubt. Steh auf, Sascha, wir gehen!«

Sascha bleibt sitzen und schweigt. Auf wessen Seite soll er sich stellen? Er ist auch erschrocken, wäre nie damit einverstanden gewesen, daß seine Freundin in solcher Gesellschaft abfährt ohne irgendjemand von ihrer Absicht zu unterrichten, aber er wagt es nicht sich mit ihr zu verzanken.

»Entschuldige den Tonfall«, sagt Micha, der sich beruhigt hat. »Du mußt verstehen, daß ich besorgt bin und mich für dich hier verantwortlich fühle. Herr Malić ist ein sehr gefährlicher Mann!«

»Versöhnt euch doch bitte!« schlägt Sascha vor.

»Gut!« sagt Isi und setzt sich. Eine Zeitlang scheint es jedoch als hätten sie einander nichts mehr zu sagen. Micha will nichts erläutern, Isi hat keine Lust mehr über ihre Erlebnisse zu erzählen, Sascha fällt auch nichts ein. Endlich ruft Micha den Kellner und zahlt.

26.

Lala zeigt Aki siegreich ein kleines Stück Papier mit einigen Zeilen, Zeichen, Buchstaben und Ziffern. Die beiden sitzen im Laboratorium am Rande der Höhle in den Bergen bei Bor. Die ernsten Tannen, die den Eingang zum unterirdischem Objekt bewachen, tragen hier oben noch immer Schnee und könnten jede Ansichtskarte über Winterlandschaften und Fremdenverkehr zieren, der Frühling ist in den Bergen noch immer nicht angekommen, es hat mehrmals heftig geregnet, und die Straßen sind matschig.

»Ich glaube, das ist es!« sagt der Wissenschaftler, der in seinem weißen Kittel ganz anders aussieht, als in den meist schlecht stehenden Anzügen aus Tweed, die er sonst bevorzugt.

»Und das soll jemand verstehen?«

»Wer die Formel Albert Einsteins versteht, wird auch meine Erfindung auf den ersten Blick begreifen...«

»Und wir anderen?«

»Ihr seid Analphabeten!« Lala zeichnet auf einem Blatt Papier den berühmten mathematischen Satz auf: $E=mc^2$.

»Und das bedeutet?«

»Mein Lieber, das betrifft Raum, Zeit, Endlichkeit, Atomismus, versteht Objektivität, Vollständigkeit, Kausalität, beinhaltet Chaos, Logik, Wahrheit und letztlich die Vereinheitlichung aller physikalischen Theorien. Tesla fehlten die Details der Kernspaltung, die Kenntnisse über die mögliche Entwicklung von Mikrostrahlen und einiges mehr, was nach seinem Rückzug aus dem aktiven Leben erforscht worden ist, am schlimmsten für ihn jedoch war, daß er Geistesblitze hatte, wie vielleicht sonst niemand in der Geschichte der Wissenschaften, aber nie genug Kapital um sie experimentell zu überprüfen und vielleicht auch keine Geduld, weil er zu viele Erleuchtungen auf einmal erlebte. Deshalb konnte er sein Lebenswerk nicht beenden, zumindest, nicht beweisen. Mir aber wird es gelingen!«

»Du willst mich nicht am Ende auf den Arm nehmen?« Der finstere Bandenchef schaut den Wissenschaftler mißtrauisch an. »Bist du dir sicher?«

»Ich werde dir jetzt etwas vorführen!« Lala holt aus einer Schublade einen roten Luftballon. »Blas ihn auf, du hast eine kräftigere Lunge als ich«.

»Was soll das?«

»Das wirst du gleich sehen!«

Aki gehorcht.

»Geh jetzt mit ihm hinaus und befestige ihn an einem Zweig jener Tanne so hoch wie möglich«.

Aki zaudert einen Augenblick, zuckt dann mit den Achseln und tut wie befohlen. Ein roter Kinderballon zwischen immergrünen Zweigen und Schnee. Hinter den Wolken, als folgte auch sie Lalas Inszenierung, erscheint die Sonne.

»Komm mit!« Lala geht voraus in das Innere der tiefen Höhle. Im Laboratorium befindet sich eine Art Kommandopult mit Schaltern und mehreren Bildschirmen. Der Wissenschaftler bewegt einige Knöpfe, auf einer der Mattscheiben erscheint der Ballon vor dem Hintergrund, den der Wald bildet. Danach legt er eine gewöhnliche Pistolenkugel zwischen zwei glasartige Teller einer Maschine.

»Beobachte den Ballon und drück auf diesen roten Knopf!«

Aki tut wie ihm geheißen. Der Ballon platzt, als sei er von einem Geschoß getroffen.

»Hast du das gesehen?«

»Erkläre es mir!«

»Das kleine Geschoß ist hier bei uns im Labor geplatzt, hat aber keinen Schaden angerichtet, denn die Energie ihrer Explosion haben wir weggeschickt. Noch einmal, pass auf! Wir haben die Energie, die durch die Explosion unseres Geschoßes entstanden ist, mit der Hilfe von Teslas Strahlen auf das Ziel emittiert, auf das wir mit meinem Apparat gezielt haben«.

»Das ist kein Trick?«

»Nein. Jetzt versuchen wir ein etwas komplizierteres Experiment«. Lala holt eine Handgranate aus der Schublade. »Was das ist, weißt du besser als ich, nicht wahr?«

»Gewiß doch!«

Lala legt das Wurfgeschoß auf dieselbe Stelle wo die Pistolenkugel war, anstatt derer nur etwas Metallstaub übriggeblieben ist.

»Wir gehen jetzt ein entsprechendes Ziel für unser Bömbchen suchen…«

Beide klettern etwa hundert Meter bergauf. Lala bleibt vor einem interessant gestalteten Felsbrocken stehen, der einige Meter hoch ist und überlegt einen Augenblick lang.

»Zerstören können wir ihn mit der Explosionskraft der Handgranate nicht, dafür brauchten wir Dynamit, TNT oder einen anderen starken Sprengstoff, aber der Fels ist ein gutes Ziel, und wir werden die Wirkung leicht überprüfen können«. Er holt noch einen Luftballon aus der Hosentasche. »Sei so gut, blas auch diesen auf. Irgendwie müssen wir ihn hier befestigen«.

Sie binden den Ballon mit einem kurzen Faden an einem Stein fest, denn sie auf den Fels legen und gehen in die Höhle zurück. Mit seinen Knöpfen spielend läßt Lala den Ballon wieder auf einem Bildschirm erscheinen.

»Vorläufig können wir nur auf Dinge zielen, die in Reichweichte der Kameras unseres Turmes sind, gleichzeitig werden auch die Übertragungsgeräte für die Strahlen ausgerichtet. Später hoffe ich, daß wir die Satelliten benützen können, die Autofahrern Fahrinformationen geben, das dürfte nicht zu schwierig sein, so ein gutes Navigationsgerät kann man heute für einige hundert Euro kaufen, und ich werde es in meine Apparate einbauen. In diesem Raum sollte es nicht gefährlich werden, aber wir legen für alle Fälle Panzerjacken an, setzen einen Schutzhelm auf und stellen uns hinter diese Stahlwand!«

Sie tun es und beobachten den Bildschirm durch ein kleines Fenster. Aki hat eine Art von Fernbedienung bekommen.

»Los, Feuer!«

Nach dem Knopfdruck beobachten sie die Explosion auf dem Bildschirm. Im Laboratorium ist nichts geschehen, auf der Platte des Apparates ist jetzt nur noch mehr Staub als letzte Spur der Handgranate. Lala wischt ihn mit einem Lappen weg.

»Jetzt hast du es gesehen. Tesla hatte auch eine andere Idee, nämlich, gewaltige mechanische Kräfte unterirdisch in große Ferne zu leiten, das kann man mit dem Wort Telegeodynamik beschreiben. Aus der Fachliteratur, die ohne weiteres auch im Internet zu finden ist, wissen wir, daß die Amerikaner die Möglichkeiten einer geophysikalischen Kriegsführung prüfen. Ich würde wetten, die Russen auch, aber die sind nicht so blöd, alles an die Öffentlichkeit durchsickern zu lassen. Das Problem für mich dabei ist nur, wie ich ein entsprechendes Zielgerät entwickeln könnte. Die mobile Navigation per Satellit ist hingegen relativ einfach mitzubenützen. Hast du irgendetwas verstanden?«

Aki hat sich selten so unbeholfen gefühlt, und das macht ihn wütend, er weiß jedoch, daß er es jetzt nicht zeigen darf, er braucht diesen seltsamen Kauz.

»Das wichtigste vielleicht doch, daß du tatsächlich irgendwo in weiter Ferne Explosionen durchführen kannst«.

»Atomexplosionen! Ich habe hier noch einige Experimente durchzuführen, aber im Prinzip ist das Problem gelöst. Wenn wir unsere Maschinen entsprechend vergrößern, können wir auf einer großen Platte fünfzig Kilogramm Plutonium in zwei Halbkugeln anordnen und versuchen die Kernspaltung auf eine Entfernung von, sagen wir erst einmal fünfzig Kilometer zu übertragen. Dafür brauchen wir Räume in denen ich arbeiten kann und in denen wir sicher sind. Ferner Plutonium. Das muß, wie gesagt, aus einem Land der ehemaligen Sowjetunion beschafft werden. Am schwierigsten wird es vielleicht sein, eine Wüste zu finden in der die Detonation stattfinden kann. Ich glaube, wir sollten in Afrika danach suchen. Dort wird es auch am leichtesten sein, die riesige Menge an elektrischem Strom zu beschaffen, die ich brauche...«

»Um Himmels Willen, wo findest du in Wüsten Stromerzeuger?«

»Keine Sorge, das ist überhaupt kein Problem. Ich benütze Solarenergie. Dazu brauche ich nur Platz genug, um Spiegelfelder aufzustellen. Im Vergleich zu den Todesstrahlen ist diese Energiegewinnung ein Kinderspiel. Natürlich brauchen wir entsprechende Finanzmittel, aber das ist dein Bier«.

»Wie viel Geld?«

»Sehr viel!«

»Und du behauptest, das alles, was du mir da erzählt hast, kann jemand auf Grund dieser Formel verstehen, auf Grund der Kritzelei kann man feststellen, daß du so etwas durchführen kannst?«

»Wenn er ein guter Fachmann ist, wird er zumindest erkennen, daß es Sinn hat sich damit zu beschäftigen«.

»Das ist schon ein Beweis dafür?«

»Das ist es!«

Aki holt aus der Westentasche seines Maßanzuges einen Kupferring mit einem gelben Stein, drückt darauf, und ein kleines Versteck öffnet sich.

»Ist da Platz für die Beschreibung deiner Idee?«

Lala überlegt einen Augenblick:

»Ich schreibe die Formel mit Tusche auf Pergament. Dann passt es...«

Er geht an sein grell beleuchtetes Pult, schneidet zwei Quadrate Pergamentpapier zurecht, schreibt vorsichtig und wedelt dann mit den Blättern, damit die Tusche trocknet. Selbst Aki stellt fest, daß die schwarzen Zeichen auf dem hellgrauen Hintergrund schön ausschauen. Er nimmt eines der kleinen Stücke in die Hand, faltet es vorsichtig zusammen, steckt es in das Versteck im Ring und klappt es zu.

»Steck das Schmuckstück an!«

Für Lalas Ringfinger ist der Reifen zu groß, seltsamerweise hat der dicke junge Mann kleine schmalfingrige Hände, aber auf den mittleren Finger paßt er wie angegossen.

»Verschaffst du uns auch ein Paar schöne Eheringe für Lara und mich? Aber wertvolle, kein solches Kupferzeug«.

»Kein Problem. Später, wenn hier alles fertig ist. Wann bist du mit deinen letzten Kontrollversuchen fertig?«

»Ich hoffe vielleicht schon morgen...«

»Gut. Jetzt zeige ich dir etwas!« Aki löst einen kleinen Schlüssel von seinem Schlüsselbund, schließt einen Wandkasten auf und zeigt eine Schalttafel mit einem schwarzen Knopf. »Ich muß jetzt nach Belgrad. Wenn du hier fertig bist, drückst du da drauf und beeilst dich wegzukommen. Nach dem Knopfdruck mußt du in höchstens einer halbe Stunde von hier verschwunden sein. Verstehst du was ich meine?«

»Ja. Warum denn?«

»Das solltest du begreifen, du Klugscheißer. Wir wollen doch keine Spuren hinterlassen! Fahre danach direkt in unser Motel bei Grocka. Ich komme heute nacht, spätestens morgen. Falls ich noch nicht da sein sollte, warte dort auf mich. Später hole ich dir Lara. Und mach keinen Blödsinn so kurz vor dem Ziel!«

Aki sorgt dafür, daß Lala eine Formel in den Ring auf seinem Finger steckt und nimmt die Kopie mit. Er fährt durch ein schweres Gewitter davon. Die Straße ist unsicher, er muß verteufelt aufpassen. Was für ein Fahrer ist eigentlich sein Genie, das sich im Alltagsleben immer so tollpatschig erweist? Hätte er ihm einen Fahrer und einige Leibwächter stellen sollen? In dieser Phase der Aktion wollte er jedoch nicht mehr Leute dabei haben als unbedingt notwendig.

Lala verbringt eine einsame Nacht auf dem harten Feldbett in der Höhle, weil er nicht in das Hotel am See fahren mag. Er hätte am Morgen lieber einen Kaffee, hat aber keine Lust ihn zu kochen; einen Filterbeutel in heißes Wasser zu stecken um Tee aufzubrühen, ist einfacher. Die letzten Berechnungen. Ein Versuch mit drei Handgranaten auf einmal. Jetzt ist er so sicher, daß er nicht einmal den Helm aufsetzt. Es wird schon nichts passieren. Ein trocken gewordenes Sandwich genügt kaum, der Wissenschaftler ist hungrig. War Nikola Tesla manchmal hungrig? Darüber gibt es keine Literatur.

Es gibt nichts mehr zu tun. Gegen Mittag packt er seine Schriften in ein Diplomatenköfferchen, das übrige in eine alte Reisetasche. Dann drückt er ein wenig wehmütig den Knopf und eilt zu seinem Opel.

Das war es vorerst! Er sehnt sich nach seiner Russin, die er schon drei Tage nicht gesehen hat. Aki hat ihm streng verboten sein Handy zu benützen. Den dumpfen Knall hätte er nicht gehört, die umliegenden Berge hätten ihn verschluckt, der grelle Blitz der Explosion wäre nur kurz und unbemerkt über den wolkenverhangenen Himmel gezuckt, Lala hätte überhaupt nichts mitbekommen, wenn er nicht auf der Wasserscheide der Straße gehalten hätte, um die vom Dreck verschmierten Rückspiegel und das hintere Fenster des Autos zu putzen. Auf dem Parkplatz dreht er sich gerade noch rechtzeitig um, um die schwarze Wolke über dem Wald aufsteigen zu sehen. Er stellt fest, daß sie eine ganz andere Form hat und natürlich viel kleiner ist als der Rauchpilz nach einer Kernexplosion, aber da er sich in der letzten Zeit so sehr mit diesem Thema beschäftigen mußte, erinnert ihn die Erscheinung an die Bilder, die er auf Fotos und Filmen eingehend studiert hat. Will er wirklich selbst so ein Monstrum erzeugen? Mit dem Druck auf den Knopf hat er sein Laboratorium im Berg vernichtet, den Turm mit den Kameras und der Kristallkugel auf seiner Spitze. Natürlich sind andere, auf die er nicht geachtet hat, ebenfalls am Werk gewesen, die Bauarbeiten ausgeführt, die Instrumente ausgepackt, Leitungen installiert und am Ende auch den Sprengstoff eingebaut haben. Das war keineswegs schwierig, sie haben die Nächte benützen können, die er in Belgrad mit Lara verbracht hat. Wenn er einen Fehler gemacht hätte, wäre er vielleicht selbst mit in die Luft geflogen, er wußte ja nicht, wo was versteckt war. Wenn die Explosion der Handgranate im Apparat nicht ferngeleitet worden wäre, hätten kein Helm und keine Panzerweste genützt, Aki und er wären beide in die Luft geflogen, weil sie kein Vertrauen zueinander gehabt haben und nicht wußten, was der jeweils andere tat.

Erst jetzt ist der junge Mann richtig erschrocken, weil er versteht, wie naiv er war und wie gefährlich der Mensch ist, mit dem er sich eingelassen hat. Er überlegt, ob er umdenken und neue, eigene Pläne schmieden könnte, aber er stellt erstens fest, dass es zu spät ist, und zweitens, daß ohne diesem Gangster sein Projekt niemand verwirklichen kann und, so glaubt er, der Trumpf sei jedenfalls auch weiterhin in seiner Hand.

Nichts weiß man von Teslas Liebesleben. Hatte er keines? Fühlte er sich von keiner Frau angezogen? Von keinem Mann? Es gibt Theorien, aber nichts Bestimmtes… In dieser Hinsicht bin ich auch ganz anders, denkt Lala. Gott sei Dank. Falls es ihn gibt.

Am selben Abend fährt ein schwarzer Geländewagen in die Garage einer Villa am südlichen Stadtrand von Belgrad. Die beiden Begleitfahrzeuge bleiben draußen, die Leibwächter steigen aus.

Zehn Minuten später kommt eine zweite Wagenkolonne an. Der graue BMW in der Mitte wartet nur einen Augenblick vor dem Garagentor, bis es sich öffnet. Aus den anderen drei Autos steigen junge Männer in dunklen Wetterjacken aus. Man betrachtet sich gegenseitig mißtrauisch, sagt aber kein Wort. Die hellen Punkte einiger brennender Zigaretten bewegen sich kaum.

Die Straße ist schlecht beleuchtet. Ein junges Paar, das in enger Umarmung vorbeigehen will, erschrickt und wechselt eilig die Straßenseite ohne ein Wort zu verlieren.

Aki, der Zigeunerprimas Jaschar und der Geigenbauer, Herr Razini empfangen in der Garage den ehemaligen Kommandanten der Garde. Aki holt einen Flachmann aus der Brusttasche:

»Einen Schluck?«

»Nicht jetzt. Wer zeigt sein Zeug als erster?«

»Mir egal!« Er winkt dem Zigeuner. Der holt einen nach dem anderen drei Baßgeigenkästen aus dem großen Auto, lehnt sie an die Wand und holt die Instrumente heraus.

»Was soll das?« fragt der pensionierte Oberst perplex.

»Spiel!« befiehlt Aki.

Jaschar fiedelt auf jedem der Instrumente einige krächzende Takte.

»Hört jemand einen Unterschied?«

Alle schütteln die Köpfe.

»Nun Sie!« wendet sich Aki an den Geigenbauer.

Herr Razini dreht die Kontrabässe mit den Saiten zur Wand, betrachtet sie einen Augenblick lang genau, um festzustellen, welchen er früher schon behandelt hat, holt ein kleines Messer aus der Westentasche und löst behutsam den Rücken des rechten Musikinstrumentes ab. In der Mitte ist eine gekrümmte, dünne Holzlatte eingebaut, die vom Griff oben hinunter bis zur Spitze durch den Hohlraum geht.

Der Oberst holt seinerseits eine längliche Holzschachtel aus dem Auto, die einem Geigenkasten auch nicht unähnlich ist. In ihr steckt ein Säbel. Er zieht die Klinge aus der Scheide und macht die Grußbewegungen, mit denen er hundertmal als Kommandant der Garde hohen Staatsgästen die Ehre erwiesen hat. Dann nimmt er die Waffe behutsam an der Klinge und hält den Griff ins Licht. Die vielen bunten Steine funkeln auf.

»Ist es das Original?« fragt Aki. Seine Stimme tönt ein wenig beschlagen, und er ärgert sich deswegen.

»Natürlich nicht!« sagt der Oberst im Ruhestand ruhig. »Aber es ist eine perfekte Attrappe!«

»Gestatten Sie?«

Der Gangster nimmt den Säbel ehrfurchtsvoll in die Hand. Einen ebensolchen hat Stalin selbst gesehen und wahrscheinlich auch berührt. Und dann hat ihn Tito als Geschenk bekommen. Selbst ein Krimineller vom Balkan wie Achilles Malić glaubt einen Hauch der Geschichte in der kalten Garage zu spüren.

»Für eine einfache Uhr haben die Räuber, die es aus dem Museum geklaut haben, allein deshalb drei Millionen Schweizer Franken bekommen, weil die Käufer glaubten, Tito habe sie vielleicht getragen!« sagt Aki leise.

»Immerhin war es eine Patek Philippe, 18 Karat Gold, aus einer Sonderserie hergestellt 1944...«

»Das wissen Sie? Haben Sie die auch...«

»Ich bitte Sie!« Der Oberst sagt nicht, ob er mit diesem Einbruch gleichfalls zu tun gehabt hat. »Die Uhr des serbischen Königs Petar I. Karadjordjević jedenfalls konnte nicht so gut verkauft werden. Sammler sind seltsame Käuze. Aber Tito ist heutzutage wieder in. Haben Sie von der Sache mit Hitlers goldenem Parteiabzeichen in Moskau gehört?«

»Nein«.

»Der russische Geheimdienst FSB, der Nachfolger des KGB, hat eine Ausstellung in Moskau veranstaltet und unter anderem das Parteiabzeichen Hitlers mit der Nummer 1 ausgestellt. Russische Soldaten haben es in Hitlers Bunker mit anderen Gegenständen die ihm, Eva Braun, Goebbels und dessen Familie gehört haben, ausgestellt. Das Ding ist von einem Sammler bestellt worden. Es ist einfach verschwunden. Gestohlen in einer Ausstellung, die der größte und gefährlichste Geheimdienst der Welt organisiert und sicher auch bewacht hat. Und ich garantiere, dieser Coup ist nicht ohne die Mitwirkung von Insidern im Dienst selbst gelandet worden. Was ich sagen will, ist nur, wir sind nicht anders, als unsere russischen Kameraden und brauchen uns nicht zu schämen!«

Aki dreht vorsichtig am Griff des Säbels. Er läßt sich aufschrauben. Er nickt zufrieden, so war es bestellt. Nun nimmt er aus seinem Jackett einen Umschlag mit dem Stück Pergamentpapier und zeigt es dem Offizier.

»Und?«

»Damit kann man mehr Sprengstoff herstellen, als Sie in allen Arsenalen jemals gehabt haben!«

Die Formel wird zusammengerollt wie eine Zigarette. Aki steckt sie in den Griff, das Schloß klickt zu. Nun nimmt der Offizier die Waffe wieder an sich. Mit fast feierlichen Schritten gehen beide auf die offene Baßgeige zu und befestigen den Säbel an der dafür vorbereiteten Latte.

»Zumachen!«

Meister Razini holt eine Konservendose und einen Pinsel aus dem Geländewagen, streicht vorsichtig die Ränder, paßt den Rücken am Körper des Instrumentes an, zupft die Saiten und nickt dem Zigeuner zu.

»Jetzt du!«

Jaschar spielt wieder einige Takte auf jeder Baßgeige. Man hört andächtig zu, als wäre es eine Messe in der Kathedrale.

»Merkt jemand den Unterschied?«

Wieder schütteln alle Anwesenden den Kopf. Aki greift plötzlich in die Brusttasche, so wie er den Flachmann und das Papier mit der Formel herausgeholt hat, zieht eine Pistole heraus und schießt ohne den Gesichtsausdruck zu verändern, ohne Warnung, erst dem Geigenbauer, dann dem Zigeuner in den Kopf. Sie haben keine Zeit gehabt zu reagieren, man hört keinen Schrei, nur den dumpfen Aufschlag ihrer Körper. Der Oberst und seine Leibwächter, sowie Akis Begleiter, haben auch ihre Waffen gezückt und aufeinander gerichtet.

Aki steckt seine Pistole ruhig in den Gürtel.

»Wir brauchen keine Zeugen, Herr Oberst!« und zu seinen Leuten. »Weg mit ihnen! Aufwischen!«

Die beiden schwarzen Plastiksäcke waren augenscheinlich schon vorbereitet. Einer der jungen Männer holt einen Lappen und geht zum Wasserhahn in der Ecke. Außer dem Schrubben und dem Geräusch, das dadurch verursacht wird, daß die Leichen eingepackt werden, herrscht im Raum eine Zeitlang Mäuschenstille.

»Und wenn ich und meine Männer geglaubt hätten, daß Sie mich umlegen wollen?« fragt der pensionierte Offizier mit merklich heiserer Stimme.

»Warum sollte ich? Wir brauchen einander doch auch weiterhin, nicht wahr? Dann also weiter, wie verabredet!«

Zuerst verläßt der BMW die Garage. Die Begleiter springen in ihre Autos und rasen ab. Kurz danach fährt auch Akis Wagenkolonne mit den Baßgeigen und den Leichen in eine andere Richtung in die Belgrader Nacht. Ein einsamer Wächter löscht das Licht in der Garage und schließt ab.

27.

Isi findet wieder Gefallen an der Arbeit am Computer in Michas Detektei mit dem wunderbaren Blick durch die großen Fenster auf den Fluß und die Insel mit den frühlingsgrünen Bäumen und den Hochhäusern auf den Hügeln am anderem Ufer. Mit Tastendruck und der Maus in der Hand suchen, den Cursor über die Bildfläche huschen lassen und plötzlich fündig werden, in neue Welten eindringen, ist ein echter Genuß, es klickt nicht nur auf der Tastatur, sondern sozusagen auch im Kopf und erzeugt Glücksgefühl, Adrenalin.

Die junge Frau entdeckt, daß allein schon die Verbindung zwischen Zeitungsberichten im Internet mit Begriffen in den Suchmaschinen neue Möglichkeiten eröffnet, man muß nur die richtigen Wörter eingeben. Nicht jede Konstellation ergibt auf den ersten Blick neue Einsichten, aber oft schon auf den zweiten. Es gelingt ihr mühelos Kontakte mit Interpol und Europol herzustellen. Auch geheime oder zumindest auf Vertrauen angewiesene Organisationen haben ihre Sites im Internet, und es ist möglich tiefer in ihre Dateien einzudringen, als es ihnen lieb sein kann. Isi fällt nicht ein, daß damit möglicherweise absichtlich auf falsche Fährten geführt wird, ob man allzu Neugierige auf diese Weise an der Nase herumführt, aber auch feststellt, wer da zu vorwitzig ist. Wichtig ist jedenfalls zu erfahren, was wo unter demselben Datum angegeben ist, auch das läßt manchmal unerwartete Verflechtungen erkennen. Es gilt alles zu untersuchen, was mit Kunstraub, Juwelenraub und Hehlerei zusammenhängt, man kann unvermuteten oder auffallenden Nebensträngen nachgehen, hat das angenehme Gefühl schwer zu arbeiten, aber sich gleichzeitig auch noch prächtig zu unterhalten. Im modernen Leben braucht man Superspezialisierungen. Vielleicht hat sie eine gefunden: Kunstgeschichte und Kriminalitätsbekämpfung. Sollte sie auch Jus inskribieren oder die Möglichkeit prüfen an einer Polizeiakademie, eventuell in England, weiter zu lernen?

Aki, dieser Aki, von dem ihre neue Freundin Lara eine solche Heidenangst hat, aber von ihm, wenn auch selten, flüsternd mit einer seltsamen Begeisterung, ja sogar Bewunderung spricht und schwärmt, der ihr selbst aber ebenfalls auf prickelnde, aufregende Weise gefällt, heißt also eigentlich Achilles Malić und taucht in der Suchmaschine in seltsamen Zusammenhängen auf. Sohn eines Professors der Altphilologie mit einem Namen aus der Ilias und jetzt Berufskrimineller in Serbien. Ja, gibt es so etwas tatsächlich? Ein Jammer, daß sie das ihren braven Eltern nicht berichten kann, Vater würde es nicht verstehen oder interessieren, aber Mama wäre wahnsinnig vor Angst, daß sie mit diesem Typ Bootsfahrten ins Ungewisse gemacht hat.

Verknüpfungen erregen neuen Gedanken. Berichte über den Diamantenraub in Italien, den Micha und sein israelischer Partner so erfolgreich gelöst haben, führt zu einigen Namen in Serbien, die meisten sind Roma, und die wiederum werden an anderen Stellen, wenn auch nicht direkt, so doch gleichzeitig mit Achilles Malić erwähnt. Sie macht ihren Chef darauf aufmerksam, er hat davon keine Ahnung gehabt. Die Diebe, die festgenommen wurden, sind Verwandte des bekannten Chefs einer Zigeunerkapelle, eines gewissen Jaschar, der regelmäßig überall aufspielt, wo Malić, genannt Aki, Feste veranstaltet hat. Das hat er oft, auch darüber gibt es Angaben in Zeitungen, und die findet man dank der Suchmaschine ohne weiteres. Keine Geheimnisse, nichts Mysteriöses... Der Mann hat immer wieder wichtige Personen eingeladen, Taicoons, aktive und pensionierte Offiziere, der Name eines Obersten der Garde zum Beispiel taucht mehrmals auf, hohe Polizeibeamte, Vertreter von Parteien, bekannte Ärzte, Künstler, Musiker, sogar Diplomaten. Niemand in diesem Lande scheint seine Gesellschaft gescheut zu haben.

»Ja, aber was soll das?« fragt Micha.

»Das weiß ich nicht, aber ich finde es interessant«. Isi ist ein wenig enttäuscht, daß sie keine große Begeisterung ausgelöst hat. »Die Diebe, die mit deiner Hilfe festgenommen worden sind, sind Jaschars Verwandte, und der wiederum spielt Aki auf«.

»Mein liebes Kind, hierzulande ist jeder mit jedem verschwägert oder verwandt, Roma ganz besonders. Das bedeutet gar nichts, und selbst wenn es etwas bedeuten würde, wäre es noch lange kein Beweis...«

Micha weiß, dass er mit seiner Skepsis Isi anspornt. Die junge Österreicherin bohrt weiter und stellt fest, daß die Kapelle dieses Jaschar oft im Hotel »Jugoslavija« spielt. Am selben Abend, an dem sie das ausfindig macht, hört sie sich die Musik an, findet sie ganz gut, etwas zu laut und exotisch, die Blechinstrumente, die eingesetzt werden, scheppern zu schrill.

Lara sitzt wieder einmal allein im Foyer, läßt sich einladen um mit ihrer neuen Freundin auf Sascha und Micha, vielleicht auch auf ihren Professor, der schon wieder einige Tage lang nicht erschienen ist und sich nicht einmal telefonisch gemeldet hat, im Restaurant zu warten.

Fast alle Tische sind besetzt, meist nur mit Männern. Jedermann in Serbien scheint sehr laut zu sprechen, die vielen Menschen würden die Musik übertönen, wenn diese sich nicht die Mühe geben würde doch die Oberhand zu behalten. Der Primas bemerkt, daß die beiden Ausländerinnen, die so oft da sind, wahrscheinlich auf ihre Männerbegleitung wartend, allein sitzen. So etwas nützt man aus. Er kommt an ihren Tisch, geigt Isi ins Ohr.

»Sind sie Herr Jaschar?«

»Nein«, sagt der Geiger überrascht. »Er ist verreist. Ich vertrete ihn. Man nennt mich Maki…!«

»Darf man fragen, wo er ist?«

»Wissen wir nicht genau, schönes Fräulein. Herr Malić hat ihn irgendwohin bestellt. Sie kennen doch Herrn Malić, ist oft mit Dame aus Rußland hier und kleinen Professor, nicht wahr? Wir sollen später nachkommen. Und was darf ich für Sie spielen? Kostet nichts, nur für ihre schönen Augen!«

Isi fällt nichts ein, aber Lara sagt:

»Dann das Lied über die schwarzen Augen, *otschi tschornoje!*«

Die Zigeuner musizieren und Lara singt leise vor sich hin. Es wird stiller im Saal. Einer der Kellner erkennt die Situation und richtet einen Scheinwerfer auf die Russin. Der Primas geht rückwärts, lockt, sie steht tatsächlich auf, jemand bringt ihr ein Mikrophon. Lara rührt sich anfangs nicht, macht dann wie hypnotisiert, zögernd den ersten, immer selbstbewußter den zweiten, dritten Schritt, bald steht sie in der Mitte des Saales. Die meisten Gespräche an den Tischen werden abgebrochen. Dann flüstert sie dem Zigeuner etwas ins Ohr und singt ein zweites russisches Lied, den Walzer von Sewastopol.

Applaus. Lara küßt den hübschen jungen Geiger, der sie an ihren Usbeken in Moskau erinnert, auf die Wange, und er flüstert ihr ins Ohr:

»Morgen fahren wir nach Kosovska Mitrovica. Kosovo, Sie wissen, Stadt wo Serben die Mehrheit haben... Jaschar wird dort sein. Und Herr Aki. Da soll ein Fest veranstaltet werden. Und ich glaube Professor kommt auch... Aber nicht verraten, daß ich gesagt habe!«

Tatsächlich bekommt sie etwas später auf ihrem Handy eine SMS-Botschaft von Lala:

»Mußte dringend weg. Melde mich bald. Ich liebe dich«.

Sascha kommt später, ißt nur eine Kleinigkeit, er sagt, Micha sei müde und nach Hause gefahren. Isi gibt ihm einen Kuß.

»Stell dir vor, Lara hat hier im Saal gesungen. Russische Lieder! Schade, daß du nicht da warst. Sie singt sehr gut!«

Am nächsten Tag kurze Sitzung in Michas Chefbüro. Buchhalter Michalitsch erstattet Bericht. In den letzten Monaten übersteigen die Ausgaben die Einnahmen. Gorans Begräbnis war ziemlich teuer und unvorhergesehen, die monatlichen Zuweisungen an seine Familie sind großzügig, vertraglich jedoch nicht weiter notwendig, die beiden Partner haben bisher ihre Bezüge aufgrund ihrer geleisteten Arbeit verteilt, die Gehälter der beiden neuen, jungen Mitarbeiter sind für die hiesigen Verhältnisse außerordentlich hoch...

Micha hört anfangs kommentarlos zu, dankt Michalitsch für den Bericht; über die Angelegenheiten wie die Versorgung der Familie seines ermordeten Partners, welche Mitarbeiter er brauche und was sie der Firma wert seien, würde allerdings auch weiterhin er selbst allein entscheiden. Dann klagt er, daß die wichtige Geschichte mit dem Exponat, das sie für den Israeli suchen, keinen Fortschritt macht, er muß sich aber trotzdem mit dem Kleinkram beschäftigen, von dem sie leben, zum Beispiel will Siemens, Deutschland, mehr über Partner im Süden Serbiens und im Kosovo wissen, eine Firma aus New Mexico interessiert sich für Investitionsmöglichkeiten in Belgrad und Bor, wo nicht nur Kupfer, sondern auch Gold zu schürfen sei, möchte außerdem mehr über die Bonität von Baufirmen und vom Hotelgewerbe erfahren, fragt nach guten Juwelieren und ob es Möglichkeiten für die Organisation einer kleinen Diamantenschleiferei im Lande gebe.

»Ich werde etwas dazu herausfinden, so wie ich im Internet Querverbindungen gefunden habe, die darauf hinweisen, daß Malić irgendwie in den Diamantenraub, den du mit Herrn Ariel gelöst hast, involviert war...«, sagt Isi. »Ich finde auch noch ganz andere Dinge!«

»In etwas involviert sein ist eine hübsche Ausdrucksweise«, meint Micha ironisch. »Was willst du damit sagen? Dafür habe ich dich bereits gelobt...«

»Ich will sagen, daß er auch mit Stalins Säbel in Verbindung stehen könnte! Es bestehen einige Querverbindungen!« Jetzt ist es heraus, was sie sagen wollte.

»Interessant. Diese Querverbindungen, wie du sie nennst, mußt du mir demnächst, wenn wir etwas mehr Zeit haben, genau erklären!« Micha nimmt den Hinweis nicht ernst. Oder er tut nur so. »Schau, Mädchen, dein Freund und ich müssen uns jetzt um unser tägliches Brot kümmern. Die Butter, ich meine, die großen, aber unsicheren Fälle, muß ich im Augenblick wieder einmal warten lassen. Oder du übernimmst sie so nebenbei... Hat noch jemand etwas zu sagen?«

Isi ist nicht die Person, die leicht aufgibt.

»Ich habe geglaubt, du hast Sascha und mich gerade wegen der großen Fische, wie du sie nennst, genommen! Ich habe es nicht nötig eurer Firma zur Last zu fallen!«

Sascha hält sich aus diesem Streit zwischen dem Onkel und seiner Freundin heraus, es ist ihm so peinlich, daß er nicht weiß, was er sagen sollte. Micha steht auf:

»Goldrichtig. Deshalb forsche heute bitte weiter im Computer nach allem was, wie du sagst, involviert ist und Querverbindungen ergibt. Nebenbei sieh doch nach, ob du etwas über diese Firma aus den Staaten findest, die sich bei uns gemeldet hat. Die ist aus New Mexico, nicht wahr? Aus dieser Gegend haben wir noch nie Klienten gehabt. Ist sie aus Santa Fe? Nannte sie sich NAC? Was ist eigentlich NAC?«

»Habe ich schon festgestellt. News and Consulting!«

»Bravo! Was die sich für Namen ausdenken. Egal, überprüfe wo die noch auftauchen und was sie sonst alles machen. Aber was werden die schon über sich sagen, außer das Beste? Wie sind sie auf uns gekommen, wer hat uns empfohlen? Gibt es, wie du es so lieb nennst, in dieser Hinsicht Querverbindungen irgendwohin? Sascha kommt mit mir, am Abend sehen wir uns!«

Isi sucht nur kurz. NAC war in Israel zuerst in Tel Aviv vertreten, hat jedoch vor kurzem das Büro nach Netanya verlegt. Das ist keine Großstadt, ist nicht einmal in diesem kleinen Land besonders bedeutsam, wieso ausgerechnet dorthin? Und dort ist auch der Herr David Ariel ansässig. Ist das ein Zufall? Darauf muß sie Micha am Abend aufmerksam machen. Dann ruft sie das Hotel »Jugoslavija« an und läßt sich mit Lara verbinden.

»Bist du da?«

»Wo soll ich schon sein?«

Isi kommt auf eine Tasse Tee hinüber ins Hotel und bringt ihre Freundin endlich dazu, mehr über ihre Ankunft in Serbien zu sprechen. Bisher hat sie das immer vermieden, nur Andeutungen gemacht. Als Prostituierte sollte sie verkauft werden? Wie interessant! Der Ärztetochter kommt das vor wie eine Filmstory. Und Aki hat sie gerettet, aber nie mit ihr etwas haben wollen, nur mit dem komischen, kleinen Professor bekannt gemacht? Lara verschweigt die Morddrohung, die fruchtbaren Stunden im Kellerverließ.

»Wo steckt er überhaupt, dein gelehrter Freund?«

»Weiß ich nicht. Er hat mir nur eine Botschaft hinterlassen, ich soll auf ihn warten!«

Isi überredet die Russin, Lala zu suchen. Wie erwartet hebt in seiner Wohnung niemand ab. Sein Handy ist nicht eingeschaltet. Lara ruft sogar in seinem Heimatdorf an, seine Eltern freuen sich, daß sie sich meldet, wissen aber auch nicht, wo er sich im Augenblick befindet, sind nicht besorgt, wenn er viel zu tun hat, läßt er manchmal wochenlang nichts von sich hören, erscheint dann hungrig und müde, ißt schrecklich viel und schläft sich aus.

Der Wissenschaftler hat Lara ausdrücklich gebeten, nie im Atominstitut nach ihm zu fragen, Lara kennt nicht einmal die Nummer. Isi findet sie im Telefonbuch, fragt auf Englisch nach Professor Perin, da man natürlich wissen will, wer ihn sucht, stellt sie sich als Dozentin der Universität Wien, Institut für Nuklearphysik, vor, man verbindet sie weiter, und sie erfährt, daß der Herr Professor zwei Wochen Urlaub genommen hat. Man will wissen, ob etwas Dringendes vorliege oder man freundlicherweise warten wolle, bis er zurück sei? Soll er sich dann vielleicht melden? Nein, er habe leider nicht gesagt, wo man ihn finden könne, aber seine Handynummer könne man gerne nennen... Es ist dieselbe Nummer, die Lara schon vergeblich angerufen hat. Und dann hat Isi eine Idee.

»Du! Er könnte in deinem Motel sein!«

»Meinem was?«

»Deinem Bordell! Wo du warst! Er und Aki machen doch etwas gemeinsam, Mädchen, das ist klar. Und dort ist Aki der Herr! Hast du die Telefonnummer von dem Haus?«

»Aber nein!«

»Wie hieß es doch gleich?«

Lara und Isi gehen zur Rezeption und fragen, ob man das Telefon des Motels »Zum Heiligen Nikolaus dem Seefahrer« kenne? Der Mann an der Rezeption zuckt nicht mit den Wimpern und schreibt die Nummer auf einen Zettel.

»Willst du?« fragt Isi, wählt dann selber, weil die Russin entsetzt den Kopf schüttelt. »Sprechen sie englisch? Wunderbar! Universität Wien, Institut für Kernphysik. Gibt es bei ihnen einen Herrn Professor Perin? Aha. Er ist nicht im Hause? Vielen Dank!« Isi hängt auf und erklärt Lara. »Für ihn ist eine Suite reserviert. Wir fahren sofort hin!«

»Nie im Leben!«

»Doch! Jetzt gleich! Ich fühle, da ist etwas! Der Herr Boch, der berühmte Detektiv, der wird sich noch wundern. Wir lösen den Fall Stalins Säbel allein. Der Buchhalter der Firma hat geklagt, Sascha und ich bekommen zu viel Geld und tun zu wenig und Micha hat ironisch gesagt, ich soll die Geschichte übernehmen. Ich übernehme sie jetzt wirklich! Alles ist ideal. Der Rom, der Geiger, hat gesagt, sie fahren wegen Aki ins Kosovo. Das bedeutet, daß weder Aki noch dein Lala, da sind. Unter einem Vorwand gehen wir in Lalas Zimmer, die wissen sicher, daß du die Freundin des Professors bist und werden uns nicht daran hindern. Du, wenn wir den Säbel dort finden! Gerade weil ihn dort niemand vermutet! Zumindest könnten wir auf eine Spur stoßen!«

»Lala und Stalins Säbel! Du bist verrückt!« stellt Lara fest, läßt sich aber von der energischen Freundin überreden.

Das Automobil, das Micha für Sascha geleast hat, ein unauffälliger Nissan, steht vor Michas Detektei, der Reserveschlüssel ist bei der Sekretärin. Eine Autokarte ist glücklicherweise dabei. Die beiden jungen Frauen fahren erst durch die Stadt, danach durch eine schöne Landschaft mit vielen blühenden Obstbäumen. Links taucht manchmal zwischen den Weinbergen die Donau auf.

Isi ist voller Abenteuerlust, Lara bemüht sich, ihre Angst zu verbergen, beherrscht sich nur mit größter Mühe. Die Tafel mit dem schönen Namen des Hotels sehen sie schon aus der Ferne. Das mit roten Ziegeln bedeckte Dach duckt sich zwischen grünen Tannen. Lara stellt fest, daß sie sich an nichts erinnern kann, sie ist mitten in der Nacht angekommen und wurde von den zwei Leuten Akis unter den seltsamsten Umständen weggebracht, also sagt sie lieber kein Wort. Der Parkplatz ist fast leer. Sie gehen zum Eingang, fragen nach Professor Perin.

»Der ist nicht da! Aber ich!« Hinter ihnen stehen plötzlich Aki und einige junge Männer mit kahlgeschorenen Köpfen. »Willkommen, meine Damen! Ihr seid viel naiver, als es erlaubt ist. Der Mann von der Rezeption vom Hotel ›Jugoslavija‹ hat mir natürlich sofort gemeldet, daß ihr wahrscheinlich im Anmarsch seid!«

Hilfesuchend wendet sich Lara um. In der Empfangshalle ist niemand, der Hilfe leisten könnte. Der Portier hinter dem Pult lächelt eisig.

Im Befehlston sagt Aki zu seinen Leibwächtern:

»Bringt sie in den Keller und kettet sie in getrennten Zellen an!«

28.

Aki hat drei Zigeunerkapellen engagiert. Eine nach der anderen melden sich ihre Chefs in seinem Büro im Hotel »Jugoslavija. Die erste schickt er nach Banja Luka in Bosnien. Seine einzige Bedingung ist, anstatt der eigenen sollen sie eine Baßgeige mitnehmen, die er ihnen in einem neuen teuren, großen Geigenkasten zur Verfügung stellt. Die Musikanten wundern sich, sind aber einverstanden. Sie sollen dort in einem Hotel, das fast nur von Serben frequentierten wird, auftreten, und Aki bezahlt im voraus. Was sie nicht wissen können: Akis Leute werden auf beiden Seiten des Grenzflusses Drina zwischen Serbien und Bosnien genau beobachten wie sie hinüberkommen, ob sie sich verdächtig machen, ob man sie besonders überprüft.

Die zweite Gruppe schickt er nach Timisoara in Rumänien. Auch sie muß eine seiner Baßgeigen im Kasten mitnehmen, auch sie soll dort musizieren. In der westrumänischen Stadt lebt eine starke serbische Minderheit. Über die rumänische Grenze gelangen die Roma ebenfalls ohne Probleme.

Erst nach diesen beiden Versuchen holt sich Aki Jaschars Stellvertreter Maki in sein Büro und gibt ihm den Auftrag nach Kosovska Mitrovica zu fahren. Maki will jedoch den neuen Geigenkasten nicht mitnehmen.

»Der ist zu vornehm, Boss, der fällt auf. So was haben keine Zigeunerbanden. Ist nicht gut!«

Aki staunt. Die anderen, die ihn kaum kennen, haben ohne weiteres gehorcht, dieser Mann, der nicht einmal Primas der kleinen Kapelle ist und der wissen muß, daß sein Chef, Jaschar und Aki schon so manches gemeinsam unternommen haben, außerdem, daß er vor einer gefürchteten Respektsperson steht, untersteht sich widerspenstig zu sein.

»Was fällt dir ein?«

»Ich bin doch nicht dumm, Boss! Das Instrument liefere ich ab, wo Sie wollen, aber der Kasten ist falsch!«

Da ist es sinnlos weiter so zu tun, als handle es sich nur um Musik. Aki sieht ein, daß der junge Zigeuner schlauer ist, als er dachte.

»Also, hör mal! Ich habe probehalber schon zwei Kapellen mit derselben Art von Kasten nach Bosnien und Rumänien geschickt und die sind ohne weiteres durchgekommen!«

Maki scheint nicht neugierig darauf zu sein, um was es sich handelt, bleibt jedoch beharrlich.

»Kosovo ist nicht Bosnien und nicht Rumänien. Und entschuldigen Sie Boss, wenn jemand bemerkt hat, daß in zwei Richtungen schon solche Kasten gegangen sind, dann fällt der dritte erst recht auf. Ist das Ding im Kasten oder in der Geige?«

»Was für ein Ding?« fragt Aki bestürzt.

»Das geht mich natürlich nichts an!«

»Du bist ein besonders schlauer Bursche!« Aus der Brusttasche holt er diesmal nur seine Brieftasche und kramt einen Fünfhunderteuroschein hervor. »Nur für dich, abseits vom Rest des Geschäftes. Na gut. Ich sage es dir. Was es ist, geht dich wirklich nichts an, für mich ist es sehr wertvoll, dir würde es nichts bedeuten. Verstanden? Es ist im Instrument. Was schlägst du vor?«

»Ganz einfach! Wir stülpen den Sack von unserem alten Kontrabaß über Ihr Instrument. Sonst machen wir alles, wie Sie sagen. Dort drüben erledigt Jaschar das übrige, nicht wahr? Ich weiß nicht, was mit ihm los ist, sein Handy klingelt, aber er meldet sich nicht!«

Aki will nicht zeigen, wie sehr er sich ärgert. Zwei solche Fehler! Er hat Jaschar, nachdem er ihn erschossen hat, nicht die Taschen durchsuchen, nicht das Handy abnehmen lassen. Die Funkverbindung dringt in die Grube, wo der Leichnam verscharrt ist. So könnte ihn die Polizei ohne weiteres finden, wenn sie auf die Idee käme, nach ihm zu suchen. Hoffentlich ist der Akku bald leer. Und was den Geigenkasten angeht, hat dieser dumme Zigeuner auch recht. Wozu hat er so viel Geld für diese besonders schönen Behälter ausgegeben, wie sie vielleicht von Philharmonikern benützt werden, aber sicher niemals von serbischen Roma? Er hatte wohl irgendwie gedacht, was teurer ist, ist stets das bessere, aber, wie sich herausstellt, ist es nun einmal nicht immer so! Er nimmt sich vor, vorsichtiger zu sein, viel vorsichtiger: Ich darf nichts übereilen, jetzt vor dem Ende meiner größten Aktion schon gar nicht!

Auf den Schreck holt er eine Schnapsflasche aus dem Wandschrank.

»Trinkst du einen mit mir?«

»Große Ehre, aber bitte sehr zu entschuldigen, Chef! Ich trinke nie Alkohol. Ist nicht gut in meinem Geschäft!«

In meinem auch nicht, denkt Aki, lehrt das Gläschen und gießt sich gleich ein zweites voll.

»Mann, dein Jaschar trinkt aber wie ein Loch. Auf dein Wohl! Du gefällst mir. Wenn du magst, bleiben wir auf jeden Fall in Verbindung! Solche Leute, wie dich, kann ich brauchen. Zigarette?« Der muß auch schnell liquidiert werden, denkt der Gangster.

Maki nimmt dankbar an.

»Freut mich, freut mich wirklich. Jaschar ist für mich wie ein Vater. Was die Musik angeht, habe ich alles von ihm gelernt, aber seine Leber ist schon weg, ich fürchte, er macht es nicht mehr lange...«

»Und dann bist du der Primas, was?« Man kann dem jungen Zigeuner nicht sagen, daß Jaschar schon »weg« ist. »Habt ihr Autos oder soll ich euch lieber einen Minibus zur Verfügung stellen? Alles ist vorbereitet. An der Grenze werdet ihr von einem Mann von der UNMIK, der Mission der Vereinten Nationen im Kosovo, erwartet, alles ist verabredet«.

»Fahrzeuge hätten wir schon, aber wenn Sie eines zur Verfügung stellen...«

»Gut. Du mußt die Geige jetzt nicht mitschleppen, sie wird schon im Wagen sein, wenn er euch abholen kommt«.

Man verabredet sich über den Zeitpunkt der Abfahrt, verabschiedet sich mit Handschlag. Im Minibus sorgen zwei Vertraute von Aki dafür, daß alles wie geplant abläuft, einer fährt, der andere sitzt hinten neben Maki. In Kosovska Mitrovica wird den Musikern mitgeteilt, daß sie nicht hier, sondern in Peć, im Süden der Provinz im Kirchhof des altehrwürdigen Klosters spielen sollen, es ist der Tag des Familienheiligen, eines im Ort hoch angesehenen Mannes, Jaschar sei schon vorausgefahren. Das klingt logisch.

Das Auto fährt weiter nach Prishtina. Der internationale Beamte sorgt dafür, daß sie am Flugplatz direkt auf die Piste fahren können. Sie halten vor einem Privatflugzeug mit einer in grellem Grün gehaltenen arabischen Inschrift. Die Musikanten müssen im Auto bleiben, die Baßgeige wird ausgeladen und in den Flieger gebracht. Maki wundert sich nicht besonders, er hat so etwas Ähnliches erwartet.

»Wo kriegen wir einen anderen Kontrabaß?«

»Keine Sorge. Erwartet euch vor Ort!«

Nachdem sie das Gelände des Flugplatzes verlassen haben, sagt er zu Akis Leuten, er und seine Männer seien schon ziemlich hungrig, ob man nicht irgendwo halten könne um eine Kleinigkeit zu essen?

»Jetzt unterwegs geht das auf keinen Fall. Die Albaner sind auf Autos mit belgrader Kennzeichen und Zigeuner nicht gut zu sprechen, das wißt ihr doch. Ihr müßt schon durchhalten bis wir im Kloster sind, dort sind wir sicher und werden bestens versorgt!«

Die fünf Musiker sind nicht zum ersten Mal im Leben hungrig. Vier von ihnen schlafen gleich ein, nur Maki beobachtet neugierig die Gegend. Er war noch nie im Kosovo. Außer den für ihn unverständlichen Inschriften in albanischer Sprache ist nichts anders, als in Serbien. Prishtina ist zum größten Teil eine moderne Stadt, wie jede andere in der serbischen Provinz. Viele junge Frauen sind auffallend hübsch, keine einzige hat ein Kopftuch, wie sie sich Mosleminnen unter das Kinn binden. Das wundert den Geiger ein wenig, in Sarajewo, wo er vor kurzem aufgetreten ist, hat mindestens die Hälfte der weiblichen Bevölkerung diese charakteristische Kopfbedeckung getragen. Hier sind Baskenmützen in Mode, aber viele Mädchen gehen barhaupt und tragen ihre Haare lang.

»Wie weit ist es noch?«

»Höchstens eine halbe Stunde...«

In einem Dorf steigt der Mann von der UNMIK aus.

»Was ist los?« fragt Maki.

»Keine Sorge. Von hier aus ist es sicher...«

Man fährt an einem reißenden Bergfluß vorbei. Die Dörfer wirken jetzt armseliger. Spitze Türme von Moscheen kennzeichnen die Landschaft. An einer Kreuzung hält der Wagen. Etwa zweihundert Meter entfernt steht ein schwarzer Audi am Straßenrand.

»Nur einen Augenblick! Bleibt ruhig sitzen!«

Der Fahrer und der Begleiter steigen aus und gehen in Richtung des anderen Wagens. Die vier Musiker dösen weiter vor sich hin, Maki schaut den beiden Männern Akis verwundert nach. Der Minibus fliegt mit einer großen Explosion in die Luft. Der Geiger ist noch am Leben und sieht, wie die beiden ruhig zurückkommen und seinen

Musikern, einem nach dem anderen, in die Köpfe schießen. Unwillkürlich schließt er die Augen bevor er auch umgebracht wird.

Die Killer setzen sich zu ihrem Freund in den Audi und fahren ruhig zurück nach Serbien.

Der serbische Rundfunk sendet am Abend die Nachricht, daß ein Kleinbus aus Belgrad von albanischen Terroristen gesprengt worden sei. Die Opfer, bekannte Romamusiker aus Belgrad, waren auf der Fahrt zu einem Familienfest im Kirchhof des Patriarchenklosters in Pec. UNMIK und KFOR kündigen eine strenge Untersuchung an. Es hagelt Proteste von allen Seiten.

In Dubai wartet Prinz Mahdi al Chalid bin Fahd auf seinen Privatjet in dem Stalins Säbel oder zumindest der Beweis, daß er überhaupt existiert, ankommen soll. Seine Hoheit hat im teuersten, einzigen siebensternigen Hotel der Welt, dem segelförmigen »Burj Al Arab«, eine der beiden Königssuiten gemietet. Mahdi sitzt im weißen Seidenpyjama vor dem Fenster, wirft von Zeit zu Zeit einen gelangweilten Blick auf das Meer. Blaue Endlosigkeit. Weiße Tupfen der Segelboote. Dann senkt er den Blick auf die englische Zeitung mit Kreuzworträtseln. Sonst interessiert ihn eigentlich kaum noch etwas auf dieser Welt. Einen besseren Zeitvertreib, als das Suchen nach versteckten Wörtern und Silben, findet der junge Mann nicht mehr.

Prinz Mahdi wartet in Dubai allerdings nicht allein. Sein Gast, natürlich in einer weitaus billigeren Herberge, dem »Jebel Ali Hotel«, ist ein relativ junger Herr Bane aus Serbien, den Achmed der Sekretär des Prinzen, nicht aus den Augen läßt.

Ebenfalls im »Burj Al Arab« in einem einfacheren, aber noch immer sehr luxuriösen Gemach, denn bescheidene Zimmer gibt es hier gar nicht, sieht ein Amerikaner fern. Er hat sich an der Rezeption als Mr. Michael Goldmann von der Firma NAC aus Sante Fe, New Mexico eingetragen und ist kreuzfidel. Seinem Freund David Ariel hat er schon eine Ansichtskarte mit dem Bild des einzigartigen Hotelwolkenkratzers nach Netanya geschickt. Seine richtige Firma, nicht jene, die auf seiner Visitenkarte steht, sondern die, die in Langley ihren Sitz hat, pflegt so hohe Ausgaben sonst nicht zu gestatten. Es handelt sich um eine Ausnahmeregel, die man genießen muß.

Manchmal ist das Leben schön. Und in seinem Alter geht Mr. Goldmann, oder wie er wirklich heißt, überhaupt kein Risiko mehr ein. Der Herr sei gelobt!

Das Telefon summt.

»Goldmann!... Ach, Sie sind schon da, Miss Monique! Das freut mich. Und Ihr nobler Freund?... Gewiß doch! Also bis nachher...«

29.

Himmelhoch jauchzend, zu Tode betrübt ist eine Beschreibung des Gemüts die in keiner anderen Sprache denkbar ist. Schon mit der Übersetzung des Wortes Gemüt gibt es Schwierigkeiten. Seelenzustand? Lala Perin sprach nicht besonders gut Deutsch, kannte dieses Goethezitat jedoch, er war zwar durch und durch Physiker, lehnte jedoch strikt ab, für einen Fachidioten gehalten zu werden und prahlte wann immer es möglich war mit seiner guten, allgemeinen Bildung, aber wenn er diese Worte je wirklich begriffen hätte, hätte er sich gesagt, »...Genauso fühle ich mich zur Zeit«. In dem einen Augenblick glaubte er, er habe alle Probleme, die ihn je im Leben beschäftigt hatten, gelöst, sowohl in der Wissenschaft in der Nachfolge des großen Vorbildes, Nikola Tesla, als auch in der Liebe, und dann fühlte er sich einfach triumphal, wäre am liebsten in die Luft gesprungen, sang im Badezimmer oder pfiff, wenn auch falsch, ein lustiges Lied, doch schon im nächsten Moment verließ ihn jede Euphorie, und es ergriff ihn eine fast unverständliche Verzweiflung. Alles umsonst! Nie würde man ihn verstehen!

Hatte er seine Seele dem Teufel verkauft? Wie dieser Doktor Faust? Nicht wie sein Tesla, der im Alter einsam, verbittert und bettelarm geworden war. Ist Lara eine Art von Gretchen? Ist Aki Mephisto? So viel Bildung, so viel Goethe, um diese Figuren oberflächlich zu kennen, war ihm im Gymnasium immerhin eingeflößt worden.

Daß Aki ein Verbrecher war, hatte er längst erkannt. Vielleicht schon von Anfang an. Ob er selbst stark und schlau genug war, ihn zu übertölpeln und sich aus der Umarmung eines solchen Partners zu befreien, wußte er nicht. Er hoffte es. Manchmal zumindest. Daß allein sein viel höherer Intelligenzquotient keine Garantie dafür war, ahnte er schon. Ein Revolver, sogar ein harter Faustschlag, sind meist triftigere Argumente, als jede komplizierte beweisbare wissenschaftliche Formel, die er in gelehrten Kreisen verteidigen könnte.

Wäre es nicht angebracht für alle Fälle seine Eltern anzurufen? Das Problem war unter anderem, daß Lala nicht wußte, was er ihnen sagen sollte. Weder konnte er seine Erfindung auch nur andeuten noch seine Reisepläne erklären, und Aki hatte es verboten sich bei irgendjemandem zu melden.

Für sein Institut war er im Urlaub. Demzufolge brauchte er vorerst keine Erklärung für seinen wissenschaftlichen Direktor. Wenn er Erfolg hätte, würde ein Teil seines Ruhms auch auf die Anstalt fallen, in der er als junger Mann angefangen hatte zu forschen, dann würde man ihm alles verzeihen, sogar stolz auf ihn sein.

Sein Handy durfte Lala auf keinen Fall einschalten. Das hatte ihm Aki eingeschärft, sonst könnte man, auch wenn er selber keine Gespräche führen würde, genau verfolgen, wo er sich befand, in welche Richtung er sich begab.

Und Lara? Diesmal hatte er sie natürlich wieder nicht mitnehmen können. Das hatte er durchaus eingesehen. Sie in alles einweihen würde sie gefährden, Aki hatte es besonders betont und in dieser Hinsicht hatte er bestimmt recht. Einstweilen mußte sie sich mit der kurzen Nachricht von ihm begnügen. Der Gangsterboss hatte versprochen, er würde sie bald nachkommen lassen, inzwischen solle Lala eisern schweigen. Vielleicht würde er dieses Versprechen halten. Aber sicher doch! Warum nicht? Eigentlich hatte er seinen Kompagnon noch nie betrogen. Daß der Druck auf den Knopf das Laboratorium sprengen würde, hatte er zwar nicht im voraus angekündigt, aber war das nach dem Erfolg der dort gelungenen Experimente nicht logisch?

Nun, schön! Nikola Tesla war tatsächlich genial gewesen und im hohen Alter von sechsundachtzig Jahren tief verzweifelt in Armut in seinem New Yorker Hotel in der Fremde gestorben und hatte nur noch mit einer weißen Taube Kontakt gehabt, im Vergleich zu ihm war er, Ivan Perin, genannt Lala, noch sehr jung und unterhielt anstatt mit einem Vogel eine Verbindung mit einer schönen russischen Turnerin. Vielleicht würde er noch viel leisten können, sehr viel! Der Traum vom doppelten Nobelpreis war keineswegs ausgeträumt, im Gegenteil, die Fahrt, auf die er sich jetzt begab, war eventuell ein Meilenstein auf dem Weg zu seiner Verwirklichung. Aki besaß zwar die Abschrift seiner Formel, aber wie viele Menschen auf dieser Welt würden sie verstehen? Und selbst wenn jemand begreifen würde, daß die drahtlose Übermittlung von Energie möglich ist, von der praktischen Verwirklichung, die er selbst experimentell schon nachgewiesen hatte, wäre man trotzdem weit entfernt. Ihn konnte niemand so schnell ersetzen. Lala tröstete sich, noch brauchten sie beide einander, Achilles, der Verbrecherhäuptling, und er selbst, der Wissenschaftler.

Lala fährt in seinem, von Aki ein wenig umgebauten, Opel Richtung Süden, muß manchmal Lastwagenkolonnen überholen, kommt aber relativ schnell voran, hält an einer Tankstelle, füllt Benzin nach, nimmt eine Pizza, kauft drei Flaschen Mineralwasser, etwas Schokolade und Bonbons und eilt weiter. Es ist ein für die Jahreszeit kalter Tag, der Himmel ist bewölkt, aber es bleibt trocken, man kann seelenruhig über hundert Stundenkilometer machen.

Die Route ist ihm genau vorgegeben, er soll nicht den kürzesten Weg, sondern die Autobahn Richtung Griechenland nehmen und weit unten nach rechts abbiegen um über weniger befahrene Straßen nach Prishtina zu gelangen, dann wird sein Weg durch die gefährliche Provinz kürzer sein.

Die beiden haben sich nicht über alle Einzelheiten verabredet, aber in Prishtina soll ein Sonderflug für sie organisiert sein. Lala macht sich keine Gedanken darüber, daß die Expedition in die Provinz Kosovo risikoreich sein könnte. Er vertraut auf seinen Reisepaß, den Sonderausweis des Atominstituts in Vinča, die gefälschten Dokumente, die ihm Aki gegeben hat und den Trick, den er jetzt gleich anwenden würde.

An der administrativen Grenze zum Kosovo studieren die serbischen Polizisten nachdenklich seine richtigen Papiere:

»Sie wissen, daß Sie auf eigene Verantwortung weiterfahren?«

»Ja, ja…«

Die internationale Polizei fragt nach: Woher und wohin? Auch ihnen zeigt er seine serbischen Ausweise, sagt auf Englisch, er habe eine Verabredung in Prishtina. Das sei in Ordnung, aber eine Begleitung könne man ihm leider nicht geben, es sei auch keine angefordert worden. Wenn er trotzdem weiter wolle, bitte sehr.

»Gute Reise, Herr Professor!«

Nachdem die Grenzstation außer Sicht ist, hält Lala auf einem einsamen Parkplatz. Wie Aki es ihm eingebläut hat, vergewissert er sich, daß niemand in der Nähe ist und betätigt einen Hebel unter dem Lenkrad. Der Gangster hat eine besondere Apparatur einbauen lassen. Die belgrader Kennzeichen verschwinden im Wageninnern, anstatt ihrer erscheinen Kennzeichen aus Prishtina. So etwas kennt man aus James-Bond-Filmen, die Masche wird aber tatsächlich auch oft von serbischen Verbrechern angewendet, wenn sie sich einer polizeilichen Verfolgung entziehen wollen.

»Damit du im Kosovo mit einem belgrader Kennzeichen niemandem auffällst!«

Gefälschte Papiere für den Wagen hat Lala auch bekommen. Auf ihnen heißt er Ismet Perini.

»Für alle Fälle!« sagt Aki. »Keine Sorge, man wird dich bestimmt nicht anhalten. In Prishtina fragst du dich zur Zentrale von UNMIK durch, wende dich auf Englisch an die internationale Polizei. Du suchst einen Mister Szabó. Der ist Ungar und eingeweiht...«

Lala fährt wieder los, gibt Gas und rast weiter. Die Straße ist nicht mehr gut, zum Trost gibt es kaum Verkehr. Er lenkt seinen Wagen zerstreut, weil er wieder mal seine Zukunftsträume entwickelt. Vor einem Spiegel in der Hotelsuite wird er stehen. Der Frack passt ihm gut, Lara zeigt sich im eleganten langen Kleid, bald werden sie zur Verleihung des Nobelpreises gefahren, sie zeigt ihm Fotos in den schwedischen und vielen anderen Zeitungen, der erste Mann, der einen doppelten Nobelpreis erhalten hat, sowohl für Physik, als auch für Frieden, Professor Ivan Perin aus Opovo, Serbien... In Gedanken ist er in Stockholm und achtet wenig auf die Straßen und Wegkreuzungen im Kosovo. Wieso ist sie nicht mehr asphaltiert? Hätte er vor zehn, zwanzig Minuten nach links abbiegen sollen? Links von ihm rauscht ein Fluß. Zu dieser Jahreszeit führt er viel Wasser. Der Physiker war noch nie in dieser Gegend, weiß nicht einmal wie diese Wasserader heißt. Obwohl er nicht sicher ist, fährt er über die holprige Straße weiter.

Den Stand seines Tachometers hat er sich bei der Abfahrt nicht gemerkt und schon gar nicht aufgeschrieben, es ist jetzt drei Uhr nachmittag, er ist mehrere hundert Kilometer durchgefahren, weiß aber nicht wie viele, nur zweimal hat er kurz gehalten. Im Radio findet er keine Musik, die ihm gefällt, auch keine Sendung, die ihn jetzt interessieren würde, er ist einfach zu angespannt. Jetzt erinnert er sich an seine Fahrt an die Adria im Jahr, in dem Jugoslawien zerfiel. Damals wurde er nicht so schnell müde. Er war auch um einiges jünger.

Warum fühlt er sich plötzlich erschöpft? Seine Glieder schmerzen. Und wo befindet er sich im Augenblick? Ein Blick auf die Uhr: Eine kleine Pause kann er ruhig noch machen, um auch die Karte etwas genauer zu prüfen.

An einem einsamen Rastplatz am Waldrand, unter dem ein kleinerer Fluß oder Bach in den größeren Strom mündet, und der ihm schön scheint, hält er an um frische Luft zu schnappen.

Lara hat ihm geraten, öfter am Tag Leibesübungen zu machen. Schade, daß sie jetzt nicht mit dabei sein kann, es wäre interessant, mit ihr zusammen die alten serbischen Klöster in dieser Gegend kennen zu lernen, die Russen sind doch auch orthodox. Er denkt an ihre Anweisungen, wie sie die Arme gehoben, die Hüften geschwenkt hat, um ihm zu zeigen, was er machen soll um fit zu bleiben und vielleicht sogar ein wenig abzunehmen.

»Wenn man dich nicht als Trainerin für die Nationalmannschaft braucht, kannst du immer noch Herrschaften mittleren Alters wie mir, zeigen, wie sie trainieren sollen, damit würdest du mehr verdienen als ich mit meiner Kernphysik!«

Er glaubte zu scherzen, die Russin riß jedoch die schönen Augen weit auf und fragte ganz ernst:

»Meinst du wirklich?«

Lala versucht sich genau zu erinnern, was sie ihm gezeigt hat, macht Kniebeugen, fuchtelt mit den Armen, weiß nicht wie ulkig er wirkt.

»Hände hoch!«

Eine Stimme, die streng sein möchte, aber die Heiterkeit wegen der komischen Szene nicht verbergen kann, unterbricht die Träumerei. Lala dreht sich überrascht um. Aus dem Wald sind fünf oder sechs Männer in Phantasieuniformen getreten. Einige haben Vollbärte, alle Pelzmützen auf den Köpfen. Lala gehorcht. Die Szene erinnert ihn an jene in der Krajina, als er Aki kennengelernt hat. Deshalb erschrickt er nicht besonders.

»Bist du bewaffnet?«

»Ich? Nie im Leben...« Dann fällt ihm ein, daß auf dem Stück Pergament, das im Ring auf seinem Finger versteckt ist, die Formel für die möglicherweise gefährlichste Waffe der Welt verborgen ist, aber verteidigen kann er sich hier mit ihr nicht, und diese Leute könnten nie verstehen, was sie bedeutet. Als er Aki kennengelernt hat, hat er sich allerdings auf die Möglichkeit Todesstrahlen zu erfinden, berufen und jetzt ist er diesem Ziel viel näher gekommen, aber damals war das eine ganz andere Situation.

»Mitkommen!«

»Darf ich die Hände herunterlassen?«

»Meinetwegen. Aber versuch keine Dummheiten!«

Sie gehen in das Gehölz. Da steht eine Baracke. Man tritt ein. Sie muß ganz neu sein, die Wände riechen noch intensiv und angenehm nach Holz. Im Ofen brennt ein fröhliches Feuer.

»Wer bist du?«

»Ich heiße Ivan Perin. Professor Doktor Ivan Perin. Ich habe eine wissenschaftliche Konferenz in Prishtina«, lügt er in der Hoffnung, daß sein Institutsausweis Eindruck schinden wird. »Darf ich meine Ausweise zeigen? Wer sind Sie eigentlich?«

»Serben, die gegen die verfluchten Albanerhunde durchhalten. Her mit deinen Papieren!«

»Hier im Kosovo?«

»Du glaubst, du bist im Kosovo? Du bist im Grenzgebiet, aber auf der serbischen Seite. Du wirst dich zurückverirrt haben. Warum hast du überhaupt diese Schleichwege genommen?«

Noch studiert der Mann, der augenscheinlich der Anführer ist, Reisepaß und Ausweis, da kommt einer der Bärtigen, der beim Auto geblieben war, in den Raum zurück.

»Der Wagen hat doppelte Kennzeichen, außer denen aus Prishtina auch belgrader...«

»Tatsächlich? Wieso hast du Kennzeichen aus Prishtina, wenn du an einem belgrader Institut arbeitest?«

Lala weiß nicht was er sagen soll.

»Im Wagen sind auch Ausweise auf einen albanischen Namen!«

Man vergleicht die richtigen und die von Aki gefälschten Papiere.

»Wer bist du nun wirklich, Ismet oder Ivan, Perin oder Perini?«

»Ich heiße Ivan Perin. Mein Spitzname ist Lala, weil ich aus dem Banat bin...«

»Du bist Serbe?«

»Selbstverständlich!«

»Sag das Vaterunser!«

»Ich bin nicht besonders religiös erzogen worden...« stottert Lala. Seine Generation hat zur Zeit des Kommunismus keinen Religionsunterricht gehabt, seine Eltern hatten zwar an großen Feiertagen die Messe besucht und stets das Fest des Familienheiligen begangen, aber das war eher eine Fressorgie, als eine Kulthandlung.

»So? Hosen runter!«

»Wieso, ich...«

Zwei Pistolen werden auf Lala gerichtet. Er hat sich sein ganzes Leben lang vor fremden Menschen geschämt, jetzt bleibt ihm nichts anderes übrig, als gequält den Riemen aufzuschnallen und die Hosen auszuziehen.

»Die Unterhose auch!«

Lala zögert. Einer der Männer reißt ihm die blau-weiß gestreifte Unterhose herunter.

»Er ist beschnitten! Ein Moslem! Ein Albaner!«

»Ich habe...« Lala bringt die Erklärung, daß er als Kind an Phimose gelitten hat, nicht zu Ende, ein Schuß trifft ihn in die Stirn. Im Leben, insbesondere in Serbien, schießt man schneller, als in Filmen.

»Du Idiot!« beschimpft der Anführer den Schützen. »Wir hätten ihn vielleicht als Geisel nehmen und aus ihm etwas herausquetschen können, wenn er wirklich etwas von Wissenschaft versteht!«

»Der? Ein Albaner im belgrader Atominstitut?«

»Er hat akzentfrei Serbisch gesprochen!«

»Na und? Auch unter ihnen gibt es gebildete Leute...«

»Seine Ausweise...«

»Sicher lauter Fälschungen. Hat ein braver Wissenschaftler doppelte Kennzeichen am Auto?«

»Die haben unsere Zigeuner umgebracht, die in Peć hätten Musik machen sollen!«

Sie untersuchen die Leiche, finden Geld, mehrere tausend Euro, über Hunderttausend Dinar. Es hat sich also jedenfalls gelohnt! Der Anführer dreht den großen Ring von Lalas leblosem Finger. Das geht leichter, als er gedacht hat, was nur bedeuten kann, der Mann hat dieses Schmuckstück noch nicht lange getragen.

Einer der Bärtigen schubst mit dem Stiefel die halbnackte Leiche in eine Ecke. Der Anführer spielt mit dem Ring, entdeckt, daß er mit Druck auf eines der Edelsteine imitierenden Glasstücke zu öffnen ist, holt das Stück mit Papier mit der Formel für die Todesstrahlen hervor.

»Kann das einer von euch verstehen?«

»Sicher ein Code für seine albanischen Freunde!«

Der Zettel mit den Zeilen, von denen Perin gehofft hat, daß sie ihm den doppelten Nobelpreis bringen werden, wird in das Feuer im kleinen eisernen Ofen geworfen. Die sterblichen Überreste des Gelehrten werden im Wald nahe der Mündung des Baches in den Fluß verscharrt. Den Kupferring steckt sich der Anführer der Bande an den Ringfinger. Er paßt.

Für den Rest der Menschheit bleibt Ivan Perin, der Bauernsohn, der sich für ein Genie gehalten hat, wahrscheinlich aber eher ein harmloser Wahnsinniger war, für immer verschollen. Man wird nie erfahren, was mit ihm geschehen ist. Die Kollegen im Nuklearinstitut werden in seinen Schubladen und in seinem Safe nichts Nennenswertes finden. Seine Eltern werden sehr lange warten, hoffen, er arbeite irgendwo in geheimer Mission, bevor sie begreifen werden, daß er nie mehr zurückkommen wird. Neben den Namen von Nikola Tesla und Pavle Savić wird seiner nie genannt werden.

30.

An der Tür der Königssuite wird kurz geklopft. Ohne auf die Erlaubnis zu warten wird ruckartig geöffnet. Ein uniformierter Boy tritt als erster ein, flüstert eine Entschuldigung und hält die Tür sperrangelweit offen. Prinz Mahdi springt wütend auf, bleibt aber bestürzt vor einem hochgewachsenen Mann im schwarzen Burnus stehen, erkennt die Gestalt in weiß hinter ihm, die im Vorzimmer wartet, eilt zum Handkuß und sagt verwundert:

»Sie, verehrter Vetter?«

Der ältere Araber läßt Prinz Mahdi gewähren und macht dann eine kaum sichtbare Handbewegung. Sie ist nicht sehr energisch, trotzdem machtgewohnt. Der Butler und der in schwarz gekleidete Mann, augenscheinlich ein Leibwächter, ziehen sich zurück.

»Wir setzen uns!« sagt der Gast genau so sanft und gleichzeitig nachdrucksvoll, wie seine Geste gewesen ist.

»Wo beliebt es? Vielleicht am Fenster? Die Aussicht aufs offene Meer ist so schön...«

»Ich bin nicht wegen der Aussicht gekommen, Neffe...«

Da allein der engere Teil der Dynastie Saud aus mehr als Fünftausend Mitgliedern besteht, können sich nicht alle näher kennen, aber Turki al Faisal, zur Zeit Botschafter Saudi Arabiens in London, war vorher Chef des Geheimdienstes des Königreichs und wird von allen gefürchtet. Es hieß, er sei nach dem Tod von König Fahd als einer der möglichen Nachfolger für den Thron im Gespräch gewesen. Seinen genauen politischen Standort kennt niemand. Das ist sowohl seine Stärke, als auch seine Schwäche. Man hat getuschelt, er stehe mit Terroristen in Verbindung, die eine Abkehr vom Bündnis mit dem Westen mit militantesten Mitteln fordern, er sei der härteste Gegner der Liberalisten innerhalb des Königshauses, andere wiederum glauben, er sei der nächste Mitarbeiter der Amerikaner auf der Arabischen Halbinsel. Vor nicht zu langer Zeit sind drei jüngere Prinzen unter mysteriösen Umständen ums Leben gekommen. Offenbar werden Unterstützer der islamistischen Extremisten auch innerhalb der Dynastie von anderen Mitgliedern der weit ausfächernden königlichen Verwandtschaft verfolgt, ein blutiger Machtkampf innerhalb der Führungsschicht des ölreichen Landes hat begonnen, und niemand weiß genau, wer sich mit wem gegen wen verbündet hat, außer vielleicht Prinz Turki.

Mahdi kennt selbstverständlich die meisten Gerüchte, hat sich aber stets aus der großen Politik herausgehalten. Die strengen Regeln des Wahhabismus, der Staatsreligion seines Landes, der fundamentalistischsten Ausrichtung des sunnitischen Islam, deren strengster Wächter seine große Familie ist, behagen ihm überhaupt nicht, er ist einfach nicht religiös und hat keine Ambitionen, die ihn zwingen würden eine innige Gläubigkeit zu spielen. Ihm gefällt das westliche Leben unter der Bedingung, daß ihm die Mittel eines orientalischen Prinzen zur Verfügung stehen, und das ist ihm von Geburt aus beschert worden, kurzum, er ist eigentlich ein Playboy, er weiß, daß man ihn so nennt, hat nichts dagegen, und bisher hat ihm das in seinem Land niemand besonders übelgenommen. Die Bedingung war nur, daß er nirgendwo besonders auffällt. Vor seinem überraschend aufgetauchten Verwandten hat er einfach Angst, und er versteht nicht, was er von ihm will.

Man hat sich gesetzt. Turkis Blick ist schwer auszuhalten. Das Schweigen dauert schon zu lange. Sekunden scheinen sich zu Minuten auszudehnen. Mahdi kommt zum Schluß, daß er es unterbrechen muß.

»Darf ich Ihnen einen Tee bestellen, Vetter?«

»Tu das...«

Nach dem Befehl über das Haustelefon erscheint überraschend schnell der für die Suite bereitstehende Butler mit einem Tisch auf Rädern, auf dem eine kleine Flamme brennt, Silbergeschirr, verschiedene Teesorten und Gebäck stehen, und er brüht nach Anweisung das heiße Getränk. Nachdem die beiden ungleichen Verwandten wieder allein sind, nimmt Prinz Turki einen Schluck, wirft einen Blick auf die mit Brillanten bestückte, goldene Uhr, die unter dem Ärmel des Kaftans hervorblitzt und sagt nur:

»Ich höre, Mahdi!«

»Ich stehe selbstverständlich untertänigst in einer jeden Hinsicht zur Verfügung, aber ich weiß nicht...«

»Wann dein Flieger aus dem Kosovo ankommen soll, weißt du hoffentlich trotzdem...«

Mahdi hat es schon geahnt. Jetzt glaubt er Gewißheit erlangt zu haben.

»Ich bin ein harmloser Sammler schöner Objekte, verehrter Vetter. Ihnen müßte das bekannt sein. Wenn Sie persönlich...« Mahdi vergewissert sich mit einem Blick, glaubt Abweisung zu erkennen. »Wenn vielleicht seine Majestät, König Abdullah Interesse an dem Stück hätte, wäre es für mich die größte Ehre ihm das Exponat als Zeichen meiner Hochachtung...«

Turki macht wieder so eine weiche, elegante, aber gleichzeitig auch befehlende Handbewegung, die Einhalt gebietet und fixiert seinen jungen Verwandten. Er hat Vertrauen in die eigene Erfahrung und Menschenkenntnis, ist sich seiner Überlegenheit, wie er so in der alten Tracht der Beduinen vor diesem verweichlichtem Sprößling der Familie in seinem Seidenpyjama sitzt, durchaus bewußt und spielt sie aus.

»Ich glaube fast, du weißt wirklich nicht, um was es hier geht«.

»Sie meinen doch den Säbel, den ich mir besorgen will, Hoheit? Den Säbel, den Stalin Tito geschenkt hat?«

Wieder ein Wink.

»Und deine Verbindungen mit der Familie Bin Laden in Riad?«

Mahdi erzittert bemerkbar.

»Ich kenne Bakr Bin Laden, Hoheit. Seine Firma hat Bauaufträge für mich ausgeführt, aber doch auch für das amerikanische Militär, nicht wahr? Mit Osama habe ich nie Verbindung gehabt, bewußt habe ich ihn nie kennengelernt, vielleicht habe ich ihn irgendwo gesehen...«

»So, so...«

»Politik interessiert mich in keiner Weise!«

»Nicht einmal in der Weise, deinem König ein treuer Untertan, deiner Familie ein gehorsames Mitglied zu sein? Mahdi, ein Nachkomme von Ibn Saud zu sein ist Politik, ob du willst oder nicht!«

Mahdi breitet die Arme hilflos aus. Der Tee ist jetzt schon abgekühlt genug, Turki nimmt ein Stück Honigkuchen, trinkt langsam, bedeutet seinem Gastgeber sich doch auch zu bedienen, der tut es nur um zu gehorchen.

»Schön...« sagt der ältere Mann gedehnt. »Ich will dir glauben, daß du nicht weißt, um was es eigentlich geht«.

»Nicht um den Säbel?«

»Doch. Aber nicht nur um ihn. Erwartest du gleich heute das Original?«

»Nicht unbedingt. Wahrscheinlich nicht. Nur den Beweis, daß er zur Verfügung steht«.

»Den Kontakt zu diesen Offizieren aus Serbien in Sharm el Sheik hat dir aber nicht das Weibsstück hergestellt, diese Monique?«

»Sie wissen doch schon alles Vetter, wie ich sehe...«

»Jedenfalls mehr als du, mein Junge, mehr als du. Ihr jungen Menschen seid viel zu naiv für ein Geschäft dieser Tragweite, ihr allesamt. Also, Mahdi...« Die Pause ist lang, Mahdi weiß nicht, was Turki genau meint. Der mächtige alte Mann kontrolliert wieder seine Uhr. »Es ist Zeit, daß du dich anziehst, wie es sich für deinesgleichen geziemt und zum Flughafen begibst. Mein Vertrauter geht mit, du stellst ihn als Experten für Edelsteine vor und überläßt ihm das weitere...«

Turki erhebt sich, und der Jüngere springt selbstverständlich auch sofort auf. Erst jetzt sieht Mahdi, daß Botschafter Turki zwar hoch aufgerichtet steht und geht, aber doch etwas schwerfällig. Er ist alt geworden. Nun schreitet er doch langsam zum Fenster.

»Du hast recht. Es ist ein schöner Blick auf das Meer. Besonders, wenn es unsereins in den britischen Nebel verschlagen hat. Aber man hat so seine Aufgaben im Leben, Neffe. Je höher du in der Thronfolge stehst, desto gehorsamer hast du zu sein. Zu dienen ist die schönste Pflicht, wenn du weißt, wem du dienst. Allah dienst du, gesegnet sei sein Name! Nach ihm die Dynastie, dessen kleines unwürdiges Mitglied du bist. Aber das wird einer wie du nie verstehen!«

Im Restaurant »Al Muntaha« im Hotel »Burj Al Arab«, zweihundert Meter hoch über dem Persischen Golf und mit Blick auf das Lichtergeglitzer unten, als breite sich ein zweiter Sternenhimmel anstatt des Wüstensandes aus, genießen Mr. Goldmann und Monique ein kleines Menü mit Austern und anderen Meeresfrüchten. Der alte Agent hat eingeladen:

»Keine Sorge, Miss Monique, ich habe keine üblen Absichten. In meinem Alter ist man schon wie eine Wolke in Hosen...«

»Das hat Majakowski von sich gesagt«, antwortet die Serbin aus Bosnien. »Er war damals allerdings jung und ein berüchtigter Schürzenjäger!«

»Bin ich nicht und war ich nie, glauben Sie mir. Ich dachte nur, als Dank meiner Firma an Sie dürfen wir uns einen schönen Abend leisten!«

Tatsächlich begnügt sich Goldmann mit der Anwesenheit einer schönen Frau in dieser Umgebung. Mehr braucht er nicht. Er ist es gewohnt, im Hintergrund zu bleiben, das war ein Leben lang sein Job. Dieses Dinner geht nicht auf Rechnung der CIA, sondern wird auf Mahdis Suite gebucht, das hat seine Exzellenz, Botschafter Turki angeordnet. Ihn kennt Goldmann noch, wie er es nennt, aus guten alten Zeiten, obwohl die jetzigen zumindest für ihn auch nicht schlecht sind. So ist das nun einmal in diesem Geschäft und diesem verfluchten Leben. Wenn es die schreckliche Tragödie am 11. September nicht gegeben hätte, wäre es niemandem eingefallen ihn aus dem wohlverdienten Ruhestand zu holen, die Firma mit dem dummen Namen in Santa Fe gründen zu lassen, um ihn als ihren Vertreter im Nahem Osten einzusetzen.

Gönnerhaft hält er einen Vortrag über das Königshaus der Saud, deren Ursprünge bis zurück in das 15. Jahrhundert reichen. Einerseits sehen sich die heutigen Herrscher als Hüter des wahren Glaubens und der heiligen Stätten, aber andererseits haben sie ihren Ölreichtum geschickt und mit Hilfe der Vereinigten Staaten von Amerika eingesetzt. Niemand im Lande zahlt Steuern, hier geboren zu werden, bedeutet reich zu sein, Schule und medizinische Versorgung sind frei, es ist nicht notwendig zu arbeiten, aber ein Übel breitet sich aus, daß in armen Ländern unbekannt ist, Langweile. Langweile ist fast so gefährlich wie Elend, beides bringt einen auf verrückte Ideen.

Monique weiß das alles im Prinzip, Mahdi hat ihr auch allerlei beigebracht, sie hört aber höflich zu, mit diesem Abendessen ist ihre heikle Mission zu Ende, man hat ihr versprochen, daß sie eine Greencard bekommt und bei irgendeiner Behörde an der Ostküste als Anerkennung für ihre Dienste angestellt wird. Das Gequatsche ihres Auftraggebers zu erdulden ist der letzte und sicher ungefährlichste Teil ihrer Tätigkeit.

»Ich kann verstehen, wenn verzweifelte, ungebildete, hoffnungslose junge Menschen Opfer einer fanatischen Religion werden und glauben, direkt in das Himmelreich zu gelangen, nachdem sie sich in die Luft gesprengt und viele Unschuldige, die sie für ihre Feinde halten, mitgenommen haben. Aber hochgebildete, steinreiche Männer, Millionäre, wie Osama Bin Laden, habe ich nie begreifen können, und es ist ihm nicht gelungen, mir seine Ideen zu erklären...«

»Sie kennen Ihn persönlich?« Monique wundert sich und fragt sich, ob das möglich ist oder Mr. Goldmann nur wichtig tut.

»Ja, aus Afghanistan, als er für uns gearbeitet, mit uns gegen die Sowjets gekämpft hat. Natürlich hat er das nicht für Geld getan, davon hat er immer viel mehr gehabt, als ihm unsere Firma hätte geben können. Der Kerl hat schon als Gymnasiast in Schweden einen Rolls Royce gefahren und hätte auch sonst jede blonde Schönheit erobern können. Stellen Sie sich ihn ohne Bart vor, er war ein hübscher Junge, und das ist noch immer an ihm zu erkennen, obwohl er krank ist. Wir kennen zumindest den Beginn seiner Krankengeschichte, vor einigen Jahren, nicht sehr lange vor dem Anschlag in New York, hat er sich noch hier in Dubai im amerikanischen Krankenhaus behandeln lassen...«

»Bei uns im ehemaligen Jugoslawien ist es nicht langweilig«, stellt Monique fest. »Und keiner unserer Moslems würde sich selbst in die Luft sprengen, die schneiden lieber anderen den Hals ab...«

»Nicht nur Moslems, Miss Monique! Serben auch!«

»Unsere Moslems sind Serben, die den Islam angenommen haben...«

»Wenn Sie das sagen!«

»Schade, daß man hier keinen Wein bekommt...«

»Da kann man nichts machen. Leider ist nichts perfekt im Leben!«

Das ungleiche Paar versinkt in Schweigen. Beide überlegen, was der Kellner wohl von ihnen hält. Goldmann ist sogar ein wenig stolz darauf, Monique ist es egal, sie hat schon schlimmeres über sich ergehen lassen. Man hört nur leises Gespräch und das Klirren von Silber und feinem Porzellan im Hintergrund.

»Mahdi?« fragt die junge Frau nur um die Stille zu brechen.

»Ach, der? Uninteressant. Den überlassen wir seinen Saudis. Der ehemalige Geheimdienstchef des Königreiches, Prinz Turki al Faisal, der heute saudischer Botschafter in London ist, ist persönlich gekommen um ihn zu übernehmen. Das Gespräch der beiden hier im selben Hotel hätte ich nur zu gerne belauscht, aber das können wir uns doch nicht leisten. Ist auch egal…«

»Und Bane?«

»Haben sie Interesse an diesem Hurensohn?« Mr. Goldmann zeigt sich ein wenig verwundert.

»Nicht besonders!« Spitzbübisch fügt sie hinzu, nur um den alten Gockel zu reizen: »Aber er ist jedenfalls ein besserer Lover, als der Prinz aus Tausend und einer Nacht…«

»Was Sie nicht sagen? Nun, wir brauchen ihn nicht, wir lassen ihn einfach laufen, uns hat er ja nicht geschadet!«

31.

Minutenlang kann es Isi nicht fassen. Fremde, harte Männerhände haben sie an den Armen und Schultern gefaßt, enge Treppen hinuntergezerrt. Plötzlich steht sie mit Ketten an eine feuchte Wand gefesselt im Dunkeln. Eine schwere Tür schlägt zu. Schritte entfernen sich. Stille. Das nennt man Grabesstille, sagt sich das Mädchen. Ich werde in Wien etwas zu erzählen haben. Dann beginnen die Handgelenke unter dem groben Eisen zu schmerzen. Wenn sie versucht sich zu bewegen, wird es noch schlimmer, es fällt schwer zu stehen, aber setzen kann sie sich nicht, sie ist zu eng an die Wand geschmiedet, kann nur in die Hocke gehen, aber das läßt sich auch nicht aushalten.

Die Qual ist viel zu real, um überhaupt weiter zu denken. Ungewollt, unbeherrscht beginnt sie zu heulen. Ein letzter Teil ihres Bewußtseins wundert sich, daß sie solche Töne hervorbringt. Mit diesem Rest des Verstandes begreift sie, daß sie vergeblich um Hilfe schreit, daß sie niemand hören kann. Ohne daß sie es gewollt hätte, verwandelt sich das laute Kreischen in ein elendes Winseln. Noch hört sie sich selber zu, wundert sich, verachtet sich, kann sich aber nicht mehr beherrschen, versucht sich zu erinnern, wann sie als Kind zum letzten Mal geweint hat. Etwas hatte Vater verboten, was sie sich innig gewünscht hatte, aber was? Sie weiß es nicht mehr, sie muß noch sehr klein gewesen sein. Als Schulmädchen hat sie nicht mehr geweint.

Isi schämt sich wegen dieser kläglichen Laute, die sie unwillkürlich hervorbringt. Mit größter Anstrengung zwingt sie sich endlich aufzuhören, aber dann beginnt sie zu zittern. Es ist kalt. Sehr kalt. Ihre Zähne klappern. Das ist also nicht nur eine Redensart, das kann wirklich geschehen. Bei Ausflügen im Winter in die Berge hat sie manchmal gefroren, aber anders, das war ein fröhliches Gefühl in Erwartung von Tee und Enzian in einer gut geheizten Schihütte, jetzt ist es pure Verzweiflung. Mit den Zähnen geknirscht hat sie schon, wenn sie wütend war. Wütend war sie öfter im Leben, aber jetzt... Man hat ihr noch nie im Leben Gewalt angetan, sie hatte geglaubt sich vor nichts zu fürchten, nicht einmal vor dem Zahnarzt. Früher war sie immer, was sie mit ihrem selbstgewählten Spitznamen sagen wollte: Isi, aber jetzt...

Die Zeit überwinden. Nichts dauert ewig. Es ist ein Abenteuer, sagt sich Isi. Erst summt sie, dann versucht sie zu singen. Was fällt ihr ein? Fiakerlieder. Verdi, Arien aus seinen Opern. Sie singt immer lauter, nicht nur, um die Stille, sondern auch die Finsternis, um den Schrecken zu überwinden, aber bald bricht sie wieder in verzweifeltes Jammern aus und kann sich an nichts mehr halten, über nichts mehr klar nachdenken.

Lara ist gefasster, schließlich geschieht ihr das zum zweiten Mal, und sie ist überzeugt davon, daß man sie nicht umbringen will, sie fällt diesmal nicht in Panik. Man hat sie nicht in die halbzugemauerte Zelle gebracht, in der sie früher einmal war, sondern in eine andere Kammer. Selber schuld, sagt sie sich. Der Neugier der unerfahrenen Göre hätte sie als die weitaus erfahrenere Frau nicht nachgeben dürfen. Für die Österreicherin fühlt sie trotzdem auch weiterhin große Zärtlichkeit, diese Art von frechen selbstbewußten Mädchen hat sie bisher nicht gekannt. Als Turnerin kann sie körperlichen Schmerz erdulden, Schmerz war immer Begleiter ihres Trainings, als Spitzensportlerin darf man nicht wehleidig sein, außerdem kennt sie die Methoden, mit denen man sie jetzt mürbe machen will. Aki wird sie herausholen, wenn er glaubt, daß sie es nicht mehr aushalten kann und dann wird sie so tun, als tanze sie nach seiner Pfeife um zu erfahren, was er will. Irgendetwas wird sich schon ergeben. Sie hat Geduld.

Micha ist mit Sascha unterwegs als das Handy klingelt:

»Aki am Apparat, du Superdetektiv! Ich habe deine Weiber. Beide…«

»Was hast du?«

»Was ich habe? Frag, wen ich habe! Die Österreicherin deines Jungen und die russische Hure, der du schöne Augen machst. Komm sobald du kannst ins Motel. Ja, zum ›Heiligen Nikolaus‹. Allein. Wenn du mit der Polizei angesaust kommst, habe ich Zeit genug sie zu liquidieren und zu verschwinden. Was los ist? Ich glaube, das kannst du dir vorstellen, aber das müssen wir beide miteinander erledigen…«

Der Detektiv schluckt, es gelingt ihm, sich zu beherrschen, sagt dann mit ruhiger, geschäftlicher Stimme:

»Einverstanden. Ich brauche zwanzig, höchstens fünfundzwanzig Minuten!«

Er hält und heißt Sascha aussteigen, sich ein Taxi nehmen und ins Büro fahren, kritzelt ihm eine Nummer auf:

»Du rufst hier an, fragst nach Inspektor Petrović, sagst ihm in meinem Namen, er soll eine Eingreiftruppe vorbereiten um das Motel ›Zum Heiligen Nikolaus dem Seefahrer‹ zu stürmen, aber in frühestens einer Stunde, also, sagen wir Punkt zwölf, falls ich ihn nicht inzwischen anrufe und anders verfüge. Während sie sich mit mir abgeben und feststellen, daß ich allein gekommen bin, werden sie nicht mehr so scharf auf die Straße achten. Sag ihm, wer du bist, er weiß von deiner Existenz. Und dann hältst du Stallwache im Büro!«

»Ich würde lieber mitkommen!«

»Kommt nicht in Frage! Du machst, was ich dir gesagt habe!«

Schon nach einer Viertelstunde läßt Aki Lara heraufbringen.

»Du kannst gehen!« sagt er zu Pepi, der an der Tür stehen geblieben ist, und zur jungen Frau. »Setz dich!«

Sie tut es, schlägt kokett die Beine übereinander.

»Was wollt ihr beiden wahnsinnigen Mädels hier? Seid ihr total verrückt geworden?«

»Sie wissen doch, daß ich nur Sie liebe!«

Darauf war Aki nicht vorbereitet, er hat ein weinerliches, erschrockenes Mädchen erwartet, keine Frau die in so einer Situation auf verführerisch spielt. Dumm ist das Ding keineswegs. Wenn Lara nicht nur einsieht, daß sie mir gehorchen muß, sagt er sich, sondern freiwillig und gerne mitspielt, kann sie das Wasser auf meine Mühle treiben.

»Jetzt erzählst du mir genau, was du weißt. Was ist da gelaufen zwischen der kleinen Österreicherin, ihrem Freund, dem Detektiv und dir? Immer ruhig und der Reihe nach...«

»Sie glauben, daß Sie Stalins Säbel oder so etwas haben... Das ist schon international bekannt...« Lara überlegt genau, was sie sagen darf, um den Gangster zu beruhigen, was sie hingegen verschweigen sollte. »Herr Boch hat in dieser Sache einen Auftrag aus dem Ausland. Er weiß, daß Sie über die Zigeuner mit einem in Italien fehlgeschlagenen Diamantenraub in Verbindung waren, obwohl nichts bewiesen ist, und er weiß auch, daß Sie Jaschars Musiker nach Kosovo geschickt haben...«

Aki wird sehr ernst, er hat nicht damit gerechnet, daß sich seine Gegner so schnell so viel zusammenreimen können, aber daß sie die Fährte aufgenommen haben, war nichts als logisch:

»Und wer hält die Fäden in der Hand? Der Boch? Wer weiß noch davon? Polizei? Geheimdienste?«

»Davon habe ich keine Ahnung. Mir hat doch niemand etwas erzählt. Was ich Ihnen sage, habe ich nur so nebenbei aufgeschnappt…«

»Aber warum seid ihr beide hergekommen?«

»Isi, das ist die Österreicherin, hat irgendwie festgestellt, daß der Perin hier eine Suite hat. Sie hat sich am Telefon als Universität aus Wien vorgestellt. Wir haben allerdings schon vorher gewußt, daß er verschwunden ist. Vielleicht wissen Sie, wo er steckt? Sie wollte in seinen Zimmern nachschauen, ob sie irgendwelche Hinweise findet, was er überhaupt mit der ganzen Geschichte zu tun hat…«

»Wieso sie?«

»Weil der Herr Boch sie wie ein kleines Mädchen behandelt und sie ihm zeigen will, daß sie den Fall allein lösen kann!«

»Wußte er, daß ihr die Absicht habt hierherzukommen?«

»Aber nein! Sie wollte ihn doch mit den Ergebnissen ihrer Recherchen überraschen!«

Aki muß nachdenken. Vielleicht sollten Pläne revidiert werden. Lala kann er nicht mehr erreichen, weil er ihn angewiesen hat das Handy auszuschalten. Die Liquidierung Jaschars, Makis und der übrigen Roma schadet sicher nicht, die wird er nicht mehr brauchen. Die Mädchen sofort zu liquidieren wäre einfach, niemand hat Beweise, daß sie hier sind, aber sie können ihm vielleicht noch nützlich sein. Er ruft Pepi herein, befiehlt die Russin im Restaurant an einen entfernten Tisch zu setzen, sie bestellen zu lassen, was sie will, aber jemand soll ständig bei ihr sein und sie nicht aus den Augen lassen.

»Wenn sie Pipi muß, dann bei offener Tür und einer steht davor!«

Seine beiden großen Projekte sind gut angelaufen. Wenn die verrückte Wienerin nicht hergekommen wäre, hätte der verfluchte Detektiv doch noch ein Hindernis werden können. Man muß eben Glück haben. Bisher hat Aki immer Glück gehabt. Die Bosse der Unterwelt, die früher die großen Fische waren, Clans angeführt und ihre Verbindungsmänner zur Polizei und zum Geheimdienst unterhalten konnten, sind alle entweder tot, haben sich gegenseitig umgebracht, sind in Polizeiaktionen erschossen worden, oder sie sind hinter Gittern und klagen sich gegenseitig an. Er allein stand zwar oft unter Verdacht, aber im Dossier über ihn befindet sich kein einziges rechtskräftiges Urteil, nichts konkretes. Noch kann sich für ihn alles zum Guten wenden. Er spinnt seine Gedanken weiter, mag sein, Micha hat sich mit der Polizei verabredet, daß sie nachkommt, aber durch den Geheimgang und den Tunnel zur Donau wird er fliehen können. Pepi meldet sich:

»Da ist einer, der sagt, er sei mit dir verabredet!«

»Ist er allein gekommen? Frag unseren Posten oben auf der Straße, ob ihm jemand nachgefahren ist. Inzwischen bring ihn rein!«

Nachdem Micha hereingeführt wird, steht Aki auf, kommt dem Gast aber nicht entgegen um ihn mit Handschlag zu begrüßen.

»Grüß dich in der Höhle des Löwen, Mann! Kompliment für den Mut. Los, durchsucht ihn. Fesselt ihn an den Stuhl, ich möchte nicht ständig mit der Pistole vor ihm herumfuchteln müssen!«

Micha läßt sich ohne mit den Wimpern zu zucken mit einem Strick festbinden.

»Er hat keine Waffe bei sich!« meldet Pepi.

»Wieso?« wundert sich Aki.

»Brauche ich für dich nicht!«

»Das werden wir noch sehen. Ich könnte euch alle drei einfach erschießen und verscharren lassen und dann verschwinden, denn meine Geschäfte sind erledigt, und ich kann Serbien ruhig verlassen…«

»Du glaubst doch nicht, daß ich so naiv bin und nicht etwas vorgesehen habe…«

»Vielleicht ist es ja ein Wettrennen mit der Zeit«, gibt Aki zu. »Ihr habt mir aber dank der Dummheit deiner Mädchen einen riesengroßen Vorsprung verschafft. Und du vergißt eine Kleinigkeit, die Russin ist in mich verliebt und meine Zuträgerin, nicht umgekehrt!«

Sascha hält sich nicht an Michas Anweisungen. Er fährt zwar mit dem Taxi ins Büro und telefoniert mit Inspektor Petrović, sagt dann jedoch der Sekretärin, sein Onkel habe ihm aufgetragen etwas aus der Wohnung zu holen und ihm in die Stadt zu bringen, verlangt und bekommt die Reserveschlüssel für die Wohnung und den Firmenwagen. Er weiß, wo Michas Wandsafe ist und daß sich in ihm Waffen befinden.

Der Safe hat ein einfaches Nummernschloß. Micha hat einmal in sentimentaler Laune erzählt, daß er im Stillen jedes Jahr den Geburtstag der verstorbenen Schwester begeht. Benützt er ihn als Geheimnummer? Den Geburtstag seiner Mutter kennt Sascha natürlich und versucht es mit 13121940. Mamas Geburtstag war der dreizehnte Dezember, sie ist 1940 auf die Welt gekommen. Es stimmt nicht. Solche Nummernschlösser sind meist nur für fünf oder sechs Ziffern eingerichtet. Er versucht es noch einmal, 131240. Die Tür klappt auf.

Sascha nimmt die schwere Pistole und den Colt heraus. Ein Glück, daß ich in der Garde gedient habe, denkt er, mit dem Zeug kann ich wenigstens einigermaßen umgehen. Zwar war ich ein schlechter Schütze, aber als Drohung sollte das Schießzeug ausreichen, und aus kurzer Entfernung könnte sogar ich treffen. Er lädt in aller Ruhe die beiden Handfeuerwaffen, wundert sich, wie schwer sie sind, steckt sie in die Jacke, nimmt Reservemunition mit und fährt los.

Lara hat Kaffee und einen Grand Marnier bestellt, nippt aber nur am Gläschen und beobachtet. Es gelingt ihr, den kahl geschorenen jungen Mann, der sie bewachen soll, ins Gespräch zu ziehen. Wie gehen die Geschäfte? Darüber soll er nicht reden? Kann man verstehen. Einem Boss wie Aki, muß man unbedingt gehorchen. Ein bewundernswerter Mann! Von dem kann man etwas lernen. Ist er schon lange bei ihm? Das will er auch nicht sagen? Warum eigentlich, das ist doch kein Geschäftsgeheimnis. Darf er manchmal selbst mit den Mädchen? Woher sie weiß, daß es hier Mädchen gibt? Lara merkt, daß der junge Mann in fast nichts eingeweiht ist, ein einfacher Laufbursche.

»Ich war doch selber eines. Noch bei Boss Bole. Aber Aki hat mich für Sonderaufgaben herausgeholt. Inzwischen arbeite ich für ihn im Hotel ›Jugoslavija‹, du weißt doch, daß er dort sein Hauptbüro unterhält?«

»Das schon. Aber ich bin einstweilen nur hier eingesetzt…«

Jeder junge Mann unterhält sich gerne mit einer schönen Frau. Lara weiß, daß sie ihn schon abgelenkt hat. Es ist kurz vor Mittag und zurzeit überhaupt kein Betrieb, ein einziger Kellner lümmelt an der Bar. Lara registriert wie Micha ankommt und zu Aki geführt wird, er hat sie nicht bemerkt. Sie überlegt einen Augenblick, beschließt aber noch zu warten. Als sie jedoch Sascha hereinstürzen, etwas kurz fragen, und dann die Tür vom Büro aufreißen sieht, hinter ihm her Pepi und zwei der Männer, weiß sie, dass es jetzt auf Biegen und Brechen geht.

Alles läuft tatsächlich sehr schnell ab.

Sascha rennt ins Büro.

Aki springt verwundert auf:

»Sieh da, der Waschlappen! Wir kennen uns doch noch von der Front vor Vukovar!«

»Ich bin kein Waschlappen mehr«, schreit Sascha, reißt den Revolver aus der Tasche richtet den Lauf auf Aki und lehrt das Magazin. Im Leben ist es nicht, wie im Film. Man darf nicht lange drohen. Man schießt sofort, oder der andere kommt einem zuvor. Das hat er während seiner kurzen Teilnahme am Häuserkampf im Krieg gelernt. Und Onkel Micha hat recht gehabt, es ist gar nicht so schwer einen Menschen zu töten.

Lara hat inzwischen mit einem Karategriff ihren überraschten Wächter auf den Boden geworfen, obwohl er mindestens zwanzig Kilogramm schwerer ist als sie und sofort seine Pistole gefunden.

Pepi und die anderen beiden Männer sind Sascha nachgerannt, aber sie waren nicht schnell genug, Lara schießt dem einen ohne Warnung in den Rücken und ruft:

»Waffen fallen lassen! Hände hoch!«

In so einer Situation wirkt jede Drohung. Der entsetzte Mann sieht, wie sein Chef am Schreibtisch stirbt, hat zwar seine Schußwaffe in der Hand, läßt sie aber sofort fallen und gehorcht. Sascha springt zu Micha, bindet ihn schnell los und gibt ihm den geladenen Colt, behält die schwere Pistole und lädt nach. Jetzt sind sie alle drei bewaffnet. Aki liegt tot mit dem Oberkörper über der blutbesudelten Tischplatte, einer seiner Männer winselnd auf dem Rücken, weil er sich im Umfallen gewendet hat, hält sich mit der Hand die Wunde auf der Brust zu, die Kugel hat seinen Oberkörper durchschlagen, aber die Einschußwunde blutet auch stark, und unter ihm breitet sich eine rote Lache aus.

Pepi schreit:

»Mich nicht! Ich bin ein kleiner Fisch!«

Den anderen Mann schiebt Micha als Schutzschild vor sich zur Tür und wirft einen Blick ins Restaurant. Der Kerl, der Lara bewacht hat und der Kellner stehen mit weit aufgerissenen Augen da, zwei weitere kommen von außen mit Pistolen in den Händen angelaufen.

In diesem Augenblick hört man das Polizeihorn von der Straße her. Mehrere Hörner. Es müssen viele Polizei- und Krankenwagen sein. Petrović stürzt mit seinen Leuten in den Raum, Micha, Sascha und Lara halten inzwischen schon alles unter Kontrolle:

»Sie können übernehmen, Herr Kollege!« sagt der Privatdetektiv. »Leider haben wir zwei tote und einen schwerverletzten Verbrecher, es wird also viel Papierkram und langweilige Protokolle geben, es war aber eindeutig Notwehr!...«

»Was sein muß, muß sein!«

Die noch immer weinende, am ganzen Körper zitternde Isi wird aus dem Keller geholt. Sascha umarmt sie. Noch nie hat er diese junge Frau in so einem Zustand gesehen, bisher war sie immer so selbstsicher, so überlegen, so Isi, er fühlt für sie eine neue Art rührender Zärtlichkeit, fühlt sich als Mann, der sie beschützt, von Bösem befreit hat, aber Micha mischt sich energisch ein und befiehlt:

»Lara, führ Isi sofort hinauf in irgendein Zimmer, hilf ihr, sie soll sich waschen, vielleicht duschen, beruhigen, schminken und bring sie erst dann wieder herunter, wenn sie so schön ist wie sonst! Und du komm her!« befiehlt er seinem Neffen. »Wir setzen uns, bis der Herr Inspektor und seine Leute die ersten notwendigen Handlungen unternommen und Zeit haben uns auch zu verhören. Kellner!«

Der Kellner wirft einen Blick auf den Inspektor, und nachdem dieser mit den Kopf genickt hat, eilt er zum Tisch.

»Eine Flasche Schnaps. Den besten, denn ihr in dieser Räuberspelunke habt! Und eine Platte mit Aufschnitt. Natürlich auf Rechnung des Hauses!«

Micha wendet sich an Sascha, fixiert ihn nachdenklich, zündet sich eine Zigarette an und stellt mit dem Kopf nickend fest.

»Gehorcht hast du also nicht? Rauchen willst du immer noch nicht? Du hast insofern richtig gehandelt, als du die Banditen auf diese Weise überrascht hast, aber du konntest nicht wissen, daß Lara da ist, frei im Restaurant sitzt und so schnell nachkommt, sogar selbst schießt. Ohne sie wären wir beide tot. Andererseits, wenn du gehorcht hättest, wäre der Kollege Petrović zwar angefahren, hätte sie aber mit seinen blöden Fanfaren gewarnt, und dann hätten sie sicher Zeit gehabt mich umzubringen und zu fliehen. Insofern, danke, Sascha...«

»Gerne geschehen!« sagt Sascha sehr stolz und selbstzufrieden.

»Immer mit der Ruhe, ich bin noch nicht fertig. Das war nur die erste Feststellung. Die zweite ist, du hast recht, ein Waschlappen bist du nicht mehr. Aus dir ist ein Mann geworden. Aber ich muß dir noch etwas sagen: Drittens, du hast mir am Ende alles vermasselt!«

»Wieso?« Sascha fühlt sich vor den Kopf geschlagen.

»Weil Aki tot ist. Du hättest ihn eventuell mit einem Schuß kampfuntauglich machen, nicht aber in Wut das ganze Magazin leeren sollen. Jetzt müssen wir mit unseren Ermittlungen von vorne anfangen!«

32.

Der Dubai International Airport ist die wichtigste Drehscheibe des Flugverkehrs zwischen Europa und Asien. Nahezu 22 Millionen Reisenden jährlich stehen weltweit 145 Destinationen zur Verfügung. Der Flughafen wird zurzeit für eine Kapazität von 70 Millionen Passagieren ausgebaut. Science Fiction, und gleichzeitig 1001 Nacht. Riesenoase mitten in der Wüste, aber ultramodern. Shoppingareal, Einkaufparadies. Schwarz vermummte Frauen, unter deren Gewand sich dank der schnellen Bewegungen grazile Körper abzeichnen und modern gekleidete Girls in T-Shirts und engen Hosen, die wegen der zu niedrig geschalteten Klimaanlagen blaß vor sich hinfrösteln, aber mit voller Tatkraft Kosmetika und teuren Schmuck betrachten, manchmal sogar kaufen. In diesem Gedränge längs der Palmenhaine unter Glaskuppeln fällt niemand auf, auch die Personen nicht, die in Begleitung ernster Bodyguards zu den VIP-Räumen eilen, um von dort aus mit Luxuslimousinen direkt zu ihren Privatjets gebracht zu werden.

Das Flugzeug vom Typ Dassault Falcon 7X, registriert im Königreich Saudi-Arabien, ankommend aus Prishtina, Kosovo, wird bis an das Ende einer Rollbahn geleitet und muß dort halten. Nach einigen Minuten ist es von gepanzerten Fahrzeugen der Polizei umzingelt. In einem Mercedes 600 kommt Prinz Mahdi an. Er ist diesmal im weißen Burnus, wie es sich für ein Mitglied der Dynastie schickt. Sein Begleiter Achmed ist wie immer in dunkelblauem Zivilanzug. Auf die Anweisung seiner Hoheit wird eine Baßgeige aus der Maschine getragen, und der Chef des Sicherheitsdienstes des Flughafens persönlich streift die Hülle von ihr herunter und klopft das Instrument mit einem kleinen Gummihammer, wie ihn sonst Neurologen benützen, ab.

»Explosionsgefahr scheint keine gegeben zu sein«, erklärt er mit amtlicher Stimme. »Wer ist außer der Crew drinnen?«

In der Tür erscheint ein Mann mittleren Alters.

»Kommen Sie herunter. Sie sind verhaftet!«

Der hagere Mann mit funkelnder Brille steigt aus. Er ist sichtlich wütend, fuchtelt mit einem Ausweis und schreit auf Englisch mit unverkennbarem ungarischen Akzent:

»Ich bin internationaler Beamter von der United Nation Interim Administration Mission im Kosovo und genieße diplomatischen Status...«

»Hier nicht. Man wird das überprüfen. Falls es stimmt, werden Sie bei erster Gelegenheit zurückgeschickt. Mit einem Bericht über Ihren Aufenthalt in den Emiraten und der offiziellen Anfrage, wer Sie hierhergeschickt hat! Hoheit!« wendet sich der Polizeichef an Mahdi. »Möchten Hoheit bitte hier unterzeichnen. Und hier ist der Revers, daß wir diese Baßgeige beschlagnahmt haben. Danke. Ich wünsche einen angenehmen Flug, Hoheit!«

Trotz des höflichen Tones ist das ein Befehl. Mahdi sagt kein Wort, nickt kurz, steigt ein, Achmed folgt. Der Pilot meldet:

»Wir haben die Weisung unverzüglich abzufliegen!«

»Dann, los!«

Der müde Prinz lehnt sich im Ledersessel zurück und schließt die Augen. Für ihn ist das Abenteuer mit Stalins Säbel noch keineswegs beendet, zu Hause steht ihm eine weitere Untersuchung bevor, und die wird nicht so zuvorkommend sein wie hier im befreundeten Ausland.

Die Wagenkolonne fährt zur Sicherheitszentrale des Flughafens. Dort warten Mr. Goldberg, ein Sekretär der Botschaft der USA und einige Experten. Der Raum ist von Neonröhren grell beleuchtet, über einem Metalltisch steht trotzdem noch eine große Lampe, sodaß die Atmosphäre an einen Operationssaal erinnert, die Wände sind weiß gekalkt. Hier fehlt das sonst überall auffallende Portrait des Emirs. Die Baßgeige wird zuerst mit Röntgenstrahlen untersucht, dann vorsichtig geöffnet, der Säbel herausgenommen und auf einen anderen Tisch gelegt. Ein Mann setzt sich eine Kopfbandlupe auf und prüft eingehend die Steine auf dem Griff, schüttelt dann den Kopf:

»Glas! Aber sehr schön gearbeitet!«

»Gestatten sie?« Mr. Goldberg betrachtet seinerseits den Säbel, zieht in vorsichtig aus der Scheide, nimmt sich dann des Griffes an und findet rasch den Automatismus ihn abzudrehen. Triumphal zieht er das Stück Pergamentpapier mit der seltsamen, mit schwarzer Tusche aufgeschriebenen Formel heraus und zeigt es den Anwesenden einem nach dem anderen:

»Um das geht es, meine Herren! Prinz Mahdi wollte man vielleicht eine Attrappe andrehen. Möglicherweise aber wußte er, daß es nicht um den Säbel ging, sondern um den Inhalt des Säbelknaufs, und den wollte er vielleicht seinen Freunden von der Familie Bin Laden geben. Nun, diese Verbindungen sollen in Riad geprüft werden. Meine Herren, ich bitte, ein jeder erstatte entsprechende Meldungen in seinem Zuständigkeitsbereich. Sie, Herr Erster Sekretär, schicken eine Depesche an das State Departement und an unsere Botschaft in Saudi Arabien, und Sie, Herr Polizeipräsident, machen es auf Ihrem Dienstweg!«

»Um was handelt es sich, Mr. Goldberg?« Der Polizeichef des Emirats ist nicht besonders begeistert, daß er sich hier von einem Juden Weisungen geben lassen muß, aber er ist ein Vertreter Washingtons und deshalb muß er ihn zumindest anhören.

»Das ist es, was noch überprüft wird. Wir können nicht ausschließen, daß es sich um die Anleitung für die Herstellung einer schrecklichen Waffe handelt, einer Art Superatombombe, die man ohne Trägerraketen oder Flugzeuge per ferngelenkten Strahlen zu sehr weit entfernten Zielen bringen kann«. Goldberg macht eine bedeutungsvolle Pause. »Und daß sie für die Al Qaida bestimmt war. Nicht auszudenken, was da auf uns hätte zukommen können! Man wird sehen. Wir nehmen mit ihrem freundlichen Einverständnis alles, was mit dieser Erfindung zu tun hat, mit, es muß in unseren Laboratorien in den Staaten untersucht werden. Falls Sie in dieser Hinsicht keine Weisung haben, bitte ich Sie, das bei Ihrem Außenministerium zu überprüfen, denn Ihr Minister weiß davon…«

»Ich habe meine Weisungen. Das geht in Ordnung«.

»Was machen wir mit dem hier? Was ist das überhaupt?« fragt vorsichtig ein Flughafenangestellter und zeigt auf die Reste der auseinandergenommenen Baßgeige.

»Das ist ein Musikinstrument, wie es für Zigeunermusik benützt wird. Sie können das Zeug entsorgen…«

Sachverständige der CIA werden feststellen, daß Lalas Gekritzel das ist, was in der Zentrale der Agency die Direktion für Wissenschaft und Technologie, dem zuständigen Hauptabteilungsleiter über Teslas Todesstrahlen schon erklärt wurde, nämlich »Mist«. Was

Perin glaubte erfunden zu haben, ist der Spielzeugindustrie, geschweige denn der NASA, längst bekannt, es ist die drahtlose Fernlenkung verschiedener Objekte, zum Beispiel von Drohnen, aber noch keineswegs von Energie. Enorme Spesen müssen abgebucht werden, und deshalb erhält der Hauptabteilungsleiter, der dem Direktor persönlich referieren muß, nicht nur einen gewaltigen Rüffel, sondern wird am Ende des Halbjahres in den längst verdienten Ruhestand geschickt. Es nützt ihm nichts zu beteuern, daß man doch jedem Verdacht hatte nachgehen müssen. Der übervorsichtige Referent für Jugoslawien, der das alles eingefädelt hat, wird zur Strafe für seinen Übereifer erst einmal zur Bewährung nach Afghanistan versetzt. Mister Michael Goldberg wird zurück in Pension geschickt, diesmal endgültig, aber er ist mit seinem letzten Auftrag sehr zufrieden. Aus Florida schickt er dem Kollegen Ariel nach Netanya noch eine Ansichtskarte:

»So luxuriös wie im Hotel Burj Al Arab ist es hier nicht, aber dafür fühle ich mich zu Hause!«

Die Attrappe des Säbels, den Stalin Tito als Anerkennung für die Leistungen im Zweiten Weltkrieg geschenkt hat, gelangt in die Asservatenkammer der Agency um dort zu verstauben.

33.

Timisoara, Hauptstadt des rumänischen Bezirks Banat, auf Ungarisch Temesvár, zu Deutsch Temeschwar, bewohnt von Rumänen, Ungarn, Serben und Deutschen. Wer weiß heute noch, daß der berühmteste aller Tarzandarsteller Johnny Weissmüller genauso hier geboren wurde, wie der erste Dracula im Film, Béla Lugosi. Die Stadt wird auch »Wien des Balkan« genannt, weil die Bauten im Zentrum zur Zeit des österreichisch-ungarischen Kaiserreiches errichtet worden sind. Dazu paßt, daß in vielen Gaststätten Zigeunerkapellen spielen. Hier kann man sich schwer vorstellen, sich richtig zu besaufen, ohne daß einem die Geige ins Ohr spielt. Die Wiener Operette lebt. Einheimischer Rotwein ist relativ billig, Sekt nicht zu teuer. Diese Art von Musik wird in den drei benachbarten Ländern, hier in Rumänien, weiter nördlich in Ungarn und westwärts in Serbien, jeweils andersartig, teils sogar mit recht verschiedenen Instrumenten gespielt.

Die zur Hilfeleistung aufgeforderten rumänischen Sicherheitskräfte umzingeln gegen Mitternacht eine bekannte serbische Kneipe. Der belgrader Polizeiinspektor Petrović und der Privatdetektiv Boch halten sich als Gäste zurück, sie werden sich erst einmischen, nachdem man sich offiziell beim Publikum entschuldigt und die Zigeuner abgeführt hat.

Im Revier schlägt der ungeduldige Micha Boch die Baßgeige mit einem Pistolenknauf ein und fördert einen Säbel mit edelsteinbeschlagenem Griff ans Licht. Die Musiker setzen so entsetzte Gesichter auf, daß man ihnen sofort glaubt, sie hätten keine Ahnung gehabt. Bereitwillig sagen sie aus, Herr Achilles Malić habe sie auf diese Reise geschickt und darauf bestanden, daß sie diese Baßgeige benützen. Ja, gewundert haben sie sich schon, aber es war nicht ihr Problem. Sie geben auch eine Telefonnummer an, die er ihnen mitgegeben hat. Dort haben sie bereits angerufen, man hat Bescheid gewußt, sie jedoch vorläufig vertröstet, sie sollten nur spielen und abwarten, bezahlt seien sie ja schon. Die Trinkgelder seien wirklich gut gewesen, sie seien auch anständig untergebracht, man könne nicht klagen, was die Baßgeige angeht, die habe ihnen, wie gesagt, Herr Malić gegeben, die gehöre ihm, ihnen sei also überhaupt kein Schaden entstanden, aber wie sollen sie jetzt ohne sie weitermusizieren?

Das brauchen sie nicht, sie sollen nach Hause fahren, ihre Mission ist beendet. Man hat den Eindruck, daß die Leute froh sind, die Polizeistation verlassen zu dürfen.

Micha überprüft den Griff des Säbels. Er läßt sich zwar öffnen, aber das Versteck ist leer.

Dank der Telefonnummer stellt man fest, daß von dort aus Kontakte zu einem bekannten steinreichen russischen Magnaten hergestellt werden können. Er hatte von Stalins Säbel gehört und wollte ihn um jeden Preis kaufen, weil er das Stück als Souvenir aus vergangenen ruhmreichen Zeiten betrachtete, und fügt hinzu, er könne es sich leisten ungewöhnliche Gegenstände zu besitzen und habe schon eine große Sammlung interessanter Waffen.

Die Prüfung in Belgrad ergibt, daß es sich zwar um eine Nachbildung handelt, aber um die bestmögliche. Zu Titos Lebzeiten war diese Attrappe im Museum, dem der jugoslawische Marschall das Geschenk Stalins gestiftet hatte, ausgestellt, nicht das unbeschreiblich wertvolle Original. Dieser Säbel ist sozusagen die originale Kopie.

Man berichtet dem Russen über den Tatbestand und fragt, ob er dieses Stück trotzdem haben wolle? Das will er. Mit der Hilfe von Sachverständigen wird ein fairer, recht hoher Preis ausgehandelt, der dem Belgrader Historischen Museum, dem Verwahrer des Originals, ausgezahlt wird. Die Spesen und die bei solchen Fällen üblichen 15% behält Micha ein, um sie mit David in Israel zu teilen.

Nun gilt es noch der dritten Baßgeige in Bosnien nachzujagen. Sie wird in Banja Luka gefunden. Dort müssen mit Petrović und Boch die örtliche, serbische Polizei und UNPROFOR ausrücken. Diesmal wird das Instrument allerdings vergeblich auseinandergenommen, es erweist sich als leer.

Viel Zigeunermusik in der Begleitung von Stalins Säbel. Wo das Original ist, weiß man noch immer nicht. Vielleicht wird man es nie erfahren. Vielleicht wird es doch bald auftauchen und in einem belgrader Museum ausgestellt werden.

34.

David Ariel holt seinen Freund Micha Boch auf dem Flughafen Ben Gurion in Tel Aviv ab. Gleich nach der ersten Umarmung erklärt der Israeli stolz:

»Ich bin inzwischen Großvater geworden, ich habe einen Enkelsohn.«

»Mein lieber Freund! Ich gratuliere dir von ganzem Herzen.«

»Wir haben also doppelten Grund zu feiern.«

»Und ist das Baby schön wie seine Mutter?«

»Alter Gauner. Du denkst immer nur an hübsche junge Frauen.«

Schon auf der Autobahn Richtung Netanya, berichtet Micha über die Einzelheiten seiner Aktionen, die er nicht per E-Mail oder Telefon erklären wollte. Besonders ausführlich erzählt er über den Countdown im Motel, vom Mut seines Neffen und der Russin. Wenn diese beiden Amateure nicht so energisch und tapfer eingegriffen hätten, säße man jetzt nicht so fröhlich gemeinsam im Auto auf dem Wege zu feiern.

Micha hat nach Gorans Tod in Serbien zwar viele Geschäftsfreunde, aber keinen einzigen mehr, mit dem er intim sein, dem er sich anvertrauen könnte. Es ist noch einsamer um ihn geworden, als es schon immer war. Sascha und Isi füllen viele seiner freien Stunden aus, aber sie gehören einer anderen Generation an, über seine persönlichen Probleme und Gedanken kann er mit ihnen nicht offen sprechen. Mit dem Mann, der so verschieden von ihm ist, mit dem er nicht sehr oft im Leben zusammen gewesen war, mit dem ihn aber trotzdem so viel verbindet, wagt er auf einmal auf dieser Fahrt nach Mitternacht auf der schwach befahrenen Autobahn in Israel frei über sich zu reden. Bisher haben sie einander nur gefrotzelt, wenn sie keine seriösen geschäftlichen Themen zu besprechen hatten, aber manchmal öffnet man sich leichter jemandem gegenüber, mit dem man nicht zu eng verbunden ist. Hier in der Fremde glaubt Micha plötzlich, er solle und dürfe reden.

»David, ich habe mich in sie verliebt! Verstehst du? In die Russin, von der ich dir erzähle… Sie ist dreiunddreißig Jahre jünger als ich. Hat das noch einen Sinn? Soll ich mich schämen?«

»Schläfst du mit ihr?«

»Ja«.

»Funktioniert es gut? Du weißt, was ich meine?«

»Ja«. Micha wundert sich, dass es ihm überhaupt nicht unangenehm ist darüber zu sprechen. Eher im Gegenteil. »Ich bin körperlich in guter Form. Ich habe jeden Tag in meinem Leben trainiert. Und sie ist Gymnastikerin, verstehst du... Mit ihr ist vieles irgendwie anders...«

Er erzählt, daß sich Lara gewundert hat, daß ein Mensch wie er Klavier spielt. Und sie singt. Sie haben zusammen musiziert.

»Das ist manchmal mehr als miteinander ins Bett zu gehen. Sag mal, willst du sie heiraten?«

»Ja. Vielleicht. Ich weiß nicht. Soll ich? Dann bekäme sie ohne weiteres unsere Staatsbürgerschaft. Sie ist ihrer Familie und ihrer Heimatstadt gegenüber in einer brenzligen Lage, weil sie zu uns illegal über die Grenze gekommen ist... Wenn sie heiratet, braucht sie nicht alles zu erklären, man würde nicht so sehr bohren, unter welchen Umständen sie Rußland verlassen und zu uns gekommen ist, es wäre auf jeden Fall irgendwie logisch...«

»Es geht mir jetzt nicht um ihre Probleme, die kann man bestimmt auf verschiedene Weise lösen, sondern um deine. Du fragst mich, was du machen sollst?«

»Ja, David!«

Ariel fährt vorsichtig auf einen Parkplatz am Rande der Autobahn, hält zur Verwunderung seines Gastes, umarmt ihm, küßt ihn auf beide Wangen und sagt halb komisch, halb feierlich:

»Meinen Segen hast du hier mitten im Heiligen Land! Oder was willst du hören, du verfluchter Agnostiker? Falls du versuchen solltest Nachwuchs zu bekommen, meinen doppelten Segen. Das ist der dritte Grund, uns morgen zu besaufen!«

Sie sausen los.

Israel im Mai. Das ist hier schon wie ein sehr warmer Sommer in Serbien, obwohl Tel Aviv, wo Micha angekommen ist, auf Hebräisch Berg des Frühlings bedeutet. In Belgrad war es noch kalt, er ist mit einem Mantel zum Flugplatz gefahren, den wird er hier gewiß nicht brauchen. Zu Hause weht um diese Jahreszeit von Zeit zu Zeit noch immer ein unangenehmer Wind aus dem Osten, es gibt sozusagen Rückfälle in den Winter bevor es plötzlich sehr warm wird, es regnet, und nur die Bauern freuen sich. Hier ist der schönste Teil des Jahres angebrochen. Die künstliche Bewässerung, der Blutkreislauf des Landes, läßt Gras und Blumen sprießen. Micha überlegt, ob er sich Zeit nehmen soll im Meer zu baden. Vor dem Rückflug sollte er es jedenfalls mindestens einmal tun. Nach der Hochzeit will er mit Lara wiederkommen. Hochzeitsreise? Lächerlich! Aber warum nicht? David ist gerne bereit, ihnen das Land und alle seine Sehenswürdigkeiten zu zeigen. Inzwischen werden Sascha und Isi in der Detektei Stallwache halten und versuchen die Alltagsgeschäfte zu erledigen, danach kommen sie an die Reihe Israel zu besuchen, er hat es ihnen ja versprochen.

Das Leben ist schön.

Der Fall Stalins Säbel ist gelöst. Er hat finanziell nicht so viel gebracht, wie es sich Micha Boch und David Ariel anfangs versprochen haben, einen so großen Fisch, wie man im Übermut manchmal erhofft, zieht man nicht immer aus dem Meer. Am Ende war es eine normale Aktion mit mäßigem Gewinn nach einem vielleicht zu hohen Risiko, aber alles ist gut ausgegangen. Die ganze Aufregung und die Gefahren darf man jetzt vergessen.

Die beiden Kollegen fragen sich, warum der Abwehrmann der Armee, dieser Oberstleutnant Marko, Micha vorgewarnt hat? Später hatte er nichts mehr mit dem Fall zu tun. Am wahrscheinlichsten finden sie, daß der Offizier die mitlauschenden Geheimdienste auf eine besonders schlaue Weise warnen wollte, um zu verhindern, daß Vertreter seiner Armee weiter intensiv mit der Verbrecherwelt zusammenarbeiten.

Die Kopie der Waffe, die im Historischen Museum ausgestellt war, ist gut verkauft worden und hat eine beträchtliche Provision gebracht, auch die CIA war zufrieden mit ihrem Beitrag, der zumindest ausgeschlossen hat, daß eine Gefahr von Todesstrahlen je gegeben war und hat sich nicht als zimperlich erwiesen, weil sie auch weiterhin mit der Hilfe der ehemaligen Agenten sowohl im ehemaligen Jugoslawien als auch in Israel rechnet, am allerwichtigsten jedoch ist der gute Ruf der beiden, der nach dieser Affäre in entsprechenden, diskreten Kreisen befestigt worden ist.

Sie stellen fest, daß für Aki die Pläne mit den vermeintlichen Todesstrahlen und Stalins Säbel um einige Nummern zu groß waren. Er hat sich von Perins Phantasie mitreißen lassen. Inspektor Petrović hat Micha die Ergebnisse seiner Ermittlungen mitgeteilt. Der Gangster hatte tatsächlich geglaubt, daß der Säbel, der über Rumänien an den reichen Russen gehen sollte, das Original war und hat als Anfangspreis fünfzig Millionen Dollar genannt. Bekommen hatte er dieses Stück von dem hohen Gardeoffizier, den er seit dem Krieg in Kroatien vor Vukovar kannte. Unersättlich wie er war wollte er sich nicht mit der Summe begnügen, die für die Todesstrahlenformel im Griff des Säbels für Dubai erzielt werden sollte. Die Verknüpfungen zwischen dem zivilen und dem militärischen Geheimdienst, wichtigen Teilen der Armee und der Verbrecherwelt, die für Serbien in den Neunzigerjahren unter dem Diktator Slobodan Milošević charakteristisch waren, sind in diesem Fall noch einmal zum Ausdruck gekommen.

Die Kopie der Waffe mit dem abschraubbaren Griff, die in Dubai gelandet ist, hat der albanische Silberschmied Refik in Belgrad für Aki angefertigt, deshalb hat er ihn als überflüssigen Mitwisser umgebracht. Der Mord sollte eine Fehde unter Albanern vortäuschen. Aki wußte auch von der früheren Verbindung Refiks mit dem Geheimdienst. Goran mußte aus demselben Grund mit seinem Leben bezahlen, der Gangsterboss war sich nämlich nicht sicher, was Refik wem mitgeteilt hatte. Höchst wahrscheinlich hatte Refik die Absicht gehabt, sein großes Geheimnis nur Micha anzuvertrauen. Deshalb war es nur zu logisch, das ganze Umfeld säubern zu wollen. Insofern war Micha sicher die ganze Zeit über in seinem Visier.

Was mit Perins Erfindung, der Weiterentwicklung der Idee von Nikola Tesla, weiter geschehen sollte, wußte Aki selbst noch nicht genau. Er wollte sich vorerst mit dem Vermögen, daß er mit dem Exemplar des Säbels von dem russischen Magnaten bekommen würde, mit Lala in den Emiraten niederlassen. Prinz Mahdi wollte er rechtzeitig warnen, daß er möglicherweise nicht das Original von Stalins Säbel erhalten habe und das Stück mit einer Entschuldigung zurücknehmen, dafür das Geschäft mit den Todesstrahlen in Aussicht stellen, wichtig war für ihn, daß der Prinz für einen bequemen Export mit seinem Sonderflugzeug aus Prishtina gesorgt hätte. Es ging vor allem um die Formel, die im Griff herausgeschmuggelt worden war. Die Todesstrahlen wollte er weiterverkaufen, an Al Qaida, an Israel, an wen auch immer, das würde sich ergeben. Lala brauchte er für eventuell notwendige weitere Experimente in einem Laboratorium in der Wüste, falls die neuen Inhaber seiner Formel das wünschen würden. Der Wissenschaftler hätte mit demselben Flugzeug, wie der Säbel, ausgeflogen werden sollen. Ihn später irgendwo zu beseitigen, wenn er nicht mehr nützlich sein würde, wäre für Aki kein Problem gewesen.

»Aber, um Himmels Willen, warum so kompliziert?« fragte David Ariel. »Diese Formel mußte doch nicht in einen Säbelgriff gesteckt werden, die konnte man ohne weiteres in einer jeden Westentasche aus dem Land bringen!«

»Das war typisch Aki. Für die Baßgeigen wollte er teure Kasten, mit einfachen Hüllen begnügte er sich nicht. Er hatte zu viel Phantasie, aber eben von der primitiven Art. Er liebte unmögliche Kombinationen und vertraute zu sehr seinem Glück. Den Sinn für Realität hatte er verloren, aber seine möglichen Partner beeindruckt. Wer hat am Ende eine Schimäre gejagt? Nicht nur er, sondern auch die CIA, die serbischen Behörden, die Emirate, wir, die Russen…«

Was aber war mit Professor Perin wirklich geschehen? Wieso war er spurlos verschwunden? Hatte irgendein Dritter ihn, sein Wissen, seine Formel aufgespürt? Oder war er vielleicht gar kein naiver Tollpatsch gewesen, sondern hatte Aki benützt, war jetzt untergetaucht und würde eines Tages irgendwo ein neues Kapitel zum selben Thema eröffnen? Chinesen? Nordkoreaner? Welch ein schrecklicher Gedanke! Niemand konnte es wissen. Micha meint, so etwas sei durchaus möglich, man könne den Fall nicht ad acta legen. Es bleibt vorerst ein Rätsel welche Aufzeichnungen Perin im Dorf Smiljan im kleinen Museum gefunden hat, was noch an geheimen Aufzeichnungen von Nikola Tesla, dieses geheimnisvollen, großen Gelehrten irgendwo herumliegt.

»So etwas wie Todesstrahlen könnte doch auch Israel gut gebrauchen!« sagt Micha.

David zuckt die Achseln. Er glaubt an keine Wunderwaffen, sondern an den Verteidigungswillen der einfachen Menschen. Potentielle Gefahren darf man freilich nie ausschließen, es kann nicht immer alles restlos aufgeklärt werden.

Niemandem fiel ein, daß Lala auf eine so dumme Weise ums Leben gekommen war, sozusagen ein sehr spätes Opfer seiner, in zartem Kindheitsalter erworbenen Phimose. Im Kosovo sind Tausende und Abertausende Leichen einzeln verscharrt oder in Massengräber geworfen worden.

Zum Abendessen in seiner Wohnung hat Ariel zum Fisch einen Chablis Grand Cru kredenzt:

»Jahrgang 1991! Ein guter Tropfen, für den es allmählich höchste Zeit ist ausgetrunken zu werden, und der Anlaß ist der richtige. Ich habe noch eine ganze Kiste davon.«

»Aber danach muß ich unbedingt rauchen, einen Aschenbecher werdet ihr doch noch haben?«

David schaut seine Frau an, sie lächelt und bringt eine Schale aus Kristall.

»Ausnahmsweise!«

»Diesem Aki ist es nicht gelungen, aber Alkohol und Tabak bringen dich am Ende doch um!« stellt David fest.

Am nächsten Tag will Micha seinen Freund nicht belästigen, sie verabreden sich für den Abend, wollen die Tochter besuchen, der Serbe soll ihren Mann, einen Ingenieur und Enkelsohn Aron kennenlernen.

»Wenn ich das gewußt hätte! Das hättest du mir schreiben sollen. Bei uns ist es Sitte einem Neugeborenen etwas mitzubringen...«

»Kannst du ja nachholen, wenn du demnächst mit deiner Russin kommst«.

Nachdenklich geht Micha zu Fuß zu seinem Hotel »King Salomon« in der Hamaapilim Street am langen Strand zurück. Sternklare Nacht, wie es sich für das Heilige Land schickt. Dann sitzt er noch eine Weile auf seinem Balkon und hört dem Meeresrauschen zu.

Ist es wirklich gescheit eine Abenteurerin wie Lara zu heiraten? Das ist sie doch, auch wenn sie kein Strichmädchen sein wollte. Er hat Goran immer wieder gesagt, für ihn sei es zu spät. In zwanzig

Jahren wird er ein hoffentlich rüstiger Achtzigjähriger sein und die Russin sicher eine noch immer attraktive, jugendliche aussehende Frau. Kann das gut gehen? Aber darf er sich nicht für den Rest des Lebens Freude gönnen? David hat ihm Mut gemacht.

Die Zimmerbar des Hotels ist zum Glück gut bestückt, und er kann so lange gemütlich trinken, bis seine Sinne benebelt sind und er schläfrig genug wird.

Netanya ist das größte Seebad in Israel. Am Morgen will er die kleine Stadt besser kennenlernen. So etwas muß man seiner Meinung nach stets auf eigene Faust und zu Fuß tun. Wenn man herumgeführt wird, verläßt man sich unwillkürlich auf das, was der Fremdenführer oder Gastgeber für bemerkenswert hält und kann nicht seinen Interessen oder plötzlichen Einfällen nachgeben, es ist dann schwieriger sich ein eigenes Bild zu machen.

Micha hat seine eigene Methode entwickelt fremde Orte auszukundschaften, sei es beruflich, sei es nur zum Vergnügen. So hat er es in Berlin, Paris und London gehalten. Er hat sich aufs Geratewohl in eine Untergrundbahn gesetzt, ist willkürlich irgendwo ausgestiegen und dann der Nase nach spazieren gegangen, um, wenn er genug gehabt hat, erneut unterzutauchen und sich wieder dem Zufall zu überlassen. Auf dem Stadtplan hat er dann immer nachträglich kontrolliert, was er gesehen hat und sich so ein eigenes Puzzle über die jeweilige Großstadt zusammengelegt.

In Netanya gibt es natürlich keine U-Bahn. Micha streicht lange durch die Straßen, nimmt gemütlich einen Kaffee und eine Limonade, schaut sich in Ruhe die Schaufenster an, faßt bei einem Juwelier einen schönen Ring mit einem anständigen Diamanten ins Auge, fragt, was er kosten würde. Im Vergleich zu Preisen in Europas Hauptstädten scheint er ihm günstig, den könnte er sich gerade noch für Lara leisten, will aber kein teures Schmuckstück kaufen ohne sich vorher mit David Ariel zu beraten, der kann sicher Rabatt herausschlagen.

Die Stadt ist die Perle der Scharonebene. Das steht zumindest im Hotelprospekt. Sie ist nur einige Jahrzehnte alt und auf den Klippen der Steilküste errichtet. Eine leichte Brise vom Meer her erfrischt die subtropischen Tage des Monats Mai. So viele Bäume, Blumen und

Rasenflächen, ein jeder Quadratmeter ist mit mühsamer Arbeit und einer klugen Bewässerungsanlage der Wüste abgerungen.

Noch ist es zu früh zu mittag zu essen. Zufällig stellt das Micha gerade an einer Bushaltestelle fest. Also gut, denkt er, das ist ein Zeichen, ich fahre irgendwohin, falls ich mich verirre, finde ich sicher ein Taxi, das mich zum Hotel zurückbringt. Zufrieden mit sich und der Welt schaut sich Micha um, lächelt dem ernsten, jungen Araber zu, der im weiten Burnus auf der anderen Seite des Autobus Platz genommen hat, sieht zum Fenster hinaus und betrachtet das bunte Leben auf der Straße.

Der Selbstmordattentäter löst die Sprengladung, die unter dem braunen Kaftan um seinen Bauch gewickelt war.

Michas letzter Gedanke ist, mein Arzt hat sich geirrt, er hat gesagt, ich werde eines schweren Todes sterben, weil mein Herz zu gut ist und nicht aufgeben wird. Es ist aber gleich aus.

35.

Eine Einäscherung in Israel ist nicht möglich, es gibt kein Krematorium, Feuerbestattungen finden nicht statt. Für die Überführung der sterblichen Überreste seines Partners und Freundes Micha Boch in einem Zinksarg, sorgt David Ariel. Er hat Sascha über den Tod seines Onkels benachrichtigt, und er kam mit Isi zu einem ersten kurzen Besuch nach Israel, um an einer kleinen privaten Gedenkfeier, auf die Ariel besteht, teilzunehmen und dann im selben Flieger mit dem toten Onkel in der Totenkiste nach Belgrad zurückzufliegen. Für eine Besichtigung des Landes ist jetzt nicht der richtige Zeitpunkt. Zu Hause setzen sie den ehemaligen jugoslawischen Inspektor des Geheimdienstes und späteren Privatdetektiv neben seiner Schwester Regina und ihrem Mann am Belgrader Neuen Friedhof bei.

Zivile Bestattungszeremonien sind besonders traurig, Pfarrer, Popen und Rabbiner oder das Militär können für beruhigenden Pomp sorgen, aber Micha war nicht gläubig, er hätte sich eine kirchliche Zeremonie sicher verbeten. Sascha mochte keine Todesanzeige in eine Zeitung geben, wie es sonst hier üblich ist. Die Angestellten der Detektei sind erschienen, Sonja und Michalitsch, Polizeiinspektor Petrović, Refiks drei Söhne. Einige wenige Personen, von denen Sascha nicht einmal weiß, wer sie sind, kondolieren. Isi hat sich ein schwarzes Kleid gekauft, Lara sogar einen Hut mit Schleier. Oberstleutnant Marko in seiner dunkelblauen Paradeuniform wirkt als einziger feierlich. Er flüstert Sascha ins Ohr:

»Sie müssen etwas sagen!«

»Ich? Was?«

»Das gehört sich so!«

»Es ist ja auch das Grab meiner Eltern...« antwortet Sascha. Endlich sieht er ein, daß jedermann auf sein Zeichen wartet.

»Mein Onkel Micha war kein Mann großer Wort. Sein Leben war erfüllt von... Ich weiß nicht von was und kann es deshalb nicht sagen. Ich weiß nicht, ob er oft glücklich war. Zufrieden und stolz dürfte er gewesen sein. Stolz bin auch ich auf ihn...« Dem jungen Mann fällt es immer schwerer gegen das Weinen anzukämpfen, und er holt tief Atem. »Er hat mich gewarnt, daß ich kein Waschlappen sein soll. Er würde sich ärgern, wenn ich jetzt vor Ihnen in Tränen ausbreche. Ein Verrückter hat ihn um einen schönen Lebensabend geprellt. Onkel Micha, ruhe in Frieden!«

Michas Freund, der Inspektor der serbischen Polizei, Petrović, sorgt dafür, daß Natascha, die man in Serbien Lara genannt hat, ein vordatiertes, serbisches Einreisevisum in ihren russischen Paß erhält. Damit kann sie legal wieder in ihre Heimat zurückfahren. Sie wird Familie und Freunden sagen, daß es ihr leider nicht gelungen ist, eine entsprechende Arbeit in Serbien zu finden. In den Weiten Rußlands verlieren wir sie aus den Augen.

Der Tod der beiden Gardesoldaten Draschen und Dragan im Geheimobjekt gegenüber dem Tor zu den Kasernen, in denen auch Sascha gedient hat, ist mehr als elf Jahre nach der Tragödie immer noch nicht gelöst. Das Belgrader Bezirksgericht beschäftigt sich mit dem Fall ohne jede Eile, im Spiel sind beide Versionen, die es übernommen hat, jene der militärischen Untersuchungsbehörde, die festgestellt haben will, die Soldaten hätten aufeinander geschossen und sich gegenseitig umgebracht, und die andere, des vom Obersten Verteidigungsrat eingesetzten, unabhängigen Ausschusses, der gerade das für unmöglich erklärt und behauptet, jemand Dritter habe die beiden jungen Männer umgebracht. Der inzwischen längst in den Ruhestand geschickte Feldwebel, der die Leichen der beiden jungen Männer als erster entdeckt, berührt und bewegt hat, bleibt verschwunden. Der Sohn des Obersten der Garde, der für die Überwachungskameras zuständig war, obwohl er kein Experte dafür ist und keine Fachausbildung hatte, wurde nach seiner Rückkehr aus Ägypten wegen eines ganz anderen Straffalles verhaftet. Die erhaltenen Beweismittel wurden zuerst in das Laboratorium des deutschen Bundeskriminalamtes nach Wiesbaden geschickt. Nach einem halben Jahr kam die offizielle Mitteilung, man habe keine Zeit dafür und lehne jede Stellungnahme ab. Nun wurde das Laboratorium des FBI in den USA gebeten, die Beweismittel zu untersuchen. Im April 2008 unterzeichnete ein Experte des FBI, Steve Kasper den endgültigen Bescheid, es sei unmöglich, daß einer der Gardisten Selbstmord verübt haben könnte.

Sascha findet die Aufzeichnungen seines Onkels zu diesem Fall. Er war davon überzeugt, daß der Tod der Soldaten auf einem tragischen Irrtum beruhte. Wenn die Person, die mit einem Paket aus dem Geheimobjekt gekommen war, in Uniform gewesen wäre und sie angebrüllt hätte, wären sie in Habtachtstellung erstarrt. Vielleicht ging es um die Attrappe von Stalins Säbel, die im Museum anstatt des Originals ausgestellt war. Der Säbelräuber in Zivil war möglicherweise zu nervös und hat gleich geschossen, die beiden haben zurückgeschossen, aber nicht mehr getroffen. Die Beweise haben die ersten Personen, die am Tatort angekommen sind, vernichtet, es tut nichts zur Sache, ob aus Ungeschicklichkeit oder absichtlich. Sascha interessiert sich nicht mehr für diese Geschichte, obwohl er sich sehr gut erinnern kann, mit welcher Langweile er selbst als Wachposten den Pfad abgeschritten hat. Was hätte er getan, wenn damals ein Unbekannter vor ihm aufgetaucht wäre? Es gibt Verbrechen die nie aufgeklärt werden.

Keiner der Morde, die Micha in Zusammenhang mit der Affäre Todesstrahlen und Stalins Säbel untersucht hat, stand in irgendeiner Verbindung zu den Kämpfen um Kosovo, alle Wege, die er in dieser Hinsicht beschritten hatte, führten in eine Sackgasse. Daran ändert nichts, daß Ivan Perin im Grenzgebiet von Kosovo ermordet worden ist, aber das wusste Micha nicht. Zwar ist im Leben oft vielerlei miteinander verbunden, aber die Einzelteile passen selten so hübsch zusammen wie in einem von einer der großen Spielzeugfabriken hergestellten Puzzle.

Das Historische Museum in Belgrad erklärte zwar, das Original des Säbels, den Stalin Tito zur Siegesfeier nach dem Zweiten Weltkrieg geschenkt hat, befinde sich nach wie vor in seinem Tresor, aber nicht einmal die Direktrice hatte dieses Exponat tatsächlich gesehen. Wenn man konkret fragt, winkt sie ab. Sie kann auch nicht schwören ob es das Original ist oder eine Attrappe. Was der Wert des Stückes wäre, wenn es über Sotheby's versteigert werden sollte, wurde nie nachgeprüft. Im Gebäude, in dem die Paradewaffe zuletzt ausgestellt war, wurde Slobodan Milošević aufgebahrt nachdem er im Gefängnis in Den Haag an einem Herzversagen gestorben war.

Wegen der Affären um den versuchten Verkauf von Stalins Säbel und der Herstellung von Todesstrahlen auf Grund der Arbeiten von

Nikola Tesla und Pavle Savić sind mehr als ein Dutzend Menschen ums Leben gekommen. Vergeblich. Zwecklos. Auf eine törichte, widersinnige Weise. So wie es die Kriege um die Nachfolge des auseinandergefallenen Staates Jugoslawien waren. Diese haben Zehntausende von Toten und Hunderttausende von Vertriebenen verursacht, von zerstörten Häusern, Fabriken und Städten, und vom Bombardement Serbiens durch die NATO ganz zu schweigen.

Der hundertfünfzigste Jahrestag der Geburt von Nikola Tesla wurde in Serbien feierlich begangen. Der internationale Flugplatz erhielt seinen Namen. Obwohl längst ein Denkmal Teslas vor der Technischen Universität in der Innenstadt steht, wurden zwei neue errichtet, eines auf der kanadischen Seite der Niagarafälle, ein anderes in Belgrad am Flughafen. Über Teslas Leben und Werk wurden zahlreiche neue Artikel und Bücher veröffentlicht, sogar eine Oper komponiert, aber die Explosion in Tunguska, Sibirien hat kaum jemand mit seinen Versuchen verknüpft. Isi findet im Internet über hundertzwanzig Arbeiten, die davon ausgehen, daß Nikola Tesla sehrwohl eine von ihm *Blitzstrahlenmaschine* genannte Installation besaß, mit der er die Energie eines Nuklearsprengstoffes per Funk hätte übertragen können. Die Katastrophe in Sibirien wäre demzufolge 1908 von seinem sechzig Meter hohen Turm in Wardenclyffe auf Long Island hervorgerufen worden. Beweise dafür gibt es keine, die Hypothese wurde jedoch in vielen Kreisen ernstgenommen.

Tesla schuldete am Ende seines Lebens dem berühmten Hotel »Waldorf Astoria« in New York für sein Appartement und die Bankette, die er in dessen Restaurant ausrichtete, so viel Geld, daß er sein ganzes Laboratorium dieser Gaststätte überschreiben mußte. Die Hoteldirektion ließ den Turm in Wardenclyffe abreißen und als Schrott im wahrsten Sinne des Wortes verscherbeln. Damit waren alle Spuren verwischt. Die kleinen Experimente, die er dort mit Kugelblitzen öffentlich vorgeführt hatte, konnten bis heute von niemandem wiederholt werden. Sie sind in vielen Zeitungsartikeln minutiös beschrieben, es gibt auch Fotos, aber man versteht sie immer noch nicht.

Tesla zog in ein billigeres Hotel um. Er erlaubte sich freilich auch grimmige Scherze, die nach seinem Tod zum Ausdruck kommen sollten. Er hinterließ im Zimmer 3327 im Hotel »The New Yorker« auf der VIII. Avenue, in dem er das letzte Jahrzehnt seines Lebens verbrachte, ein Paket und warnte das Personal, niemand dürfe es berühren, sonst könnte eine Explosion das ganze Stadtviertel in Schutt und Asche legen. Was nun? Als nach seinem Tod auf Bitte des FBI der Wissenschaftler Dr. John Tramp die in braunes Packpapier gewickelte Schachtel mit größter Vorsicht und, wie er es selbst später beschrieb, in Todesangst öffnete, fand er darin erst eine hübsche, mit Messing beschlagene Holzkassette, und als er es wagte den Deckel abzuheben fand er in ihr nur ein einfaches Messgerät, wie es fast ein jedes Laboratorium am Anfang des XX. Jahrhunderts besaß.

War der dicke Lala einem Hirngespinst gefolgt oder hatte er in Smiljan, dem Geburtsdorf seines Idols, Aufzeichnungen gefunden, die auch nur ein Witz Teslas waren? Isi und Sascha konnten nur feststellen, daß keineswegs alles aus den Fingern gesogen war, daß Dutzende von Wissenschaftlern in aller Welt, vor allem in den USA, die Möglichkeit, der Mann sei zumindest einer schrecklichen Waffe auf der Spur gewesen, nicht ausschließen mochten.

Über das unter dem Kürzel HAARP bekannte *High Frequency Active Aureoral Research Program* wurden sogar Spielfilme gedreht. Offiziell handelt es sich um eine Einrichtung zur Erforschung der oberen Atmosphäre, als Standort wurde die Umgebung der Stadt Gakona in Alaska gewählt, weil sie nahe am Nordpol liegt und die Atmosphäre besonders sauber ist. Geforscht wird mit Hochleitungs-Hochfrequenz-Radio-Sendern, Magnetometern und Infrarot-Spektrometern in Richtung Ionosphäre, aber auch der Tiefe der Erde. Teile der Apparaturen beruhen auf Patenten von Nikola Tesla, andere scheinen einige seiner zu Lebzeiten noch einfach unausgegorenen Ideen zu Ende gedacht haben. Möglicherweise liegen hier die Fotokopien jener Dokumente, die Botschafter Kosanović nach Jugoslawien mitnehmen durfte, die aber dann auch dort so lange verschollen waren, bis sie Lala Perin aufgestöbert hatte.

Inoffiziell glaubt man in Amerika, daß HAARP ein ultramodernes Langstrecken-Waffensystem sein könnte. Mit ihm sollen auf unsichtbare Weise Menschen beeinflußt, physisch krank gemacht, oder psychisch verändert werden. Sogar die Chancen einer Gedankenkontrolle mit diesen Strahlen werden untersucht. Die HAARP-Anlage in Alaska soll in die Lage gebracht werden, Explosionen von Ausmaßen, wie man sie sich nur bei Wasserstoffbomben vorstellen kann, an jedem Punkt des Erdballs drahtlos hervorzurufen.

Isi fragt sich, ob ihr komischer Bekannter, der ungeschickte und schüchterne Liebhaber ihrer russischen Freundin, gemeinsam mit dem Verbrecherchef Aki Malić, einem solchen grauenhaften Monstrum nachforschte? Ihr Problem war es nicht mehr. Sascha hatte Aki erschossen, während sie an eine feuchte Wand angekettet verzweifelte; hundertmal hatte er ihr alle Einzelheiten darüber erzählt und immer stolz hinzugefügt:

»Sogar Onkel Micha hat mir danach gesagt, daß ich definitiv kein Waschlappen mehr bin!«

Vom Tod Perins hatten sie keine Ahnung.

Micha Boch hat vor mehr als zehn Jahren, gleich nach dem Ableben seiner Schwester Regina vorsorglich in seinem Testament seinen Neffen Sascha als Alleinerben eingesetzt. Nun kann der junge Mann, der sich nicht mehr als Waschlappen fühlen muß, sogar finanziell gleichberechtigt vor Isis Vater, den bekannten wiener Augenarzt, treten und formal um die Hand seiner Tochter anhalten. Die Brautleute sind beide Magister, Kunsthistoriker und können glaubwürdig erklären wovon sie leben wollen. Isi war gegen eine solche Formalität, meinte, das sei »Blödsinn«, sie sei mündig und mache was sie wolle, aber Sascha war energischer geworden und blieb bei seinem Entschluß:

»Warum sollen wir deinen lieben Eltern das Vergnügen nicht machen?«

Er erklärte, sie hätten einen Universitätsabschluß und die Mittel für ein solides Leben.

»Das ist aber gar nicht nötig!« sagt der Herr Doktor. »Wenn ihr habilitieren wollt, kann ich das gerne finanzieren! Ihr müßt euch weiß Gott nicht beeilen. Ich wäre glücklich euch bis zur Promotion zu helfen.«

Sie lehnen dankbar ab. Über Details ihrer Abenteuer berichten sie nichts. Extravaganzen wie, daß sie nur standesamtlich heiraten wollen, sind ihre Eltern leider gewohnt. Daß der Schwiegersohn nicht katholisch ist, sich nicht einmal als anständiger Christ zu seinem orthodoxen

Glauben bekennen mag, sondern sich hartnäckig Agnostiker nennt, müssen sie zur Kenntnis nehmen.

Michas Detektei wird aufgelöst. Sekretärin Sonja heiratet ohnehin, erhält eine Abfindung in der Höhe eines sechsfachen Monatsgehaltes, für Herrn Michalitsch finden sie eine neue Verwendung in der Firma, die sie jetzt gründen. Die Büroräume im Hochhaus in Neu Belgrad behalten sie, Michas Appartement zwei Stockwerke darüber wird verkauft. Das Geld kann das junge Ehepaar gut für einige neue Investitionen gebrauchen, die Wohnung seiner Eltern neu einzurichten, ein schönes Auto anzuschaffen. Sascha hat jetzt endlich Zeit, seiner Frau seine Heimatstadt und ihre Umgebung in aller Ruhe zu zeigen.

Sie fahren auch von oben die Theodor-Dreiser-Straße bergab.

»Auf diesem Gelände hier links sind die Kasernen. In einer von ihnen habe ich ein Jahr lang geschlafen. Ein für mich ekelhaftes Jahr. Damals glaubte ich, es sei schrecklich. Die drei Tage an der Front später haben mich belehrt, wie viel furchtbarer es im Leben sein kann! Und hier rechts liegt das Objekt, weißt du, ich habe dir von ihm erzählt, und du hast Onkel Michas Notizen zum Tod der beiden Gardesoldaten gelesen. Den Pfad, den du von hier aus nicht sehen kannst, habe ich oft mit derben Soldatenstiefeln abgestapft…«

Danach zeigt er die schöne kleine Kirche. Obwohl sie nicht gläubig sind, treten sie ein und zünden eine Kerze an. Das ist eine gute Gelegenheit an liebe Tote zu denken, auch wenn man nicht betet.

Er führt sie zur alten riesigen Platane, in deren Rinde im Laufe der Jahrzehnte und Jahrhunderte unzählige Paare ihre Initialen eingeritzt haben. Sie sind in Versuchung es ihnen gleich zu tun, finden es dann aber irgendwie zu kindisch. Stattdessen gehen sie in den Gasthof gegenüber dem alten Konak des Fürsten Miloš Obrenović und essen zu mittag.

Sascha und Isi gründen eine Firma für Souvenirs der gehobenen Art mit Sitz in Belgrad und Wien. In Wien eröffnen sie den ersten Verkaufsladen in der Obkirchergasse in der Nähe des Hotels »Kaiser Franz Josef«, in dem viele wohlhabende Ausländer absteigen und sich für Österreich und den Balkan, insbesondere für die ehemaligen Kronländer der Habsburger Monarchie, interessieren. In Belgrad befindet sich der Verkaufsraum mit großen Schaufenstern in der

Hauptgeschäftsstraße in der Fußgängerzone, in der Knez-Mihajlova-Ulica. In Budapest sucht man ein geeignetes Lokal, hat aber noch nicht entschieden, ob man sich in der Innenstadt, möglichst in der Váci-Utca, oder lieber bei der Kirche des Heiligen Matheus, der Mátyás-Kirche auf dem Berg der Altstadt in Buda, früher auf Deutsch Ofen genannt, niederlassen will.

Sascha und Isi erhalten vom serbischen Historischen Museum die Erlaubnis Attrappen des Säbels, den Stalin Tito geschenkt hat, mit Zertifikaten, es handele sich um eine treue Nachbildung, zu verkaufen. Die Silberschmiede, betrieben von Refiks Söhnen in Belgrad, fertigt drei Größen an. Die kleine ist als Brieföffner geeignet, die mittlere als Spielzeug, oder mit einem Griff versehen, der abzuschrauben ist. Wenn man ihn öffnet, befindet sich in ihm eine kleine Schnapsflasche oder ein Geheimfach. Die große und teure Version, genau dem Original nachgebildet und mit irreführend, wie Edelsteine funkelnden Glasstücken, kann an die Wand gehängt werden. Der Betrieb liefert, wie früher für die Detektei Michas, Zigarettendosen aus Silberdraht, Silberringe mit einem Geheimfach, Bilderrahmen, Medaillons, Blumenvasen und ähnliche Gegenstände, auf Wunsch auch vergoldet. Außerdem führt man in den Läden ausgezeichnete, originaltreue Kopien orthodoxer Ikonen, Modelle serbischer Klöster aus Gips, Kelims vom Balkan, Hirtentaschen, Flöten, Dudelsäcke und entsprechende Literatur in vielen Sprachen. Aus Ungarn gibt es unter anderem Nachbildungen der Sankt-Stefans-Krone in Originalgroße und als Miniaturexponat. Aus Rumänien verschiedenes, was an den Grafen Dracula erinnert. In Österreich hat man nichts besonderes gefunden, man begnügt sich vor allem mit den ewigen Kaffeetassen und Aschenbechern mit Motiven von Klimt.

In den großen internationalen Hotels in Wien, Budapest und Belgrad, werben Sascha und Isi für ihre Exponate mit Ausstellungen, begleitet von Zigeunermusik. Dabei werden auch Baßgeigen ausgestellt, die sich öffnen lassen und in denen Säbel auf einer besonderen Latte befestigt sind. Diese Instrumente kann man ebenfalls käuflich erstehen. Zu ihnen gibt es Broschüren über den Versuch, das Original von Stalins Geschenk an Tito zu rauben.

Isi und Sascha begehen nicht den Jahrestag ihrer Eheschließung, sondern ihrer ersten Begegnung in der Aula der Universität, als der junge Mann erfahren hatte, seine Mutter sei gestorben und leise schluchzend dastand. Das war vor nunmehr zehn Jahren.

»Du warst damals so hilflos. Ich mußte dich einfach trösten. Aber jetzt bist du ein Mann…«

»Soll ich wieder an alles denken? An den Krieg, an das Sterben, an Einsamkeit, Verzweiflung, Hoffnungslosigkeit…«

»Bitte nicht!«

»Aki hat zu Onkel Micha gesagt, ich sei ein Waschlappen…«

»Und das geht dir immer noch nahe? Sei nicht komisch…«

Die beiden spazieren Arm in Arm vom Schottentor Richtung Graben und Stephansdom.

»Ich bin in Wien jetzt genauso zu Hause, wie in Belgrad«, sagt Sascha nachdenklich. »Wäre ich das ohne diesen elenden Krieg?«

»Das Leben ist aufregender als Romane«, antwortet die junge Frau.

»Und schöner als Gruselmärchen«.

Wenn sie nur richtig erzählt wird, verwandelt sich auch die blutrünstigste Geschichte in ein Märchen. Deshalb kann man auch von Sascha und Isi letztlich nur sagen: Und wenn sie nicht gestorben sind, dann leben sie noch heute. Aber das ist der Schlusssatz von Märchen und das heutige Serbien befindet sich in keiner Märchenwelt.

gelesen 16.10.2018

www.wieser-verlag.com